16	3	2	13
5	10	11	8
9	6	7	12
4	15	14	1

Coleção LESTE
Narrativas da Revolução

Viktor Chklóvski

VIAGEM SENTIMENTAL

Tradução e notas
Cecília Rosas

Apresentação
Bruno Barretto Gomide

Posfácio
Galin Tihanov

editora 34

EDITORA 34

Editora 34 Ltda.
Rua Hungria, 592 Jardim Europa CEP 01455-000
São Paulo - SP Brasil Tel/Fax (11) 3811-6777 www.editora34.com.br

Copyright © Editora 34 Ltda. (edição brasileira), 2018
Tradução © Cecília Rosas, 2018
© Viktor Shklovsky estate, all rights reserved.
Published by arrangement with ELKOST Intl. Literary Agency

A FOTOCÓPIA DE QUALQUER FOLHA DESTE LIVRO É ILEGAL E CONFIGURA UMA
APROPRIAÇÃO INDEVIDA DOS DIREITOS INTELECTUAIS E PATRIMONIAIS DO AUTOR.

Título original:
Sentimentálnoe putiechêstvie

Capa, projeto gráfico e editoração eletrônica:
Bracher & Malta Produção Gráfica

Revisão:
Danilo Hora, Osvaldo Tagliavini

1ª Edição - 2018

CIP - Brasil. Catalogação-na-Fonte
(Sindicato Nacional dos Editores de Livros, RJ, Brasil)

C724v
Chklóvski, Viktor, 1893-1984
    Viagem sentimental / Viktor Chklóvski;
tradução e notas de Cecília Rosas; apresentação
de Bruno Barretto Gomide; posfácio de Galin
Tihanov. — São Paulo: Editora 34, 2018
(1ª Edição).
408 p. (Coleção Leste)

Tradução de: Sentimentálnoe putiechêstvie

ISBN 978-85-7326-689-4

1. Literatura russa. I. Rosas, Cecília.
II. Gomide, Bruno Barretto. III. Tihanov, Galin.
IV. Título. V. Série.

CDD - 891.73

VIAGEM SENTIMENTAL

Narrativas da Revolução: uma apresentação,
Bruno Barretto Gomide 7
Nota à edição brasileira 13

VIAGEM SENTIMENTAL
Primeira parte: Revolução e front 21
Segunda parte: Escrivaninha 189

Posfácio, *Galin Tihanov* 390

Sobre o autor 403
Sobre a tradutora 405

NARRATIVAS DA REVOLUÇÃO:
UMA APRESENTAÇÃO

Bruno Barretto Gomide

O caldeirão revolucionário russo incorporou a fervura artística da Era de Prata — o nome singular que a cultura russa dá para seu "fim de século" e sua *belle époque* —, ao passo que a pulverizava e a metamorfoseava. O ambiente cultural decorrente da revolução de 1917 já foi, com toda a justiça, saudado em função das extraordinárias inovações realizadas na pintura, nas artes gráficas e decorativas, no cinema, no teatro, na arquitetura e na literatura, em prosa e verso.

Os contos, novelas e romances que brotaram de 1917 foram marcados por radicalidade estética e contundência histórica que nada deviam aos momentos mais ousados da poesia russa, a pioneira na captura de uma época que requeria formas breves e agilidade de produção e de circulação. Os primeiros textos da revolução estavam destinados a folhetos do exército, jornais murais e ágoras vermelhas. Ou à sobrevivência rarefeita dos intelectuais, constrangidos por uma conjuntura áspera, marcada por tifo, frio, fome e pela falta de recursos para publicações (a famosa falta de papel servindo de musa da concisão). Era preciso lidar, em doses variáveis de engajamento, com as novas instituições culturais soviéticas, adaptar o formato das "revistas grossas" para o novo contexto. Elaborou-se uma nova prosa de ficção, experimental e provocadora, que condensava as vinte e quatro horas do romance tolstoiano nos cinco minutos mais significativos, como propunha Isaac Bábel. Por meio de um manejo brilhante da ambiguidade, da montagem, do fragmentário e do caleidoscópico, ela ajudava a criar a sofisticação brutal da arte do período: "a revolução tem cheiro de órgãos sexuais", na definição dada pelo personagem de uma novela de Pilniák.

A série Narrativas da Revolução apresenta, no centenário das revoluções de 1917, cinco importantes textos elaborados na primeira década revolucionária e diretamente relacionados aos eventos da Rússia soviética. Eles dialogam com a grande tradição da literatura russa do século XIX e com vertentes do modernismo e das vanguardas russas. São eles: *O ano nu* (Boris Pilniák, 1921), *Viagem sentimental* (Viktor Chklóvski, 1923), *Nós* (Ievguêni Zamiátin, publicado em 1924, em tradução para o inglês), *Diário de Kóstia Riábtsev* (Nikolai Ogniov, 1926) e *Inveja* (Iuri Oliécha, 1927), a maioria inédita em tradução direta do russo.

Coincidem, portanto, com os desdobramentos da Revolução de Outubro (o termo a ser utilizado para a intervenção dos bolcheviques pode ser discutido infinitamente; a conjuntura política, social e cultural, porém, era inegavelmente revolucionária), da Guerra Civil e da Nova Política Econômica, sobretudo destes dois últimos. É interessante observar como, afora o romance temporão de Boris Pasternak, *Doutor Jivago*, a ficção soviética quase não criou textos relevantes sobre Fevereiro e mesmo Outubro, aí incluídas as etapas intermediárias de "abril" ou "julho". A tarefa ficou a cargo dos escritores emigrados, tais como Mikhail Ossorguin. A nova literatura soviética concentrou-se no caos épico das guerras civis de 1918-1921, nas vicissitudes de uma emigração que naquela altura ainda era entendida como, possivelmente, transitória, e nas instabilidades tragicômicas da nova vida soviética.

As narrativas de Pilniák, Zamiátin, Chklóvski, Ogniov e Oliécha permitem discutir o valor da nova literatura soviética. Parte expressiva da crítica literária escrita fora da União Soviética tentou minimizar a importância dos novos contos e romances a partir de uma comparação incômoda com os titãs do romance russo do século XIX. As defesas da literatura soviética quase sempre vinham atreladas a posições político-partidárias que acabavam por anular o seu peso crítico real. Observe-se, na contramão desse tipo de hierarquização, a posição assumida por Boris Schnaiderman desde seus primeiros textos na imprensa, nos quais apontou o estatuto de grande arte dessa nova prosa revolucionária — e soviética. Dentro da União Soviética, a posição daqueles escritores também era ambivalente. Trótski e Lunatchárski, como se sabe, agruparam vários dos supracitados na etiqueta de *popúttchiki* — "companheiros de viagem". Em que pesem os méritos críticos, a acuidade sociológica e a flexibilidade política daqueles revolucionários, o jargão situa autores muito diferentes em uma posição intermediária que é incompatível com a variedade artística que eles oferecem.

Portanto, um caminho sugerido pelas "narrativas da revolução" é o da discussão do que é "soviético". É tudo que foi criado na Rússia soviética depois de outubro de 1917, independentemente da posição política ou da temática escolhida pelo artista, ou é algo que possui uma relação mais orgânica e substancial com a nova cultura? Não há dúvidas de que, nesse último sentido, Gladkóv é um autor soviético — mas e Akhmátova, também não o seria, como sugerem algumas visões "heréticas"? Boa parte da escrita *émigrée* lamentava a destruição da cultura russa pelo comunismo e creditava as qualidades eventuais da literatura pós-1917 aos sobreviventes da Era de Prata que haviam permanecido em território sovietizado. Todos os grandes artistas depois da revolução haviam se formado, ou já eram artistas consumados, antes de "outubro", rezava o argumento, em geral aplicando aspas irônicas ao mês aziago. É um questionamento respeitável, mas que tropeça diante de Bábel, Platónov, Chalámov, Bródski e também de muitos dos autores reunidos nesta série, quase todos ingressados efetivamente na vida literária depois da revolução.

Ao encerrar a escolha de obras em 1927, no limiar do primeiro Plano Quinquenal, esta série busca meramente uma proximidade temporal maior das narrativas com a explosão revolucionária inicial, uma primeira elaboração temática e formal, e não subscreve necessariamente a tese do fim cabal de uma cultura russo-soviética relevante assinalado pela consolidação do poder stalinista.

Cabe aqui apenas apontar a disputa óbvia e bem conhecida em torno desses limites cronológicos. Escritores emigrados recuaram o sepultamento da literatura russa para fins de 1917 ou, no melhor dos casos, 1921 ou 1922; pesquisas recentes têm sugerido, em via inversa, o prolongamento de vertentes modernas cultura stalinista adentro e, de modo geral, uma discussão em torno das fronteiras muito convencionais, repisadas de modo quase automático, entre os anos 1920 e 1930, entre as vanguardas e a produção cultural do período stalinista. Diferenças verificáveis, certamente, mas que precisam ser revisitadas por métodos e olhares sempre renovados, ou corre-se o risco de transformar a necessária crítica ao dogmatismo cultural soviético em um dogmatismo historiográfico.

Não se deduza disso, evidentemente, algum tipo de desagravo aos horrores da ditadura stalinista, na qual os autores reunidos nesta série encontraram a morte, o silêncio, o exílio ou a assimilação desconfortável, mas apenas a indicação de que não há maneira definitiva de abordar as relações complexas entre artista, sociedade e Estado na Rússia.

Por fim, um breve comentário sobre a circulação brasileira destas narrativas: trata-se, na maioria dos casos, da reintegração de autores que dispuseram de certa reputação jornalística e editorial. Pilniák foi o primeiro a ser publicado por aqui, com O *Volga desemboca no mar Cáspio*, em edições dos anos 1930 e 1940. O título solene indica que já não estamos no mesmo terreno experimental de *O ano nu*, um romance muito traduzido no exterior e que ganha agora tradução brasileira. Pilniák foi o primeiro escritor soviético a ter seu destino trágico comentado pela imprensa internacional e brasileira, que então falava de seu desaparecimento, em 1938 (não se sabia do seu fuzilamento). Em menor escala, ventilava-se o nome de Zamiátin, também em função da repressão soviética, e de sua subsequente emigração.

O *Diário de Kóstia Riábtsev*, de Ognióv, adquiriu notoriedade mundial em edições francesas, espanholas e norte-americanas, ganhando, inclusive, uma das traduções de "Jorge Amado", nome de fantasia para o tradutor, ou tradutores, que prepararam volumes soviéticos para a Editora Brasiliense em meados da década de 1940. Ao contrário dos outros escritores presentes nesta série, Ognióv foi um nome da literatura soviética que luziu e depois desapareceu por completo, mesmo em círculos especializados — uma injustiça com o seu romance, que faz uma das leituras mais intrigantes da revolução.

Chklóvski, conhecido por sua contribuição para a crítica formalista, ganha finalmente tradução de um dos volumes de sua brilhante e inclassificável série de autobiografias ficcionais. E Oliécha reaparece no Brasil em uma excelente tradução de Boris Schnaiderman, que ficara meio esquecida numa reunião de novelas russas dos anos 1960 (Cultrix, 1963). O tradutor considerava o seu conterrâneo (ambos nascidos na Ucrânia central e crescidos em Odessa) um dos pontos altos da literatura russa — de todos os tempos.

NOTA À EDIÇÃO BRASILEIRA

Viagem sentimental consiste na sobreposição de três livros escritos em momentos e estados de espírito diversos. A primeira parte, "Revolução e front", o escritor e célebre crítico formalista russo Viktor Boríssovitch Chklóvski (1893-1984) redigiu entre junho e agosto de 1919, em pleno cerco de Petrogrado pelo Exército Branco, e publicou em 1921 em sua própria editora.[1] Esta obra surge em meio a uma efervescência de livros de memórias sobre a guerra, e cobre os eventos do ano de 1917; Chklóvski servia então como instrutor de direção de carros blindados e participou ativamente da Revolução de Fevereiro, sendo nomeado comissário de guerra pelo Governo Provisório. É na condição de comissário que, nestes últimos meses de participação russa na Primeira Guerra Mundial, Chklóvski viaja até o front ucraniano e depois até a Pérsia, e é na Pérsia que ele recebe notícias da Revolução de Outubro, embora, após a retirada da Rússia da guerra, o evento histórico que marca suas memórias sejam as eleições e os preparativos para a primeira Assembleia Constituinte russa.

Em janeiro de 1918, com a dispersão da Assembleia Constituinte pelos bolcheviques, Chklóvski, que se identificava com a ala direita do partido Socialista Revolucionário

---

[1] *Revoliútsia i front*, Petrogrado, OPOIAZ, 1921, com ilustração de capa feita por Iuri Ánnenkov.

(SR), passa a se envolver com "grupos de combate" que tramavam uma insurreição antibolchevique. Em fevereiro de 1922 surge *Epílogo: final do livro "Revolução e front"*,[2] que narra o trágico destino do povo assírio após a retirada das tropas russas do Oriente. O livro é assinado por Chklóvski e Lazar Zervandov, um comandante de bateria assírio que ele conhecera na Pérsia e com quem teve um reencontro casual nas ruas de Petrogrado. No mesmo mês, em Berlim, o membro do partido SR Grigori Semiônov publica um panfleto citando os nomes dos envolvidos nos atos terroristas e na frustrada insurreição antibolchevique do verão de 1919, entre eles o de Viktor Chklóvski.[3] Em março de 1922, Chklóvski escreve a Maksim Górki:

"Fui atingido por um raio. Em Berlim, Semiônov imprimiu meu nome em seu panfleto. Queriam me prender, me procuraram por toda parte. Passei duas semanas escondido e acabei fugindo para a Finlândia. No momento estou em um centro de quarentena. [...] Trouxe comigo a matriz tipográfica de *Revolução e front*. Vou vendê-lo. Diga a Grjebin que estou propondo uma continuação para o livro, sobre os anos 1918-1922."[4]

Em maio do mesmo ano Chklóvski começa a escrever "Escrivaninha", que seria finalizado dez dias depois, em Ber-

[2] *Epilog: konets knigi "Revoliútsia i front"*, Petrogrado, OPOIAZ, 1922.

[3] Grigori Semiônov, *Voiénnaia i boieváia rabota partii Sotsialistov--Revoliutsionerov za 1917-1918 gg.* (O trabalho de guerra e de combate do partido Socialista Revolucionário entre 1917 e 1918), Berlim, 1922.

[4] Citada na seção "Potchta Viéka" ("Correio do Século") do almanaque *Taruskie Strannitsi*, n° 207-208, Paris, Grani, 2003, p. 393.

lim, e no qual fala abertamente de suas atividades antibolcheviques, de uma tentativa de depor o governo ucraniano e da luta contra os brancos, primeiro junto aos Socialistas Revolucionários e depois junto ao Exército Vermelho, além de suas reminiscências valiosas sobre a vida literária na capital durante a Guerra Civil russa. Foi inserindo trechos de "Escrivaninha" entre passagens do *Epílogo* que Chklóvski formou a segunda parte de *Viagem sentimental*, livro publicado em 1923 em Berlim, em russo, pela editora Helikon.

Na União Soviética, *Viagem sentimental* foi publicado apenas duas vezes, em 1924 (Leningrado) e 1929 (Moscou), com cortes substanciais, e em 1958 entrou para o índice de livros proibidos pelo governo,[5] tendo sido excluído até das *Obras reunidas* de Chklóvski lançadas em 1973. Apenas em 2002 foi publicada a primeira edição completa do livro na Rússia, no volume *Ieschó nitchegó ne kontchilos* (*Nada está terminado ainda*) da editora moscovita Propaganda, que inclui toda a obra memorialística do autor.

Esta primeira edição em língua portuguesa de *Viagem sentimental* toma como base a edição mais recente do texto integral russo (Moscou, Azbuka-Klassika, 2008). As notas da tradutora fecham com (N. da T.), as notas da edição brasileira, com (N. da E.).

---

[5] Arlen Blium, *Zapreschiônnie knigi russkikh pissátelei i literaturovedov. 1917-1991. Indeks soviétskoi tsenzuri s kommentariami* (Livros proibidos de escritores e críticos russos. 1917-1991. Índice da censura soviética com comentários), São Petersburgo, SPB-GUKI, 2003, p. 197.

VIAGEM SENTIMENTAL

MEMÓRIAS
1917-1922

Petersburgo, Galícia, Pérsia,
Sarátov, Kíev, Petersburgo,
Dniepr, Petersburgo, Berlim

para Liússia

Primeira parte
REVOLUÇÃO E FRONT

Antes da revolução, eu trabalhava como instrutor da divisão blindada de reserva — era uma posição privilegiada entre os soldados.

Nunca vou me esquecer daquela terrível sensação de opressão que experimentávamos eu e meu irmão, que servia como escrivão no quartel.

Lembro-me de correr como um ladrão pela rua depois das oito horas, de passar três meses encerrado no quartel sem direito a sair e, principalmente, do bonde.

A cidade tinha sido transformada num acampamento militar. *Semíchniki*:[1] assim chamavam os soldados das patrulhas militares porque, diziam, eles recebiam dois copeques por cada preso — eles nos capturavam, nos encurralavam nos pátios e atulhavam o gabinete dos comandantes. O motivo dessa guerra era a superlotação de soldados nos vagões do bonde e a recusa em pagar pela viagem.

A chefia considerava essa uma questão de honra. Nós, a massa soldadesca, respondíamos com uma sabotagem silenciosa e vingativa.

Podia ser criancice, mas estou certo de que o encerramento sem dispensa no quartel, onde pessoas convocadas e isoladas de seus trabalhos ficavam mofando nas tarimbas sem nada para fazer, a angústia do quartel, a aflição sombria e a

---

[1] Moeda de dois copeques. (N. da T.)

raiva dos soldados por terem sido caçados na rua — tudo isso revolucionou mais as guarnições de Petersburgo do que as constantes derrotas na guerra e os insistentes boatos de "traição".

Vinha sendo criado um folclore especial, sofrível e característico, ao redor do tema do bonde. Por exemplo: uma enfermeira estava num bonde com alguns feridos e um general começava a incomodá-los; ofendia também a enfermeira; então ela tirava a capa e revelava um uniforme de grã-princesa; e era assim mesmo que falavam: "uniforme". O general ajoelhava-se e pedia perdão, mas ela não o perdoava. Como vocês podem ver, o folclore ainda era completamente monárquico.

Essa história era situada ora em Varsóvia, ora em Petersburgo.

Contava-se do assassinato, cometido por um cossaco, de um general que quis botá-lo para fora do bonde e arrancar suas condecorações. Parece-me que um assassinato num bonde de fato aconteceu em Piter,[2] mas o general eu já encaro como uma elaboração épica; naquela época, os generais ainda não andavam de bonde, exceto os que tinham se reformado na pobreza.

Não havia agitação nas unidades — ao menos é o que posso dizer sobre a minha unidade, onde eu ficava o tempo todo com os soldados, das cinco ou seis da manhã até a noite. Estou falando de agitação partidária; mas, mesmo na ausência dela, a revolução ainda assim estava de alguma forma decidida — sabíamos que ela aconteceria, pensávamos que estouraria depois da guerra.

Não tinha quem fizesse agitação nas unidades; gente do partido havia pouca e, quando havia, estava entre os trabalhadores, que quase não tinham ligações com os soldados; a

---

[2] Maneira informal de se referir a São Petersburgo. (N. da T.)

intelligentsia — no sentido mais primário da palavra, ou seja, todos os que tinham algum tipo de instrução, nem que fosse dois anos de colégio — fora para o oficialato e, ao menos na tropa de Petersburgo, não se comportava melhor (talvez até pior) do que os oficiais de carreira; o posto de alferes não era nada popular, especialmente na retaguarda, entre os que se empenhavam com unhas e dentes para ficar no batalhão de reserva. A respeito deles, os soldados cantavam:

> *Antes remexia na horta,*
> *Agora beijamos sua bota.*

Dessas pessoas, muitas eram culpadas unicamente de terem se entregado com demasiada facilidade ao confuso disciplinamento das escolas militares. Mais tarde, boa parte delas se dedicou com sinceridade à causa da revolução; no entanto, se entregaram à sua influência com a mesma facilidade com que antes haviam se "dierjimordizado".[3]

A história de Raspútin era amplamente difundida. Não gosto dessa história; pela forma como era contada, dava para ver a putrefação espiritual do povo. Folhetins pós-revolucionários, todos aqueles "Grichka e companhia" e o sucesso dessa literatura eram para mim mostra de que, para as massas mais amplas, Raspútin era uma espécie de herói nacional, algo como Vanka, o despenseiro.[4]

Mas eis que, em virtude de diferentes razões, algumas das quais arranhavam diretamente os nervos e davam moti-

---

[3] Referência a Dierjimórda, um dos policiais na peça *O inspetor geral* (1836) de Nikolai Gógol (1809-1852), que, "para manter a ordem deixa todo mundo com olho roxo, culpado ou inocente" (em *Teatro completo*, Editora 34, 2009, tradução de Arlete Cavaliere). (N. da E.)

[4] Grichka: referência a Grigori Raspútin. Vanka, o despenseiro: herói de uma canção folclórica de cunho erótico-burlesco. (N. da E.)

vos para explosões, enquanto outras agiam a partir de dentro, alterando lentamente a psique do povo, os anéis enferrujados que apertavam a massa da Rússia se tensionaram.

O abastecimento de alimentos da cidade piorava cada vez mais, e, pelos critérios da época, a coisa ia mal. Sentia-se a escassez de pão, apareceram filas nas padarias, no canal Obvôdni já começavam a quebrar as lojas, e os felizardos que conseguiam receber pão o levavam para casa segurando bem forte nas mãos, olhando para ele apaixonados.

Comprava-se pão com os soldados, mas as cascas e migalhas que, antes, junto com o cheiro azedo do cativeiro, eram os "símbolos locais" dos quartéis, já tinham desaparecido.

O grito de "pão" ressoava sob as janelas e nos portões dos quartéis, já mal protegidos pelos guardas e plantonistas, que deixavam seus camaradas saírem livremente para a rua.

Os quartéis, sem fé alguma no regime antigo, esmagados pela mão cruel mas já insegura da chefia, começaram a fermentar. Nessa época, um soldado de carreira — assim como um soldado de 22 a 25 anos em geral — era uma raridade. Eles tinham sido exterminados na guerra de forma brutal e insensata.

Os suboficiais tinham sido despejados nos primeiros trens como simples soldados e morreram na Prússia, perto de Lviv e na famosa "grande" retirada, quando o exército russo cobriu toda a terra com seus cadáveres. Os soldados de Piter naqueles dias eram camponeses descontentes ou pequeno-burgueses descontentes.

Essas pessoas, que ainda nem tinham vestido os capotes cinza — apenas os jogaram sobre si às pressas —, se reuniam em multidões, bandos e quadrilhas chamados de batalhões de reserva.

Em essência, os quartéis viraram simples cercados de tijolos, para onde os papeizinhos verdes e vermelhos de convocação, que não paravam de aparecer, empurravam rebanhos humanos.

A visão que o comando tinha da massa soldadesca muito provavelmente não era diferente da visão que os capatazes tinham dos escravos num navio.

Fora dos limites dos quartéis corriam boatos de que "os trabalhadores estavam se preparando para atacar", de que "os de Kólpino queriam ir até a Duma Estatal no dia 18 de fevereiro".[5]

A massa soldadesca, parte camponesa e parte pequeno-burguesa, tinha pouca relação com os operários, mas todas as circunstâncias se acomodaram de tal maneira que foi criada a possibilidade de uma detonação.

Lembro dos dias da véspera. Conversas sonhadoras de motoristas-instrutores sobre como seria bom roubar um automóvel blindado, atirar na polícia, depois largar o automóvel atrás do posto militar e deixar um bilhetinho: "Entregar no Manejo Mikháilovski".[6] Um traço muito característico: a preocupação com o carro se mantinha. Pelo visto, as pessoas ainda não tinham certeza de que seria possível derrubar a velha ordem, queriam só fazer barulho. Mas da polícia tinham raiva havia tempo, principalmente porque ela estava liberada de servir no front.

Lembro que, umas duas semanas antes da revolução, andando em grupo (umas duzentas pessoas, aproximadamente), provocávamos um destacamento de policiais ao gritar: "Faraós, faraós!".

---

[5] Kólpino é um reduto industrial suburbano a sul de São Petersburgo; A Duma Estatal foi uma assembleia legislativa existente entre 1906 e 1917, cujos membros eram eleitos por via indireta. (N. da E.)

[6] Atual Estádio de Inverno, um edifício neoclássico onde antes funcionava uma escola de equitação. Durante a guerra, servia de garagem para os carros blindados. (N. da E.)

Nos últimos dias de fevereiro, o povo literalmente se jogava contra a polícia, os destacamentos de cossacos mandados para a rua passavam a cavalo sem tocar ninguém, rindo de um jeito bonachão. Isso aumentava muito a rebeldia da multidão. Atiravam na avenida Niévski, mataram algumas pessoas, um cavalo morto passou muito tempo nos arredores da esquina da ponte Litiêini. Ele ficou na minha memória, na época isso não era comum.

Na praça Známienskaia, um cossaco matou um comissário de polícia que golpeara uma manifestante com um sabre.

Nas ruas, postavam-se patrulhas indecisas. Lembro de um destacamento desconcertado com pequenas metralhadoras sobre rodas (fabricadas por Sôkolov) e cinturões de balas pendurados nos cavalos; pelo visto, era um destacamento montado de metralhadoras. Ele estava na Bassiêinaia, na esquina com a rua Baskôvaia; a metralhadora, também desconcertada, se apertava contra a calçada como um filhotinho pequeno; a multidão a rodeava, sem atacar, mas de alguma forma avançando com os ombros, sem usar as mãos.

Na avenida Vladímirski ficavam as patrulhas do regimento de Semiônovski, que tinham a reputação de serem uns Cains.

As patrulhas estavam paradas, indecisas: "Não estamos fazendo nada, somos como vocês". O enorme aparato de repressão preparado pelo governo estava atolado. À noite, os integrantes do regimento de Volinski não aguentaram, combinaram e, ao comando de "rezar", correram para os fuzis, destruíram um armazém, pegaram munição, correram para a rua, incorporaram alguns pequenos grupos que estavam em volta e posicionaram patrulhas na região do seu quartel, nas unidades da Litiêini. Além disso, os integrantes do regimento de Volinski destruíram nossa prisão, que ficava perto do quartel deles. Os presos libertados foram cada um para a chefia de seu respectivo destacamento; nossos oficiais adotaram a neutralidade, eles faziam parte da mesma oposição peculiar que o *Tempo Vespertino*.[7] O quartel esperava ruidosamente o momento em que viriam mandar todos para a rua. Nossos oficiais diziam: "Façam o que quiserem".

Nas ruas do meu bairro, umas pessoas com roupas civis já estavam tomando as armas dos oficiais, depois de sair dos portões em grupinhos.

Apesar de alguns tiros esparsos, havia muita gente nos portões, até mulheres e crianças. Parecia que estavam esperando um casamento ou um velório suntuoso.

Ainda uns três, quatro dias antes, por ordem da chefia, nossos veículos foram deixados num estado imprestável. Na nossa garagem, o engenheiro voluntário Bielinkin entregou as partes desmontadas nas mãos dos soldados que trabalhavam na sua garagem. Mas os carros blindados da nossa garagem foram levados para o Manejo Mikháilovski. Fui para o Manejo, que já estava cheio de gente roubando os carros. Faltavam peças para os carros blindados. Me parecia necessário pôr para funcionar, antes de mais nada, o veículo do canhão Lanchester. Tínhamos peças de reserva na escola. Fui para a escola. Preocupados, vigias e faxineiros de plantão estavam em seus postos. Isso me surpreendeu na época. Mais tarde, quando no fim de 1918 eu levantei uma divisão blindada contra o hetmã Skoropadski, vi que quase todos os soldados se diziam vigias e faxineiros de plantão, e já não me surpreendi.

Me adoravam na escola; o soldado que abriu a porta para mim perguntou: "Viktor Boríssovitch, você está a favor do povo?", e, diante da resposta positiva, começou a me beijar. Todos nos beijávamos muito na época. Me deram as pe-

---

[7] *Vietchérnieie Vriémia*, periódico conservador editado por Aleksei Serguêievitch Suvórin (1834-1912). (N. da E.)

ças e até juraram que não iam dizer quem as tinha levado. Fui para o destacamento. Até hoje não sei se alguém veio dissolvê-lo ou se ele se dissolveu e se desfez sozinho. As pessoas vagavam perdidas em torno do quartel. Da garagem, levei comigo dois chefes de brigada: chamei Gnútov e Blizniákov, peguei os instrumentos e fui com eles consertar o veículo. Tudo isso aconteceu de tarde, umas duas ou três horas depois da investida dos de Volinski — no primeiro dia.

Não entendo como couberam tantos acontecimentos naquele dia.

Pegamos o blindado e arrastamos com o reboque até uma garagem na travessa Kôvienski, onde começamos a consertá-lo, depois de ocupar o espaço e cortar o telefone; ficamos nisso até a noite. Descobrimos que tinham jogado água no tanque de gasolina. A água congelou, tivemos que quebrar o gelo e secar o tanque com restos de tecido.

No intervalo do trabalho corri para encontrar um literato conhecido meu.

O quarto dele era apertado e quente, a mesa estava lotada de comida, a fumaça de cigarro se erguia como uma parede, estavam jogando cartas, e continuaram jogando por dois dias sem sair de casa.

Esse homem, posteriormente, com muita rapidez e sinceridade, se tornou membro do partido, um bolchevique; quase todos os que vi à mesa naquele dia também se tornaram comunistas.

E agora mesmo consigo me lembrar com absoluta nitidez da ironia arrogante deles em relação aos "tumultos na rua"!

Ainda antes de tudo isso havia sido anunciada uma greve na cidade. Os bondes não estavam circulando. Os cocheiros que não se juntavam à greve eram parados. Na esquina da rua Sadôvaia e da avenida Niévski encontrei um conhecido, livre-docente, pessoa talentosíssima e bagunçadíssima, que antes era próximo dos acadêmicos, mas acho que por motivos de bebedeira. Ele gritava e comandava um grupo que estava parando as carruagens. Esse homem estava sóbrio, mas completamente fora de si.

A rebelião já havia tomado a região em torno da Duma Estatal; a proximidade entre os quartéis e o Palácio Tavrítcheski, que ficava bem no bairro dos quartéis — Volinski, Preobrajenski, Litóvski, Sapiôrni (na rua Chpaliérnaia) —, e a lembrança dos discursos da Duma (que ficava ao fim da rua) fizeram dela o centro da rebelião.

Parece que o primeiro destacamento foi levado para a Duma pelo camarada Linde, posteriormente assassinado pelos soldados do Exército Especial, onde era comissário. Foi esse Linde que comandou o destacamento da Finlândia em abril, e tentou prender os membros do Governo Provisório depois do famoso bilhete de Miliúkov.[8]

Nosso blindado saiu e começou a vagar pela cidade. As ruas escuras estavam animadas por grupos esparsos de pessoas. Diziam que os policiais estavam atirando, ora aqui, ora ali.

Eles estavam na ponte Sampsônievski, viram policiais mas não conseguiram atirar neles, todos saíram correndo. Em algum lugar já estavam quebrando as adegas de vinho; meus camaradas queriam pegar o vinho que estava sendo distribuído, mas quando falei que não deviam fazer isso, não discutiram.

Ao mesmo tempo, os veículos blindados da rua Dvoriánskaia também saíram com os camaradas Anardóvitch e Ogonets à sua frente, ocuparam imediatamente o Lado Pe-

---

[8] Em abril de 1917 vazou um bilhete de Pável Miliúkov (1859-1943), líder dos kadetes e ministro do Exterior, em que este se comprometia com os aliados a manter a participação russa na guerra. Após dois dias de protestos dos soldados, Miliúkov renunciou. (N. da E.)

tersburgo e foram para a Duma. Não sei quem nos disse para ir à Duma também.

Perto da entrada já estava parado, me pareceu, um Garford blindado.

Nas portas da Duma encontrei L., um velho camarada do serviço militar, voluntário, que na época já era alferes da artilharia. Nos beijamos. Estava tudo bem. Era um rio que levava a todos, e toda a sabedoria consistia em se entregar à corrente.

Caiu a noite. O caos era completo no Palácio Tavrítcheski. Estavam trazendo armas, as pessoas iam chegando, por enquanto sozinhas, e traziam provisões confiscadas em algum lugar; havia sacos empilhados no cômodo ao lado da entrada. Já estavam trazendo os presos. Na Duma, alguma senhorita da nobreza tinha me deixado no posto de comandante do veículo e até me passado alguma missão. Eu tinha projéteis de canhão, não sei onde consegui, acho que ainda no Manejo. Eu, claro, não cumpri as tarefas militares, mas também ninguém cumpria.

Dormi uma hora ou duas enrolado numa peliça, atrás de uma coluna. Na Duma, encontrei Sukhánov. Eu o conhecia da redação do *Crônica*,[9] onde eu trabalhara na seção de literatura (colocava as notas bibliográficas). Lá, eu havia dado uma palestra sobre poética, na qual considerava a arte como pura forma, o que rendeu uma discussão encarniçada com os marxistas. Foi provavelmente por isso que Sukhánov se surpreendeu com a minha presença; na consciência dele, eu e a rebelião armada não combinávamos. E eu, por minha vez, me surpreendi com ele por minha ingenuidade política;

---

[9] Nikolai Nikoláievitch Sukhánov (1882-1940), militante menchevique, era então membro do Comitê Executivo do Soviete de Petrogrado. Foi editor dos periódicos *Nóvaia Jizn* (*Vida Nova*) e *Liétopis* (*Crônica*), ambos dirigidos por Maksim Górki (1868-1936). (N. da E.)

eu nem sabia que os centros políticos já estavam reunidos e organizados. Claro, naquele momento eles ainda não tinham influência sobre os acontecimentos. A massa ia em frente obedecendo ao instinto, como arenques ou carpas na desova.

À noite trouxeram preso o tenente D., comandante dos técnicos de blindados.

Os soldados da escolta não se sentiam muito seguros, o próprio preso falou comigo, em tom de bronca: "O que foi, por acaso não estavam bem com o capitão Sokolikhin? Por que ficaram contra ele?". Respondi que não tinha nada contra o capitão Sokolikhin.

Meia hora depois, o tenente saiu, feliz. A comissão militar da Duma Estatal o encarregara, como um dos primeiros oficiais automobilísticos "recém-chegados", a organizar toda a seção de veículos de Petersburgo.

Esse homem, astuto e, à sua maneira, sábio, com um apetite se não pelo poder, ao menos por cargos, posteriormente se juntou aos anarquistas-comunistas. Me detive nele porque foi o primeiro jóquei que vi na corrida por cargos. Mais tarde, vi multidões de pessoas assim.

De manhã cedo fomos novamente para a cidade. Alguém me deu uma missão e até um chefe de artilharia; eu perdi esse chefe, ou ele me perdeu, e me juntei à alegre bagunça do povo rebelado. Fui até o quartel de Preobrajenski que fica na rua Milliônaia. Alguém disse que o pessoal de Preobrajenski estava resistindo.

Nos aproximamos. Era uma manhã maravilhosa, ensolarada e azul. Com tiros alegres, os soldados rebelados de Preobrajenski corriam para fora do quartel vestindo capotes novos com botoeiras de um vermelho vivo.

Havia tentativas locais de resistência. Parece que os destacamentos de treinamento do 6º Batalhão de Sapadores e o regimento de Moscou estavam se defendendo com tiros. Na avenida Liesnói, as tropas ciclistas resistiram por bastante tempo. Acho que isso aconteceu porque foram apenas trabalhadores ao seu encontro, sem nenhum soldado, e eles ficaram com medo de se juntar.

Jogaram Fiats blindados contra eles, e derrubaram a esquina do quartel de madeira com as pessoas dentro.

À noite, morreu um dos nossos motoristas de blindados, Fiódor Bogdánov. Ele estava com a blindagem aberta e caiu numa emboscada de policiais (a única a posicionar a metralhadora corretamente na janela do porão, e não no telhado, de onde a bala só tamborila, já que o tiro não tem o ângulo necessário).

O corpo de Bogdánov não ficou no Campo de Marte, os parentes dele pegaram o cadáver e levaram para algum lugar fora da cidade.

Agora, sobre as metralhadoras nos telhados. Passaram quase duas semanas me chamando para abatê-las. Normalmente, quando parecia que havia alguém atirando da janela, começávamos a dar tiros de espingarda a esmo contra o prédio, e o pó do reboco que se levantava nos lugares atingidos era confundido com tiros de resposta. Tenho certeza de que a grande massa dos assassinados na época da Revolução de Fevereiro morreu por nossas próprias balas que, vindas de cima, nos acertavam diretamente.

Meu destacamento fez uma busca por quase toda a região de Vladímirski, Kuzniêtchni, Nikoláievski e pela rua Iamskáia, e não tenho nenhuma declaração definitiva de alguém que tenha encontrado uma metralhadora no telhado.

Mas para o ar nós atirávamos muito, até com os canhões. Passaram muitos operadores de canhão pelo meu carro. Lembro particularmente do primeiro, que levou um ferimento no braço e continuou junto ao canhão. Era um gendarme do quartel da rua Kírotchnaia. Ele dizia que os gendarmes tinham sido os primeiros a passar para o lado dos rebelados. Todos os operadores de canhão me pediam encarecidamente permissão para atirar e mostrar que tínhamos até canhões, e atiravam para o ar na avenida Niévski.

Naquele dia eu passei quase todo o tempo de plantão na estação ferroviária Nikoláievski. A estação não estava sendo vigiada por ninguém, e eu propus (para o ar, já que não havia a quem propor) ocupar o andar mais alto dos hotéis Siêvernaia e Známenskaia, para manter toda a estação sob cobertura de tiro, mas não tínhamos o mínimo de forças para isso. Se pusessem na guarda um dos soldados que estavam passando, ele ou iria embora, ou ficaria no posto até desmaiar e ainda assim não chegaria ninguém para render o turno. Os comandantes — ou eu os tomei por comandantes — eram um estudante sem um dos braços e um oficial da marinha muito velho, de uniforme, que parecia ser sargento-ajudante. Ele estava completamente exausto. Chegavam trens com oficiais que iam para algum lugar, ou vinham de algum lugar; nos aproximávamos deles com o carro blindado e quatro ou cinco soldados da infantaria, e o sargento-ajudante, cansado, dizia para os oficiais:

"A cidade está nas mãos do povo rebelado, desejam se juntar ao povo rebelado?"

Dos vagões, pessoas e cavalos nos fitavam com os olhos arregalados. Os oficiais respondiam que por eles "tudo bem", iam passar direto; os soldados olhavam para nós e não sabíamos se desceriam ou não do vagão alto.

Carros blindados com motoristas conhecidos vinham nos ajudar. Ficavam ali parados, depois iam embora.

Moviam-se pela cidade as musas e erínias da Revolução de Fevereiro: caminhões e automóveis, cobertos e rodeados de soldados que iam não se sabe para onde, que recebiam gasolina não se sabe de onde, e deixavam a impressão de um retinido vermelho por toda a cidade.

Eles se agitavam, davam voltas e zumbiam como abelhas.

Era um massacre de carros digno de Herodes. Uma infinidade de escolas automobilísticas soltando zilhões de motoristas com meia hora de prática para preencher as vagas nas companhias motorizadas. E aquilo era a alegria daquelas almas semimotoristas que enfim conseguiam um carro.

A cidade foi invadida pelo barulho de batidas. Não sei quantos casos de batida de carro vi na cidade naqueles dias. Em suma, todos os meus alunos aprenderam a dirigir em dois dias.

Depois a cidade se encheu de automóveis deixados ao arbítrio do destino.

Nós comíamos nos postos de alimentação, onde, com os produtos trazidos, gansos e linguiças, faziam uma comida horrendamente gordurosa.

Eu estava feliz junto dessas multidões. Era uma páscoa e um paraíso alegre, carnavalesco, desordenado e ingênuo.

Naquela época, quase todos se armaram com o equipamento tirado dos oficiais e, principalmente, dos arsenais. Havia muitas armas, elas passavam de mão em mão; não eram vendidas, mas repassadas livremente. Havia muitas Colts maravilhosas.

Não constituíamos nenhuma força militar, mas de alguma maneira não pensávamos nisso. Havia noites de pânico, noites em que se esperava pelo ataque de alguma tropa. Mas a guarnição de Petersburgo só crescia e crescia. Chegaram umas pessoas puxando metralhadoras com cordinhas, transportando metralhadoras sem apoio, empilhadas no caminhão, feito lenha, chegaram soldados dos regimentos de fuzileiros e das escolas de Striélna e Oraniembaum enrolados em cinturões de munição.

Perto de Striélna, um grupo avançado que ia a pé encontrou algum coronel viajando de automóvel. O coronel se parecia vagamente com Nicolau. Ele foi recebido com uma empolgação tempestuosa e frenética até o engano ser esclarecido.

As metralhadoras que chegavam a Piter eram imprestáveis, a maior parte estava sem empanque, e não se podia jogar água nelas. Havia muitas, mas a quantidade não aumentava nossa força de combate. Lembro que posicionaram as metralhadoras em torno das estações ferroviárias de Baltiski e Varchavski, a literalmente um passo delas. É claro que com esse posicionamento seria terrivelmente desconfortável atirar. Mas a força de combate não era importante. Começou a ficar claro que agora a Piter rebelada não tinha nenhum adversário. Alguns oficiais começaram a passar para o lado dos rebelados, a Escola de Artilharia de Mikháilovski veio em formação. Um pouco depois, o 1º Regimento de Reserva, junto com os oficiais, se uniu a nós. Um judeu engenheiro, voluntário, muito enérgico, que comandava de fato a escola havia um ano e meio, tirou nossos oficiais de seus apartamentos. Os oficiais se reuniram. Arranjaram um comandante de divisão; durante aquele tempo, já tinham passado por nós bem uns três comandantes temporários, mas quando eles recebiam um papel da Duma Estatal, sumiam para não sei onde.

Os oficiais se reuniram. Decidiram irresolutamente se juntar aos rebelados, e até resistir às tropas do governo. Já existia o Governo Provisório. Decidiram também, para se diferenciar dos não rebelados, vestir braçadeiras vermelhas — no começo queriam que fossem carmim. Naquele momento não havia unidades militares de fato. Nem almoço se cozinhava. Os destacamentos estavam dispersos. O Manejo Mikháilovski foi ocupado. Os carros tinham ido embora, sabe-se lá para onde.

Nosso destacamento estava em situação apenas um pouco melhor. Os pelotões alternavam o turno do plantão e atendiam aos chamados, mesmo de noite.

Foram organizadas patrulhas, que começaram a pegar os automóveis que corriam sem rumo pela cidade e reuni-los no pátio da unidade. Muitos carros foram salvos dessa forma. Mas dos carros abandonados e congelados já haviam sido tirados os magnetos, que baixaram muito de preço depois da revolução.

Graças à estranha variedade do armamento, de diferentes calibres, o destacamento ficou com a aparência colorida de um equipamento de colegiais.

Foram guardados dois rolos cinematográficos daqueles tempos. Um deles nos mostra dando comida para as pombas no pátio do destacamento, o outro mostra a saída do destacamento para o combate, com o Austin blindado na liderança e os soldados vindo atrás, a pé, com espadas de oficial desembainhadas.

Com os oficiais a coisa não foi muito crítica. Todos adoravam nosso chefe, o capitão Sokolokhin, porque ele não enrolava o destacamento e cuidava assiduamente para que recebêssemos botas. No primeiro dia da revolução, demos a ele uma peliça de motorista sem dragonas e uma escolta armada de cinco homens, para que ninguém o atacasse. Não levaram a arma de outro oficial que estava na rua porque era uma arma de São Jorge.[10] Começaram as eleições para novos oficiais, e o destacamento dos técnicos se declarou contra o antigo comandante da divisão. Começaram as intrigas e a obtenção de cargos com a ajuda dos soldados.

Mas as tropas continuavam vindo para o Palácio Tavrítcheski, as calçadas quase ruíam com o tropel dos pés, e a cor vermelha emanava um brilho ininterrupto.

O soviete já estava reunido, mas ainda não havia sido lançada a Ordem nº 1, e Rodziánko[11] era popular nas uni-

---

[10] Prêmio dado por bravura. (N. da T.)

[11] Mikhail Vladímirovitch Rodziánko (1859-1924), político conservador e figura próxima do tsar. Era então presidente da Duma Estatal. (N. da E.)

dades. Mas o soviete estava reunido com armas, gritos e ataques.

Para muitas unidades que tinham vindo para o Palácio Tavrítcheski, os discursos de Tchkheídze[12] e outros eram os primeiros discursos revolucionários a serem ouvidos. O que pensavam sobre a guerra? Acho que acreditavam que ela terminaria por si só; essa crença era generalizada na época do apelo aos povos de todo o mundo. Lembro que os que chegavam da posição de Moonzundskaia diziam que lá já tinham feito um acordo com os alemães: vocês não atiram, nós também não. No geral, prevalecia um clima de páscoa, estava tudo bem, e se acreditava que era apenas o começo de tudo o que há de bom.

Trouxeram e distribuíram a Ordem nº 1 pelas fileiras do Manejo na hora da parada. Começaram a dizer: "Olá, senhor coronel!", e faziam isso muito bem, de forma hábil, amigável.[13] Acho que a Ordem nº 1 — apesar de, ao que parece, ter antecipado os acontecimentos, pois ainda não havia comitês nas unidades do exército — foi oportuna e necessária. Era impossível segurar as unidades só com oficiais que tinham acabado de voltar de uma longa ausência. Ainda que os comitês fossem absolutamente impossíveis no exército — até mais que uma chefia eleita —, eles eram a única coisa que, de alguma maneira, o segurava.

---

[12] Nikolai Semiônovitch Tchkheídze (1864-1926), político georgiano menchevique e de posições defensistas. Era então membro da Duma Estatal; em março de 1917 seria eleito presidente do primeiro soviete de Petrogrado. (N. da E.)

[13] Ordem emitida pelo soviete de Petrogrado em março de 1917, estabelecendo que os soldados deviam subordinação aos oficiais apenas se suas ordens não estivessem em contradição com os decretos do próprio soviete. Entre outras pequenas alterações de conduta, a ordem dispensava a necessidade de se dirigir aos oficiais como "Sua Excelência", e obrigava os oficiais a tratarem os soldados por "Senhor". (N. da E.)

O pior dos comitês era que eles se afastavam de seus eleitores terrivelmente rápido. E os delegados do soviete não apareciam em suas unidades quase que por meses. Os soldados eram completamente ignorantes quanto ao que acontecia nos sovietes. A única coisa que ajudava era a imensa confiança, ainda não deteriorada, que os soldados tinham da "sua" representação. Para o primeiro soviete foi eleita uma grande quantidade de voluntários e soldados da *intelligentsia*; é claro que isso contribuía para o afastamento.

Por outro lado, quase ninguém trabalhava nos quartéis, a *intelligentsia* estava toda foragida, quase não havia gente querendo trabalhar na área da educação. Num Batalhão de Sapadores — o sexto, acho —, de algumas centenas de voluntários, menos de dez assinaram a folha dizendo que concordavam em trabalhar nas escolas de alfabetização. A maioria aproveitava a revolução como uma licença inesperada. Na nossa unidade, foram eleitos técnicos do pelotão e superiores para o comitê — este tinha uma natureza mais prática.

E, regimento após regimento, todos passavam pelo Salão Ekaterinski no Palácio Tavrítcheski. Nos cartazes ainda estava escrito "Lealdade ao Governo Provisório" e até mesmo "Guerra até a vitória total". Mas já não conseguíamos mais combater. Por ora, estou escrevendo apenas sobre a guarnição de Petersburgo. Imensas unidades de reserva — com até algumas dezenas de milhares — que já não mandavam efetivo para o front mas que ao mesmo tempo não tinham o que fazer na cidade, pois não podiam defender a revolução por falta de armas, estavam mofando e apodrecendo em seus quartéis. Ninguém ainda havia dito as palavras: "Paz a qualquer custo". Lênin ainda não chegara, os bolcheviques ainda diziam que era preciso manter a espingarda em prontidão, mas já não havia mais guarnições, apenas depósitos de soldados. As massas ainda cintilavam com a chama da revolução, mas não era a chama cálida do coque, e sim o fogo ralo do álcool entornado, ardendo sem conseguir incendiar a madeira em que fora jogado.

Esse fogo era Kérenski. Eu o vi pela primeira vez em um de seus acessos de histeria, quando, depois de um artigo do *Izviéstia*[14] contra ele, entrou correndo no Soviete dos Soldados para perguntar se "confiavam nele". Ele lançava frases confusas e, de fato, parecia soltar faíscas secas, longas, estrepitantes.

Com o rosto extenuado de uma pessoa cujos dias já estão contados, ele gritava, e por fim, em estado de esgotamento, caiu sobre uma poltrona. Isso causou uma péssima impressão.

Outra vez, vi Kérenski quando ele já tinha sido nomeado comissário. Eu precisava capturá-lo para as negociações, e consegui fazer isso perto do edifício da marinha. Encontrei seu Locomobile e me pus a esperar, conversando com o motorista.

"Já vão trazê-lo", disse o motorista. E, de fato, alguns minutos mais tarde trouxeram Kérenski pelas portas do edifício. Ele estava sentado, com sua habitual postura cansada, numa cadeira erguida alto sobre a multidão. Eu subi no automóvel com ele e comecei a falar. Com os lábios secos e pálidos, o rosto magro e inchado e a voz rouca, ele falou, apertando fracamente as mãos: "O principal é ter força de vontade e persistência". Me pareceu uma pessoa desprovida de força, alguém que sabe que já está condenado.

Estou me apressando para terminar de escrever sobre o que todos já sabem, e correndo para passar para o front.

Como fui parar no front? Lênin chegou. Nas divisões de técnicos havia membros do partido bolchevique; eles cede-

---

[14] Periódico fundado em março de 1917 pelos representantes do soviete de Petrogrado. (N da E.)

ram a Lênin um carro blindado para o percurso entre a estação e a Mansão Kchessínskaia, que servia de quartel à nossa unidade. Certa parte da divisão era marcadamente pró-bolchevique. Na época, eu me encontrava no comitê da divisão e, com meus alunos, representava a ala dos defensistas.

Aqui, devo introduzir um novo personagem — Maksimilian Filonenko. Em outra época, ele fora chefe dos técnicos de blindados e se comportava de forma generosa, humana à sua maneira; depois foi para o front por vontade própria. Lá não teve sucesso, de alguma forma foi deixado em segundo plano, ficou bravo e quis sair.

Chegou já depois da revolução e atolou. O que estava acontecendo em Piter interessava a ele muito mais do que um lugar modesto no front.

Era um homem pequeno, de jaqueta militar, com os cabelos cortados rentes e a cabeça bastante grande e redonda, o que o deixava levemente parecido com um gatinho. Engenheiro de formação, sabia quatro ou cinco línguas estrangeiras, mas acima de tudo ficava satisfeito com sua pronúncia em francês. Filho de um engenheiro importante, mais de uma vez ocupara posições elevadas em estaleiros importantes, e invariavelmente saía depois de estragar o posto. Era uma pessoa com boas capacidades intelectuais, mas de talento ele não tinha nem cheiro.

Era o melhor aluno, e queria ser um gênio. Eu não conhecia o seu coração, ele me adorava e era um bom camarada. Seu objetivo — sua estrela-guia — era ele próprio. Mas não havia estrelas naquele céu, e ele procurava em vão.

Primeiro ele começou a vir ao comitê da divisão na qualidade de convidado e, naquela ausência de gente tão típica da Rússia, em meio aos integrantes de comitê já apáticos como peixes, ele parecia absolutamente brilhante, é claro. Depois, começou a assumir trabalhos por insistência de alguns destacamentos, principalmente o dos técnicos de carros blindados, onde o avaliavam pelo trabalho anterior e suportaram dele muita coisa que não teriam aguentado de nenhuma outra pessoa. Na escura oficina de montagem onde ficavam carros monstruosos, no monóxido de carbono dos gases de exaustão, amontoavam-se as pessoas que, depois dos dias 3 e 5, abandonariam seus carros ao primeiro sinal de revés; Filonenko tecia suas redes dialéticas, inteligentes e cuidadosas, com todo tipo de ganchos e volteios. Depois, Maksimilian Maksimilianovitch conseguiu se tornar oficial superior de uma unidade técnica. Apesar dos chamados, não queria voltar para o front. Ele tinha uma história no front, como fiquei sabendo depois — um soldado açoitado. Lá, ele era um homem morto. Mas aqui ele tinha organizado um "ângulo de ataque" correto e, como um aeroplano, estava se preparando para decolar.

Ele recebeu um mandato fantástico no comitê da divisão — ir ao Soviete dos Deputados, não pela unidade, mas pelo comitê. Claro, esse não era o mandato mais estranho no soviete. Lá, uma vez encontrei um judeu bastante talentoso, o violoncelista Tch., que antes servira no destacamento musical do regimento de Preobrajenski — ele estava ali como representante dos Cossacos do Don.

No soviete, Filonenko fez várias intervenções exitosas como oponente de Zinóviev, mas na reunião da guarnição, depois da intervenção do regimento finlandês em abril, defendeu um ministério de coalizão.

Ele tinha um grande mérito — possuía contorno, precisão, possuía força de vontade. E estava claro que ele desempenharia algum papel. Naquela época, ele assumia a posição de maior lealdade possível em relação ao soviete. Mas precisava de uma emenda, de uma patente; essa patente era a proposta de mandar para o exército comissários que participassem pessoalmente da guerra. Ele se dirigiu a mim e ao camarada Anardóvitch com essa proposta. Concordei. Eu estava enfastiado e ansiava fazer algo definido, e Filonenko me parecia uma pessoa sensata e correta para a revolução.

Agora, sobre Anardóvitch. O camarada Anardóvitch, posteriormente comissário no Exército Especial, era um trabalhador de Sórmovski ferido nas barricadas de 1905. Era um SR ortodoxo, tinha influência no destacamento dos técnicos e selecionou uns dezesseis, dezessete carros blindados para a batalha, quando ainda nem tinham acordado para ação os camaradas que depois se posicionariam à esquerda dele. Esse homem de nariz adunco, com um rosto enérgico, era comoventemente simples e elementar. Escrevia versos à maneira de Nadson,[15] acreditava no caminho do primeiro soviete como um padre acredita no breviário e se devotava à revolução sem medo nem hesitação. Sua expressão preferida era: "simples e claro". Conseguia falar sem parar por três ou quatro horas e nada o derrubava. Dominava as massas de forma magnífica, como eu viria a me convencer mais tarde, não tinha o menor medo da multidão e à pressão dela sabia opor sua decisão com convicção.

Eu me detenho nele, aliás, porque, na companhia dos comissários de guerra, Anardóvitch era de fato o único operário de origem, um operário saído das máquinas.

A proposta de mandar para o exército homens obrigados a participar pessoalmente da guerra, como testemunhas vivas do defensismo da democracia russa, foi levada ao comitê da divisão e aceita. Todos os não bolcheviques da divisão se ofereceram para ir. Lembro de ter ficado com a cabeça baixa e o coração triste. Tinha uma sensação semelhante à de um operário que sente que um pedaço de sua roupa se

---

[15] Semion Iákovlievitch Nadson (1862-1887), poeta sentimental de inspiração folclórica e temas cívicos, muito popular em fins do século XIX. (N. da E.)

prendeu na correia e está sendo puxado; ele ainda oferece resistência, mas o coração já se entregou à inevitabilidade da morte. Fui mandado para o front em uma lista de três: Filonenko, Anardóvitch, Chklóvski.

O tempo todo, até os últimos dias de outubro, a divisão nos considerou seus enviados, detentores de um mandato. Eu também via assim. Já Filonenko rapidamente deixou para trás a divisão que o ajudara a avançar.

Começou a complicada lenga-lenga sobre a execução do nosso envio por meio do sempre concordante Governo Provisório e do discordante, mas também ignorante do que queria, Comitê Executivo da Primeira Legislatura — a respeitável Academia Fábio Cuntactor.

E o Comitê Executivo não tinha a menor ideia do que fazer com o exército. Ao opor-se ao Governo Provisório — melhor dizendo, depois de imaginar o Governo Provisório e opô-lo a si mesmo —, ele não conseguia nem governar, nem deixar de governar; todo o poder de fato estava nas mãos dele, mas não se sabia o que ele tinha na cabeça. O exército não entendia essa situação complexa e profundamente científico-socialista; ele exigia autoridade, ordens.

Uma multidão de pessoas de diferentes unidades chegava correndo ao Comitê Executivo de Tchkheídze e exigia que lhes dessem ordens. Por isso, o Comitê Executivo já estava pronto para aceitar a ideia do comissariado de dois mandatos.

Quando me lembro dessa situação, Filonenko me aparece como organizador do Comissariado de Guerra. Com enorme rapidez ele passou da ideia de pessoa que dava exemplo à ideia de pessoa que mandava: a ideia de um comissário.

Por que a Seção de Guerra do Comitê Executivo apoiou a candidatura de Filonenko? Acho que, por uma absoluta falta de outras pessoas, eles tiveram que fazer vista grossa e deixar passar; parece que ele havia sido SR em alguma época, mas não continuou tendo contato com o partido antes da revolução. Sua candidatura foi aceita, Anardóvitch tornou-se seu assistente, e para o outro cargo de assistente foi o engenheiro Tsipkiévitch, que em outra época fora um antigo SR de direita, mas que agora, em essência, era uma pessoa "fora da política". Sobre Tsipkiévitch ainda não falei. Vou falar depois. Posteriormente, me convenci do imenso talento organizativo de Tsipkiévitch.

Era engenheiro: organizador de produção. A revolução o inquietava por embaralhar todos os esquemas e horários, e ele pensava em regulá-la como um motor ou uma ferrovia. Já eu fui mandado como agitador.

Agora vou responder à pergunta de por que fui para o front, por que precisei ir para a ofensiva e por que combati.

Eu era a favor dessa intervenção porque considerava que a própria revolução era a favor da ofensiva. Segundo minha convicção à época, a ofensiva era possível. Era preciso ou assumi-la, ou cravar as baionetas no chão e ir para casa assobiando. Eu não acreditava na confraternização e estava certo. Meu erro estava no fato de que não se pode atacar quando se tem atrás de si uma sereia — um governo democrático com uma cauda burguesa. Não se deve combater quando há outro combate na retaguarda. Para mim, a ofensiva era necessária porque a vitória das tropas da república rapidamente faria acontecer uma revolução na Alemanha. Isso teria sido mais feliz do que uma revolução sob a pressão de uma revanche. Era necessário atacar enquanto ainda havia um exército, mas era necessário um governo homogêneo e a rápida execução de um programa mínimo.

E mais uma coisa: os aliados, malditos sejam, não concordavam com a nossa definição de uma paz "sem anexação e contribuição"; e essas palavras, tão batidas nos jornais, eu sei como elas eram sagradas na alma de cada soldado cujos pés eram engolidos pela água da trincheira, e cujo pescoço era roído por piolhos. Essas palavras eram realmente sagradas entre soldados descalços.

Aqueles que as rejeitaram são culpados pelo sangue, pela sujeira e pelo encarniçamento. Ah, se diante dos regimentos de junho tivéssemos conseguido desdobrar o estandarte sagrado de uma guerra justa, eu não teria vontade de chorar agora sobre seus túmulos, meus pobres camaradas!

Mas eu me traí — não quero ser crítico dos acontecimentos, quero apenas dar um pouco de material para a crítica.

Vou seguir contando sobre os acontecimentos e fazendo de mim mesmo material de exame para a posteridade.

E então fomos.

Eu tinha pena de me despedir do meu destacamento, de nossa escola, que havíamos elevado a uma perfeição nunca vista na Rússia. Meu destacamento ficou lá, mofando junto com todas as guarnições revolucionárias. Só um pouco mais devagar do que as unidades restantes. Ele não era parte da *memorabilia* militar.

Agora, mais uma lembrança de Petersburgo.

O soviete menor da seção dos soldados, lutando contra o recém-chegado Lênin em seu jornal bem-educado, publicou uma resolução que considerava a propaganda leninista tão nociva quanto toda a propaganda contrarrevolucionária. Lênin veio ao soviete para se explicar. Foi um dia de confusão. O salão se encheu de membros do comitê. O voluntário Zavadie estava presidindo. Lênin fez um discurso com um ímpeto elementar, rolando seu pensamento como uma enorme pedra; quando falou sobre como era simples construir a revolução social, esmagou diante de si todas as dúvidas, como faz um javali com um pedaço de caniço.

O salão concordou com ele naquele seu momento de assertividade, e ali se instaurou algo semelhante ao desespero.

Lembro de um soldado barbado que gritava para o discurso do soviete menor: "Burguesinhos!", "Filhinhos da mamãe!", e exigia: "Tchkheídze para presidente, Tchkheídze!".

Imagino que nó no cérebro deve ter acontecido na cabeça desse soldado.

Liber fez uma réplica a Lênin. Falava de maneira maravilhosa e inspirada. Mas suas palavras voavam como farelo, ao invés de caírem como sementes. Com essa sensação de que uma força cega e arrebatadora atropelava a todos, fui para o front. Eram os primeiros dias de junho. Já havíamos comemorado o 1º de maio da nossa revolução. A cidade toda vivia a revolução. As ruas fervilhavam com manifestações efêmeras. A vida privada parecia pálida. E assim eu parti e fui parar em outro mundo.

Fomos num grupo de cinco: Filonenko, Tsipkiévitch, Anardóvitch, eu e, na condição de secretário, um odessita muito alegre e sensato, o camarada Vonski.

Chegamos a Kíev. Em Kíev, o Soviete dos Deputados dos Soldados lutava contra desertores e ucranianos. O Soviete dos Deputados dos Trabalhadores não significava nada, já que em Kíev, exceto pelo arsenal e pela fábrica de Greter, não havia grandes indústrias.

Uma bandeira amarela e azul esvoaçava sobre a cidade, soldados ucranianos protegiam a Duma e havia manifestações nas ruas: russos brigavam com ucranianos, os judeus suspiravam, esperando o momento em que seriam espancados.

A situação era terrível, o efetivo era enviado através de Kíev, e em Kíev eles se transformavam em ucranianos e se acomodavam por completo.

Seguimos em frente. Depois de Kíev, a estrada assumiu mais aparência de front. Como frutas em cestas decorativas, as pessoas se apinhavam em montinhos nos tetos dos vagões. Todos os lugares no para-choque estavam ocupados. Nosso pequeno vagão misto, que tagarelava desesperadamente na cauda do trem, estava lotado.

Chegamos a Kameniéts-Podolsk, e lá, no edifício do ginásio, estava o Iskomitiuz, ou seja, o Comitê Executivo do Front do Sudoeste. Ali, encontramos primeiro o comissário designado Moissiêienko... Seu ajudante superior era Linde. Eram pessoas já cansadas. A revolução os havia deixado completamente esgotados.

Contaram de Sávinkov. Sávinkov dava ordens no exército como se detivesse o poder. Organizou dias para audiências e assumiu a iniciativa da ação. Moissiêienko se considerava apenas um consultor do comitê, e achava que, logo que os comitês se fortalecessem, o comissário se tornaria desnecessário. Não parecia que em alguma época o comissário se tornaria desnecessário para o Iskomitiuz. Os voluntários, bastante tímidos — médicos, professores que foram parar no front por acaso —, eram todos pessoas que não pensavam em qualquer benefício para si, mas que estavam pouco aptas para dominar as tempestades da revolução.

Sua composição era casual. As massas tinham enviado pessoas que não estavam comprometidas mas que ao mesmo tempo podiam dizer algo, fazer algo. Qualquer pessoa bem alfabetizada e que não fosse um oficial passava quase automaticamente de comitê em comitê e ia parar em um comitê do front.

Por isso havia uma grande quantidade de judeus nos comitês, já que, de toda a *intelligentsia*, justo os intelectuais judeus eram soldados no momento da revolução.

No geral, os integrantes do comitê eram pessoas sem soluções, pessoas que reconheciam a impossibilidade de construir algo com suas próprias forças, e por isso elas tinham uma predisposição à defesa. Tinham medo da retaguarda. A retaguarda — que não estava amarrada pelos pés e pelas mãos aos alemães, dos quais era impossível se afastar no front, assim como é impossível se afastar da pressão atmosférica — nessa época abalava o front, rachava-o e fuzilava a grandiosa indústria chamada exército.

Nessa indústria, habitualmente, cada um faz muito pouco, mas se alguém para de fazer esse pouco, o resultado é terrível.

Nessa época havia conversas sobre a ofensiva. A ofensiva parecia tão inevitável quanto o avanço da noite sobre o dia, e não porque essa era a vontade de Kérenski, ainda que, para os soldados, Kérenski fosse a encarnação do entusiasmo revolucionário, mas porque — isso era sentido por todos — não se pode reunir todos os homens em armas, afastá-los dos seus afazeres e depois ficar parado decidindo o que fazer. O exército devia lutar ou debandar — por enquanto, ele havia decidido lutar.

Todos sabiam que a ofensiva de certa forma aconteceria mesmo que todos dissessem:

"Mas eu não quero!"

Entre os integrantes do comitê havia membros de partidos: bundistas,[16] SRs e mencheviques. Os últimos eram principalmente da vertente de Plekhánov. Os bolcheviques integrantes do comitê ainda não tinham aparecido; de vez em quando chegava algum soldado que se encontrava fora do círculo dos soldados da *intelligentsia*, e esse "animal do abismo" falava palavras sombrias, confusas, mas compreensíveis. Essas pessoas se chamavam de bolcheviques, e sua maioria era composta principalmente de aproveitadores, ou seja, pessoas que não tinham disposição para o sacrifício, e por isso eram impossíveis de se ter no front — onde todos eram sacrificados. Se fôssemos tentar definir sua verdadeira essência,

---

[16] Integrantes do Bund, partido socialista judaico ativo na Lituânia, Polônia e Rússia entre 1897 e 1920, de posições próximas às dos mencheviques. (N. da E.)

o mais preciso seria chamá-los de stirneristas.[17] Eles já tinham influência sobre a massa de soldados, mas não eram respeitados. O bolchevismo das massas apareceu mais tarde, como resultado do desespero, como uma argumentação verbal da recusa até em se defender. Falo do bolchevismo de guerra.

Mas, por enquanto, os regimentos ainda se seguravam com uma ideologia revolucionária ingênua, com a "Marselhesa", os estandartes vermelhos e, principalmente, com a grande inércia de uma aglomeração tão enorme de pessoas como é a de um exército, com os restos e hábitos do cotidiano do exército.

Os porta-vozes dessa base de concessão do exército revolucionário eram os comitês, especialmente os superiores. A tarefa dos integrantes dos comitês era, antes de mais nada, cuidar da preservação do exército. Como preservá-lo eles não sabiam, esperavam pela tempestade e a temiam, não sabiam se seria necessário lutar contra ela: eles mesmos não eram capazes de expressar o que havia por trás dessa tempestade, por isso se acanhavam e tentavam conservar um exército que, apesar de baseado em uma concessão, mesmo assim era capaz de se defender.

A ofensiva pairava no ar, como mais tarde pairaria a expectativa do golpe bolchevique. Nos dirigíamos para o front com pressa.

Nosso automóvel passou por uma velha fortaleza turca na estrada e deixou Kameniéts atrás de si, rodeada por um belo anel de água. A estrada serpenteava subindo por montes escarpados. Uma ponte alta e estreita pendia sobre o rio. Eu conhecia aquela estrada. Tinha dirigido e quebrado um

---

[17] Referência a Max Stirner (1806-1856), filósofo individualista alemão cuja obra principal, *O único e sua propriedade* (1844), defende uma forma de anarquismo amoral e egoísta. (N. da E.)

automóvel nela em outra época, e agora adormecia no fundo de outro automóvel.

Viajamos mortalmente rápido, e de manhã estávamos em Tchernovitsi. Essa cidade branca ao pé de montanhas e morros, levemente parecida com Kíev mas fortemente polonesa e astutamente comerciante, era o lugar onde ficava o quartel e o comitê do 8º Exército. O comandante era o general Kornílov.

Nos levaram para um apartamento bom, que ficara de fora dos saques. Peguei o boletim militar local com interesse. Parecia muito divertido. Por ele, foi possível entender que a questão principal agora era a luta do comitê da guarnição de Tchernovitsi com o Arkom (Comitê do Exército) no sentido de exigir reforços para o front. O agrupamento político era doméstico e simplista: kadetes que defendiam a plataforma do soviete de Petersburgo, ou seja, kadetes zimmerwaldistas,[18] bolcheviques defensistas, mencheviques com o programa agrário dos SRs e, para coroar, tinha até socialistas individualistas.

Posteriormente eu soube que, no exército, todos esses grupos diletantes não tinham nenhum peso, assim como os não diletantes. Quem possuía autoridade moral não eram os partidos, mas o soviete de Petersburgo. Todos o reconheciam, acreditavam nele, seguiam-no.

É verdade que ele estava parado, e por isso todos os que o seguiam haviam se afastado dele.

Ficamos em Tchernovitsi por pouco tempo. Filonenko fez ali seu primeiro discurso, e nós tivemos nossa primeira

---

[18] Os kadetes eram membros do Partido Constitucional Democrata, defensores de uma monarquia constitucional e, em geral, da manutenção da participação russa na guerra. Zimmerwald é a cidade suíça onde, em 1915, aconteceu a primeira conferência internacional dos partidos socialistas que pediam o fim da guerra. (N. da E.)

desavença. Ao se apresentar no Arkom, ele proferiu um discurso informativo, que abordava principalmente a política externa e explicava em tintas entusiastas o caráter da relação entre os aliados e a Rússia revolucionária. Isso foi feito de forma tão irresponsável, e até prejudicial no sentido prático — porque não se pode enganar uma pessoa para sempre —, que mandei para ele um bilhete apontando a impossibilidade de um discurso daqueles. Então ele mudou bruscamente o rumo do discurso e passou a investir com raiva contra a burguesia e a ideia de que é impossível trabalhar sem ela. Tudo isso foi feito de forma muito clara e precisa e passou para o comitê uma impressão de revelação e de completo esclarecimento da questão. Mas no comitê, naquele momento, a questão principal não era a informação.

Todos sabiam que haveria uma ofensiva, e correu uma pergunta dos representantes das unidades: "As unidades vão para a batalha?". As respostas foram vacilantes; lembro particularmente de uma: "Não sei se os comitês das companhias vão para a batalha, mas o comitê do regimento vai combater!". Mas isso não era o principal. Eles queixavam-se da defasagem das unidades, de que em cada companhia havia quarenta baionetas e esses quarenta homens estavam descalços e doentes. Só o representante da assim chamada Divisão Selvagem, recrutada entre montanheses, respondeu convicto: "Vamos quando for preciso e contra quem for preciso". Kornílov deu uma explicação. Suas palavras se reduziram ao fato de que, apesar da "carência" nas unidades, tínhamos uma superioridade de cinco vezes sobre os oponentes no lugar previsto para o confronto, e de que a missão de combate seria dada segundo o cálculo das forças factuais da unidade. Mas havia divisões de novecentas pessoas!

O receio dos soldados de receber missões de combate sem levar em conta o número de baionetas não era sem fundamento. Durante o regime antigo eu soube de um caso em que substituíram a posição de um regimento de infantaria (de Semiônovski) por um regimento de cavalaria desmontada que era numericamente cinco vezes menor.

Havia outra queixa geral que se escutava em todos os discursos de delegados, e a essa queixa, claro, Kornílov não podia responder de nenhuma maneira: era a queixa quanto ao completo abandono das tropas, o isolamento. Eu já conhecia um pouco do front e imaginava essa tristeza do soldado numa trincheira em que nem se vê o adversário: só neve no inverno e hastes de grama no verão.

Numa reunião foi feito um informe muito detalhado sobre a força do exército e seu armamento. Só não foi indicado o ponto de ruptura, mas todos sabiam que se tratava de Stanislavov.

Era estranho escutar como se discutia detalhadamente o plano de ataque: falavam de estradas e da quantidade de armamento em uma reunião com mais de cem pessoas. Ali o princípio democrático da discussão foi levado ao absurdo, mas posteriormente conseguimos aprofundar e elaborar esse absurdo. Em Stanislavov, logo antes do ataque, foram reunidos todos os membros dos comitês de companhia do batalhão de choque, ou seja, do 12º Corpo, e nessa reunião também se discutiu a questão: atacar ou não atacar? Não estou nem falando dos comícios nas próprias trincheiras, às vezes a algumas dezenas de passos do inimigo. Mas na época isso não me parecia estranho. Acho que Kornílov também não entendia claramente a falta de esperança da situação. Ele era acima de tudo um militar. Um general que liderava os ataques, que abria caminho armado com um revolver. Com o exército, ele mantinha uma relação igual à de um bom motorista com seu automóvel. Para um motorista, o importante, antes de tudo, é que o carro ande, e não quem vai nele. Para Kornílov, era necessário que o exército lutasse. Ele se surpreendia com a estranha maneira revolucionária de preparar a ofensiva. Ainda queria acreditar que era possível lutar assim. Como um motorista que, com desconfiança, experimenta um novo combustível e quer muito que seja possível fazer o carro andar com ele, como que com gasolina, e é capaz de se entusiasmar com a ideia de usar carboneto ou aguarrás.

Não era a primeira vez que eu encontrava Kornílov no exército. Eu o vira ainda nos dias de abril, quando os regimentos de Petersburgo marcharam contra Miliúkov. Na época, ele exigiu os carros blindados da divisão por telefone; tínhamos decidido por unanimidade que nos subordinávamos diretamente ao soviete. Por isso, a resolução foi: "Não levar em consideração". Fui comunicá-la. Kornílov falava muito baixo, evidentemente sem compreender por que ele, sendo um comandante, estava sem tropas, ou quem precisava de seu comando. Ele achava desagradável me ver no exército; depois se reconciliou comigo, mas passou a me considerar louco.

Naquele momento, o comitê do exército acreditava muito em Kornílov, e, quando ele apareceu depois do informe feito aos oficiais do estado-maior, seu discurso foi recebido com empolgação. Mas ninguém gostava dos kornilovistas. Chamavam-se de kornilovistas os integrantes do primeiro "batalhão da morte" que se formou em Tchernovitsi com voluntários — principalmente soldados das unidades técnicas e burocratas militares que tinham decidido entrar para as fileiras.

Posso testemunhar que esse batalhão não lutava pior do que os melhores regimentos antigos. Mas esses batalhões de choque, que já estavam costurando uma caveira com ossos na manga, dividiam as tropas e despertavam em soldados já sensíveis e desconfiados o receio de que no exército, anteriormente unido, se formaria algum tipo de unidade especial com funções policiais. Os integrantes de comitê mais leais eram contra os batalhões de choque. Os integrantes do batalhão de choque os irritavam, sobre eles se dizia que recebiam algum grande soldo e viviam em condições privilegiadas. Eu era incondicionalmente contra os batalhões de choque, porque, de hábito, para formá-los se tirava dos regimentos gente com animação e entusiasmo, gente de instrução relativamente mais alta. A tristeza de ver que o exército já tinha começado a apodrecer os levava para fora dos regimentos. Mas era justamente nos regimentos que eles eram mais necessários, como sal na carne-seca.

No comitê, os kornilovistas eram atacados furiosamente, e se defendiam de forma bastante queixosa.

A propósito, lembro de batalhões femininos; não há dúvida de que foram concebidos na retaguarda e eram uma ofensa ao front conscientemente inventada.

Eu caminhava por Tchernovitsi. Uma cidade limpinha, parecida com Kíev. Comemos muito bem ali, à maneira europeia, com mais asseio do que em nossas terras. Os soldados não tinham devastado a cidade; no apartamento onde eu estava aquartelado havia até objetos de prata, travesseiros e tapetes. O apartamento era típico de um antigo proprietário bastante rico. Pela cidade circulavam bondes sem ninguém pendurado, nos quais todos pagavam a passagem. Os reforços saíam da cidade para o front, ainda que não chegasse quase ninguém da retaguarda, e, quando chegava, fazia um grande estrago nos regimentos. No geral, a cidade, do ponto de vista do estado da guarnição, era quase boa. Mas nada disso dependia de uma vontade consciente, algo que não podia existir em pessoas que ainda não tinham vivido uma revolução de verdade; ou seja, tudo dependia, precariamente, de boas intenções.

Filonenko e seu secretário Vonski, um rapaz alegre, robusto e muito bom à sua maneira, extremamente enérgico e engenhoso, ficaram em Tchernovitsi. Eu e Anardóvitch fomos para o front, onde a qualquer momento devia começar a ofensiva. E eis que, de novo, correram ao encontro do meu automóvel os triplamente conhecidos campos da Galícia, com cemitérios poloneses, nos quais as cruzes, à maneira polonesa, são melodramaticamente enormes, com túmulos judaicos de pedras pintadas, grama seca crescida, com estátuas de mármore, já ásperas pela chuva e pelo vento. Nos cruzamentos, os encantadores crucifixos ortodoxos da Galícia, e sobre eles, em cada diagonal da cruz, postava-se um santo. Virando bruscamente, a estrada ia ao lado de uma rodovia estreita, mas plana.

Às vezes, ao passarmos por um bosque, o barulho ritmado do carro dava às árvores um som parecido com um golpe de chicote nas folhas. Chegamos a um pequeno lugarejo escuro. Ali ficava o quartel-general do corpo que fora designado para fazer a ruptura.

Era o 12º Corpo. Fomos recebidos — era noite — pelo chefe do estado-maior, absurdamente cansado. Parecia que ele tinha trabalhado por uma semana, deixado de dormir por uma semana e estava com dor de dente. Ele não estava com dor de dente, mas se sentia como uma pessoa a quem ordenam pular, mas os pés estão paralisados, ou a quem ordenam pegar uma moeda de prata em um campo de pedra com dedos congelados. Ele começou a falar sem esperança que os regimentos estavam se recusando a cavar as paralelas — paralela era o nome da trincheira que cavavam em frente à vala principal, conectada a ela por um caminho e, no geral, com o objetivo de aproximar-se do adversário para diminuir a perda no ataque. No exército apareceu algum regimento errante sem oficiais nem comboio, só com a cozinha, que tinha vindo do exército vizinho e estava indo para casa, mas a ofensiva aconteceria dali a poucos dias. Ele falava e, no quarto vizinho, também fracamente iluminado por uma lâmpada a querosene, os telégrafos e os aparelhos de Código Morse azulavam e batiam de leve, e finas folhas de papel se arrastavam lentamente para fora dos aparelhos.

Saindo do quartel-general e atravessando uma lama escura e profunda, fomos encontrar o general Tcheremíssov, comandante do corpo. Tcheremíssov era parecido com Kornílov, também pequeno, com um rosto amarelo de traços mongóis, vesgo, mas de alguma forma mais roliço que ele, menos seco. Parecia um Kornílov inteligente e talentoso. Na ofensiva anterior, ele já tinha estado naqueles lugares como chefe do estado-maior do corpo, e de fato conhecia a Galícia e a Bucovina à perfeição. Gostava instintivamente da revolução e da guerra pelas amplas possibilidades que elas lhe davam. Tcheremíssov não tinha medo dos soldados: eu soube, factualmente, que, quando um certo destacamento resolveu assassiná-lo e pôs um morteiro em frente à sua casa, ele, ao sair por causa do barulho, com muita tranquilidade demonstrou aos soldados que o morteiro fora instalado de forma incorreta, pois a explosão do projétil destruiria as casas vizinhas. Os soldados concordaram e tiraram o morteiro. A disposição de Tcheremíssov não era das piores, mas ele apontava para algo efetivamente verdadeiro: o alarido dos jornais era o que mais incomodava os soldados. Os gritos da retaguarda: "Ao ataque, ao ataque!". Naquele momento, a coisa estava assim: na região de Stanislavov, tínhamos menos de setecentas armas reunidas, e o front começou a ficar mais concentrado. Os terrenos das posições concedidas aos regimentos foram estreitados, e novas unidades eram despejadas nos lugares liberados. Com isso, aconteceu também a primeira encrenca. A 11ª Divisão, que se encontrava em boas condições, não queria ir para o front, não porque fosse contra a ofensiva — eu quase não encontrava recusas diretas —, mas porque havia sido tirada de outro terreno do front, e além disso lhes tinha sido prometido descanso. A 61ª Divisão, ao que parece (não me lembro do número exato, sei que sua composição incluía o Regimento de Infantaria de Kinburg), não queria cavar as paralelas, e mais alguma outra divisão

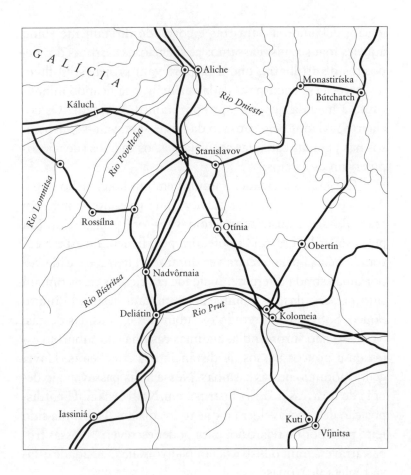

também não queria uma coisa e queria outra. E o inimigo diante de nós não tinha quase nada; quer dizer, tinha arame, metralhadoras e trincheiras quase vazias. Decidimos ir imediatamente para Stanislavov. Fomos à noite. Ainda estávamos longe da cidade, que ficava diretamente na linha das trincheiras. Mas o front já estava traçado pelos voos ininterruptos dos mísseis que os alemães queimavam com medo de um ataque noturno. Os canhões eles não disparavam, ou não se escutavam os tiros, e o automóvel perseguia a estrada em silêncio, deixando-a para trás e correndo diretamente rumo àqueles fogos azuis. Passamos as silenciosas carroças dos depósitos de artilharia, que transportavam projéteis. O fluxo de carroças se encorpava cada vez mais, e ia ficando ininterrupto à medida que nos aproximávamos da cidade. Os cocheiros, calados pelo cansaço da noite, sentavam-se silenciosos nas pesadas carriolas sacolejantes, os cavalos silenciosos puxavam os arreios.

Chegamos à cidade. Paramos em um hotel, acho que o Astoria. A cidade de Stanislavov tinha passado de mão em mão. Russos e austríacos a tomavam, ora pela direita, ora pela esquerda, ora pela frente, ora pelo flanco. Eu estava entrando nela já pela terceira vez durante a guerra, e a cada vez por uma estrada diferente. A cidade era rica, as casas tinham sido preservadas, os bombardeios tinham destruído muito pouco. Sofreram sobretudo os subúrbios e as usinas de gás. Mas isso não surpreendia, algumas casinhas do subúrbio estavam a poucos passos de distância das trincheiras. Havia gente morando nessas casinhas. Nossa linha passava logo depois de atravessar o rio Bístritsa em Nadvôrnaia. Uma disposição desfavorável, era o que todos diziam. Isso tinha sido feito para pôr no relatório, para poder escrever: "Nossas tropas atravessaram o Bístritsa em Nadvôrnaia". A cidade estava repleta de tropas.

Os quartéis de quase todas as divisões do 12º Corpo, que naquela época praticamente formava um exército, se espremiam na cidade. No hotel onde eu ficava moravam as patentes da seção operativa do estado-maior; no pátio ficava a bateria, no topo havia um ponto de observação da artilharia; embaixo, no café polonês, que astutamente ainda funcionava, os oficiais ficavam sentados, e no ar, em dois fiozinhos de fumaça bicolores — castanho e azulado —, pairavam as explosões da metralha austríaca. À noite, escutavam-se os tiros de nossos canhões, especialmente estrondosos; eles ressoavam literalmente nos nossos ouvidos, ecoando retumbantes nas paredes do pátio. O som parecia o de uma grande bola jogada com força num chão de pedra.

Stanislavov foi o único lugar no front onde pude dormir em uma cama e até com lençóis. Dessa vez fiquei pouco tempo em Stanislavov. Fui chamado para o regimento de Alexandropol. Esse regimento ocupava uma posição bastante singular.

Diante dele estavam as forças inimigas na montanha de Kosmatchka, de topo arredondado, coberta por uma floresta. O regimento também estava nas montanhas, e entre as nossas trincheiras e as alemãs havia uma distância de no mínimo três verstas.[19] Ali, na verdade, não havia guerra. Tinham jogado tábuas entre as trincheiras, as próprias trincheiras estavam meio cobertas. Confraternizavam por muito tempo e com dedicação; os soldados costumavam se juntar nas aldeias entre as posições, e ali fora montado um bordel neutro e livre. Também participavam das confraternizações alguns oficiais: entre eles, se destacava um homem talentoso e bélico, Cavaleiro de São Jorge e, ao que parece, ex-estudante, um certo capitão Tchinarov. Acho que Tchinarov era uma pessoa subjetivamente honesta, mas em sua cabeça redemoinhava tamanha bagunça que, como nos disseram depois os habitantes de Rassulna, a aldeia que ocupávamos, Tchinarov mais de uma vez foi para o estado-maior austríaco, onde farreava com os oficiais e ia com eles de automóvel para algum lugar na retaguarda.

No alojamento do estado-maior austríaco na aldeia de Rassulna encontramos — depois de ocupá-la — um manual de confraternização editado pelo estado-maior alemão em um papel muito bom, e em Leipzig, ao que parece.

---

[19] Antiga medida russa equivalente a 1,067 km. (N. da T.)

Tchinarov foi preso por Kornílov e ficou na prisão junto com um certo alferes K., que depois se revelou um provocador de Kazan.

Eu me esforcei para libertar Tchinarov, uma vez que nossas concepções de liberdade de expressão e de ação para cada cidadão individual eram na época anedoticamente amplas. Não consegui libertar Tchinarov; o regimento estava pedindo por ele, e fui acalmá-los.

Andei de carro por um longo tempo, acho que pela vila de Nadvôrnaia; os Cárpatos já começavam a se fazer sentir. A estrada estava pavimentada com troncos transversais. Sobre elas tinham colocado algo como arcos triunfais, decorados com ramos de pinheiro — uma forma copiada dos austríacos de camuflar a estrada. Passamos primeiro pelo quartel do Corpo (o 16°), ali fomos recebidos pelo desnorteado general Stogov. Este já não estava entendendo nada. "Esses bolcheviques, mencheviques", ele reclamava para mim, "eu estou acostumado a considerar vocês todos, perdão, uns traidores". Não me ofendi. Era muito difícil para ele. Seu corpo era inteiramente constituído por divisões de terceira ordem, de seiscentos ou setecentos homens cada, tiradas de vários regimentos durante a reformulação, quando os regimentos passaram a ter três batalhões de efetivo ao invés de quatro. Essas unidades formadas às pressas, sem tradição, com grupos que brigavam entre si pelo comando do efetivo, claro, eram muito ruins. O general Stogov amava suas tropas, e ficava simplesmente ofendido pelo fato de seus soldados lutarem tão mal. Ele não tinha influência sobre os soldados, ainda que estes o conhecessem e estimassem.

Depois de falar com Stogov, fui para o quartel da divisão. Lá também reinava uma completa confusão. Ainda que todos soubessem que o corpo não havia recebido nenhuma missão, mesmo assim era estranho ver as tropas em um estado tal que não se podia contar com as guarnições nem para uma simples ocupação das aldeias vizinhas abandonadas.

Fui para o regimento. Reuni os soldados, não montei um comício para não tensionar a atmosfera, falei com eles com voz normal, disse que Tchinarov seria julgado e que eu não podia devolvê-lo. Os soldados, era evidente, gostavam muito dele e se apressaram em fazer testemunhos falsos a seu respeito.

Mas mesmo assim o regimento se acalmou um pouco, simplesmente porque desabafaram para uma pessoa nova. Depois, Filonenko e o comitê do exército passaram muito tempo cuidando desse regimento. Por fim, ele foi dissolvido.

Do regimento de Alexandropol voltei para Stanislavov. Pediram que eu fosse para o de Kinburg. No regimento de Kinburg, que estava a umas duas verstas de Stanislavov, as coisas também iam de mal a pior. Eles estavam no campo de batalha e se recusavam a cavar trincheiras: consequentemente, não estavam se preparando para a ofensiva. Fui mais uma vez. Já não era mais uma viagem, era uma corrida de automóvel ao longo das posições. A estrada era visível para os alemães, que a mantinham sob fogo. Os alemães atingiam o automóvel em plena corrida, mas constatamos que dava para passar, então passamos.

Chegamos. Cruzamos o riozinho Bístritsa e logo fomos parar na posição do regimento. Reunimos os soldados, o palanque foi o abrigo de terra. Um soldado me disse: "Não quero morrer". Falei com uma energia desesperada sobre o direito à revolução em nossas vidas. Na época eu ainda não desprezava as palavras, como agora. O camarada Anardóvitch disse que meu discurso arrebatado o deixou de cabelos em pé. O público estava decidindo a questão da própria morte, uma morte imediata, da necessidade de exigir que as pessoas renunciassem a si mesmas — o silêncio de uma triste multidão de milhares e a inquietação confusa provocada pela proximidade do inimigo tensionavam os nervos a ponto de terem um colapso.

Depois de mim falou um soldadinho pequeno, muito sujo. Todo uniformizado. Ele falou de forma sentenciosa e simples, e apenas as coisas mais elementares. De suas palavras entendi que ele estava entre as cinco ou seis pessoas que na noite anterior haviam decidido seguir trabalhando em nossas fronteiras.

Depois do comício, me aproximei dele e comecei a conversar. Descobri que era judeu, era artista no exterior e que, ao voltar, entrou para as fileiras. Era quase um santo. Nem soldado técnico, nem oficial de infantaria, nem comissário, nem qualquer outra pessoa que tenha um par de botas e uma muda de roupa de baixo consegue entender toda a tristeza de um soldado, todo o peso do fardo do soldado.

Esse judeu intelectual carregava em suas botas todo o peso do mundo.

Depois de mim, falou Anardóvitch. Ele estava convencido, estava totalmente embriagado pelo espírito do soviete, feliz, não sabia de todas as dificuldades e complicações de nossa situação. Sua convicção o tornava simples e persuasivo. Em seu discurso de uma hora foram reunidos todos os lugares-comuns de todos os discursos do soviete. A revolução havia fixado suas normas na alma dele. Parecia um cristão ortodoxo.

Depois, andamos por umas ruazinhas escuras e novamente falamos, dirigindo-nos a uma multidão escura e invisível de pessoas com pás, que não sabiam se deviam ir ou não.

Convencemos os do regimento de Kinburg.

Pernoitamos em algum lugar no estado-maior do regimento. À noite, sonolentos e amarfanhados como um capote de soldado, seguimos adiante para falar com o regimento de Malmij.

Novamente, conversas. Ali, uma novidade me esperava. Um grupo de soldados anunciou para mim com um sorriso feliz: "Não fale conosco, não entendemos nada, somos mordovinos". Depois fomos ver os do regimento de Urjum, parece. O mais difícil era ter que aparecer em todo lugar na condição de último recurso e agir sempre nos lugares mais difíceis.

Os integrantes do regimento de Urjum, ou seja lá como se chamava aquele regimento, não me lembro, estavam nas trincheiras. Circulavam pela estreita fresta da trincheira. Entre os dois barrancos de terra cinza apertados um contra o outro, as pessoas se entristeciam sentadas na vala. O regimento se estendia por quase uma versta. Os soldados das trincheiras viviam como se estivessem em casa. Um cozinhava mingau de arroz para o almoço em um caldeirãozinho de campanha, outro cavava na parede um buraco para passar a noite.

Se você pusesse a cabeça para fora da trincheira estreita, via apenas os caules da grama e escutava o assobio raro e sem pressa das balas.

Circulando, falei com os soldados; eles estavam meio acanhados.

Ao fundo da trincheira, sob as tábuas transversais do estrado, corria um riozinho estreito.

Seguimos seu fluxo. Quanto mais baixo ficava o local, mais úmidas eram as paredes, mais soturnos pareciam os soldados.

Por fim, a trincheira acabou. Saímos para o pântano. Apenas uma parede, feita de sacos com terra e grama acumulada, nos separava do inimigo.

Uma companhia composta quase exclusivamente de ucranianos estava reunida, todos sentados. Não se podia ficar de pé — era perigoso. A parede era baixa demais.

Sentia-se uma perplexidade absoluta entre aquelas pessoas. Me parecia que elas tinham ficado sentadas daquele jeito durante toda a guerra.

Comecei a conversar com elas sobre a Ucrânia. Eu achava que era uma questão grande e importante. Pelo menos em Kíev faziam muito barulho em torno dela. Eles me interromperam:

"Não precisamos disso!"

Para aqueles soldados, a questão de uma Ucrânia independente ou não independente não existia. Eles imediatamente me informaram que eram a favor da comunidade. Não sei o que entendiam por isso. Talvez, apenas um pasto comum. Os soldados estavam faladores, pelo visto estavam alegres de ver uma pessoa nova, mas não sabiam o que exatamente precisavam perguntar para obter uma resposta que solucionasse suas dúvidas na hora. A capacidade de fazer uma pergunta é uma capacidade importante. Um suboficial, pelo visto popular entre a companhia e de pé entre os soldados sentados, como um presidente, me perguntou:

"Mas nossos rapazes estão preocupados, é verdade que Kérenski não é um social-revolucionário, mas um social-democrata, justamente o que os preocupa?"

Respondi à pergunta dele. Apesar da resposta, ao que parece, ter desfeito sua dúvida, ele ainda assim não estava satisfeito com a brevidade dela.

Me parecia que os soldados escutariam um suboficial desses, que não entendia nada ele próprio, falar algo incompreensível, e depois diriam: "E daí?", e então iria cada um para seu lado.

Segui para a reunião dos oficiais. "Nosso regimento vai mal", diziam os oficiais, "vai mal, está precário."

Eu também achava isso. Mas o que fazer?

Eles olhavam para as próprias mãos esperando por um milagre. E eu, sem fazer nenhum milagre, fui para Stanislavov.

De novo, a mesma cidade. Polonesa, dissimuladamente hostil. Limpa, devastada. Me disseram que era preciso ir para a 11ª Divisão. Lá, a coisa estava ainda pior. Uma divisão nova, recentemente reabastecida, não queria ficar nas trincheiras. No geral, ficar nas trincheiras era difícil, mas ali era pior que o habitual. Fui para lá. Na estrada nada deu certo, os pneus furaram, as rodas saíram voando, sentia-se que o carro ia desabar, ainda que o motorista estivesse visivelmente se esforçando para nos levar a qualquer custo. Chegamos. Primeiro, fomos para o quartel, acho que o 41º Regimento da Iakútia. Era uma pequena isbá da Galícia, bastante limpa, bem colorida por dentro. O comandante comunicou que seu regimento se recusava categoricamente a ir. Organizamos um comício. Entre os acampamentos colocaram uma carroça, cercaram-na de bétulas e bordos cortados e ao lado mantiveram também um estandarte vermelho e dourado, desbotado. Fazia calor. O sol sufocava. No ar, um aeroplano alemão voando alto observava com atenção como os russos preparavam a ofensiva. Primeiro falou Anardóvitch. O discurso habitual, de acordo com o *Izviéstia*, falou sem chapéu, o sol reluzia em sua cabeça raspada. Alguém da multidão disse: "Está certo!", os vizinhos cutucaram e ele se calou. Os regimentos não conheciam a liberdade de expressão, eles se consideravam uma voz unitária. Batiam em quem os contradissesse. No regimento de Malmij, espancaram tanto um telegrafista por seu discurso defensista que ele foi embora engatinhando.

    Depois de Anardóvitch, eu falei. Tenho um hábito estranho: o de falar sempre sorrindo. Isso irrita a multidão, especialmente se ela está em perigo. "Está rindo, o desdentado!" Depois de nós, falou o soldado que cuidava da estrebaria, falou mal mas não foi demagógico. Seus argumentos eram os seguintes: primeiro, não era preciso mexer com os alemães, vamos perturbá-los e depois não damos conta; segundo, não era preciso mexer com a 11ª Divisão, que tinha acabado de ser tirada das trincheiras, além do mais tinham prometido descanso a ela e, antes do embarque, o general tinha dito: "Camaradas, parabéns pelo descanso". Falamos e não chegamos a nenhum acordo. Fomos para o regimento seguinte — a mesma coisa: os regimentos estavam parados, diziam que não iriam a lugar algum. Passamos no quartel da divisão. Lá, em uma granja bastante limpa, estava a companhia: o chefe da divisão, que se sentia culpado, apesar de não saber de quê, um padre, alguns membros do estado-maior e membros acho que do Soviete dos Deputados de Simferopol, que tinham vindo para o front com presentes e se surpreenderam muito ao ver como nada parecia com o que esperavam. Eles também falavam da ofensiva, mas quase foram espancados. Nos juntamos a esse bloco e almoçamos tristemente.

Estava chovendo, havíamos esquecido os capotes no regimento. Mas a divisão precisava avançar a qualquer custo. As palavras "a qualquer custo" giravam de tal forma no meu cérebro que posteriormente, na Pérsia, me parecia que "aqualquercusto" era uma palavra só, que "Aqualquercusto" era uma cidade no Curdistão. Fomos deslocar a divisão. Chamaram Filonenko. Ainda antes da chegada dele ficamos sabendo que o destacamento das metralhadoras, a companhia dos granadeiros e os engenheiros eram a favor do cumprimento das ordens, que eles estavam até num acampamento separado e mantinham um posto avançado em relação ao restante da infantaria. É preciso dizer que todas as unidades qualificadas eram a favor da ofensiva e, o mais importante, a favor da manutenção da ordem e da organização. As pessoas de cultura urbana, mais abnegadas, tinham mais imaginação na cabeça e não conseguiam conceber a "11ª Divisão" ou a "5ª Companhia" como algo autônomo. Mas precisávamos de uma divisão, e não de destacamentos isolados. Reunimos pelo comitê do regimento todos os líderes que não concordavam conosco. Dissemos a eles que não dava para ficar ali mofando, era preciso combater ou recuar. A questão dizia respeito à vida de cada um dos que falavam. Prometemos conduzir uma investigação de como haviam enganado a 11ª Divisão, chamada para as trincheiras com uma promessa de descanso. Todos se separaram com o coração despedaçado, muito desgostosos uns com os outros. Mas a 11ª Divisão "retirou-se" mesmo assim. Primeiro foram embora os fuzileiros, levando as metralhadoras para a retaguarda e se preparando para o ataque, depois uma companhia de metralhadoras fugiu do regimento à noite, e o restante foi atrás dela para Stanislavov, onde ficaram fazendo guarda uns contra os outros. Mas mesmo assim a divisão foi deslocada para adiante. Estou expondo essa história de forma tão detalhada para mostrar como eram decididas as tarefas de dificuldade média.

Chegamos a Stanislavov ainda antes da 11ª Divisão.

Ali, Filonenko organizou no cinematógrafo uma grandiosa reunião com os delegados de todos os regimentos e comitês de companhias do 12º Corpo, ou seja, o grupo de choque. Decidiu-se por unanimidade atacar. Foram escolhidos comitês de combate para ajudar os comandantes, e o resto dos integrantes foi mandado para as fileiras. Talvez todos os que votaram a favor dessas pessoas tenham se enganado, mas eles se enganaram sacrificando a si mesmos, honestamente, decidindo morrer, se pudessem ao menos cortar o nó atado pela guerra no pescoço da revolução. Enquanto cuidávamos do 12º Corpo, não importava o que acontecia nos corpos vizinhos. Chegou a notícia de que o regimento de Glukhov da 79ª Divisão — esqueci o número, mas nunca vou esquecer o nome — se encontrava em estado de completa desagregação. Os oficiais haviam debandado, o comitê do regimento se reelegera três vezes e agora também não tinha a confiança dos soldados; eles proibiram os integrantes do comitê de falar nos quartos, e por isso o comitê só podia se reunir do lado de fora, durante o comício. No regimento vizinho, a mesma divisão havia espancado o presidente do comitê do regimento, o doutor Chur, um velho bundista; consideravam provocação ter policiais enviados para o front. O médico espancado foi posto sob detenção. Filonenko foi salvá-lo, conseguiu fazer isso sem artilharia nem cavalaria. Fomos para o regimento de Glukhov em três: Filonenko, Anardóvitch e eu; deixamos Tsipkiévitch para organizar o corpo para a ofensiva. Tsipkiévitch era um excelente organizador, em outra época estivera num corpo militar, depois nos estaleiros de Nikoláievski e, por fim, no 8º Exército, onde os integrantes do comitê o veneravam.

Seu esquema de trabalho era o seguinte: no fim da tarde o comandante do corpo comunicava para ele a missão do exército para o dia seguinte. À noite, Tsipkiévitch distribuía os trechos para os integrantes do comitê e os enviava, de dia eles telegrafavam os resultados. Dava-se uma atenção principal para o deslocamento de tropas e a passagem das cargas. E, enquanto Tsipkiévitch caprichava nos métodos revolucionários nos congestionamentos ferroviários, fomos ao encontro do regimento de Glukhov.

Os integrantes do regimento de Glukhov estavam no nosso flanco esquerdo, nos Cárpatos, perto de Cârlibaba. Ainda na época de Nicolau esse regimento havia fugido da posição duas ou três vezes — pelo menos ele se gabava disso. O lugar onde ele estava era ermo, sem estradas, chuvoso, tristonho. A estrada seguia, ia subindo e subindo, de tempos em tempos se abria a vista abaixo para as aldeias, para as colinas, com degraus que desciam para o vale.

Por fim, nos aproximamos de duas pequenas cidadezinhas queimadas, divididas por um riozinho de montanha, miúdo mas veloz. Da ponte da ferrovia que começava ali, pendia um minúsculo trenzinho a vapor com um pára-choque na frente. Em outra época, na retirada, ele havia sido derrubado, ficou suspenso e parou ali. Essas cidadezinhas se chamam Kuta e Vijnitsa, e ficam já nos portões dos Cárpatos. A estrada seguia, como em geral acontece nos Cárpatos, junto do rio. No lado oposto, um trem de bitola estreita andava quietinho. A estrada era torturante. Subidas íngremes, o pavimento feito de troncos de árvores — o único que resistia às chuvas dos Cárpatos —, tudo isso tornava o caminho terrivelmente difícil. Pelo flanco das encostas com a pelagem escura dos abetos sombrios, campos lavráveis às vezes quase verticais, parecia que o cavalo e o lavrador só podiam subir e arar numa escarpa daquelas engatinhando, e ainda assim se agarrando nas pedras com os dentes. Pela estrada, de quando em quando encontrávamos velhos hutsul[20] vestindo peliças curtas coloridas, com guarda-chuvas pretos nas mãos. Cooperativas de moças adolescentes consertavam a estrada e com prontidão sorriam para o automóvel. Chovia; por alguns minutos tudo ficava cinza de alguma forma, não chegava a clarear, e a chuva parava. No meio do caminho o automóvel não resistiu, os remendos dos pneus se abriram e ele parou. Era noite. Atravessamos o vau de um riozinho. Pernoitamos numa isbazinha hutsul. Parecia a morada de Peer Gynt. De manhã, os remendos foram costurados de alguma forma, um dos pneus foi recheado de musgo, e partimos. Chegamos ao regimento. O quartel estava vazio. Um alferes nos recebeu. De aparência suspeita, era evidente que em seu tempo ele havia feito campanha contra os oficiais e comitês e se juntado aos Muravióv, como eu diria agora;[21] mas no momento em que tudo se abalou e caiu ele se acovardou, e agora toda sua ambição se esgotava no sonho de sair de licença. O regimento era insuportável. Todos os suboficiais su-

---

[20] Grupo étnico ucraniano que vive nos Cárpatos. (N. da T.)

[21] Mikhail Artiémievitch Muravióv (1880-1918), oficial russo que trocou de lado algumas vezes durante a Guerra Civil. (N. da E.)

bordinados a ele haviam fugido para os batalhões de choque. Ele já não tinha chão nem teto.

O comitê estava tentando nos dissuadir de fazer um comício, mas decidimos organizar um mesmo assim. No meio do prado havia um palanque. Reunimos os soldados, veio uma orquestra. Quando a orquestra tocou a "Marselhesa", todos fizeram continência. Dava a impressão de que aquelas pessoas ainda tinham algo que o regimento ainda não havia transformado em pus. Um longo tempo de vida nas trincheiras extenuara o regimento, muitos andavam com bastões, com jeito de cegos, tinham cegueira noturna. Extenuados, isolados da Rússia, eles haviam formado sua república. A exceção se apresentava de novo em um destacamento de metralhadoras. Fizemos o comício. Escutavam inquietos. Interrompiam com gritos:

"Batam nele, é um burguês, tem bolsos na camisa", ou: "Quanto você recebeu dos burgueses?"

Consegui terminar meu discurso, mas na hora em que Filonenko estava falando, uma multidão, sob o comando de um certo Lomakin, subiu correndo no palanque e nos pegou. Não nos bateram, mas avançaram contra nós com gritos: "Vieram para perturbar!". Um soldado tirou a bota e ficou girando, mostrando o pé e gritando: "Nossos pés, por causa das trincheiras nossos pés apodreceram!". Já tinham decidido nos enforcar, simples assim — pendurar pelo pescoço —, mas Anardóvitch salvou a todos. Começou a falar uns palavrões terríveis. Eles ficaram surpresos e desceram. Para ele, um revolucionário já há quinze anos, essa multidão parecia um rebanho de porcos enlouquecidos; não tinha pena nem medo deles. Acho difícil transmitir esse discurso, sei apenas que ele disse, entre outras coisas: "Mesmo na forca, vou chamar vocês de canalhas". Funcionou. Começaram a nos chacoalhar e nos levaram pelo braço até o automóvel. Quando saímos, jogaram várias pedras em nós.

Anardóvitch deu conta do regimento, no fim das contas. Chegou sozinho, mandou distribuir espingardas, organizou-o em companhias, separou setenta pessoas e mandou-as sob a escolta de um cossaco para o batalhão de Kornílov, onde essas pessoas disseram que eram "reforços" e que não lutavam pior do que os outros — o resto ele levou consigo. O regimento mostrou não ser pior do que os outros. Claro, tudo isso foi inútil em termos de resultado; estávamos lutando contra a desintegração em alguns regimentos isolados, mas essa desintegração era um processo racional, como tudo o que existe, e estava acontecendo em toda a Rússia.

Do regimento de Glukhov fomos de volta por Kuta para Stanislavov. Lá, a artilharia já estava preparando a ofensiva. Setecentos canhões, sem pressa, destruíam as trincheiras alemãs com boa pontaria. Isso para os artilheiros não era um trabalho duro, e sim alegre. Podiam almoçar, beber chá e depois atirar de novo. Não era o mesmo que o tiroteio desagradável de quando se está revidando o ataque do inimigo. Ainda que a aviação dos alemães superasse a nossa desmedidamente, nossos artilheiros, mesmo sem usar o reconhecimento aéreo, atiravam muito bem. Assisti ao tiroteio de um sótão, pelas telhas levantadas de uma casa alta, já que o ponto de observação especial estava lotado — no começo havia dois, mas um fora destruído por um projétil inimigo; os observadores morreram, para o enterro só juntaram uns pedaços de carne.

Na cena do bombardeio das posições inimigas, fiquei surpreso que houvesse tão pouco barulho, de alguma forma os canhões ressoavam pouco ou não ressoavam na hora. Das trincheiras do inimigo subiam jatos de terra, e pela altura do jato era possível adivinhar o calibre do projétil. E no ar sobre Stanislavov pairavam nuvenzinhas de duas cores das explosões da metralha austríaca. Mais ou menos à uma hora da tarde de 23 de junho de 1917, o quartel do ponto de observação recebeu a notícia de que os de Kinburg estavam cansados de ficar parados e se dirigiam ao ataque sem esperar a completa destruição das barreiras de arame do inimigo.

Nosso fogo foi transferido para as reservas do inimigo de forma imediata, tranquila e sem pressa. Do teto, com o binóculo, podiam-se ver pequenas pessoas cinzentas saírem de nossas trincheiras e correrem através do campo. Primeiro os nossos soldados apareceram em terrenos separados, depois uma fileira tortuosa de atacantes circundou todo nosso front. Eu chorei no telhado.

Já tinham comunicado que o primeiro ataque avançara sobre três fileiras dos reforços inimigos; o ataque fora excelente, o sucesso se encaminhava. Eu desci do telhado e corri para o front. Fui a pé pela rodovia, cruzando nossas trincheiras até as dos austríacos. Atravessei o rio Bístritsa. Pelos lados da estrada, viam-se aqui e ali umas pequenas covas nas quais nossa infantaria em ataque havia se entrincheirado. As trincheiras austríacas tinham sido completamente destruídas. Antes, elas surpreendiam por sua aparência sólida. Agora, nelas fervilhavam soldados procurando açúcar. Os integrantes do comitê conseguiram destruir o vinho, senão os soldados teriam bebido tudo. Cruzando o campo, caminhando cansadas, iam a segunda e a terceira fileiras do ataque russo. Havia armas austríacas, capotes, capacetes largados por toda parte. Tinha sido um golpe inesperado para o inimigo, apesar de nossas longas conversas sobre ele. O chefe da artilharia austríaca foi assassinado perto de uma arma de 40 centímetros. Mas ainda não era todo o front que havia avançado; em algum lugar à esquerda da rodovia parecia que batiam com bastões uns nos outros: era um tiroteio de espingarda e metralhadora. Cheguei até o quartel da 11ª Divisão. Me reconheceram, mas ninguém tinha cabeça para isso; os bastões estavam batendo com frequência cada vez maior, eles estavam ocupados com a batalha. Fui olhar as trincheiras austríacas. Eram boas trincheiras! Tinham até torres blindadas para observadores.

Chegou a notícia: os austríacos tinham sido vencidos em todas as linhas; o tiroteio se acalmou. Segui em frente. Chegaram de Stanislavov blindados enviados para perseguir os inimigos. Eles estavam diante de uma pequena ponte destruída pelos austríacos e cobriam uma vala. Encontrei ali um camarada; depois, naquele mesmo dia, ele foi morto nas batalhas. Segui em frente, viam-se poucos mortos, os feridos andavam e andavam, e eram na maioria nossos; significava que o inimigo não fora eliminado em lugar nenhum. E eis que debaixo de um arbusto, bem ao lado da estrada, havia um morto; estava quieto, e ao lado os soldados austríacos comiam tranquilamente conservas de café da manhã, apoiando as latas no cadáver.

Satisfeito, Filonenko veio me buscar de automóvel. Saímos juntos, os aeroplanos alemães voavam bem baixinho, sem o menor medo dos nossos tiros; acho que eram blindados, de tempos em tempos eles desciam tão baixo que pareciam querer bater atrás do nosso carro. Ou jogavam para o céu uma faixa vermelha, que pendia verticalmente sobre nossa fileira para retificar os tiros da artilharia deles.

Um projétil caiu diante do radiador do nosso automóvel; acho que atiraram na nuvem de poeira. Andamos pelo turbilhão de areia e pedra levantado pela explosão, tivemos tempo apenas de dar um grito e já havíamos passado.

No primeiro dia, as tropas alcançaram a linha do rio Poveltcha, onde se fixaram. Chegamos lá e estavam todos de ótimo humor, ainda que durante o ataque um regimento tivesse atropelado outro, e tudo estivesse emaranhado e misturado. À noite foram divulgados os primeiros resultados do ataque: o front do adversário fora destruído, havíamos avançado umas dez verstas, capturado duas divisões alemãs e mais de 3 mil metralhadoras.

Estou escrevendo isso quase dois anos depois. Nosso ataque foi em 23 de junho de 1917, segundo o calendário antigo. Estou escrevendo no Dia da Trindade de 1919. As janelas da datcha em que vivo (Lakhta) estremecem de leve com os tiros de canhão abafados e distantes. Em algum lugar, alguém, finlandeses ou belgas anônimos, luta contra algum dos "nossos", que desconheço.

No dia seguinte fui para o front de novo. O rio Poveltcha fora atravessado. Nossas baixas foram insignificantes. Sei que o regimento de Kamtchatka que encontrei tinha perdido umas quarenta, cinquenta pessoas.

Passamos pelo front, largamos o carro e fomos a pé com os batedores.

Nos dois ou três dias seguintes saíamos com frequência com os batedores para além da nossa linha. A ofensiva correu extraordinariamente bem. Na frente de todos ia nossa artilharia ligeira, inclusive sem cobertura; ela mal conseguia parar na posição e dar alguns tiros e já tinha que seguir adiante. Os austríacos depois copiaram essa nossa forma de combater, e nas batalhas de frente na direção de Dolina tivemos que nos certificar de que a artilharia deles saíra diretamente em fileira. Mas naqueles dias a artilharia estava farreando até fora da fileira. Depois da artilharia vinha a infantaria, depois da infantaria, a cavalaria. Não era possível usar a Divisão Selvagem, ao que parece por causa do local acidentado. No geral, ela era muito pior que a nossa cavalaria regular, que era muito boa. Os soldados de cavalaria posteriormente cobriram nossa retirada sozinhos. Eram ainda soldados regulares. Naquela época a disposição deles era quase chauvinista. Eles diziam: "Somos a favor da paz sem anexação e contribuição, mas apoiamos a guerra até a vitória completa". Por enquanto, a artilharia estava cuidando da perseguição ao inimigo.

Em nossa retaguarda, as caravanas enormes e pesadas

do exército atacante avançavam e tombavam com um estrondo ininterrupto.

Era tão clara a diferença entre o front russo, tão fininho que não chegava a ser nem uma fileira ou uma linha, mas um fio, e a enorme retaguarda sobrecarregada.

Lembro de uma das nossas marchas. Saímos à noite. Estava comigo o bom Vonski, um odessita enérgico que conseguira fazer passar por Stanislavov um número indefinidamente grande de feridos. À direita, diante de nós, uma aldeia ardia. Os austríacos tinham tocado fogo. Estava ainda mais escuro por causa do incêndio. Ao longe, o inimigo em retirada atirava contra as chamas.

Os soldados tiravam água do poço com caldeirõezinhos, amarrando-os no fio de telefone.

Seguimos em frente no escuro.

Reuniram uns blindados. Chamaram. Um motorista--aluno me reconheceu. Decidimos seguir em frente. Era um Lanchester estreito com uma torre. Dentro estava abafado e quente. As paredes estavam seladas com um feltro grosso e enfeitadas com retratos de Kérenski e pedaços de calicô vermelho.

Viajando nele, entramos numa floresta onde, diziam, havia unidades austríacas. Ninguém atirava.

Paramos. Mais uma vez uma aldeia em chamas ao lado, atrás da floresta. O adversário atirava na floresta. Isso significava que ele já a havia limpado. Um estilhaço caiu em meus pés. Todos começaram a falar em sussurros. Toda a floresta, toda a estrada estava semeada por pesados capacetes alemães de palas baixas e proteção para o pescoço, por espingardas... pás... rolos de arame.

De manhã, um carro de correspondentes nos alcançou. Um deles era Lembitch, de *A Palavra Russa*.[22] Lembro de

---

[22] *Rússkoie Slovo*, jornal diário publicado em Moscou, então edita-

como ele corria para chegar ao telégrafo em Stanislavov. Ou seja, ia escrever uma matéria de terceira mão, tão parecida com a verdade quanto nuvens parecem címbalos.

No dia seguinte, fomos em frente. Na estrada encontramos um oficial da artilharia com um mapa nas mãos: ele procurava a elevação 255 e estava quase perguntando sobre ela aos passantes. Não sabia ler mapas. Não sei de onde ele saiu.

Assim, avançando absolutamente despercebidos, chegamos a Aliche. Aliche tinha acabado de ser ocupada por um destacamento dos batedores da divisão de Zaamur, ao que parece — debruns verdes —, e por um pelotão de blindados, acho que do 7º Exército. A cidadezinha minúscula, que ninguém notaria se não fosse por seu enorme significado estratégico — havia uma fortificação muito resistente nas redondezas —, estava vazia. Os alemães haviam se retirado, e a ponte explodida estava tão erma que não parecia uma ponte, mas uma esfinge no deserto. Na margem oposta viam-se dois dos nossos batedores, que tinham cruzado o rio a nado ou atravessado o vau. No fundo, sob a ponte, as ondas do Dniestr passavam rapidamente e sem dar atenção àquela guerra que as nauseava.

Na cidade havia umas dez casas. Numa delas, nossas tropas e os comissários (eu e Tsipkiévitch) juntos contavam umas trinta pessoas. Na montanha alta se destacavam as paredes escuras e em ruínas da fortaleza Daniil Galitski. Tudo igual ao que eu vira em 1915, quando dirigi por uma tempestade de neve, saindo de Brod, passando por Aliche até Lvov, Stanislavov e Kolomeia. Agora eu estava passando por Aliche vindo de Stanislavov e pensava estar andando pela es-

---

do por Vlas Mikháilovitch Doroschévitch (1865-1922) e apoiador do Governo Provisório. O periódico foi fechado pelos bolcheviques em 1918. (N. da E.)

trada para Lvov. Havíamos mudado tanto nossas linhas de frente que, quando encontrávamos nossas velhas trincheiras, elas estavam do lado contrário.

Mas em Aliche havia algo novo. Eram fortificações alemãs maravilhosas.

Foram cavados buracos reforçados com um duplo revestimento feito de troncos grossos e socavados bem na base de uma grande montanha da Galícia. Construíram porões enormes para os projéteis de artilharia, e em volta de tudo aquilo havia pistas de boliche, chuveiros e plataformas feitas de troncos de bétula brancos, não descascados.

Normalmente os alemães, ao abandonarem a posição, limpavam tudo "à navalha", até varriam o chão para que não ficassem papéis de lixo — por exemplo, envelopes de cartas pelos quais seria possível adivinhar a composição da unidade em questão.

Daquela vez eles estavam com pressa e deixaram projéteis e alguns papeizinhos sem importância. A artilharia foi toda levada. Os soldados se divertiam na cidade ocupada, como de costume. Soltavam mísseis, experimentavam granadas, pegavam munição para largar alguns passos adiante. O dia estava ensolarado e muito pacífico. E quieto, quieto como um balneário no outono depois da partida dos hóspedes.

Voltamos e, passando por aldeias destruídas, queimadas, por florestas que já não sussurravam, passando por capelas em que de dia ardiam chamas amarelas de velas acendidas por alguém, entrei em Stanislavov.

Ali me disseram que eu devia ir até o 16º Corpo, ou seja, para a região da aldeia de Nadvôrnaia. Lá quase não havia inimigos; talvez nas fronteiras tivessem ficado só os postos avançados, talvez só os cães de guarda. O adversário estava indo embora, mas as divisões de terceira fileira não se decidiam a atacar, ainda que diante delas houvesse um vácuo de Torricelli que as absorvesse. Haviam me mandado para fazer a unidade avançar. Fui, vi novamente o general Stogov, que tentava esconder o estado vergonhoso de suas unidades, mas, claro, não conseguia. Kornílov escreveu para ele: "Ocupar a aldeia de Rassulna"; ele respondeu: "O inimigo está em Rassulna", ao que Kornílov telegrafou de forma muito convincente: "Se o inimigo está lá, é preciso removê-lo". Mas as tropas não estavam nem combatendo, nem removendo o inimigo.

Cheguei. Sobre a Kosmatchka, a mesma montanha de topo arredondado que eu tinha visto do regimento de Alexandropol, erguia-se solitário um canhão austríaco que assustava. Atirava ora para a direita, ora para a esquerda, ora para a estrada, ora para o lugar onde era possível pressupor o acampamento do estado-maior e onde ele, claro, estava. Nossa artilharia estava calada, não tinha como não estar. Sabia que à nossa frente não havia front inimigo. Atirar na aldeia dava pena pelas pessoas, atirar na floresta dava pena pela munição, e então, para limpar a consciência, atiravam só na Kosmatchka. No campo havia uma chama — era a sarça ardente local: petróleo acendido dois anos antes por um furo de sondagem e que ainda ardia.

Passamos para o front. Os austríacos já haviam se retirado e limpado suas velhas trincheiras.

As trincheiras eram boas, secas apesar do lugar ser pantanoso, com uma floresta rala de abetos, um pântano completamente petersburguense. Em todo lugar havia casinhas, em todo lugar havia as mesmas plataformas feitas de bétulas não descascadas.

Fui para o nosso front. Ia andando pela floresta e ia encontrando pessoas sozinhas com espingardas, na maioria jovens. Eu perguntava: "Para onde vai?". "Estou doente." Ou seja, estavam fugindo do front. O que fazer com eles? Mesmo sabendo que era inútil, a gente dizia: "Volte para lá, que vergonha". Eles iam. Cheguei à beira do bosque. Uns fragmentos. Uns grupinhos aqui e acolá. O comandante do regimento estava comunicando:

"Ontem tal companhia saiu correndo, ontem tal entrou em pânico e abriu fogo sobre os nossos."

Era preciso reunir o comitê. O comitê inteiro estava no front tapando buracos. Cheguei a uma certa companhia, me expressei quase que apenas com interjeições: "Camaradas, o que vocês...". "Nós? Nada, estamos parados..." "Vão para Rassulna." Começaram a explicar que para ir a Rassulna era necessário passar pelo campo, e no caminho nos atingiriam da Kosmatchka. Uma tristeza.

Peguei uma metralhadora e uma granada. "Quem vai comigo para Rassulna?" Um batedor se apresentou. Fomos andando no campo, ora pelo capim, ora passando por umas espigas esparsas, talvez de centeio. Chegamos à aldeia, a estrada estava vazia.

Fomos para a primeira isbá. Umas camponesas assustadas nos perguntaram, sussurrando: "E então, vocês vêm logo?". Não dissemos nada. Um menino de uns sete ou oito anos, louro e quieto, numa linguagem da Galícia meio incompreensível para mim, nos chamou para ver os austríacos. Fomos já rastejando.

Perto da ponte, num riozinho, uma fileira rala de austríacos montava às pressas um bloqueio de um fio de arame sobre estacas e varas finas portáteis de ferro.

Era impossível expulsá-los, sozinho ou em duas pessoas. Uma tristeza. Peguei alguns papeizinhos descartados na bateria abandonada e atravessei o campo direto rumo aos nossos. Cheguei, deixei o batedor e fui embora. Ele que conte, pensei.

Aconselhei abrirem fogo de artilharia sobre o front e mandar os blindados para Rassulna, para que só aí, talvez, nossa infantaria passasse com dificuldade por trás.

Fizeram isso e, quase cutucando as costas do outro com o joelho, as tropas se arrastaram até Rassulna. Em Rassulna eles se animaram um pouquinho, haviam contornado a terrível Kosmatchka, cuja tomada causaria o derramamento de um mar de sangue (outra montanha famosa, Cârlibaba, foi efetivamente pavimentada por ossos), mas, graças à nossa demora, os austríacos tinham levado embora toda sua artilharia.

Justamente em Rassulna encontramos o manual de confraternização alemão, editado pelo estado-maior...

Valia a pena mobilizar aquelas tropas? Por que não entendíamos que não se pode combater quando se tem tanto catarro no front? Em parte porque não tínhamos outra saída da guerra que não uma grande vitória sobre a Alemanha, que era a única coisa — na nossa opinião — que podia levar a uma revolução naquele país. De toda forma, os tanques esmagaram o trono de Guilherme. Não ousávamos ver a impossibilidade, e então avançávamos através da impossibilidade.

Além disso, sabíamos que aquilo diante de nós também não era um exército, e sim lama; que era algo afirmativamente pior que o nosso 16º Corpo, e muito mais covarde que ele, mas que, infelizmente, cumpria ordens, mesmo que aproximadamente.

E então entramos em Rassulna.

Não me lembro se saí de Rassulna ou não. Lembro de alguns dias diante de um regimento de soldados que tinha fugido da posição. Eu o repreendi severamente. Estavam arrependidos e suavam. Chovia. Decidi eu mesmo levar aquele regimento de volta. O front estava a umas vinte, trinta verstas de Rassulna.

Com varas nas mãos, atravessamos uma floresta negra e alta debaixo da chuva. Fomos para a aldeia de Lodziana.

Estávamos indo. A estrada de tempos em tempos era cortada por uma trincheira coberta por terra. A terra se assentava, e se formava um buraco profundo no qual caravanas atoladas se atormentavam. E ninguém descia para botar ao menos alguns dos sacos de areia, que havia aos milhares, já que o parapeito das trincheiras era feito com eles.

Uma nação estranha. Não sabe nem consertar uma estrada. E assim passariam milhares de telegas e atolariam no mesmo lugar, e mil vezes suariam milhares de cavalos e, três vezes mais, milhares de homens.

Chegamos à noite na aldeia de Lodziana. Mais reclamações. Os comandantes infelizes das unidades de terceira fila estavam reclamando. As unidades estavam repletas de policiais e sargentos-ajudantes regulares que fomentavam a agitação contra a guerra com toda a força de sua relativa intelectualidade. Os policiais eram ainda melhores que os "interesseiros", entre eles havia pessoas corretas que queriam "servir" e "se redimir". Sem ter nem sombra de autoridade para isso, rebaixei alguns sargentos-ajudantes a soldados, por conta da fuga.

O moral das tropas não estava nada bom. Durante uma caminhada relativamente fácil, os capotes foram abandonados pelos soldados. Estavam congelando, se enrolavam em cobertores. Ali me disseram que o batalhão de choque da 74ª Divisão estava se recusando a ocupar a posição.

Para um batalhão de choque, até eu, uma pessoa já habituada, achava isso covarde demais. Fui esclarecer e imediatamente fui parar no meio de uma multidão de gente extenuada e enervada. Vieram as queixas. Revelou-se que o batalhão era composto de soldados regulares e suboficiais que haviam fugido do esfacelamento de suas unidades. Mas na nova unidade eles encontraram o mesmo esfacelamento, dessa vez não pela falta de vontade dos soldados, mas por inépcia em se organizar. O batalhão não tinha carroças, não tinha munição para suas espingardas japonesas, ou seja, estava desarmado, se não levássemos em conta as granadas recolhidas nas trincheiras austríacas. E lhe havia sido ordenado ocupar a posição.

Arrumei de algum lugar espingardas e munição trazidas por Vonski, recém-chegado, e os mandei para a batalha. Quase todo o batalhão morreu em um ataque desesperado. Eu os entendo. Era suicídio.

Fui dormir. À noite, o anfitrião ruteno me acordou, desesperado: os soldados estavam ceifando seus grãos ainda verdes. Me levantei e fiquei correndo à noite no sereno. De manhã chegou Kornílov e mandou levar da aldeia toda a munição capturada dos austríacos o mais rápido possível.

O front se estendia até as últimas isbás, o lugar estava inquieto. De tarde, os soldados mataram dois judeus, disseram que estes eram infiltrados. Eu tinha certeza de que não era o caso. A combinação entre covardia e mania de espionagem era insuportável. E mesmo assim aquele sangue recaía sobre mim. Mas era preciso avançar com o front. Nossa artilharia atirava com uma frequência cada vez maior, ia expulsando os austríacos. Eles resistiam precariamente; à nossa direita, na região da 42ª Divisão, onde nessa época estava Anardóvitch, fugiam de um simples fogo de metralha.

Da altura de nossa aldeia viam-se os austríacos evacuando a faixa diante do front, enviando trem atrás de trem, quase sem intervalo, para a direção de Dolina. Era evidente que a evacuação estava terminando. Estavam preparando a rendição.

No dia seguinte começou uma batalha de verdade. A batalha aconteceu ou em Lomnitsa ou na margem do Poveltcha — as informações eram sempre contraditórias e incertas, uns resmungos militares. Fui para o front. Algumas pessoas isoladas foram parar na floresta. Encontrei o quartel do regimento, lá também não sabiam de quase nada. A batalha estava acontecendo na floresta, as unidades ora ficavam para trás, ora avançavam. Não havia comunicação ao longo do front. Fui em frente, cruzei um riozinho, a água morna que imediatamente inundou minhas botas começou a chacoalhar e chapinhar dentro delas. Depois de cruzar uma série de clareiras, fui parar em um bosque de abetos onde as balas já assobiavam e as árvores resmungavam com o ricochete.

Andei pela floresta e fui parar na nossa linha. Na terra molhada pela chuva noturna haviam sido cavadas valas individuais, e tocos foram desajeitadamente virados com raízes cortadas. Nas valas havia água, na água, pessoas deitadas, molhadas, cansadas. Dois ou três oficiais estavam escondidos atrás de árvores, mas estavam de pé. Era evidente que não sabiam o que fazer. As metralhadoras atiravam ininterruptamente e, ao que parecia, em vão. Os tiros das metralhadoras ressoavam nervosos, dissonantes. Escutavam-se os resmungos de soldados sobre os oficiais:

"Eles têm que ficar na retaguarda? Deviam ir cem *sájens*[23] para a frente."

Me explicaram que a linha não se decidia a avançar. Havia uns húngaros adiante. Os regimentos da esquerda e da direita já estavam quase uma versta à frente. Me dirigi aos soldados: "Avancem". Ficaram calados... Era tudo tão triste naquela floresta, naquele canto perdido do front revolucionário. Peguei duas latas de bombas russas que estavam no chão, ao lado da cabeça de algum soldado, pus no bolso, peguei uma espingarda, cruzei nossa linha e segui adiante. Os tiros à nossa frente haviam cessado. Andei uns sessenta passos, acho; uma vala, a estrada, outra vala e ali mesmo, atrás dela, estava a linha de frente dos austríacos. Quase pisei nela. Joguei a bomba para o lado, não pude jogar para a frente, ela já cairia depois da linha de frente. A chama amarela se incendiou com uma explosão surda, me lesionou de leve... O tempo ficou imóvel. Tão imóvel como às vezes ficam as nuvens na tempestade, quando o relâmpago as ilumina...

---

[23] Antiga medida russa equivalente a 2,1 metros. (N. da T.)

E imediatamente, com um grito, veio correndo, passou correndo por mim nosso regimento em plena fúria.

O regimento não aguentou e veio correndo.

Lembro do ataque. Tudo ao redor me parecia esparso, sem densidade, estranho e imóvel.

Lembro das correias amarelas no uniforme cinza de um tenente alemão. O tenente foi o primeiro a saltar ao meu encontro, após um segundo de estupefação ele se jogou, virou e caiu, dobrando o joelho contra o peito como se estivesse procurando um lugar onde deitar na terra. A correia amarela cruzava suas costas. Não fui eu quem o matou.

Depois de cruzar as trincheiras, olhei em volta: um dos nossos soldados se apressava em tirar de um morto seus apetrechos de oficial, e de repente ele próprio caiu ao seu lado.

Íamos atacando, em um dia cinza, entre árvores molhadas. Algum alemão gritou: "Eu me rendo", caiu de joelhos e levantou os braços. Um dos nossos soldados passou correndo, depois deu meia-volta e, mirando no flanco dele, atirou.

A fileira corria mais rápido do que eu, fiquei para trás. Eu sabia que não se deve atacar em pé, sem se encolher, mas nós estávamos enlouquecidos. O ódio à guerra, a nós mesmos e o cansaço não permitiam pensar em autopreservação.

Em algum lugar à esquerda, em uns arbustos de amieiro, uma metralhadora alemã pôs-se a funcionar com batidas espaçadas.

Na retaguarda apareceu um grupo de austríacos, com pressa em se entregar para a gente.

De uma arrancada, corremos para um riozinho ligeiro que quase nos derrubou, abatemos algumas pessoas amontoadas que queriam nos agarrar e nos retardar.

Depois uma vilazinha vazia, com galinhas que corriam pela rua. Alguém se pôs a tentar capturar uma galinha. Restavam poucos de nós, a maioria fora abatida.

Além da aldeia havia ainda uma barreira de arame, chegamos até ela.

Nesse momento descobrimos que não tínhamos munição. O regimento havia usado tudo quando estava deitado na floresta. Eu dei um grito: "Deitem para cavar uma trincheira". Já estávamos em uma greta profunda.

Nesse momento, algo me queimou o flanco, e me vi lançado à terra. Mais precisamente, vi até que já estava deitado na terra. Saltei e gritei mais uma vez: "Cavem as trincheiras, os cartuchos já estão chegando".

Eu tinha sido ferido de um lado a outro da barriga.

Me parecia que o principal era ir embora dali imediatamente. Ainda que eu soubesse que um ferido na barriga não deve se mexer por pelo menos uma ou duas horas, fui me arrastando rumo à retaguarda. Queria sair de debaixo das metralhadoras.

Não sonhava com Petersburgo, nem com a aldeia de Lodziana. Qualquer lugar, nem que fosse a três passos dali, me parecia desejável.

Ia me arrastando e estava feliz. Os riachos desembocaram num rio, o rio desembocou no mar e eu consegui carregar meu fardo.

Tirei meu cinto e joguei fora a espingarda, apesar de isso também não ser de bom-tom para um ferido.

A uns cem passos da batalha, um outro soldado ferido na perna me deu umas ataduras tiradas de um morto e me aplicou um curativo. Havia pouco sangue. Só umas manchinhas.

Eu e ele nos arrastamos até o riacho e passamos o tempo todo dizendo palavras carinhosas um ao outro.

Lodziana ainda estava muito, muito longe.

Depois do rio já havia enfermeiros maqueiros com os bastões das macas nos ombros.

Eles ajeitaram a maca e me puseram sobre ela, me cobriram e então os quatro me carregaram nos ombros.

Eu estava com frio, havia me encharcado nos riachos. Os maqueiros andavam com dificuldade, afundando as pernas na água do rio que corria rápido. Eu não pensava em nada. Estava quase quente. Escurecera havia pouco. Era noite.

Quando levam um ferido nos ombros, ele, deitado na lona pendurada, não vê quase nada além das árvores e do céu. Todos são carregados sob o céu.

Fomos por atalhos, porque a rodovia estava tomada pela artilharia austríaca.

Chegamos ao posto de enfermagem.

Estava abarrotado de feridos. Todo o chão estava ocupado. Me puseram perto da entrada, mas logo me mudaram de lugar pois meu estado foi considerado muito grave.

O médico se aproximou. Disse a ele que mandasse um telegrama a Vonski dizendo que eu estava ferido. Ele olhou a ferida, disse que o intestino em forma de S fora perfurado e perguntou:

— Você fuma?

— Não.

— Fume um cigarro, tanto faz. Teve soluço?

— Não.

— Bom, talvez você não morra, mas me dê o endereço de seus parentes.

Além do ferimento, eu estava em choque profundo, com o pulso fraco. Me deram uma injeção de cânfora.

O enfermeiro tirou minhas botas molhadas e minha jaqueta e as pediu de presente: "Eu lavo para tirar o sangue, e você não vai mais precisar...".

O posto de enfermagem estava sob bombardeio. Apressavam-se em mandar todos os feridos para a retaguarda. Eu e um oficial cujo braço fora esmigalhado do ombro à mão fomos postos no fundo de uma carroça de cartuchos e enviados para lá.

Estávamos sendo levados. Tudo ocupado, tudo lotado de feridos. O cocheiro, cansado, praguejava: "Onde largo vocês?". Nós o ameaçávamos: "Leve-nos mais para frente, não vamos deixar você nos largar na estrada". Não sei como isso terminaria. O céu já estava clareando. A manhã avançava. Vonski nos encontrou de motocicleta na estrada. Um motociclista havia entregue o telegrama a ele por acaso, e ele viera da 42ª Divisão no bagageiro dessa mesma motocicleta. Puseram eu e meu camarada no carro e nos levaram para Nadvôrnaia.

Perguntei do front. Na 42ª Divisão estava acontecendo mais ou menos o mesmo que eu já tinha visto. Os austríacos estavam fracos e corriam de um simples fogo de metralha, ou seja, de ninharias, mas nossas unidades avançavam apáticas, moles, ou então não avançavam em absoluto.

Acontecia também de um regimento austríaco ser posto para correr só por nossos oficiais, telefonistas e sapadores. Os médicos iam cortar o arame e as unidades não davam apoio. Toda a Rússia não qualificada patinava.

Nos levaram a Nadvôrnaia. Fomos entregues, nos puseram em macas novas (não havia camas) e mandaram esperar. Disseram que se eu não tivesse peritonite, viveria. Fiquei deitado, fraco, mas já convencido de que viveria.

O hospital ainda estava "saudável", o chefe da equipe médica era popular. Nossos enfermeiros não trabalhavam e não cuidavam dos feridos, assim como não limpavam os cavalos.

Os melhores enfermeiros eram os prisioneiros austríacos. Os austríacos, antes de mais nada, valorizavam o lugar que lhes dava comida e onde eram bem tratados, e, além disso, eram mais instruídos e não conseguiam, não eram capazes de trabalhar mal — assim como um motorista bem qualificado não consegue ser negligente com seu carro. No hospital, recebi um telegrama da minha divisão. Estava escrito que consideravam minha missão cumprida.

Depois, um velho camarada dos primeiros dias do serviço militar, o voluntário Dolgopolov, me procurou e veio ao meu encontro. Ele também estava ferido. Quando o veículo blindado parou, fechando um buraco de uma versta e meia de largura no front, um projétil caiu na torre de tiro do veículo e deixou surdos todos os que estavam nele.

Dolgopolov teve os tímpanos perfurados. Reclamava o tempo todo — sentia coceira no ouvido, mas não conseguia coçar. Mesmo assim ele não ficava deitado, ia quase todo dia para o combate. Era um rapagão com o pescoço forte, mas com a alma já abatida.

Algumas semanas antes ele estivera em Petersburgo. Por acaso, tinha conhecidos entre o pessoal do *Vida Nova*. No começo ficara contra eles, depois eles lhe disseram que de fato a guerra estava sendo levada adiante pelos interesses dos imperialistas de todos os países; destruíram o pobre menino com o pescoço de 46 centímetros e toda sua psicologia de soldado intelectual que se recusara a ser promovido a oficial e já tinha três cruzes de São Jorge.

Parecia que estavam todos certos, os tímpanos encurvados e apertados entre os ossinhos coçavam dentro dos ouvidos, o coração não ardia mais, e agora doía de alguma forma.

Mas eu ainda estava aproveitando o fato de ter vida.

Ao fim de oito ou dez dias vieram ao meu encontro Filonenko e Kornílov. Kornílov trouxe uma cruz de São Jorge, o que me deixou feliz, mas de alguma forma não pude executar todo o ritual de aceitação com o beijo. Kornílov ficou um pouco triste. Filonenko estava alegre. Ele havia inchado e galgado posições. Agora, já viajava como comissário do front romeno. Por meio dele fiquei sabendo da derrota em Tarnopol, do que fizeram nossas tropas em Káluch, de como no dia 3 e no dia 5 os bolcheviques avançaram e hesitaram desnorteados. Não adivinhei imediatamente a importância dos fatos acontecidos.[24]

Mas depois de alguns dias veio um médico mais velho, manco, de barba grisalha, natural de Kronstadt e meio louco, e comunicou que tínhamos que evacuar às pressas.

O empacotamento começou, cada vez com mais pressa, e assim imperceptivelmente a evacuação se transformou em fuga.

O inimigo não estava nos pressionando diretamente, mas na região de Tarnopol, umas duas semanas antes, dois regimentos haviam ido embora sem autorização, depois mais um, depois outro não foi para onde devia, e o front, já abalado, ruiu. Os alemães mandaram a cavalaria pela fresta que se abriu, e ela só precisava desviar para não ser pisoteada pelos fugitivos.

Há uma brincadeira de criança assim: botam bloquinhos de madeira em pé um atrás do outro em espiral, calculados de um jeito que, ao cair, eles esbarrem uns nos outros; depois empurram um e a derrocada corre apressadamente por toda a espiral. O 7º Exército tinha nos empurrado. Nosso flanco direito fora exposto.

Reuníamos as coisas cada vez com mais pressa. Os hospitais do *zemstvo*[25] e das cidades, como pontos neurais, já haviam fugido, deixando para trás as tendas grandes, muito valiosas e necessárias no front.

O médico-chefe se enfureceu e segurou os soldados ali. Ele mesmo, mal conseguindo manter-se em pé com as muletas, ficou nos portões impedindo as carroças vazias de escaparem. O terceiro dia de evacuação já estava terminando.

Vieram até mim e perguntaram se eu conseguia me le-

---

[24] O autor se refere aos protestos de julho de 1917. (N. da E.)

[25] Sistema de autoadministração local que funcionou na Rússia entre 1864 e 1918. (N. da E.)

vantar. Vesti o capote sobre a roupa de baixo, pantufas, peguei um automóvel, subi e fui.

Nosso hospital pôs-se em movimento já sem mim. Os feridos em estado mais grave, cujo transporte não era possível, ficaram com uma enfermeira-chefe, que chorou atrás das carroças, mas ficou. Alguém precisava ficar. A palha jogada pelas janelas ardia, a caravana do hospital contornava o edifício, pisoteava e amassava a horta para que o inimigo não tivesse acesso a ela.

Os enfermeiros austríacos levavam os feridos nos ombros, eles também não queriam ser aprisionados pelos seus. Fomos para Nadvôrnaia. Em algum lugar estavam distribuindo açúcar, o quanto a gente conseguisse levar.

Os depósitos estavam pegando fogo. Os feridos quase recorreram às armas para arrumar um lugar no último trem, que se afastava lentamente... Gente no teto, nos pára-choques, gente se amarrando debaixo dos vagões... Uma minúscula locomotiva a vapor se esganiçava, se arrastava, recuando e avançando o longo fio do trem, e parecia que logo ela mesma ia desmontar.

A infantaria avançava. A artilharia se deslocava. As enfermarias faziam a função de hospitais. Novamente se escutou o tiroteio da artilharia, diziam que os projéteis estavam caindo não muito longe...

Tentei desemaranhar a caravana e encher os vagões vazios, mas não consegui: passava mal.

Puseram-me em uma enfermaria superlotada e me levaram de carroça para Kolomeia.

Kolomeia estava superlotada. Fui para o quartel-general. Encontrei Tcheremíssov, que na época já era comandante do exército. Ele estava tranquilo, mas agitado. Não me reconheceu. Nem me viu. Não estava com cabeça para isso.

Encontrei um conhecido, subi no trem do comandante e fui para Tchernovitsi. No mesmo vagão iam os telegrafistas do estado-maior, que tocavam violão tranquilamente enquanto mantinham suas conversas telegráficas.

Antes de chegar a Tchernovitsi, o trem parou. Mais à frente estava passando uma carga. Desci do trem, subi na telega de uma caravana e cheguei a Tchernovitsi. Lá, fui para o hospital militar de Kaufman. Era limpo, calmo, disciplinado, já completamente urbano. Me disseram que eu tinha uma infiltração. Pelo visto isso significava uma hemorragia interna. Me disseram que a coisa estava feia. Fiquei deitado. Fazia silêncio na enfermaria.

Um oficial jovenzinho com a coluna vertebral destroçada estava deitado e tricotava com lã penteada, ele nunca mais conseguiria se levantar e nem mesmo sentar.

Outros oficiais feridos me repreendiam: a que ponto havíamos levado a Rússia.

Chegou Vonski. Ele fora me procurar em Nadvôrnaia. Havia um integrante do comitê com ele, um professor popular quieto, mordovino.

Contaram como ia a retirada. O front se desmembrara, só os blindados e os canhões antiaéreos, montados sobre plataformas de automóveis, estavam segurando os alemães. Os blindados estavam aguentando havia dezesseis horas. Khalil Bek, meu velho camarada do Cáucaso, tenente-coronel, 26 anos, que tinha uma crença infantil nos sovietes e havia até parado de beber depois do alerta sobre os malefícios da bebedeira, aguentara cinco horas em um carro quebrado, fora ferido pela décima-segunda vez e carregado dos escombros. Depois foi mais uma vez ao ataque, agora com a infantaria.

A 11ª Divisão de Cavalaria segurou os alemães em uma formação de cavalos e soldados de infantaria; não sobrou um soldado inteiro, ela foi quase dizimada.

As pessoas agarravam com as próprias mãos o exército que desmoronava, punham as cabeças sob seu peso. Era um amor tão triste.

De certa forma, o hospital ficou menos silencioso. Eu sentia que Tchernovitsi estava sendo evacuada.

Pedi que me dessem um acompanhante. Então me levaram de maca para o trem médico, no vagão dos gravemente feridos.

Lentamente, à maneira do front, o trem começou a rastejar. Andamos onze verstas em 24 horas. Era torturantemente tedioso...

Desci da maca e, junto com meu soldado, me esgueirei do trem; seguimos, ora com a artilharia em retirada, deitados sobre munição mal acomodada, ora em vagões médicos, ora em trens. E assim, andando por uma estrada admiravelmente linda do topo rochoso da margem do Dniestr, e atravessando Mogiliov, cheguei a Kíev. De lá, no chão de um vagão de segunda classe, fui para Piter. Para a querida e ameaçadora cidade da revolução russa.

Em Piter, mais uma vez me puseram no hospital militar, mas, ao ver que eu estava vivo e não morreria tão cedo, me deixaram sair.

Eu era um soldado dispensado do serviço.

Assim terminava minha primeira ida para o front. A primeira durante a revolução. Agora vou parar de falar de mim por um tempo e falar sobre todo o front.

Não gosto do livro de Barbusse, *O fogo*:[26] é um livro artificial, construído. É muito difícil escrever sobre a guerra; de tudo o que li, como descrição verossímil só consigo me lembrar de Waterloo em Stendhal e das cenas de batalha em Tolstói. É igualmente difícil, sem recorrer a lugares-comuns falsos e convencionais, descrever o estado de espírito do front. Nunca nenhum piloto, mesmo durante uma descida planejada, consegue ouvir uma palavra, mesmo a mais comovente.

---

[26] Romance de Henri Barbusse (1873-1935) publicado em 1916, um dos primeiros a abordar a Primeira Guerra Mundial. (N. da E.)

Qualquer um que já tenha voado, ao menos uma vez, sabe que isso é impossível. Enquanto não me mostrarem estatísticas, nunca vou acreditar que no front ocidental se lutou tanto de baioneta, ou que era possível destruir com as mãos uma toca de raposa alemã e pisotear o buraco com os pés. Nunca vou acreditar nesse livro com sua misturada de cadáveres e seu final inundado de argumentos.

Mas vou falar. Estou tentando contar como entendi tudo o que aconteceu.

O exército da Rússia já tinha uma fratura antes da revolução. A revolução, a revolução russa, com o maximalismo do democratismo do Governo Provisório, libertou o exército de suas imposições. No exército não restaram leis, não restaram nem regras. Mas havia um efetivo de gente qualificada, capaz de sacrificar-se e de resistir nas trincheiras. Era possível fazer uma guerra curta e fulminante sem imposição. No front, o inimigo é uma realidade, é visível — se você vai para casa, ele vai atrás de você. Em qualquer exército, $^3/_4$ das pessoas não lutam; se aparecesse naquela guerra um exército que lutasse da mesma maneira como a que as pessoas trabalhavam para si mesmas, ele poderia não apenas atacar a Alemanha, mas atravessá-la e chegar até a França. Quando o exército de Rogatin, que contava com aproximadamente quatrocentas baionetas, viu os alemães matarem o comandante do regimento diante de si, ficou furioso e massacrou-os até sobrar um só regimento inteiro em todo o efetivo alemão. Houve algumas condições para tal ressurreição, mas duas coisas a mataram. A primeira foi a política criminosa, três vezes maldita, vil e impiedosa dos nossos aliados. Eles não aceitaram nosso programa de paz, e foram eles, justamente eles, que explodiram a Rússia. Isso fez ressoar e ressaltou a voz dos assim chamados internacionalistas. Para esclarecer o papel deles, vou fazer um paralelo. Não sou socialista, sou freudiano.

Uma pessoa está dormindo e escuta tocar a campainha na porta de casa. Ela sabe que precisa se levantar, mas não quer. E assim ela inventa um sonho, insere nele esse som e lhe dá uma outra motivação — por exemplo, ela pode sonhar que está ouvindo as matinas.

A Rússia inventou os bolcheviques como um sonho, como uma motivação para a debandada e o saque; os próprios bolcheviques não têm culpa de terem sido sonhados.

Mas quem estava tocando a campainha?

Talvez a revolução mundial.

Mas nem todos estavam dormindo ou nem todos eram capazes de ter o mesmo sonho. É necessário fazer a seguinte correção à minha descrição do exército. Eu estava encarregado de uma atividade cruel: precisava aparecer nas piores unidades e nos piores momentos. Tínhamos divisões de infantaria inteiras que eram saudáveis. Vou nomear a primeira que me ocorre, por exemplo, a 19ª. Por isso, os bolcheviques tiveram que cortar e picar o exército, coisa que Krilenko[27] conseguiu fazer ao destruir o aparato de comando e seu sucedâneo — os comitês.

Por que o exército levou a ofensiva adiante? Porque era um exército. Para um exército, psicologicamente falando, atacar não é mais difícil do que ficar parado. E o ataque é algo menos sangrento do que a retirada. O exército, ao sentir sua desintegração, não conseguia deixar de aproveitar a chance de usar sua força e seu peso, e com isso tentar acabar com a guerra. Afinal, era um exército, e por isso ele atacou antes de morrer, ao invés de morrer por não ter atacado. A ofensiva podia ter tido sucesso, e não teve por circunstâncias políticas, não militares: as unidades já estavam "adormecendo".

---

[27] Nikolai Vassílievitch Krilenko (1885-1938), militante bolchevique. Após a Revolução de Outubro, foi nomeado comandante-chefe do exército russo. (N. da E.)

Elas fugiram para o "bolchevismo" assim como uma pessoa se esconde da vida em alguma psicose.

Vou escrever mais; vou descrever o golpe de Kornílov como o conheço, e minha estadia na Pérsia. Mas isso que escrevi agora considero importante, escrevi lembrando dos cadáveres que vi.

Mais uma palavra. Quando vocês forem julgar a revolução russa, não se esqueçam de jogar o sacrifício no prato da balança, de jogar nesse prato demasiado leve o peso do sangue daqueles que aceitaram a morte nos campos de milho da Galícia, o peso do sangue dos meus pobres camaradas.

O golpe de Kornílov

Cheguei a Petersburgo fraco, quase doente. Fui para minha unidade. Era evidente que ela estava arruinada. Onde antes havia trinta carros, cinco andavam.

Fui para o Palácio Tavrítcheski. No jardim, faziam plantão veículos blindados com as letras VSRSD[28] escritas em tinta vermelha sobre a lataria verde. Me pediram para fazer um informe ao soviete de Petrogrado. Falei alguma coisa. Não sei se me entenderam. Queria dizer que o exército estava morrendo, e morrendo não apenas porque fora tocado pela política, mas também porque, ao tocá-lo, ela não o havia reformado completamente.

Os bolcheviques estavam derrotados, arrasados... Mas isso não significava nada, eles estavam se erguendo de novo.

Em Piter, me encontrei com Sávinkov e Filonenko. A atividade principal deles era desprezar Kérenski.

---

[28] Acrônimo de *Vsierossíikii Soiúz Revoliutsiônnoi Sotsialistítcheskoi Demokratii* (União Pan-Russa da Democracia Socialista Revolucionária). (N. da E.)

Depois de nossa fuga-retirada, aconteceu uma reunião dos comitês do Exército do Front do Sudoeste, do comitê do front e dos comissários em Kameniéts-Podolsk. Ela aconteceu sob o peso da consciência da derrota. E ainda que no meio da reunião seu iniciador, Sávinkov, tenha ido embora, deixando Filonenko sozinho, Kornílov foi escolhido como comandante-chefe. Isso aconteceu por desespero. A continuação do jogo — como eu entendo agora — consistia em que Filonenko, enquanto comissário-chefe efetivo sob Kornílov, devia intimidar o Governo Provisório com Kornílov, e não Kornílov com o Governo Provisório.

Nesse período também estava acontecendo todo tipo de reunião do governo, nas quais Kornílov proferia discursos escritos por Filonenko para ele.

Era característico que no conteúdo desses discursos e na precisão das descrições da derrocada do transporte ferroviário se fizessem sentir a voz e o conhecimento de um engenheiro.

Tudo isso era proporcionado por diversos correspondentes que inflavam o jogo. Um deles disse a Filonenko:

"Eu ajudo você, mas se te enforcarem vou ter uma excelente matéria."

A intimidação continuou. A ala de direita do Governo Provisório intimidava a de esquerda. Ao mesmo tempo, aconteciam outras intrigas. Uma parte dos comandantes — parte muito pequena, que eu saiba — tinha planos bem mais amplos do que o simples "endireitamento" do governo. Depois, me aconteceu de ver os pequenos bilhetes que as pessoas desse campo trocavam. Um comandante do exército escreveu uma carta diretamente para um comandante de um regimento de cavalaria de outro exército dizendo que era preciso separar os oficiais leais e mandá-los para o quartel-general, para um treino de lançamento de bomba. Esses arremessadores, acho, iam sendo mandados de todos os lados para Moguilióv, aos poucos e, acho, sem sucesso. Dessa forma, o golpe de Kornílov, por um lado, representava uma reação contra o antigo exército, e por outro, a soma de duas intrigas, não coincidentes, mas entrelaçadas uma à outra e que apontavam para a mesma direção. Kornílov se encontrava sob influência apenas dos membros do Centenas Negras,[29] ainda que eles não tivessem muitos integrantes no estado-maior. O grupo de Sávinkov não queria essa "rebelião", mas ele precisava de pressão, precisava da urgência da guerra encarnada na figura de Kornílov, só que errou no cálculo. Filonenko excedeu seus poderes, suponho. Kérenski teve um ataque histérico, e Kornílov jogou no prato da balança sua coragem e três centenas de teques;[30] no outro prato estava a inércia revolucionária de 180 milhões de pessoas.

A balança começou a oscilar.

A preparação do golpe de Kornílov passou batida para mim. Eu não a notei. Seu momento mais candente eu passei prostrado no hospital militar, depois fui por duas semanas para Kislovódsk, onde fiquei fora da cidade e à noite observava do teto o que acontecia lá embaixo. Até ali se sentia a revolução russa, terrível e caprichosa. Em Piatigórsk os soldados usavam botas sem cadarço e vestiam os cintos não em volta da cintura, mas atravessados no ombro, como uma bandoleira. Eu entendia os motivos dessa fantasia estropiada e estranha. Essas pessoas queriam que tudo fosse novo.

Eu não queria voltar para o front, mas precisei voltar. Deixei para trás o bazar com uvas cheias de vespas, a traves-

---

[29] Organização paramilitar que apoiava a autocracia, notoriamente xenófoba e hostil a qualquer atividade política progressista. Foram os incitadores de grande parte dos pogroms russos. (N. da E.)

[30] O regimento de cavalaria teque (um dos maiores grupos étnicos do Turcomenistão) existiu entre 1885 e 1918, e lutou sob o comando de Kornílov até a morte deste, já durante a Guerra Civil. (N. do E.)

sa íngreme e a calçada feita de calcário nativo. Deixei para trás, voltei para Piter, de lá fui para Moguilióv-Podolsk, de volta para meu exército. Naquele momento, todos os comissários estavam reunidos em Moguilióv para uma reunião com Kornílov. Do 8º Exército viera Anardóvitch, já que Tsipkiévitch fora transferido com Tcheremíssov para o 9º Exército, e Filonenko já era alto comissário.

Cheguei em Moguilióv. Me reconheceram na estação de trem e disseram: "Chegaram dois telegramas pela linha ferroviária". Me mostraram: era um telegrama em que Kornílov se recusava a ceder o título de comandante-chefe e ordenava que o obedecêssemos — no fim do telegrama havia uma promessa de aumento de salário para os ferroviários e telegrafistas; ao mesmo tempo, havia chegado um telegrama de Kérenski declarando Kornílov um rebelde.

Em Moguilióv só estavam as unidades administrativas do estado-maior; a unidade operacional do estado-maior encontrava-se em Lipkani. Eu conseguia imaginar o que estava acontecendo no momento ou, mais precisamente, o que iria acontecer no exército, a cunha que o havia ferido, e fiquei com medo de pensar na possibilidade de uma ação do estado-maior.

Corri para a linha direta.

"Receberam o telegrama de Kornílov? O que acham, será que isso tudo não é uma provocação?", ao que responderam: "Agora, tudo é possível!". Falei às pressas com o soviete de Moguilióv. Propus deixar um guarda no telégrafo e na estação. Falamos com o comitê do exército e decidimos viajar para Lipkani. Subimos em dois automóveis médicos e partimos. Fomos avisados de que podiam nos prender, mas não acreditamos nisso e, claro, estávamos certos. Naquela época, na direção do comitê do exército estava o camarada Ierofiéiev, um SR sombrio, já mais velho; ele era camarada do presidente do comitê do exército.

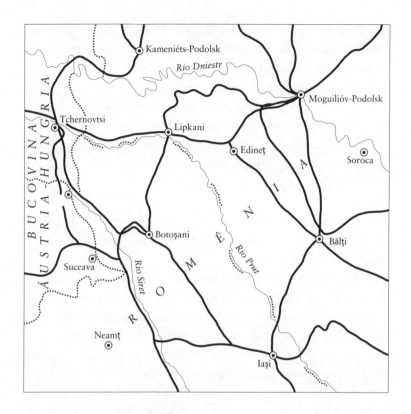

Viajamos toda a noite pelas estradas de Podolsk, largas como um campo, com a largura de quase seis rios Nevá. De manhã, paramos em um vilarejo e achamos nas mãos de um camponês a convocação de Kornílov, recém-impressa. De onde ela surgiu, não sei. Procuramos, tentamos descobrir, mas não conseguimos. Isso para mim foi a prova de que a insurreição de Kornílov fora ela mesma organizada por alguém, ou estava sendo usada por alguém organizado.

Chegamos ao quartel. Lá, haviam acabado de receber um telegrama de Kornílov com a ordem de cortar todos os radiotelégrafos.

Cancelei a ordem, pus um guarda no telégrafo, mandei

um despacho para todos os corpos de integrantes dos comitês com autoridade de comandante. Imprimimos uma ordem dizendo que temporariamente todas as ordens do exército deviam ser assinadas por mim e pelo comitê.

Era preciso se apressar para que não acontecesse alguma intervenção provocada por essa história. A ordem saiu malfeita, pior que a "número um". No nosso exército, a questão da relação com o comando era especialmente doentia: era em primeiro lugar o exército de Kaliedín,[31] depois de Kornílov.

Enviei um telegrama dizendo que o direito de dar voz de prisão pertencia a mim, e propus que ninguém mais o exercesse por seu próprio risco.

O comitê do exército tinha sua própria lista de oficiais de pouca confiança, que, acho, estava certa, mas os comitês ainda queriam substituir essas pessoas por outras, mais confiáveis. Eu não acreditava na confiança dessas outras.

Eu preferia não tocar no exército. Em todo caso, previmos com tanto acerto o momento em que os comandantes decidiriam entre cumprir a ordem do comandante-chefe ou do governo, que nenhuma pessoa se ergueu a favor de Kornílov.

Posteriormente, quando o comitê foi tomado pelos bolcheviques, mesmo eles, que xingavam o comitê, reconheceram seu serviço no abafamento do golpe de Kornílov. Meu serviço consistia em que ninguém fosse morto, e em que o exército, profundamente abalado, ainda assim não proferisse a terrível palavra da traição do oficialato, o que levantaria pânico.

O destino de nossos oficiais foi profundamente trágico.

---

[31] Aleksei Maksímovitch Kaliedín (1861-1918) foi comandante da 12ª Divisão de Cavalaria e do 8º Exército. Durante o Governo Provisório recusou-se a acatar a Ordem nº 1, e juntou-se aos cossacos do Don. Depois de outubro passou a lutar contra os bolcheviques. (N. do E.)

Não eram filhos de burgueses e proprietários de terras, ao menos não a maior parte. O oficialato era quase igual, em qualidade e quantidade, a todo o número de pessoas minimamente alfabetizadas que havia na Rússia. Todos os que podiam ser promovidos a oficiais tinham sido promovidos. Fossem essas pessoas boas ou más, não havia outras, e era preciso conservá-las. Pessoas alfabetizadas que não usassem uniforme de oficial eram uma raridade, um escrivão era uma preciosidade. Às vezes chegava um trem enorme, e nele não havia uma só pessoa alfabetizada, e assim não tinha ninguém para ler a lista.

A exceção eram os judeus. Os judeus não eram promovidos. Na minha época eu também não tinha sido promovido, por ser filho de judeu e meio-judeu por sangue. Por isso, no exército, uma grande parte dos soldados alfabetizados e mais ou menos instruídos era composta justamente por judeus. Eles também foram para os comitês. Aconteceu a seguinte situação: o exército, em seus órgãos eletivos, tinha uns 40% de judeus nos postos de maior responsabilidade e, ao mesmo tempo, continuava sustentado pelo antissemitismo mais abstruso e internalizado, e organizava pogroms.

Agora, sobre os oficiais. Essas pessoas, escolhidas pelo princípio da alfabetização, claro, levavam consigo a marca do regime russo, haviam sido treinadas por ele. Mas todos nós trazíamos essa marca. Veja como era fácil passar para os velhos hábitos, até para os representante das "autoridades locais" proletárias. Por exemplo, a punição corporal continuou intacta mesmo durante a ditadura do proletariado. Na província de Perm, ela era a regra geral. Exatamente como quando o exército fugiu depois da ruptura de Tarnopol; para parar os que fugiam, comitês-relâmpagos, compostos por soldados das unidades não fugitivas, capturavam os desertores e, furiosos porque a coisa estava acontecendo já em terra russa, onde os povoados de Volínia queimavam, eles açoitavam os fugitivos. Ali, nem o comitê nem o comissário tinham culpa. Ao desertor se oferecia a opção de açoite ou fuzilamento. Foi inventado algum tipo de juramento monstruoso em que ele renunciava aos seus direitos civis e testemunhava que o que estava sendo feito com ele era feito com seu consentimento...

A Rússia tem os ossos retorcidos. Até os ossos dos oficiais russos eram retorcidos. Os hábitos da Rússia, o andar de seu pensamento era compreensível para eles. Mas eles recebiam a revolução com alegria. A guerra também os extenuara. Os planos dos imperialistas não enganaram ninguém nas trincheiras e perto das trincheiras, nem os generais. Mas o exército, a morte dele, encobria todo o horizonte. Era preciso salvar, era preciso fazer um sacrifício, era preciso empregar todos os esforços. Os melhores se sacrificavam e empregavam todos os esforços; havia muitos desses. A situação de um oficial era, claro, mais difícil que a de um membro do comitê: ele devia dar ordens e não podia ir embora. O *Pravda* e o *Pravda nas Trincheiras*[32] os perseguiam e os apontavam como figuras diretamente culpadas pelo prolongamento da guerra. E eles deviam ficar no mesmo lugar. Os melhores ficavam, e justo eles foram os que mais sofreram depois de outubro. Nós mesmos não conseguimos cativar aquelas pessoas exauridas pela guerra, capazes de ter fé na revolução, capazes de fazer sacrifícios, como elas demonstraram mais de uma vez. Esse foi o destino de todos os russos alfabetizados que tiveram a infelicidade de ir parar naqueles confins onde a espuma do mar era de sangue — a Rússia.

Em nosso exército, ninguém tomou o lado do comandante-chefe. Vieram representantes da Divisão Selvagem dos regimentos do Daguestão e da Ossétia e disseram que estavam a favor da Rússia democrática e de Kérenski. De comum

---

[32] Jornais editados pelos bolcheviques. (N. da E.)

acordo, eles pediram para posicionarmos seus regimentos separadamente, porque um daguestani matara um osseta, ou o contrário, e agora eles tinham se tornado inimigos de sangue e estavam matando uns aos outros alternadamente. Acatamos o pedido. Logo eles foram mandados de licença para o Cáucaso, infelizmente não desarmados. Mais tarde, foram essas mesmas pessoas magnificamente armadas — tinham dois revólveres cada, além das espingardas — que roubaram nossos trens e queimaram os vilarejos cossacos, explorando suas próprias terras ancestrais.

Chegou a cavalo um padre com uma cruz na fita de São Jorge, era presidente do comitê de alguma divisão cossaca. Lá estava tranquilo. Logo houve um certo esfriamento entre o comitê e eu. O comitê quis fazer todo um programa de deslocamento e retirada de comandantes. Eles tinham seus candidatos. Eu não concordava com esse sistema. Eu achava que os substitutos, alguns dos quais eram meus conhecidos, não eram confiáveis, mas apenas mais subservientes do que os substituídos.

O comitê se irritou comigo, ou talvez tenha só se desapontado. Me disseram de um jeito muito afável que eu ainda não havia me recuperado do ferimento, que estava trabalhando com minhas últimas forças.

Anardóvitch veio de Moguilióv. Sombrio, estava decepcionado com o soviete de Petrogrado, que era a favor da guerra e ao mesmo tempo tinha horror da pena capital, e decepcionado também com Filonenko, que se revelara um "malandro".

Ele tinha mudado. De sobretudo impermeável e gorro de lona, de túnica militar, já não era aquele que eu conhecera. Até seus hábitos já tinham mudado — adquirira o hábito de mandar.

Anardóvitch não assumiu o caso, mas passou alguns dias esperando sua nomeação. Foi transferido para o Exército Especial[33] no lugar do falecido Linde, comandante do 1º Destacamento, que chegara do Palácio Tavrítcheski, comandante do regimento da Finlândia nos dias do primeiro protesto contra Miliúkov — Linde, a quem os soldados cravaram na terra pelo pescoço.

Não sei o que aconteceu com Anardóvitch depois. Não ouvi mais falar dele.

Fiquei sozinho. Havia muito o que fazer. Mas o caráter dos afazeres havia mudado. Começou uma monotonia.

De todos os lado do exército, mas principalmente das unidades de retaguarda, se arrastavam até mim "casos" gordos com três dedos de altura, escritos com tinta ou apenas a lápis. O tipo comum era uma reclamação de alguém sobre alguém a respeito do roubo de arreios, de uma corda. Os casos se arrastavam, inchavam, iam escalando por todos os comitês e comissões de investigação até chegar a mim. Eu entendia pouco deles. Era difícil para mim. Você chamava o acusado, reprochava, mas ele saía alegre. Seria preciso enforcá-lo, talvez?

O problema dos víveres e do alojamento se tornou candente. E o inverno estava chegando. As grandes propriedades rurais — de cada uma delas se tirava mais de um milhão de *puds*[34] — tinham sido destruídas.

Alguns soldados conduziam a agitação entre os camponeses: "Não nos deem pão, senão vamos lutar por mais cinco anos".

Convocaram um congresso de comitês camponeses de diferentes tamanhos, pois os comitês de organização agrícola ainda não tinham sido criados. Conseguiram grãos.

---

[33] Unidade criada em agosto de 1916 a partir dos remanescentes de catorze corpos do exército, e enviada ao front oriental. (N. da E.)

[34] Unidade de peso equivalente a 16,38 kg. (N. da T.)

Minha única lembrança de algumas horas livres, nas quais pude afastar de mim qualquer atividade, pelo menos até onde a mão alcança: uma viagem de automóvel para Iassi. Fui com o quartel-mestre-general para esclarecer a situação do front no estado-maior. Viajamos por Batuchani, onde ficava o estado-maior do 9º Exército. Ali vi pela primeira vez as tropas romenas. Deles eu só sabia, por uma lembrança antiga, que eram ruins, que os oficiais se maquiavam, não ficavam em suas posições, os soldados fugiam. Mas, reeducados por instrutores franceses, já agora passavam uma boa impressão. Lembro de como marchavam. Para mim, acostumado com o passo lento de nossa infantaria, a marcha deles me dava a impressão de ser quase uma corrida, forte e decidida.

A relação deles com as nossas tropas era tensa...

Tcheremíssov comandava o 9º Exército. Agora ele estava comemorando. Na sua época, Kérenski, sem o conhecimento de Kornílov, nomeou Tcheremíssov comandante do front. Kornílov se ofendeu e, por telefone, propôs a Tcheremíssov que recusasse o posto ilegalmente aceito. Tcheremíssov respondeu que "defenderia seu posto com uma bomba nas mãos". Como resultado, ambos recusaram o comando. Filonenko os reconciliou, e Tcheremíssov ocupou o posto de comandante do 9º Exército. O comitê do exército naquele momento estava definitivamente apaixonado por ele.

Com Tcheremíssov, Tsipkiévitch foi transferido para o 9º Exército na qualidade de comissário. Mas o caráter autoritário de Tsipkiévitch, que passara por uma profunda decepção depois de Káluch,[35] o impediu de fazer as pazes com o

---

[35] Isto é, a retirada quase sem resistência das tropas russas de Káluch e Aliche e a subsequente perda do território ucraniano para os alemães, em julho de 1917. (N. da E.)

Arkom. Ele pediu demissão. Não sei para onde foi depois. Quis ir para o exterior, para os Estados Unidos. Dizia que os únicos que podiam acabar com a guerra eram os norte-americanos, que eram especialistas no estabelecimento de grandes empreitadas.

Já era noite. O automóvel puxava os raios de poeira transparente para seu feixe de luz branca, puxava, para o duplo feixe de luz branca dos faróis, a estrada que corria obediente debaixo das nossas rodas. Soando de forma límpida e silenciosa, o carburador sugava o ar e o carro estrilava. Quando carvalhos solitários se ergueram sobre a estrada, o barulho do motor, que se refletia neles, ficou mais agudo — como se alguém estivesse cortando as folhas com chibatadas sibilantes. Voávamos em frente, puxados pela vastidão... Voávamos, perdendo o caminho, correndo pela estepe, pela estepe ampla e plana...

Coelhos, subitamente arrancados do escuro, paravam petrificados, aumentados por suas sombras pálidas. Mas o dia acordou. A manhã se levantou primeiro e me empurrou para os negócios com sua pata entediada.

O comissário do front romeno não estava, ele também tinha sido retido no quartel-general. Aliás, no front romeno havia dois comissários, um do Governo Provisório, outro do Soviete dos Deputados dos Soldados e Trabalhadores. Era a materialização da dualidade de poderes. É verdade, essas pessoas tentavam trabalhar de forma amigável. Só que nenhum dos dois estava no local. Um desnorteado oficial encarregado conduzia todos os assuntos. Por ele, fiquei sabendo que Scherbátchev — o comandante do front — primeiro quis se aliar a Kornílov e até estava enviando um telegrama sobre isso, mas foi impedido e dissuadido. Não sei o quanto isso era verdade. A situação com os romenos também estava crítica. O rei havia mandado para Tcheremíssov uma condecoração, uma ordem de Mikhail de 1º Grau, do tamanho de um punho, mas além disso ele mandava para o estado-maior do front todo dia uma pilha de reclamações da grossura de quatro *archins*.[36]

Nossas tropas queriam promover a revolução na Romênia, pensavam em fazê-la eles mesmos da forma mais simples, ou seja, "arrancando o rei de cima para baixo". Mas para a revolução na Romênia nos faltava o mais importante: autoridade entre o povo. Também não tínhamos autoridade militar: os romenos se lembravam de como antes ríamos deles e do nosso jeito de quase vencedores, e não nos perdoavam pela atual impotência; além disso, nos relacionávamos mal demais com a população para ter autoridade revolucionária — apesar de não tão mal quanto em muitos outros lugares, em particular com os judeus ou os persas.

Viajei de volta.

Voltei para Lipkani. Anardóvitch havia ido embora. Na qualidade de comissário, viera o ex-presidente do comitê do mesmo exército, o camarada Vientsegolski, um polonês que se denominava um socialista individualista. Apesar de pertencer a essa ala extravagante, era homem nada burro, capaz de dobrar as pessoas.

Ele tinha seu próprio ponto de vista sobre o 8º Exército. Em particular, em relação à toda a quadrilha de deslocamento. Talvez aqui houvesse um elemento pessoal, digamos, inconscientemente pessoal. Tivemos um encontro amistoso, já que eu não tinha dúvidas de que iria embora. E fui embora.

O comitê do exército foi reunido para o relatório sobre a estadia em Petersburgo. Vientsegolski contou que os aliados não concordavam com a paz, que não podíamos lutar e também não podíamos estabelecer a paz, restava "bater nas portas dos aliados e implorar".

---

[36] *Archin*: antiga medida russa equivalente a 71,12 cm. (N. da T.)

A propósito, escolhemos os representantes da Conferência Democrática.[37] Mandaram todos os defensistas, apesar de eu ter proposto mandar bolcheviques proporcionalmente. Havia bolcheviques no comitê do exército. Eram pessoas que não tinham a psicologia da luta de classes, e sim a da sabotagem política. Só tinham uma proposta prática: dirigir-se aos povos de todo o mundo com um apelo.

Eu disse algo, agora não me lembro o quê; só lembro que, mortalmente cansado, saí da reunião, me deitei na cama de outra pessoa e dormi por muito tempo, com obstinação, passei muito tempo dormindo, de alguma forma conscientemente me aferrando ao sono, sentindo que o desespero estava de pé ao lado da cama e que ele ia começar a falar comigo assim que eu abrisse os olhos.

Fui escolhido entre outros para ser enviado à conferência como delegado, e mandaram também o camarada presidente do comitê, Erofiéiev, um homem sólido que não sabia o que fazer, o professor mordovino, um oficial menchevique e mais alguém. Saí junto com eles, decidido a procurar um novo fardo e não voltar mais.

Pérsia

Começo a escrever de novo. Bem, parei no desespero. Vou em frente. Cheguei a Petersburgo; a conferência havia começado.

A vitória dos bolcheviques estava clara. É verdade, eles estavam em minoria na conferência, mas isso aconteceu porque foram convocados vários representantes de sociedades

---

[37] Convocada por Kérenski em 14 de setembro, esta conferência foi uma última tentativa, fracassada, de formar uma coalizão de partidos progressistas para enfrentar o crescente poder dos bolcheviques. (N. da E.)

científicas e outras sociedades. Os comitês do exército não eram bolchevistas, mas sei como esses comitês tinham pouca ligação com as massas. E o soldado comum estava cansado e não via objetivo na guerra; ele precisava de uma mudança de governo como um caminhante precisa trocar de sapato.

Tchkheídze, cansado, parecendo um velho comerciante que olha para a destruição de seu negócio e tenta rir — Tchkheídze, cansado, conduzia a conferência. As pessoas falavam, falavam. O representante do povo latgálio exigia o direito de autonomia, mas nós não sabíamos nem onde vivia esse povo. Descobriu-se que era na província de Petersburgo.

Os pisos do teatro cediam sob o peso das pessoas.

Chegou Kérenski — um feiticeiro abandonado pelos espíritos. Ele jogava palavras amassadas, secas, tentando inflamar e se inflamar. Finalmente, desencadeou uma leve histeria na plateia. Gritavam, gritavam. Os lábios de Kérenski estavam secos e rachados.

Depois aconteceu a famosa reunião sobre a coalizão.

Era preciso ou não formar uma coalizão? Alguém muito astuto sugeriu formar uma coalizão sem os kadetes. Ele proferiu um longo discurso que fez o ar ficar cinza.

Votamos. Quem abriu a lista de abstenções da votação foi o velho e astuto Tchernov.[38]

Votei contra a coalizão. Eu achava que um governo de coalizão fracassaria. E, certamente, os ministros capitalistas acabaram ajudando a levar para a rua os regimentos bolcheviques, que foram a contragosto.

Mas, claro, não era disso que se tratava.

Eu estava na reunião do comitê da divisão de minha uni-

---

[38] Viktor Mikháilovitch Tchernov (1873-1952), um dos fundadores do partido SR. Foi ministro da Agricultura durante o Governo Provisório. Em janeiro de 1918 foi eleito presidente da Assembleia Constituinte. (N. da E.)

dade. Vieram à reunião o representante do Ministério da Guerra e Tchernov. Tchernov proferiu seus discursos. Esses discursos são bons para vender pão de mel às camponesas ou para puxar conversa com uma mulher enquanto se tira as roupas dela.

O comissário da divisão era o admiravelmente burro e sempre em pânico M. (um sargento-ajudante); ele insistia em conseguir uma promoção a alferes. E conseguiu... logo antes de outubro. Ao falar algo, ele às vezes parava, pasmo, e ponderava: mas o que foi que ele disse?

A reunião aconteceu na nossa escola de motoristas, na sala onde havíamos montado um anfiteatro para os alunos. Nos bancos de cima, cabeças sobre as mesas, estavam sentados soldados de um destacamento. Eram seis, e três deles tão bêbados que não conseguiam levantar a cabeça.

E Tchernov cantava, cantava com assobios e ruídos.

No fim da reunião houve um escândalo. Os bêbados foram levados embora. Fui para o Ministério da Guerra, para o soviete, e disse que queria ir para qualquer lugar desde que fosse longe. Parecia que eu estava num quarto em que as lâmpadas já estavam havia 48 horas soltando fumaça.

Nessa época, no Ministério da Guerra, Verkhovski[39] estava atolando. Sabe como um automóvel atola? Acontece da seguinte maneira. O automóvel cai com as rodas na lama ou no gelo e não consegue sair do lugar. O motor dá voltas inteiras, o automóvel berra, as correntes ligadas às rodas ressoam e expelem pedaços de lama, mas o carro nem se mexe.

Foi assim que o general Verkhovski atolou. Era um homem decidido, com iniciativa, nervos, energia.

---

[39] Aleksandr Ivánovitch Verkhovski (1886-1938) foi ministro da Guerra durante o Governo Provisório. Após o fracasso de sua decisão de diminuir o exército, passou a defender a saída da Rússia da guerra. (N. da E.)

A ideia dele de reduzir o exército a 40% fora ousada. Mas já era impossível levá-la adiante. Os tecidos do país haviam se regenerado.

Ah, a propósito! Quantas vezes recebi um telegrama de Kérenski: "Introduzir disciplina férrea no exército imediatamente e telegrafar sobre o cumprimento!".

No Ministério da Guerra eu já havia encontrado, anteriormente, um comissário de partida para a Pérsia; era o ex-presidente do soviete de Kíev, o menchevique Task. Vou escrever muito a respeito dele. Me deixaram ir para a Pérsia, apesar de tentarem me segurar. Mas a melancolia me levava para a fronteira como a lua leva o sonâmbulo para o telhado. Peguei o trem e parti para a Pérsia. Na época, era muito simples. Até Tíflis[40] eram cinco dias sem baldeação, e de Tíflis até Tabriz dois dias, também sem baldeação. Parti. Na região de Mineralnie Vôdi, os tchetchenos já estavam provocando descarrilamentos. Tudo bem, passamos.

Perto de Baku, avistei o mar Cáspio; frio e verde, não se parece com nenhum mar. E camelos, andando em uma marcha suave.

Viajavam comigo oficiais que iam para o front caucasiano.

Um deles, ferido na barriga por uma bala dundum e semicastrado por ela, cantava o tempo todo:

Franguinhos cozidos,
Franguinhos assados,
Os fran-gui-nhos também
Querem viver.
Pra que te cozinharam?
Pra que te assaram? —

---

[40] Atual Tbilisi, capital da Geórgia. (N. da E.)

e assim por diante... Ele tinha uns dezoito anos. Estava longe de pertencer à *intelligentsia* e sentia a tristeza como podia. É isso.

A propósito, por falar em castração. Quando passei pelo hospital militar em Petersburgo (tiraram uma radiografia minha para descobrir por que o ferimento não fora mortal), vi um oficial lá. Ele também havia sido castrado por um ferimento. A noiva ia visitá-lo. Ela não sabia de nada. Ele não se decidira a contar quando ela veio pela primeira vez, e depois foi ficando cada vez mais difícil. Ao redor também ninguém se decidia a falar. O ferido pedia ao médico para dizer, o médico pedia à enfermeira, mas a enfermeira não dizia.

Afinal, o problema nem era contar. É que o acidente fora absurdamente lúgubre.

Cheguei a Tíflis. Uma boa cidade, uma "sub-Moscou". Havia tiroteios nas ruas, as tropas georgianas estavam em êxtase, atiravam para o ar, não conseguiam não atirar. Era o caráter nacional. Passei uma noite entre os futuristas georgianos. Uns meninos encantadores, tinham mais saudade de Moscou do que as irmãs de Tchekhov.

A cidade estava tranquila, não fora destruída; é verdade que o pão era de milho, mas os bondes estavam circulando e as pessoas ainda não tinham se tornado selvagens.

Fui para Tabriz. O trem subia cada vez mais alto.

As árvores com folhas dourado-escuras agarravam-se nas montanhas. Embaixo, um riozinho ou nos acompanhava, ou corria ao nosso encontro. O trem subia, contorcendo-se pelo esforço.

Em Alexandropol[41] engatamos a outro trem. Fomos até Julfa. Chegamos; uma estação solitária. Sob a montanha cor-

---

[41] Atual Guiumri, capital da província de Shirak, no noroeste da Armênia. (N. da E.)

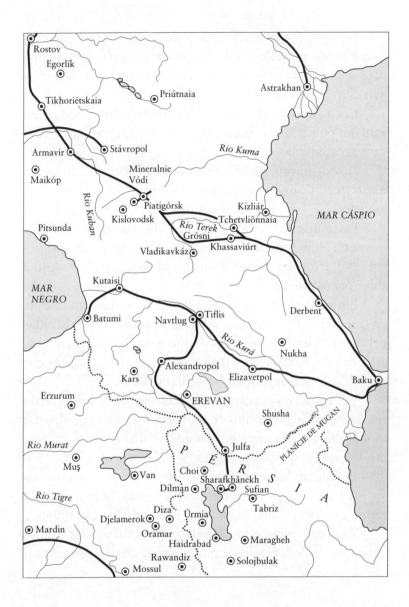

ria o turvo rio Arax. Do outro lado, casinhas de barro com telhados planos me davam a impressão de serem casinhas sem telhado. Era de noite.

Estou escrevendo em 22 de julho de 1919. Quando cheguei a Moscou no dia 19 deste mês e trouxe pão (dez libras) para uma pessoa próxima, essa pessoa começou a chorar — não estava acostumada a ter pão.

Era assim: as casinhas não tinham teto, as pessoas estavam um pouco sem cabeça, mas fazia muito tempo que estavam acostumadas a isso.

Desengataram nosso vagão de novo. Depois formaram outro trem, de uns quatro, cinco vagões no total, como duas locomotivas, uma na frente e outra atrás.

Passamos por uma ponte, nos vistoriaram superficialmente na alfândega (funcionários da alfândega persa, que nos temiam), e o trem, fazendo força e se esbaforindo, voltou a subir penosamente.

Em volta já não havia uma floresta ruivo-dourada, apenas montanhas vermelhas e saliências vermelhas sombreadas pela neve, a neve do topo muito próxima de nós. O trem, se esbaforindo, de tempo em tempo quase parava — parecia que a qualquer momento rolaríamos para baixo.

Em volta estava deserto. Apenas o canal de irrigação do rio Arax, vindo do campo de alguém no ponto mais alto das montanhas, corria impetuosamente ao nosso encontro, tentando escapar de suas margens.

Em algum lugar abaixo, vislumbravam-se jardins e oásis esparsos. As estações estavam desertas. Subimos. Você sentia que estava num lugar alto, mas tudo bem, era plano.

Almoçamos na estação Sufian, no posto da União dos Zemstvos;[42] dali, o trem ia para Tabriz, mas eu precisava ir

---

[42] União dos Zemstvos: órgão voluntário criado em 1914 pelas administrações regionais, os *zemstvos*, para dar assistência aos soldados feridos e aos doentes. (N. da E.)

para Úrmia, onde estava o quartel do exército. Ou, mais corretamente, o quartel do 7º Corpo Especial do Cáucaso, que era como se chamava o exército persa.

Fiz a mudança e muito rapidamente cheguei a Sharafkhânekh.

Ali, vi algo inédito. Um deserto de sal. Um lago-mar liso, enorme, visivelmente morto. Longos diques sobre estacas se prolongavam para a água. Umas barcaças grandes, negras eram carregadas com algo.

Mas o mais estranho: na margem não havia construções de moradia, não se viam pessoas.

Só o deserto. E armazéns desertos. Mercadorias paradas. Rolos de arame farpado. Viam-se alguns celeiros. Havia uma dezena de vagões parados nos trilhos. Mas o porto estava morto. Era o porto principal do lago Úrmia, lugar com um futuro imenso, diziam. Não se via a margem oposta. Mas à esquerda se via uma ilha, chamada Shahi; antes, os xás caçavam ali.

Pernoitei na casinha de compensado da União dos Zemstvos. Fui embora de manhã. O mesmo mar e, embaixo, as mesmas estacas brancas de sal. Um silêncio ermo. A segurança dos galpões era feita por prisioneiros turcos. Assim era mais confiável. Cruzava-se o lago de duas maneiras: ou numa barcaça rebocada por uma lancha, ou simplesmente na lancha, se houvesse pressa. Ao todo havia uns sete ou dez barcos a vapor no lago, um deles, o *Almirante*, bastante grande, como os que andam entre Kronstadt e Petersburgo, mas com um motor de combustão interna. Os barcos a vapor haviam sido trazidos do mar Cáspio e montados ali.

Fui para Úrmia em uma pequena lancha. Percorri umas sessenta, setenta verstas.

Sobre o lago voavam flamingos, que ficavam rosados ao levantar voo. Tinham a parte de baixo da asa rosada. O barco batia e cortava as ondas ainda não crispadas.

No lago salgado, sempre desértico, desértico na época dos caldeus, dos antigos assírios, sempre na fronteira, haviam posto uma frota, cravado estacas, espantado os pássaros — tudo para a guerra.

Um intendente que ia comigo contava como era difícil alimentar o exército: "Até o lago tudo bem, há uma ferrovia, e depois o transporte em barcaças, as barcas nos salvam; em algumas é possível levar de uma vez até 30 mil *puds* para o cais, tem umas cinco no lago; depois, carregar com cavalos ou bois, depois nas montanhas carregar com camelos, mulas ou burros — e assim libra por libra".

E então revelou-se que haviam sido mandados para a Pérsia quase todos os camelos, cavalos, burros, mulas e bois do Cáucaso e do Turquestão. Não conseguimos tirá-los de lá.

Éramos uns 60 mil no norte da Pérsia, uns 5 mil no front e o resto compunha os destacamentos de transporte e segurança das estradas; pois era preciso fazer a segurança de quatrocentas verstas do front até Sharafkhânekh, e, como resultado, o exército estava passando fome.

A lancha se aproximou do cais... As pedras já não eram vermelhas, mas cinzentas... Tudo deserto, só se via uma pequena casinha de barro. Era Guelendjik.

Fomos para a margem. Estava erma como um deserto.

Umas crianças perambulavam quase nuas, vestindo molambos já transformados em filamentos disformes.

Não fiquei esperando o automóvel, pedi cavalos, formei um grupo e fomos chacoalhar nas pedras rumo a Úrmia.

A estrada se separou do terreno salgado e seguiu por campos cercados de paredes de barro. Como se fossem chaminés de fábrica, erguiam-se no campo álamos em forma de pirâmide, com galhos que pareciam envolver o tronco.

Andamos por bastante tempo ao longo de uma estepe inteiriça de argila, passamos por pobres cemitérios com monumentos de lascas de pedra postas de pé. Depois, fizemos a curva nos portões de tijolos e entramos na cidade de Úrmia. Além dos muros da cidade viam-se montanhas vermelhas, o céu alto, sobre as montanhas a neve cintilava. Nos aproximamos de um muro cinzento, passamos por uma porta e por um corredorzinho estreito e entramos em um pequeno pátio. Enormes videiras com caules recurvados, robustos e grossos, que subiam pelas paredes, formavam uma rede verde sobre todo o pátio. No fundo do pátio havia uma casa de um andar com janelas enormes, com os caixilhos cobertos por calicô. Atravessando um saguão escuro, entrei em um quarto.

Paredes brancas. O teto era feito de troncos, colocados a meio *archin* um do outro. Entre os troncos havia pequenas tábuas jogadas, nas tabuinhas tinham sido pregadas esteiras trançadas.

O quarto estava inundado por uma luz difusa, filtrada pelo calicô.

Ali, me encontrei com Task e mais um velho conhecido, um certo L.; estava em pânico, viera para cá esperando um Oriente colorido como a cauda de um pavão, mas se deparou com um Oriente de barro e palha, e com a guerra em toda sua nudez. Em nenhum lugar o revestimento da guerra, sua essência predatória, ficava tão clara como nas trincheiras persas. Não havia inimigo. Em algum lugar havia os turcos, mas eles estavam separados de nós por montanhas com passagens intransponíveis, onde o camelo afundava na neve até o focinho. Claro, os turcos só poderiam chegar até nós com um esforço incrível, como haviam feito em 1914.[43]

Mas a questão não era com eles. A questão era com a Pérsia, ocupada pelas tropas russas já havia dez anos.

Chegamos em um país estrangeiro, ocupamos, acrescentamos às suas trevas e violências a nossa violência, rimos de

---

[43] Em dezembro de 1914, os turcos tomaram a região de Úrmia. Os russos a reconquistaram no ano seguinte. (N. da E.)

suas leis, sufocamos seu comércio, não o deixamos abrir fábricas e apoiamos o xá. E para isso mantínhamos tropas, as mantínhamos mesmo depois da revolução. Era o imperialismo, e o principal, o imperialismo russo, ou seja, um imperialismo burro. Construímos uma ferrovia até a Pérsia, criamos uma frota no lago Úrmia, construímos uma quantidade colossal de estradas nos vales, fizemos estradas cruzando passagens que desde os tempos de Adão não tinham nada além de trilhas para jumento, onde os curdos só conseguiam queimar os lugares mais difíceis com uma fogueira, e depois tiravam a pedra esmigalhada quase que com as unhas.

Gastou-se muito dinheiro na Pérsia. E tudo isso foi em vão, tudo isso foi um balé de servos. Apertávamos e sufocávamos, mas não comíamos o cadáver.

A revolução de fevereiro não tinha melhorado a situação da Pérsia. Antes de mais nada, justo ali estávamos sempre emaranhados com a Inglaterra em todo tipo de tratado: a Pérsia era uma das partes do suposto botim de guerra, e, além disso, a revolução, ao afastar da Pérsia a ameaça de ser engolida por nós, trocou um Estado tirânico bronco, mas organizado, pelas explosões mesquinhas da tirânica vontade russa. As pessoas do estado-tirânico eram elas mesmas tiranas. Se acontecesse um dilúvio na Pérsia e eu tivesse que me transformar em Noé — construir uma arca e com ela salvar os puros e honestos, os apenas honestos e os energicamente honestos —, eu não construiria um barco grande.

Eu e L. fomos olhar a cidade. A cidade era toda pavimentada. A história dessa pavimentação era a seguinte.

Algum general havia mandado que os persas pavimentassem a rua. Caso não cumprisse a ordem, o dono da casa seria pregado à soleira pela orelha com uma faca.

Assim, a cidade foi pavimentada. Ao redor, as mesmas paredes de barro, com a altura de duas pessoas. Nas paredes havia portas baixas, não havia portões em lugar nenhum. Algumas mesquitas com minaretes baixos e cúpulas de azulejos. Em um minarete, uma cegonha tinha feito um ninho. Eles não tocavam nesse pássaro sagrado. Ao longo de todas as ruas a água corria rapidamente em *ariks*, canais de irrigação. Nos cruzamentos havia cemitérios — pobres, poeirentos e pequenos. Os monumentos eram apenas pedaços de pedras postos de pé. Poucos passantes. De vez em quando passavam mulheres persas cobertas por véus negros. Debaixo do véu viam-se as pontas de ceroulas grosseiras de soldados. Os persas iam passando. Apareciam uns assírios. Burrinhos pequenos com cargas de tijolos nas costas trotavam na rua, e o arrieiro gritava: "*Khabardá!*"[44] — levavam material para consertar o bazar depois de um pogrom. Quando queriam obrigar um burrinho a virar um pouco, saltavam de cima dele e se apoiavam contra seu flanco. Estávamos indo para o bazar. Havia cada vez mais passantes. As paredes de barro iam sendo substituídas por lojinhas que vendiam ora berços pintados de várias cores, ora uvas e amêndoas secas e muito doces. Ali estava a entrada do bazar. O bazar era formado por vários túneis sob abóbadas pontiagudas, nas quais haviam sido feitas aberturas em alguns lugares. Dos dois lados, as lojas estavam quase vazias. Na fileira vermelha de lojas de manufatura, quase todas as portas eram de madeira fresca, que ainda não tivera tempo de escurecer. Ali havia acontecido um grande pogrom. Os donos das lojas de louça estavam sentados, furando os cacos de louça que tinham sobrado depois do pogrom e firmando-os entre si com a ajuda de cimento e pequenos colchetes de ferro. Havia poucas mercadorias, nada importado, e também estavam com medo de mostrar o que tinham. Os cascos dos burrinhos que carregavam os tijolos batiam baixinho. Uma fileira estava ocupada por sapateiros. Eles costuravam os sapatos ali mesmo. Nas bordas da

---

[44] Em persa, no original: "Cuidado!". (N. da E.)

feira, em lojas grandes e profundas, eram tecidos cordões de lã, e pedras grandes e redondas eram usadas como moldes para gorros que se alargavam no alto como mitras. Em outra viela, com um martelinho, golpeavam um tecido grosseiro vermelho e azul contra uma pequena placa de carvalho de dois palmos de dimensão, com padrões decorativos em tinta preta. Era uma grande colmeia, mas em todo lugar havia resquícios de argila que ainda não foram limpos.

Vimos como eles cozinhavam no carvão inflado com um leque de vime, e como assavam o *lavach* — um pão fino como papelão que eles fazem passando a massa nas paredes internas do forno —, e então fomos para casa.

Naquela noite, L. foi embora para Piter. Task também foi embora para o front. Fiquei sozinho. Nossas tropas eram a única força na Pérsia, e eu devia guiá-las.

Estou escrevendo isso em 30 de julho de 1919, montando guarda com uma espingarda entre as pernas. Ela não me atrapalha. Acho que sou hoje tão impotente quanto era na época, mas agora a responsabilidade não me pesa. Vou contar que país era aquele onde fui parar.

O Azerbaijão e parte do Curdistão: eram esses os lugares ocupados por nossas tropas. População mista. Persas, armênios, tártaros, curdos, assírios nestorianos, judeus — assim era composta a população. Todas essas tribos conviviam bastante mal umas com as outras, desde tempos remotos. Depois chegaram os russos e eles começaram a viver de outra forma. Pior ainda.

No dia seguinte à minha chegada, fui conhecer o comitê do exército. Ele me causou má impressão. Eram pessoas completamente incultas, e elas mesmas não sabiam o que fazer. O presidente, primeiro, era o camarada Stepanians, um armênio; foi um mau presidente e complicou ao extremo os negócios do comitê.

No lugar dele foi eleito Geobbekian, e depois um camarada do presidente do soviete regional. Esse foi o pior. Com ele era impossível saber o que ia acontecer no minuto seguinte; no mesmo discurso ele abandonava os kadetes em favor dos bolcheviques.

Era engraçado o jeito dele de interromper o orador no meio da fala e dizer: "Vou explicar para você, camarada", e depois seguia um discurso de uma hora. E assim, só ele falava. A questão era a Assembleia Constituinte. Era preciso realizar uma eleição com um exército incrivelmente espalhado em pequenos destacamentos. Como presidente da comissão eleitoral foi escolhido um soldado tolstoiano que de repente se revelou uma pessoa prática.

Já o resto do comitê — que ele me perdoe pela má lembrança — ocupou-se da organização de espetáculos amadores.

E era compreensível. Era triste viver daquele jeito: sem jornais, sem mulheres, lidando com a reticência da população persa; e eis que se formou algo como uma companhia de teatro de veraneio, com um incrível repertório de veraneio.

Eles se apresentavam em um grande barracão de argila, escuro e mal equipado, pior que o teatro dos trabalhadores forçados em *Recordações da casa dos mortos*. O repertório era de vaudeville. Os soldados se juntaram feito nuvem. Segundo as ideias dos organizadores, o teatro devia ser itinerante.

Mas na cidade quieta das paredes de barro, das portas sempre fechadas, a situação ia de mal a pior.

Tiroteios ressoavam a noite toda. Atiravam para o ar. Ficavam bêbados; conseguia-se vinho com os assírios, com os judeus e, talvez, com os muçulmanos.

Na cidade fronteiriça de Oshnaviye houve um pogrom, tudo foi destruído e saqueado. Task foi até lá; conseguiu achar um regimento que por acaso não participara do pogrom, devolver, com a ajuda deste, tudo o que fora roubado e, como punição, deixar o outro regimento na posição sem troca de turno.

Não havia combate em lugar nenhum.

Estávamos preparando as eleições. Os comitês do exército foram reeleitos. O exército estava ficando mais fraco e desmoronava.

A Pérsia sofria, como de hábito.

O poder do xá é nulo na Pérsia. Ele distribui a terra dele, é verdade, e toda a terra do país é dele, mas isso são só palavras. Mais precisamente, os *khans* é que concordam em se reconhecerem vassalos do xá.

Não vou explicar essa estrutura estranha, que sobrevive há muito tempo mas se mantém inabalada. Parece que os *khans* arrendam as aldeias. Ou alguma pessoa forte e armada que vive na aldeia a pilha sistematicamente e separa uma parte para o *khan*.

Os camponeses são servos no sentido de que estão nas mãos do senhor enquanto vivem na terra dele. Eles têm o direito de trazer água das altas montanhas e limpar os *ariks*, o que fazem de pé com a água corrente na altura dos joelhos, assando no sol. A emigração é fortemente cultivada: vão para Baku, para o Turquestão, vão para onde for — qualquer lugar onde lhes deem de comer.

Nas cidades vive a classe dos comerciantes, rica, educada à sua maneira; os filhos estudam nas escolas da missão francesa. Eles também têm suas aldeias. O surgimento da burguesia não acabou com a servidão.

Parece, no entanto, que os *khans* já têm sucessores. Comerciantes e armênios fizeram a revolução persa. Foi uma revolução da minoria. Destacamentos de trinta, quarenta pessoas percorriam livremente todo o país. O atual governador de Úrmia esteve ele mesmo em um destacamento desses junto com os irmãos milionários locais, os Manussurians.

Os persas tinham uma constituição, sobre a qual se dizia ser mais liberal do que a suíça. O governador era um revolucionário, ou seja, participante da revolução persa. Ele também tinha a sua aldeia e seus servos. É verdade, na Pérsia havia os cossacos persas, unidades a serviço do xá recrutadas entre os persas e sob o comando de nossos instrutores.

Os cossacos persas — mais precisamente as pessoas que os usavam como instrumento — encontravam entre a população um ódio quase unânime. Mas eles não eram subordinados ao governador, e sim ao governo russo.

Agora mesmo, parece que não estão subordinados a ninguém.

Durante nossa retirada eles tentaram nos atacar.

Claro, ninguém obedecia ao governador. Ele nos pediu dez cossacos de Kuban "que obedecessem". Os *khans* curdos não o obedeciam, já que eram mais fortes; cada um tinha algumas dezenas de cavaleiros, e um deles, Simko,[45] tinha um grande destacamento. Esse foi um dos erros da diplomacia russa. O grão-duque Nikolai Nikoláievitch, na época em que estava construindo para si um palácio no vale Lankaran e planejava criar na Armênia um exército cossaco, decidiu atrair para o lado russo um dos líderes curdos. A escolha recaiu sobre Simko, *khan* de uma tribo que ficava na região da passagem de Kuschin, que ligava a região de Choi-Dilman[46] com a Úrmia. Simko era dado a espingardas e até metralhadoras, o que fazia dele uma ameaça constante para nós. Ele teve parte no massacre dos cristãos, e no fim das contas riu de nós, dizendo que "meus 140 cavaleiros vão expulsar seu regimento".

---

[45] Simko Shikak (1887-1930), líder curdo que comandou várias batalhas contra o exército persa. Foi responsável por massacres de assírios nas cidades de Choi e Dilman. (N. da E.)

[46] Região atualmente conhecida como Salmas, na província do Azerbaijão Ocidental, no Irã. (N. da E.)

Os armênios não obedeciam, apesar de serem leais; mas eram leais porque eram a aristocracia da Pérsia. Eles tinham uma organização forte, o Dashnaktsutiun.[47] Não sei se, em algum lugar do Cáucaso, o Dashnaktsutiun era um partido socialista como o nosso SR, mas na Pérsia ele era uma poderosa organização de autodefesa.

Os assírios, cristãos nestorianos, também eram uma espécie de Estado. Eles se consideravam os descendentes diretos dos antigos assírios e falavam aramaico. Alguns deles eram velhos habitantes dos arredores de Úrmia. No passado, eles ocupavam toda a região. Os curdos os foram extirpando gradualmente. Agora o número deles havia aumentado com os assírios aseritas das montanhas, um povo selvagem que, desde que o mundo é mundo, vivia bem no centro do Curdistão, na região de Djelamerok,[48] no vilaiete de Van; os jacobitas, aparentados a eles, viviam ao redor de Mossul.

Nas montanhas eles viviam em clãs sob o comando dos *maliks*, seus príncipes, e cada aldeia era governada por um sacerdote; ainda assim, os *maliks* eram subordinados ao patriarca do Oriente e da Índia, Mar Shimun,[49] um sírio corado de olhos negros e cabeça grisalha. O título de patriarca é hereditário, e passa de tio para sobrinho. A lenda remonta a linha dos patriarcas a Simão, irmão do Senhor.

Os nestorianos têm um passado glorioso. Quando os cristãos ortodoxos os tiraram da Síria, no século VII, eles chegaram à Pérsia atravessando as montanhas, e ali foram recebidos com hospitalidade como inimigos de Bizâncio. Lá,

---

[47] Federação Revolucionária Armênia, partido socialista democrático fundado em 1890 em Tíflis e ativo até os dias de hoje. (N. da E.)

[48] Atualmente a província de Hakkâri, no sudeste da Turquia. (N. da E.)

[49] Mar Shimun XXI Benyamin (1887-1918), patriarca da Igreja Assíria do Oriente. Foi assassinado por Simko Shikak. (N. da E.)

desenvolveram a atividade literária e disseminaram sua influência pela Sibéria, Índia e especialmente pelo Turquestão. Estiveram inclusive na China, onde até hoje restam algumas famílias nestorianas completamente assimiladas.

Timur os empurrou para as montanhas do Curdistão, e hoje eles vivem lá, como selvagens. Têm cabelos pretos, aparência semita e são corados.

Os missionários nestorianos passaram pela Índia e formaram ali uma colônia cristã inteira. No norte eles atravessaram a Sibéria, no leste chegaram ao Japão. As letras inventadas por eles foram a base do alfabeto mongol e, parece, do coreano. Talvez eles fossem o povo de Preste João, cuja ajuda os cruzados esperavam. Agora são uma tribo pequena, banida para aquelas montanhas que até nos detalhadíssimos mapas alemães eram indicadas apenas por umas manchinhas. Os turcos iam carcomendo a tribo, mas mesmo assim ela resistia. O principal povoado deles era Oramar. Mas Oramar estava ocupada pelos curdos desde 1914. Quando as tropas russas, formadas por comandos, foram embora, largando-os à mercê do destino, a sorte da tribo foi terrível. O doutor Shedd,[50] chefe da missão americana, me disse que mais de 40 mil foram mortos, empilhados em fogueiras e queimados. Os que ficaram se refugiaram na missão americana. Mas os persas acrescentavam limalha de ferro ao pão, e houve uma epidemia entre os sobreviventes. Em 1916, um destacamento de reconhecimento formado por cossacos russos e o comando assírio de Aga-Petros Elov entraram em Oramar, ou seja, mais de trezentas verstas dentro da posição do inimigo. A estrada era difícil. As mulas não conseguiam carregar as armas

---

[50] William Ambrose Shedd (1865-1918), missionário presbiteriano e, posteriormente, cônsul norte-americano em Úrmia. Em 1918, com o avanço dos turcos, acompanhou os assírios no exílio, falecendo no meio da jornada. (N. da E.)

através das montanhas. Os assírios as carregaram nos braços. A cavalaria se virou como podia, os assírios iam para o cume da montanha porque o sentido de um conflito nas montanhas está em tomar a altura de comando. Sugiro que se faça uma comparação com a descrição dos métodos de guerra entre os carducos (Xenofonte, livro 4).

Oramar foi cercada, tomada e saqueada. Alimentavam os cavalos com uvas, os burros com painço. Mar Shimun e os bispos — eles usavam turbantes enrolados num fez vermelho — partiam para o ataque de baionetas e terminavam de furar os prisioneiros. Nikitin, nosso cônsul em Úrmia, participara da expedição e, a propósito, me contou que no local outrora ocupado pelos antigos assírios, que agora já é território curdo, ele encontrou um pequeno templo de pedra sem janelas nem ornamentos. Chamava-se Templo de Maria Mem. Esse templo não foi destruído pelos curdos. Ao invés disso, eles deixaram viver até os parentes cristãos dos sacerdotes do templo. Isso se explicava porque, segundo a lenda, sob aquele templo fora trancada a Grande Serpente, e ela escaparia se o templo fosse destruído. Uma vez durante a vida de cada guardião do templo a serpente se mostrava para ele, mas o guardião atual ainda não a tinha visto.

Os assírios viviam no exílio, passavam fome, roubavam, despertavam um ódio ardente nos persas. Usando pequenos chapéus de feltro, coletes coloridos e calças largas, costuradas com pedaços pequenos de chita e amarradas abaixo do tornozelo com cordões, eles andavam pelas feiras. A religião que unia os assírios já estava enfraquecida havia muito tempo, e era conservada apenas como uma forma de se contrapor aos muçulmanos, sendo cristãos.

Em Úrmia funcionavam missões religiosas: russa, alemã, francesa, americana — todas elas caçavam as almas dos pobres nestorianos e, é claro, perseguiam objetivos políticos. As missões se intrometiam em assuntos e litígios civis, também por se imaginarem um sucedâneo do governo. Graças a isso se criou uma situação tal que a missão se tornava protetora de seus novos correligionários. Por causa disso, alguns mudavam de fé duas ou três vezes. Em uma família acontecia de haver representantes de quase todas as denominações cristãs.

A missão francesa tinha um aspecto estranho em Úrmia. Era um grande mosteiro de colunas, com pessoas de batinas negras e chapéus redondos com pompons. Era o maior edifício da cidade.

A missão russa, construída, a propósito, sobre terra ilegalmente tomada de proprietários particulares, parecia um monastério grande e novo, com paredes de tijolo vermelho. Na época de minha estadia a missão já havia se extinguido, o bispo já havia ido embora, a influência decaíra.

Todas essas organizações funcionavam entre os assírios de Úrmia; os assírios aseritas das montanhas eram mais resistentes.

Havia muito tempo que os assírios viviam na região de Úrmia; eles apareceram ali no mínimo no século VII. Mas na nossa época a relação com os persas estava sob forte tensão. O principal motivo era a participação dos assírios na guerra. Os assírios tinham um comando de guerrilha que lutara do nosso lado. Estávamos ligados a eles pelo cristianismo, e também pela simpatia aos nossos aliados. Os assírios eram, à sua maneira, um povo cheio de energia; muitos deles iam para a América, onde até era editado um jornal assírio. Lembro que me mostraram um assírio que andava pela rua em trajes típicos, com calças de retalhos e sapatos de couro cru, e disseram que ele era doutor em filosofia por uma universidade americana.

Eram essas pessoas fantásticas que tinham sua brigada de guerrilha, uma brigada perigosa por seu ódio milenar aos curdos e persas. O cabeça da brigada de guerrilha era um tal de Aga-Petros Elov, um homem de cabelos pretos e testa baixa, cachos e peito amplo e proeminente. As calças listradas e o blusão do uniforme com debrum vermelho deixavam-no parecido com um telegrafista. Elov tinha um passado estrondoso. O cônsul me mostrou sua ficha pessoal impressa em uma publicação secreta do Ministério das Relações Exteriores. Não me lembro de cor, mas sigo por uma lembrança bastante precisa:

"Aga-Petros Elov é o mesmo que foi cônsul da Turquia em tal ano em Úrmia, e em tal ano governou tal localidade na Turquia e arrasou a população com tributos inauditos; em sua estadia na América foi condenado a trabalhos forçados na Filadélfia. Atualmente apoia o lado da Rússia e é nosso dragomano não oficial. Utilizar os serviços dele com extremo cuidado."

Aga-Petros e sua brigada nos prestaram importantes serviços na campanha em Oramar. Por acaso, acabei salvando sua vida alguns dias depois de minha chegada a Úrmia. Soldados bêbados do 3º Regimento de Fronteira detiveram-no na rua e ameaçaram prendê-lo. Tirei-o deles dizendo que o estava detendo e levei-o para meu apartamento. Ele falava bem francês e inglês, e mal russo.

Não dávamos à brigada dele nem comida nem nada além de espingardas e munição. E até as espingardas que dávamos eram bem ruins, espingardas francesas Lebel de três tiros sem tala de saída. Essa espingarda pode queimar a mão se você pegar nela sem cuidado depois de atirar. Essa brigada arruinou as relações, já essencialmente ruins sem isso, entre persas e assírios. Mas, em todo caso, Aga-Petros era um homem ousado e, à sua maneira, honesto. Aconteciam essas coisas com ele. Alguns anos atrás, antes de entrar para o serviço dos russos, foi chamado pelo governador persa por causa de alguma acusação; ele prendeu o próprio governador e obrigou os *khans* a nomeá-lo como governador, ele — Aga.

O xá convocou Petros para ir ao seu encontro, mas ele não foi, supondo sensatamente que estava melhor em casa, e convocou o xá a vir até ele. Por fim, o xá enviou a ele uma condecoração pela saída do posto. Esse era nosso dragomano não oficial. Sim, também esqueci de dizer: ele não era *malik* — grão-duque dirigente —, mas havia um *malik* a seu serviço, chamado Hamu. A facção de Mar Shimun olhava com desaprovação para Petros, considerava-o um arrivista.

O terceiro grupo, e, em quantidade, a segunda maior população, eram os curdos. Nos tempos de paz eles viviam na fronteira entre a Turquia e a Pérsia. Mais precisamente, a Turquia e a Pérsia faziam fronteira na terra onde eles viviam. Parte deles tinha cidadania turca, parte cidadania persa. Ao todo, havia em torno de 2 milhões de curdos. Nos anos 1880 eles tentaram criar seu Estado. A iniciativa partiu dos curdos persas. Mas o nível cultural dos curdos não lhes dava a possibilidade de criar uma organização forte. Até hoje eles vivem em clãs. A pecuária, amplamente desenvolvida entre eles, e em parte a agricultura, permitiam-lhes viver ricamente em tempos de paz. Nossos soldados diziam que "os curdos são mais ricos que os cossacos".

Mas agora eles estavam completamente arrasados, sofrendo terrivelmente com a guerra. Antes de mais nada, porque a guerra fechara os caminhos de seus acampamentos nômades.

Antes, no inverno, eles tocavam o gado até a Mesopotâmia, e no verão se mudavam para as montanhas para fugir do calor.

A guerra fechou os caminhos. Parte do gado ficou nos vales, e morreu por causa do calor, e parte se perdeu nas montanhas.

Além disso, os russos chegaram ao Curdistão com um ódio aos curdos herdado dos armênios, e um ódio compreensível vindo dos armênios.

A fórmula "o curdo é inimigo" privava os curdos pacíficos, e até mesmo as crianças, da proteção das leis de guerra.

O general que tomara Solojbulak[51] (esqueci o nome dele) orgulhosamente se designava "fulano de tal exterminador de curdos".

Apesar de toda sua coragem, os curdos não conseguiam nos oferecer resistência. Eles nem viviam em tribos, mas em clãs isolados entre si.

Entre os curdos, depois da Revolução de Fevereiro, houve um grande movimento por um acordo com a Rússia livre. Aconteceram grandes reuniões e foram enviadas pessoas até nós para negociações.

Os enviados voltaram, dizendo: "Os russos são livres, mas entendem a liberdade à maneira russa".

Sei como são cruéis os curdos, mas o Oriente em geral é cruel. Há uns trinta anos perto de Djelamerok, os assírios tiraram a pele de alguns ingleses que os haviam irritado ao transcrever descuidadamente umas inscrições. Mas eu não vi os curdos na época em que eles matavam os persas e enfiavam os membros sexuais cortados na boca do inimigo, e sim na época em que os russos melancólicos os assassinavam distraidamente — por tédio. Os curdos estavam morrendo de fome e comiam carvão e argila nos arredores de Solojbulak, que antes florescia.

Os curdos viviam na mesma miséria nos vales de Merguevar e Tevguevar.

Aliás, foi totalmente diferente — os habitantes haviam sido expulsos desses vales, onde outrora vivera uma tribo rica, possuidora de 200 mil carneiros e umas 40 mil cabeças de gado. Ali ficavam os cossacos do Transbaikal. Eram chamados de "perigo amarelo" no comitê do exército, não só

---

[51] Atual Mahabad, cidade localizada na província do Azerbaijão Ocidental, no Irã. (N. da E.)

pelas calças amarelas. De rosto largo, bem morenos, sobre cavalinhos pequenos capazes de literalmente comer só raízes, os cossacos do Transbaikal eram valentes e cruéis como os hunos.

Aliás, sem conhecer muito bem os hunos, acho que a crueldade dos cossacos do Transbaikal era mais contemplativa.

Um persa me disse: "Quando eles cortam alguém, muito provavelmente não pensam que estão cortando, devem achar que estão dando umas chicotadas".

Tive que me convencer da impassibilidade dos cossacos do Transbaikal.

Estava chegando a Guerdik, nosso posto em Merguevar.

Um vale amplo. Em uma colina havia uma fortaleza curda destruída. Ao lado havia tocos de árvore, muitos tocos. Da montanha descia uma cachoeira muito, muito alta, que rebentava na poeira.

Do outro lado do vale, vindo da montanha, jorrava uma corrente de água da grossura de uma braçada. Solidão e silêncio. À noite os chacais uivavam. Raposas, raposas cinzentas, apanhavam trutas na margem do rio.

Fui para pedir aos cossacos do Transbaikal que não nos atrapalhassem no retorno dos curdos ao seu lugar de origem, onde eles poderiam se alimentar do painço já plantado e ainda não inteiramente esmigalhado.

Falei com eles das crianças que vagavam em torno dos acampamentos, falei que já estávamos indo embora de qualquer jeito. E não consegui nada.

Na unidade geográfica chamada Rússia vivem pessoas bem diferentes.

A propósito, todo esse vale pertencia a um armênio, Manussurians, parece; o *khan* também pertencia a ele.

Assim, estavam desaparecendo os curdos na Pérsia. Os próprios persas eram hostis a eles por discordâncias religiosas. Os persas eram xiitas, seguidores de Hussein, e os curdos eram sunitas; essas seitas muçulmanas se relacionam uma com a outra como os católicos se relacionavam com os protestantes (na época dos huguenotes).

Um pouco melhor era a situação dos curdos na Turquia. Os turcos os usavam como material de combate, e além disso os mantinham como unidades não regulares; não recebiam ração, apenas pasto.

Todas essas tribos — persas, curdos, assírios, armênios — se odiavam umas às outras. De tempos em tempos, dos sentimentos de autopreservação de todos surgia um desejo de reconciliação.

Na minha época foi organizada até uma festa de "reconciliação dos povos". Os mais distintos representantes de cada grupo nacional se reuniram e juraram parar com a guerra interna. Foi comovente, todos se beijaram, e as armas foram deixadas na entrada.

Não sei de onde elas surgiram, supúnhamos que havíamos desarmado a população.

Em honra desse acontecimento decidiu-se instituir o uso de uma roseta especial, verde e branca.

Tudo isso foi executado de forma muito séria, ardilosa e ingênua. Eles ainda não haviam introduzido a ironia em suas relações.

Durante a festa, fiquei surpreso com os mulás de barba vermelha, com seus movimentos nobres e sem pressa. Eles se movem de forma mais bela que os europeus.

As autoridades russas eram representadas na Pérsia pelo cônsul, que comandava o exército, pelo comissário e pelos comitês, e, nas localidades, por qualquer comandante de caravana, muitos dos quais praticavam extorsão da população, e por qualquer soldado com uma espingarda.

Na cidade as coisas não estavam tranquilas, escutava-se tiroteio por toda a noite — um dos sinais de que as guarnições já haviam se desfeito. De todos os lados arrastavam-se reclamações cinzas, tediosas. O exército estava apodrecendo em silêncio. Eu me entristecia no Oriente como Gógol se entristecia na Palestina esperando a chuva passar na tediosa estação de Nazaré. A principal queixa era sobre a forragem. Comboios imensos passavam fome. O feno, armazenado em algum lugar nas montanhas na região de Diza Gueverskaia, fora armazenado de forma desastrada ou esperta demais. Não tivemos tempo de tirá-lo na hora certa. Faltavam cordas, o *khan* curdo Simko não nos deu meios para transportar. O outono havia começado. As fontes começaram a jorrar e o feno estragou. Task acompanhou essa história por muito tempo, indispôs-se com todo mundo, mas não achou o culpado. O estoque reserva para preparação da forragem estava na região de Choi-Dilman. Essa região era rica, mas a localização era inconveniente — no flanco direito do nosso front. A *sumna* — palha amassada e torcida na debulha em debulhadoras persas especiais —, a alfafa e o feno eram armazenados aos montes, mas era preciso prensá-los, e a companhia de trabalho que estava em Dilman sabotava a prensagem, prensava mal e quebrava as prensas. Os carregadores trabalhavam sem vontade, os famintos da caravana também.

No flanco esquerdo em Bana, os cavalos comiam folhas e cascas de carvalho, roíam sebes e morriam às manadas. E as unidades montadas eram predominantes no nosso exército. A queda da capacidade de trabalho fazia-se sentir em tudo. Nós do comitê do exército enviamos homens para todos os desembarcadouros na qualidade de observadores — ajudou pouco. A situação se complicava porque em muitos desembarcadouros os destacamentos de carregamento e transporte eram compostos por colonos alemães, e neles havia uma recusa fortemente germanófila à guerra.

Os destacamentos de persas contratados poderiam auxiliar, mas a população os convencera a abandonar o trabalho e a não ajudar os russos. A mortalidade dos cavalos teve reflexos penosos na nossa cavalaria. Ela era composta por cossacos, ou seja, por homens com seus cavalos particulares — e isso queria dizer que eles eram especialmente sensíveis.

Em relação a tudo isso, surgiu no exército uma questão de câmbio que logo se tornou central.

Para que fique mais claro daqui em diante, vou falar algumas palavras sobre o dinheiro persa, "cachorrinhos", como o chamavam nossos soldados. Chamavam o dinheiro persa de "cachorrinhos" porque nele havia cunhada a imagem de um leão.

A unidade monetária era o qiran — uma moeda de prata menor que a nossa de cinquenta copeques, e que então valia uns trinta copeques.

A moeda de cinco qirans se chamava meio-toman, em tamanho era maior do que um rublo e era então cunhada em Petersburgo, na Casa da Moeda. A moeda de cinco qirans valia de 1,50 a 1,80 rublo.

Depois que paramos de exportar mercadorias para a Pérsia, o valor de troca do rublo caiu, e decidiram pagar nossas tropas em dinheiro persa, considerando meio-toman como 1,80 rublo.

Ou seja, o pagamento do salário em moeda local era muito proveitoso para as tropas. Mas nós não tínhamos a prata necessária para esse pagamento. Sobre o dinheiro se falou e se esqueceu, e o rublo caía cada vez mais. Eu mesmo vi, na passagem de Kuschin, os burros com seus *khurdjinis* — alforjes — esticados de tão cheios de dinheiro russo. Não era um artigo muito caro. O caso se complicou pelo fato de que algumas unidades de retaguarda recebiam o pagamento em moeda local.

A questão ficou mais exacerbada. Ela despertou o interesse de todos. Ou seja, os centros nervosos de inibição não estavam funcionando.

O 3º Regimento de Fronteira era especialmente exigente. Um regimento imenso formado por quatro batalhões. Por fim, com dificuldade conseguiram prata para um pagamento e, seguindo a proposta de Task, deram a soma restante em cadernetas de poupança, nas quais vinha depositada a soma faltante. Então apareceu uma nova dificuldade. É impossível imaginar algo mais caprichoso do que a cotação do dinheiro na Pérsia. Os trocados de prata tinham sua cotação, o rublo tinha outra. Até o ouro tinha uma cotação que não era baseada no peso, mas na cunhagem, de forma que o peso do ouro em liras turcas valia bem mais do que o mesmo peso em ouro russo. O dinheiro russo de baixo valor tinha sua própria cotação. As notas de cem e quinhentos rublos tinham novamente outra cotação, a nota de mil rublos da Duma, outra, a recém-lançada *kérenka*[52] também tinha a sua. Além disso, a cotação do rublo russo mudava literalmente duas vezes por dia, dependendo do último informe telegráfico de Tabriz. Aliás, o banco russo em Tabriz não aceitava dinheiro russo. Criou-se uma situação tal que, cada vez que ia trocar dinheiro, o soldado se sentia enganado, e era de fato enganado.

Assim que o soldo em prata foi entregue, todos os soldados correram para trocar a prata por notas de rublo, para levar dinheiro para casa. Os banqueiros, *sarafs*, imediatamente aumentaram o rublo para quinze copeques (shahi) e mais, e os soldados, sentindo-se ofendidos, fizeram uma série de pogroms — aliás, os pogroms eram permanentes.

Vou descrever um deles. Já havia muito tempo corriam boatos pela cidade de que aconteceria um pogrom. Algum soldado judeu avisou um conterrâneo no bazar. Um dia de manhã, no inverno, quando a neve repousava sobre as pe-

---

[52] Nome popular das cédulas emitidas pelo Governo Provisório de Kérenski. (N. da T.)

dras, fui para a cidade. Os *ariks* estavam congelados. Os medonhos mendigos persas, curdos quase nus de regiões devastadas, se encolhiam contra as paredes, congelando. Quase não havia passantes. Um conhecido persa, ao passar correndo, gritou para mim: "Estão saqueando o bazar!".

Eu morava em frente ao quartel; corri para o comandante, o príncipe Vadbolski. Ele confirmou a notícia. Vadbolski era um homem ousado e honesto. Naquela hora, tinha perdido a cabeça. Quem ele poderia mandar para o pogrom? Não havia unidades disciplinadas! Qualquer uma iria para saquear também. Podiam chamar os cossacos do Transbaikal dos arredores da cidade, mas todos sabiam que isso era arriscar jogar lenha na fogueira. Podiam também mandar os de Kuban; eles não saqueavam, pelo menos na Pérsia, mas mantinham uma esperta neutralidade de *khokhol*[53] e não atrapalhavam os saques. Acima de tudo, tinham medo de estragar as relações com a infantaria. Seu programa máximo era ir para casa. Corri para o comitê do exército. No comitê, todos os integrantes estavam em uma reunião sobre medidas contra pogroms em geral. Para o pogrom em particular ninguém queria ir. Todos tinham medo, sobretudo da ideia de dispersar os pogromistas com armas. Enquanto isso, o comitê do exército, junto com o comitê dos regimentos da cidade, estabeleceria um grupo de umas 150 pessoas, ou seja, já uma força. Eu disse para os integrantes do comitê que iria só. Task estava fora da cidade.

Fui para o bazar. Na entrada se aglomeravam algumas pessoas. Dois ou três policiais persas assustados e alguns oficiais franceses que observavam tudo com uma aparência de assombro tranquilo e desdenhoso. Passando por eles, curvando-se, corriam soldados, levando às braçadas e deixando cair

---

[53] "Topete", termo depreciativo para ucranianos. (N. da T.)

tudo quanto é tipo de tralha. No próprio bazar estava escuro por causa da poeira, e se ouvia um grito de *ai! ai! ai!* como na casa de banhos. Uma fúria cega e surda tomou conta de mim. Peguei uma tábua e com um grito saí correndo por um túnel escuro, batendo em quem viesse a meu encontro. Os contraventos quebrados das lojas pendiam nas dobradiças. As pessoas revolviam as entranhas das lojas escuras, jogando para fora longas faixas de tecido, como intestinos. Mendigos apanhavam pedaços e escondiam.

Estavam saqueando os sapateiros. Instrumentos, fôrmas, pedaços de couro, pantufas sem par de couro amarelo estavam jogadas no chão.

Alguns persas, de cócoras em frente às lojas arrombadas, lamentavam em voz alta, enlouquecida, arranhando o próprio rosto. O bazar ressoava com os golpes das pedras nas portas, retumbantes como tambores. A poeira levantada pelos arrombadores dava vontade de tossir e cuspir as entranhas. Eu enxotava a multidão diante de mim, louca e cega como eu mesmo estava.

O corredor dos tapetes era onde tinha mais gente. Um, de casaco de couro, muito alto e encorpado, estava arrombando portas sólidas com um pequeno pé-de-cabra. Corri até ele e o golpeei desajeitadamente. Ele recuou e não correu, mas jogou o pé-de-cabra para cima de mim. Recebi o golpe no ombro e, na hora, automaticamente, comecei a atirar nele, sem mirar, errando uma vez atrás da outra. Com isso eu violei alguma regra não escrita dos pogroms.

Os pogromistas não estavam armados com espingardas e por isso achavam que da minha parte era admissível bater neles com uma tábua, mas era inadmissível atirar.

Com os tiros, as pessoas vieram correndo.

O caso aconteceu em um cruzamento de túneis. Eu saí correndo. Isso não demonstra muita coragem.

E tudo parecia um sonho. Ainda antes eu tivera um sonho desses, estava correndo por um corredor estreito com paredes caiadas que se transformavam em teto. Parecia um pouco com os corredores do Teatro Aleksandrinski, só que cinco vezes mais estreito e baixo. Em volta, portas e mais portas. Uma luz branca uniforme, e os perseguidores atrás de mim. Eu corria e me escondia atrás de uma porta.

Lembrei-me e vivi novamente esse pesadelo, agora desperto, nos túneis cinzentos do bazar de Úrmia.

Corriam gritando atrás de mim. Numa curva, dos dois lados havia túneis que se juntavam como flechas, corriam duas multidões. Tirei a peliça curta que estava vestindo e joguei-a para trás.

Consegui até tirar os documentos do bolso.

As duas ondas se viraram e se encontraram na peliça, agarraram-se a ela, meio esquecidas de mim.

Venci alguns passos e me joguei em uma passagem estreita. Três ou quatro pessoas correram atrás de mim.

Sem olhar, atirei para trás. Eles sumiram. Saltei para fora do bazar.

Estava frio. A neve caía e derretia. A calçada brilhava, uma lamparina molhada pendia no suporte, exatamente como em Petersburgo.

O bazar zumbia.

Dei a volta no bazar e voltei novamente para a saída.

Chegaram os cossacos do Transbaikal com suas caras largas. O plano das têmporas quase não formava ângulo com o plano do rosto. Não sei onde a cabeça deles começava a se arredondar.

Eles estavam de pé e escondiam tranquilamente nas bolsas tecidos esparramados, o triste e grosseiro tacão persa.

Mandei que saíssem.

Chegaram os homens de Kuban a pé. A visão de pessoas tranquilas, que não participavam de pogroms, vestindo casacos de pele pretos e passando pelos pogromistas com um sorriso meio zombeteiro, meio condescendente, debelou um pouco o pogrom.

Os persas não mostraram oposição; eles sabiam que se matassem ou ferissem um soldado que fosse, o pogrom passaria para a cidade.

Chegou um destacamento de assírios, eles ouviram dizer que eu tinha sido morto.

Eles não podiam entrar, assim como os membros do Dashnaktsutiun — não podíamos botá-los em confronto com as nossas tropas.

Por fim, chegaram os membros do comitê. Sem armas, claro.

Eles também ouviram dizer que eu tinha sido morto.

Pegamos as tábuas e fomos pelas passagens dispersar as pessoas. Já estavam saqueando havia umas quatro horas.

Corríamos pelas galerias, arrastávamos soldados para fora das lojas, os jogávamos para fora de lá a pontapés. E em alguns lugares os saqueadores eram maioria.

O comitê seguia um programa puramente democrático.

Eu me lembro... Havia pó no ar. As portas arrombadas faziam barulho. Um membro do comitê, muito gentil, antes muito honesto e ousado, postou-se em uma cornija alta e larga, que se estendia ao longo de todas as lojas, e gritou:

"Camaradas! O que estão fazendo?! Por acaso é assim que se luta contra o capitalismo? É preciso lutar contra o capitalismo organizadamente!"

E às vezes três ou quatro pessoas rodeavam alguém que tinha a camisa inchada de coisas de lá, entulhadas, e balbuciavam com emoção: "Largue, largue, para onde você vai levar essa porcaria? Largue".

Foi estranho. Uma pessoa corria com um punhal na mão e olhos enlouquecidos, você o pegava, sacudia, e se revelava o que ele tinha: duas moldurinhas banhadas a ouro, dois pés esquerdos de bota e alguns punhados de uvas.

Uma vez, aliás, o príncipe Vadbolski me disse acertadamente: "Entre os soldados, 75% são passivamente honestos, mas são neutros".

Um desses "neutros" estava sendo levado por dois soldados pelos braços, em uma crise de nervos, e gritava: "Vocês estão saqueando! É uma vergonha... Sou bolchevique... Vergonha... Não acredito no que estão fazendo..."

Mas a maioria dos passivos mesmo assim tratava o pogrom como uma travessura.

Bloqueamos todas as entradas, menos uma, e tiramos todos do bazar.

À noite percorremos os destacamentos e tomamos os objetos levados no saque. Todos se enfezaram contra nós: "Saquear não pode, mas atormentar a gente tudo bem?".

Os soldados tiveram muita pena de mim. Mas como, o homem perdeu a peliça por causa de uns persas!? A peliça era cara. E o homem era boa pessoa. Procuraram a peliça com dedicação.

Mais ou menos assim foram saqueadas Oshnaviye, Sharafkhânekh, muitas localidades, e umas duas ou três vezes cada.

Saquearam Dilman mais tarde, já na retirada de nossas tropas rumo à Rússia, mas não foram as tropas em deslocamento, e sim a guarnição da cidade. A cidade foi dividida em pedaços e cada destacamento saqueou seu bairro. Para iluminar, queimaram a cidade.

A cidade de Choi foi saqueada pelas tropas que estavam passando por ela rumo a Julfa na evacuação da Pérsia.

Não saquearam Tabriz. O bazar de Tabriz era mundial; trata-se de uma cidade grande, na qual as mercadorias formam montanhas. Ele é tão grande e emaranhado que os próprios mercadores, quando iam parar em alguma parte desconhecida, pegavam um mendigo como guia.

Várias vezes os pogromistas entraram no bazar, mas nenhum saiu... Eles se espalharam e, muito provavelmente, foram feitos em pedaços.

Tabriz não foi destruída.

Mas triste foi o destino de uma cidade curda situada em território turco, a rica Solojbulak, que ficava no caminho das caravanas e no passado fora um centro de comércio significativo. Ela foi saqueada até os telhados, ou seja, arruinada, já que ninguém rouba paredes de argila, mas sem o telhado elas se desfazem na chuva, e sobra só o encanamento. Os telhados foram removidos e vendidos.

Ainda não falei sobre como recebíamos as informações de Petersburgo. O tempo todo nos mandavam informes sobre a Convenção Democrática.

Lembro de chamarem à noite. Você ia andando por uma viela estreita e entrava por um pátio coberto por videiras, já quase desfolhadas, para ir à sala do telégrafo. Uma parede, como em geral acontece na Pérsia, era de vidro (ou seja, era de calicô, mas botávamos vidro sem a massa de vidraceiro), e atrás das janelas estava tudo escuro.

Você se aproximava do *"bodo"*. Era o aparelho de linha direta com Tíflis. Brilhando no escuro, o cambulho do regulador gira, e o peso do mecanismo desce lentamente. Algo bate, desliza uma fita com as palavras.

Às vezes o aparelho engasga e começa a imprimir: t-t-t-
-r-r-r-r-vvv...

Para fora do aparelho rasteja algum palavrório feito um macarrão branco. Você interrompe: "Diga, o que você tem, como estão os bolcheviques?... Mande roupas de baixo para as tropas, dinheiro...".

Aos trancos, o aparelho deixa escapar, baixinho: "Ter... Ter... Ter... Tereschenko diz... a democracia...". A lombriga branca rastejava...

Tereschenko rastejou pelo aparelho até outubro...[54]

Depois houve uma confusão, um comunicado sobre o golpe, sobre o fato de que o front e o Conselho Supremo da Ucrânia "alinham-se ao ponto de vista do Governo Provisório"... Depois um impressionante telegrama dos funcionários dos correios, sobre eles estarem sendo expulsos... Depois um comunicado sobre a tomada de Petrogrado por Kérenski... Depois... a fita da Rússia interrompeu-se, como aquele telegrama que, no romance de Wells, o imortal inventor da cavorita mandou da lua.

Ficamos sós...

O comitê do exército emitiu uma firme resolução a respeito dos bolcheviques. Na época, só uma pessoa falava da parte dos bolcheviques no comitê do exército — a reunião era conjunta entre o comitê do exército e os comitês dos regimentos —, um certo camarada Novomiski, acho. Ele disse: "Camaradas, não temos nem manufaturas, nem couro, como vamos lutar?". Era um bom homem, que posteriormente nos ajudou muito. Mas a fé no povo, acho que isso ele deixou na Pérsia...

Task e eu ficamos pendurados no exército como comissários de um governo inexistente.

Agora sobre Task.

Efrem Task era um velho operário, um menchevique. Sua especialidade no partido era a montagem de tipografias clandestinas.

Esse tipo de empreitada exige um imenso domínio de si, e isso Task tinha.

Ele ficou preso por muito tempo, fugiu muitas vezes, e

---

[54] Mikhail Tereschenko (1886-1956), ministro das Finanças durante o Governo Provisório. Após a renúncia de Miliúkov, ocupou o posto de ministro do Exterior e foi contra a saída da Rússia da guerra. Exilou-se após a Revolução de Outubro. (N. da E.)

por toda a vida carregou uma só ideia — era o típico revolucionário profissional, no melhor e mais puro sentido da palavra.

Para mim — um diletante — era absolutamente assustador observar essa obstinação e devoção a uma ideia. Ele tinha um defeito: a irritabilidade de um homem que passou por muita tortura, e, por isso, para o trabalho direto com as massas ele não servia.

Mas dominava perfeitamente toda a técnica dos congressos e resoluções, e toda a experiência organizacional que há por trás dessa técnica.

Depois da firme resolução emitida pelo comitê do exército, depois que recebemos o telegrama sobre o armistício, diante daquela situação em que as tropas eram russas, o governo era o da Transcaucásia e os soldados queriam ir para casa, levar a questão adiante era extremamente difícil. O mais simples seria ir embora. No exército vizinho, o comissário havia sido preso. Não mexeram conosco.

Task organizou uma assembleia, conseguiu atrair forças e despertar atenção para si. A reunião era pública, aconteceu nas instalações de um teatro.

Os bolcheviques vieram para a assembleia; eram aproximadamente um terço, mas só me lembro do sobrenome de um deles: Baburichvili.

Era preciso chegar a algum acordo.

Naquela época, a Assembleia Constituinte ainda não fora dissolvida. Nos pusemos de acordo em relação à Assembleia Constituinte e ao reconhecimento do governo da Transcaucásia, desde que uma de suas tarefas fosse a luta contra Kaliedín enquanto representante da reação russa. O armistício foi reconhecido como um fato — já havia chegado um telegrama do estado-maior do front sobre ele —, mas foi decidido esperar até o fim das negociações. Em todo caso, o mecanismo do exército fora preservado.

Nesse momento, fui chamado para Solojbulak.

Recebemos um telegrama dizendo que em Solojbulak acontecera um pogrom; além disso, havia tumultos relacionados à questão da formação dos exércitos nacionais; haviam chamado os georgianos de uma divisão de fuzileiros para a retaguarda, para integrar uma unidade de algum regimento nacional; os russos que restaram também foram para a retaguarda. Simultaneamente, dessa mesma região, mas já do front, chegou o seguinte telegrama: a coluna Afan do regimento de Grozni decidira ir para a retaguarda, e nos informou a respeito para que tomássemos as medidas cabíveis para a segurança dos bens abandonados.

Parti naquela noite. As altas paredes da missão americana, na casa do coronel russo Stolder, comandante dos cossacos persas, brilhavam como relâmpagos.

A casa de Stolder ficava fora da cidade, as janelas estavam iluminadas pela luz viva das lamparinas a álcool.

Nosso Talbot entrou com leveza na maravilhosa e enluarada noite persa. A lua estava alta. O céu, o céu persa, se exaltava levemente. É um céu muito aéreo, espaçoso.

Perto de uma vala, incendiado por alguém, queimava um velho salgueiro, como os que há plantados em todas as estradas daqui. A preciosa árvore estava pegando fogo. Para um muçulmano, cavar um poço ou plantar uma árvore é uma boa ação. Algum dos nossos, ao passar, havia tocado fogo nela.

O fogo corria aos pouquinhos, lambendo em silêncio a borda de velhas fendas e perturbando a tranquilidade da luz azul e das nítidas sombras azul-escuras.

Ao redor, a dez *deciatinas*,[55] viam-se videiras na terra ressecada e cinza. As vinhas se estendiam como nos campos de

---

[55] *Deciatina*: antiga medida agrária russa equivalente a 1,09 hectar. (N. da T.)

nossas terras. Seguíamos viagem, contornando pelos vaus as altas abóbadas das íngremes pontes persas meio destruídas.

A estrada subiu. A terra ao redor começou a matizar-se com bordas de pedra miúdas, pretas e brancas sob desabamentos da lua.

Depois, as sombras ficaram cinzas, o vento soprou, o sol nasceu. Novamente descemos e fomos pela margem do lago Úrmia. De manhã estávamos em Haidrabad.

Entre as pedras havia iurtes plantadas no chão pela metade e alguns abrigos de terra cujos longos telhados, com duplo declive, podiam ser vistos em uma dezena de lugares.

Uma construção cinza, com uma aparência europeia-tropical, de tijolo cinza não cozido. Uma imensa barcaça de ferro era descarregada no dique. Na margem viam-se pilhas de trilhos estreitos, firmados por dormentes de ferro.

Dali devia sair uma estrada de ferro e de cavalos para o desfiladeiro de Rawandiz, em direção a Mossul. Acho que os trilhos foram úteis para os turcos.

Isso era toda Haidrabad.

Sob um pequeno alpendre, completamente aberto de todos os lados, uns mendigos se esquentavam junto a uma fogueira de capim seco.

Na época tínhamos as mãos tão calejadas pelas correias da guerra, havíamos gastado tanto nossas botas, que podíamos olhar para esses mendigos tranquilamente, como se fossem uma parede, assim como olhávamos para toda a Pérsia, e agora para a Rússia agonizante.

Fazia muito frio. De jaqueta militar sobre uma camisa e um suéter, com uma capa de feltro por cima do sobretudo impermeável, eu estava congelando. Os curdos estavam quase nus.

Para alguns, toda a roupa consistia em uma capa de feltro de formato estranho, cortada de forma que nos ombros sobressaía uma espécie de cotoco.

Estávamos acostumados com os mendigos. Nos arredores de todas as paradas vagavam crianças de uns cinco anos, vestindo como camisa só uns trapinhos pretos; os olhos delas remelavam e estavam cheios de moscas.

Inclinando-se com um gesto maquinal de animal cansado, elas catavam o lixo, procurando algo comestível. À noite se reuniam na cozinha e se esquentavam. Algumas delas, e principalmente as mais velhas, eram aceitas nos destacamentos como ajudantes; o restante morria de forma lenta e quieta, como apenas o ser humano mais desmedidamente resistente é capaz de morrer.

Saímos de Haidrabad. Viajamos por estradas recentemente construídas, que ainda fervilhavam de persas e curdos sob supervisão de nossos sapadores, e seguimos diretamente pelo terreno salgado. Em algum lugar o automóvel atolou, e, com muito esforço, pondo capim seco sob a roda, escapamos daquele pântano salgado.

Pela estrada topávamos com aldeias destruídas.

Vi muita destruição. Eu já tinha visto povoados e casas da Galícia transformados quase em um amontoado contínuo de destroços, mas a visão dos escombros persas era algo novo para mim.

Quando tiram o teto de uma casa construída com argila e palha, ela se transforma apenas em um pedaço de argila.

E a estrada seguia, infinita como a guerra; todas as estradas da guerra são becos sem saída.

Nos terrenos salgados vi manadas de cavalos. Como escrevi, estávamos com falta de forragem; não tínhamos por que manter os cavalos, já sem forças. Alimentá-los não valia a pena, e faltava piedade para matá-los; eles foram mandados para a estepe nua, para o pasto. Estavam morrendo lentamente. Eu passei reto.

A propósito, sobre a piedade. Me descreveram o seguinte quadro. Um cossaco de pé. Diante dele está deitado um bebê curdo abandonado, sem roupas. O cossaco quer matá-lo; bate uma vez e fica pensando, bate outra e fica pensando.

Dizem a ele: "Mate de uma vez", e ele: "Não consigo, dá pena".

Cheguei a Solojbulak. Uma cidade pequena em uma depressão do terreno. Em outra época, fora famosa por seus casacos de pele decorados com ouro.

O pogrom já tinha terminado, tudo foi saqueado.

Cheguei ao comitê do exército. Reuni os regimentos. Comecei a falar.

Responderam-me com irritação que os curdos eram inimigos. "O curdo é inimigo" é o provérbio do soldado russo na Pérsia. Então, de repente, lembraram-se e disseram que não eram a favor do pogrom.

Soube de umas coisas estranhas. Todos tinham participado do saque, exceto os de Kuban e um destacamento médico — todos em geral, e cada um deles.

Servindo em nossos trens de transporte — na qualidade de contratados, algo assim — havia alguns *molokans* com suas parelhas triplas.

Os grupos religiosos eram os seguintes: *molokans*, *dukhobors*, arapia branca, místicos e mais alguns... Até esses *molokans* participaram do saque. Os artilheiros participaram do saque.

O comandante da divisão se trancou em casa na hora do pogrom e não saiu.

Sim, e alguns costumes dos pogroms persas e curdos não vão se perder nessa história.

Quando começava o saque, os curdos — Solojbulak é uma cidade curda — subiam com as esposas para o teto, sem levar seus pertences consigo, e deixavam a cidade à mercê dos que faziam o pogrom. Com isso, evitavam os estupros. Não sempre, claro.

A angústia e a vergonha dos pogroms se depositaram como pó na minha alma, e "a tristeza, como uma tropa de negros, ensanguentou meu coração" (essa segunda parte da frase é de alguma tradução da lírica persa).

Não quero chorar sozinho, então ainda vou dizer outra coisa, pesada demais para esconder.

No comitê do exército, um soldado demonstrava energicamente que não se devia tomar nada de uma população que passava fome.

É preciso dizer que nosso exército, ao contrário de algumas tropas do Cáucaso, não passava fome: recebiam no mínimo uma libra e meia de pão, e carne de carneiro de sobra. A exceção eram os postos avançados nas passagens.

Ao voltar de uma missão para buscar suprimentos, esse soldado trouxe amostras do pão da fome curdo. O pão era feito de carvão e argila com acréscimo de um tipo muito pequeno de lande.

Não queriam escutá-lo.

É possível imaginar como os curdos odiavam nossos destacamentos de confisco, ainda mais que muitas divisões se abasteciam de provisões de forma autoritária, ou seja, não havia controle.

Um desses destacamentos foi rodeado por curdos. Do chefe, um tal de Ivanov, que por muito tempo se defendeu com um sabre, cortaram a cabeça e deram às crianças para brincar.

As crianças brincaram com ela por três semanas.

Era assim que se fazia na tribo curda. Já a tribo russa mandou um destacamento punitivo que levou dos curdos um resgate em gado por cada cabeça cortada, e pilhou as aldeias culpadas e algumas das não culpadas.

Umas pessoas que conheço me contaram que, quando os nossos invadiram a aldeia, as mulheres, para se salvar dos estupros, passaram fezes no rosto, no peito e nas pernas, da cintura até o joelho. Eles as limparam com trapos e as estupraram.

Reuni a guarnição para um comício nos arredores da cidade e fiquei tentando tirar dela uma condenação do princípio do pogrom, mas, falando com toda sinceridade, não consegui.

O tempo todo alguém da multidão me interrompia: "Desde que o mundo é mundo aqui só vivem animais, nos trouxeram para cá e nos animalizamos. Por que estamos aqui?".

Eu dizia a eles que estavam ali por pouco tempo; mas o sangue derramado por eles não corria em vão e seria difícil fazer o caminho de volta para a pátria em meio a esse sangue.

Mas de quem era a culpa? A culpa era daqueles que os levaram para lá, e do já esquecido, mas não expiado, crime da guerra.

Dei uma volta pela cidade. Em uma esquina, alguns soldados brincavam de chutar para o alto um gato com uma lata de querosene amarrada ao rabo.

Uma longa fila de curdos estava acocorada, esperando uma consulta com nosso médico. As mulheres raramente andavam pela cidade. Os rostos delas não eram cobertos. Passavam belos curdos, altos e esbeltos, usando turbantes enrolados sobre gorros pontiagudos com uma borla preta. Suas camisas eram cingidas por cintos largos, feitos de pedaços de tecido muito, muito longos.

E em volta, destruição; uns trapos gordurosos que os saqueadores haviam desprezado rolavam pelo chão. Um jovem curdo, sentado na rua, cantava:

> *A noite é escura, me assusta,*
> *Venha comigo, Marússia.*

À vista de todos, uma pessoa estava morrendo, crispando-se e retorcendo-se; suas costas e omoplatas descobertas eram horríveis. Os transeuntes passavam por cima dela.

À noite, mandei para Task um telegrama em pânico: "Inspecionei as unidades do Curdistão. Em nome da revolução e do amor à humanidade, exijo a retirada das tropas".

Esse telegrama não agradou muito, pois era ingênuo e engraçado pedir retirada de tropas em nome do amor à humanidade. Mas eu tinha razão.

Mesmo assim fomos embora, e a estadia das tropas no Curdistão foi inútil. Melhor retirar as tropas do que fazer o que fizemos: obrigá-las a fugir correndo, e ainda mais depois de abandonar as reservas.

Não quero agora parecer mais inteligente do que sou, então vou simplesmente dizer o que penso.

Foi inútil sermos tão espertos e perspicazes em questões políticas. Se, em vez de tentar fazer história, tivéssemos tentado simplesmente considerar-nos responsáveis pelos acontecimentos individuais que compõem essa história, então talvez tudo não tivesse sido tão ridículo.

Não se deve tentar fazer história, e sim biografia.

Saí de Solojbulak e fui para Afan pela margem de um riozinho.

Ao longo da estrada eu via sempre o mesmo: aldeias destruídas e pessoas assassinadas; contei oito cadáveres.

Vi muitos cadáveres em minha época, mas esses me surpreenderam pela aparência de normalidade. Não fora a guerra que os matara. Não, eles foram mortos para testar a espingarda, feito cachorros.

O motorista dirigia com cuidado, de tempos em tempos exclamava: "Parece que ali tem um burro morto; não, é uma pessoa de novo". Era difícil para ele, tinha nervos de motorista. Motoristas são nervosos.

Depois avistei mais três cadáveres, mas com os pés juntos, seguindo um costume curdo, imitado de alguém, de transformar cadáveres em decoração de beira de estrada. No rosto de um dos cadáveres estava sentado um gato que se eriçava e, desajeitadamente, rasgava as bochechas do cadáver com sua pequena boca...

Mas eis que ultrapassamos a artilharia — uma bateria de montanha que vinha de Solojbulak para a troca de turno. Mulas fortes carregavam agilmente a bateria ordenada. De todos os cantinhos daqueles pacotes sobressaíam utensílios curdos e trapos — botim do pogrom de Solojbulak.

Assim, percorri a bateria passando em revista as tropas a mim confiadas.

Cheguei a Afan.

A fenda estreita na montanha tinha sido um pouco alargada. Duas iurtes, duas ou três tendas, abrigos na terra, riozinhos, um rebanho de ovelhas ruivas. Montanhas nuas ao redor. Lá, atrás das montanhas, os curdos.

Na borda da montanha, nossas fortalezas de guarda.

Conversei com o comandante do regimento. Era, pelo que me lembro, um homem muito respeitado pelos soldados. Ele me contou que, na esteira do acirramento da hostilidade contra os curdos, os soldados, ou parte dos soldados, tinham queimado, não lembro se deixaram vivos ou mortos, três curdos, trabalhadores pacíficos da terra local. E agora por isso eles temiam os curdos ainda mais.

A propósito, uma parte do regimento votava nos SRs, a outra parte, nos bolcheviques; não lembro a conta exata dos votos.

Fui até o regimento, disse a eles: "Camaradas, viajando para cá vi oito corpos na estrada. Por que estão matando as pessoas?". Alguém me respondeu: "Contou mal, tem mais". Eu disse a ele: "Não tenho autoridade para mandar, não quero pedir: comunico a vocês que não importa quais sejam as deliberações, vocês não saem daqui enquanto não receberem permissão. A estrada é longa; se quiserem, andem por própria conta e risco, sem barco — tentem. A retirada geral começará em breve". E fui embora. Não sei se por minha causa ou por si mesmos, eles esperaram a retirada geral.

Também voltei, passando as unidades de Kuban em revista pelo caminho. Os cavalos estavam em uma condição tal que só era possível sonhar em levá-los pelas rédeas. Eles deviam ser os primeiros a ir para a retaguarda, já que o recuo da cavalaria facilitava o recuo da forragem. Cheguei a Úrmia. Ali me disseram que começara a desmobilização por ordem de Prjevalski (chefe do estado-maior no front); haviam liberado os soldados de até trinta anos.

E enquanto isso, por mais estranho que fosse, alguns dos dispensados para a licença mesmo assim voltaram, dizendo que as coisas na Rússia iam mal, muito mal.

Chegou de Kíev, do Conselho Militar Cossaco, um cossaco alto como uma vara, com a cabeça pequena, cabelo raspado à máquina. Era comissário das tropas cossacas.

A Rússia estava começando a se desagregar em seus fatores elementares. Recebemos o cossaco com hostilidade. Mas ele não se perturbou, veio sentar conosco, bebia chá mordendo o açúcar e ruminava algo consigo mesmo.

Acho que a missão dele era acelerar a saída dos de Kuban.

Os de Kuban estavam com pressa de ir para casa. Eu me lembro do dia da partida de uma unidade que estava na cidade. Chamaram músicos, conseguiram um cântaro de vinho e dançaram a *prissiádka*[56] por duas horas sem parar.

Depois, subiram nos cavalos com dificuldade e foram embora como se já estivessem sóbrios.

---

[56] Dança de cócoras, tradicional entre os cossacos. (N. da E.)

No lado oposto estavam uns persas, e olhavam com afeto.

Aliás, do pogrom de Dilman participaram até os do Mar Negro.

A segurança dos estados-maiores já era feita pelos assírios. Naquela época, só sobraram os estados-maiores nos prédios do exército do Cáucaso.

No comitê do exército tinham aparecido bolcheviques — Baburichvili, mais algum dentista e o marinheiro Saltikov.

A flotilha era precária para o trabalho, mas era necessária para a retirada.

Ali se criaram as intrigas. Um oficial, Khatchikov, atraiu um destacamento para o seu lado propondo unir todas as embarcações em uma flotilha, ou seja, unir aos barcos militares os das ferrovias e os da União dos Zemstvos, e depois ficar na Pérsia e fazer carregamentos particulares.

Enquanto isso, ele propôs começar a levar uvas e frutas secas de uma margem a outra junto com as cargas oficiais.

E a evacuação estava em curso, ou seja, a questão passou a ser simplesmente a tomada dos barcos.

Claro, isso teria enriquecido Khatchikov desmedidamente, já que ouro a Pérsia tem.

No que diz respeito a essa intenção, Khatchikov conseguiu ser eleito para o cargo de comandante da flotilha, mesmo que em nosso exército ainda não existisse o princípio da eleição.

Contra esse plano travamos uma luta obstinada, nomeamos nossa comissão; mas o comitê de flotilhas o declarou inimputável na nossa área de influência terrestre.

Apelamos o caso no Comitê Central da Flotilha Militar do Cáspio, que retirou Saltikov e Khatchikov.

Segundo as informações que recebi de Penkaitis, comissário do Báltico, posteriormente Khatchikov ajudou a entregar nossa frota do Cáspio para os ingleses. Assim suas inclinações comerciais e industriais encontraram aplicação.

E as tropas estavam indo embora. A proposta era transladar o estado-maior para o outro lado do lago, e dali já para a ferrovia, mas isso era impossível de fazer sem aumentar o peso das tropas em retirada para a retaguarda.

Em relação à retirada, novamente tornou-se crítica a questão da troca de dinheiro. Os cossacos do Zabaikal em retirada prenderam o novo presidente do comitê do exército, eleito no congresso do exército, o camarada Tatiev, um homem muito honesto e devotadamente crente na revolução mundial.

Eles exigiram que se trocasse o dinheiro pelo câmbio de nove shahi para um rublo. Correram para o governador, e ele, ameaçando os comerciantes com pauladas, conseguiu a troca. Tatiev foi libertado.

* * *

No nosso front a questão do armistício não era muito crítica. Quase não tínhamos contato com o inimigo. O inverno tinha nos varrido, junto com os turcos, das montanhas para os vales. Foram mantidos apenas uns postos avançados aqui e ali.

A situação do exército turco era ruim, eles só se alimentavam de trigo frito e não pensavam em ataque. O governo de Petrogrado já havia estabelecido uma trégua com os turcos.

Era necessário formalizar a situação, tínhamos recebido essa ordem do soviete regional.

Enviamos para os turcos um aeroplano que jogou proclamações com a proposta de começar as negociações. Além disso, enviamos um radiotelegrama. O problema principal, em geral, era deliberar a respeito da linha de demarcação.

Os turcos nos responderam pelo rádio em alemão e propuseram ir fazer as negociações em Mossul.

Partiram o coronel Ern, Task e Saltikov, a quem o comitê do exército estava disposto a enviar para onde fosse, o mais longe possível.

Eu não gostava de Saltikov, com sua autoconfiança e afetação.

Fiquei com Tatiev para comandar o exército. Eu estava com uma sensação que experimentara antes, na luta greco-romana. Você está lutando com uma pessoa muitas vezes mais forte. Você aperta os braços dela, você está opondo resistência, mas seu coração já se rendeu. Você está oferecendo resistência mas não consegue respirar.

E era preciso pisar no freio.

Para Tatiev era mais fácil. Ao receber um telegrama, que nos fora passado por engano, sobre como foi recebida em Berlim a notícia da proposta de paz da Rússia — um telegrama já esquecido que falava das lágrimas de felicidade nas ruas —, ele me disse em voz baixa, com sotaque georgiano: "Você vai ver, nossa revolução vai salvar o mundo".

Estou escrevendo à meia-noite de 9 de agosto.

A Hungria caiu. O banqueiro está recolhendo nossa aposta da mesa.

Minha cabeça está doendo, passei o dia inteiro com vontade de dormir, estou com uma anemia grave; se eu me levantar da cadeira agora, minha cabeça vai começar a girar e eu vou cair.

Só consigo escrever à noite. Sei o que isso significa. O óleo já queimou todo, e à noite, quando os centros nervosos de inibição já não funcionam, o pavio queima...

Eu vivia assim.

Acordei de manhã em um pequeno quarto branco. Fazia muito frio — o calor havia saído pela janela com vidros instalados sem argamassa. Mas o sol brilhava. Acendiam um pequeno aquecedor de ferro com lenha de álamo, o quarto ficava quentinho, aconchegante e com cheiro de resina.

Era o melhor momento do dia.

Eu me levantava e recebia um monte de telegramas, todos sobre a mesma coisa: a derrocada, que exigia retirada imediata e não deixava que fôssemos embora.

Destacamentos isolados já corriam para Julfa e tentavam descaradamente passar para a Rússia.

Formou-se um congestionamento. Os trens que vinham ao nosso encontro com provisões eram tomados; jogavam fora a carga; mandavam os vagões voltarem.

A companhia operária de Dilman fugiu.

Amaldiçoei os trilhos pelos quais ela fugia, e a atrasei.

Estávamos conduzindo diferentes negociações com a sociedade persa local.

Segue um caso típico da ingenuidade meio malandra de um persa:

Quando os nossos foram a Mossul para as negociações, o governador persa propôs em vez disso organizar negociações em Úrmia, e de forma bastante indecisa, mas séria, disse que de seu lado a Pérsia exigia Bagdá, como uma cidade que em outra época lhe pertencera. Infelizmente, não podíamos dar Bagdá para eles. Os assírios tinham certeza de que em Mossul ou matariam Task, ou o enviariam para Constantinopla como refém.

Enquanto isso, esperávamos por Task e fomos fazer uma visita aos persas.

Uma vez me convidaram para encontrar um democrata local, Arshan Damayuneh. Passamos muito tempo andando por pátios. Um criado com uma lamparina nos acompanhava, sempre se curvando. Ao longo dos muros da última passagem havia criados com sapatos grosseiros e com o pobre uniforme paramilitar persa; jogavam flores aos nossos pés.

Entramos nos cômodos.

A luz de vários candeeiros de pavio duplo, ofuscante, à

qual não estávamos acostumados (na Pérsia quase não se viam candeeiros com bico do tipo "lua"), cortava os olhos. Nas paredes havia tapetes coloridos.

Convidados de casaca, com camisas assombrosamente brancas, usando pequenos chapeuzinhos pretos persas, conversavam sentados com oficiais da missão francesa que vestiam uniformes apertados cinza, de um feltro bom e puro.

Do teto pendia um lustre com velas, um lustre de cristal, e dele pendiam bolinhas de vidro prateadas por dentro.

Toalhas de mesa brancas ainda não lavadas, feitas de calicô, farfalhavam e mostravam seus carimbos e etiquetas não arrancados.

Nós, quer dizer, os integrantes do comitê — todos soldados — e eu, chegamos sujos, agitados, cansados e, o mais importante, culpados.

O almoço começou. Atrás dos vidros uma imensa orquestra nativa de zurnas tocava "Saudades da pátria".[57]

Sobre a mesa havia cristal e boa porcelana. Há muita porcelana boa na Pérsia.

Conhaque Chustov ou Saradjev, um leite gorduroso azedo e comida sem fim.

Foi feito um discurso... O governador semicerrou os olhos, dizendo: "*Tchokh, tchokh iakchí*".[58] O intérprete, um armênio do Dashnaktsutiun, encantador e quase louco (ele se orgulhava de ter integrado aquele grupo que certa vez tomara um banco otomano com bombas, pedindo uma garantia da autonomia armênia; o grupo, com suas malas e bombas, só saiu de lá depois de receber uma garantia fraudulenta do governo francês), o intérprete fazia uma tradução livre

---

[57] Marcha militar russa, muito popular nos anos 1910. A zurna é um instrumento de sopro comum nos Bálcãs. (N. da E.)

[58] Em língua tártara: "Muito, muito bom". (N. da E.)

do discurso, nele introduzindo aos montes todas as suas ideias e esperanças, e engasgando de deleite.

O vizinho traduzia para mim o programa do partido, que chamava a si mesmo de social-democrata.

Seu primeiro ponto era "A servidão não deve ser abolida". Conferi a tradução com um camarada, e era isso mesmo.

Depois havia os pontos sobre a luta contra a miséria.

Me levantei com o cálice erguido. Olhando para a manga de minha túnica militar puída, comecei a falar, interrompendo o discurso com longas pausas, nas quais o tradutor murmurava.

Falei primeiro que não precisávamos de nada da Pérsia além de sua felicidade, e que, mesmo com nossos pogroms, a respeitávamos mais que qualquer outro país.

No fim me irritei e desejei à Pérsia uma revolução social.

A orquestra de zurnas tocava "Saudades da pátria".

Noutra noite, fui à casa de Aga-Petros em um jantar de gala por ocasião da condecoração de Mar Shimun com a ordem de São Vladímir.

Para chegar à casa de Petros era necessário percorrer longas passagens; cada passagem terminava em um edifício de argila, e o caminho ia até a porta do edifício e depois dava a volta.

Uma casa assim não dá para invadir de repente.

No último pátio havia um bando de patos e gansos. Pode-se encontrar isso na casa de quase todo persa.

No começo, o grasnido metálico das aves me acordava com frequência à noite.

O pátio de Petros não tinha jardim.

No alto do muro, encolhido de frio — era noite —, pousava um pavão. Pesada, exuberante, a cauda se destacava nitidamente na argila esbranquiçada, mesmo sob a lua.

Apenas os assírios tinham sido convidados.

Os criados com meias coloridas andavam sem ruído.

O vento agitava o calicô das janelas.

Vadbolski chegou. No geral, ele vivia como um eremita e não ia a lugar algum.

Vadbolski conduziu a cerimônia de concessão da condecoração com "mãos trêmulas" e um respeito desdenhoso.

À sua maneira, ele conhecia bem o Oriente, e era respeitado ali.

Os olhos do emocionado patriarca de rosto corado brilhavam, sua cabeça era estranhamente grisalha, os cabelos todos prateados, e ele tinha apenas 26 anos.

Algum tempo depois, o curdo Simko o atraiu com uma mentira e o matou.

No salão havia cavaletes com espingardas.

Foram tiradas as armas dos integrantes das brigadas quando eles chegaram na casa.

Todos estavam preocupados.

Eu escrevo tanto sobre os assírios porque achava possível fazer deles uma força.

Mais precisamente, eu não via outras possibilidades de criar uma força.

Além disso, era preciso salvar aquelas pessoas que haviam ligado seu destino à Rússia.

É interessante como se formam as lendas.

Petros ou algum padre assírio ortodoxo — o mesmo, parece, que, em uma recepção como aquela na casa do governador, dizia, com modos de um monge ambulante, que não deveríamos nos irritar com os "pobrezinhos" dos assírios — me disse:

"Sabe, nossas mulheres vieram falar com Vadbolski e disseram a ele: 'Nós lhe daremos nossos maridos, mas mande nos matarem; só não nos deixe à mercê dos persas'."

Claro, ninguém foi falar com Vadbolski com essas palavras; mas todos as pensavam e as ouviam.

Os armênios e assírios nos fizeram a seguinte proposta. Eles pediram que deixássemos dois regimentos em torno dos quais fosse possível formar brigadas nacionais. Não havia de onde tirar dois regimentos.

Mas era possível dar armas e instrutores.

Tínhamos armas de reserva; muitos oficiais e suboficiais que não esperavam nada de bom da Rússia tinham ficado como instrutores.

Eu era a favor de uma formação rápida, apressada pelo pânico.

As tropas russas entregavam as armas muito a contragosto, mas eu conhecia uma maneira.

Era preciso apenas dar folga para um destacamento inteiro, por exemplo, o destacamento do parque de espingardas; ele iria embora e seria possível pegar as armas.

A propósito, sobre as armas. Entre os soldados se formou uma forte convicção de que havia uma ordem para ir embora com as espingardas. Diziam que na Rússia não deixariam os soldados passarem sem as espingardas.

Às minhas repetidas requisições de permissão para deixar os soldados saírem com as armas, o soviete regional respondeu com a ordem de desarmar os desmobilizados. Mas como desarmá-los?

Considerando que as espingardas seriam levadas embora de qualquer jeito, propus que permitíssemos, mas que cada soldado inscrevesse nos seus documentos que com ele se encontrava a espingarda número tal e uma quantidade de munição que ele seria obrigado a registrar em seu soviete local.

Eu queria fazer isso para desencorajar a venda de espingardas.

Uma espingarda, ainda mais russa, era uma preciosidade no Oriente. No começo davam 2 ou 3 mil rublos por uma espingarda, e a munição era comprada por três rublos no bazar; na estação de Kangarlu, pela mesma munição davam uma garrafa de conhaque.

Para comparar com esses preços, vou dar o preço das mulheres raptadas da Pérsia e do Cáucaso por nossos soldados.

Uma mulher em Feodóssia, por exemplo, para compra permanente custava quinze rublos usada e quarenta rublos não usada.

Como não iam vender as espingardas?!

Vendiam até canhões. Mas quem a gente quer surpreender com isso agora?

Não me deixaram registrar as espingardas levadas, e ordenaram que eu me opusesse a isso.

Em todo caso, era possível pegar as armas para a brigada nacional.

Quem formou as unidades armênias foi o camarada Stepanians, ex-presidente do comitê do exército, depois oficial de incumbência do comissário.

À primeira vista, Stepanians passava a impressão de não ser uma pessoa muito ilustrada.

Ele nascera na Rússia e parecia ser pouco ligado aos armênios locais.

Mas ele cresceu aos meus olhos assim que a questão passou a ser a defesa de seu povo. Eu me surpreendi com sua autoridade e poder de decisão.

Os armênios têm algo que talvez também só se encontre nos judeus: disciplina nacional.

Os membros do Dashnaktsutiun se instalaram na casa de Manussurians como se estivessem em sua própria.

O anfitrião segurava as rédeas do cavalo de Stepanians.

Quando foi preciso juntar os armênios desertores, foi lançada a seguinte declaração: "Vocês, armênios desertores, ordenamos comparecerem em tal dia; os que não vierem serão mortos em tal dia".

E, claro, os parentes mais próximos matariam os que não aparecessem.

Por causa dessa formação houve atritos entre Mar Shimun e Petros.

Mas, como resultado, eles fizeram as pazes com a condição de que Petros se tornasse chefe do estado-maior de Mar Shimun.

Petros ficou preocupado. "Isso não é uma guerra, Úrmia está de pé e Guerdik não!" Mas as tropas já haviam saído de Guerdik. Ele mandou para Guerdik dezenas de seus homens.

Os homens estavam indo embora, jogaram fora as reservas, jogavam fora as armas, o açúcar — uma quantidade enorme de açúcar.

Estávamos devolvendo para o Curdistão tudo o que fora roubado.

Eu queria doar para as tropas em formação o que não podia ser levado de nossos armazéns.

Elas dariam um jeito de pegar. E os bens de qualquer maneira ficariam em mãos de amigos nossos.

A propósito, por causa dessa formação de tropas, no fim das contas eu tive uma divergência com Task, que estava de volta.

Ele dizia que a formação, ainda mais feita de maneira tão apressada, dava margem a aventuras no estilo da do príncipe Wied.[59] Fiquei muito decepcionado porque não via outro caminho.

Task tinha a orientação de ir para a Rússia, de, se pos-

---

[59] Guilherme de Wied (1876-1945), membro da aristocracia austro-húngara. Em 1914, um acordo envolvendo todos os grandes reinos europeus o apontou "príncipe da Albânia", em uma tentativa de conter as forças nacionalistas insurgentes por ocasião do enfraquecimento da presença do Império Otomano na região. (N. da E.)

sível, fazer a retirada segura de nosso exército. Minha orientação era local.

Se eu tivesse nem que fosse uma pessoa próxima, e se eu não quisesse voltar para as bibliotecas, eu não teria ido a parte alguma e teria ficado me escondendo por um tempo no Oriente.

No Oriente ainda havia traços que me reconciliavam com ele: ali não existia antissemitismo.

No exército já falavam que Chklóvski era um *jid*,[60] como me informou, na condição de colega de profissão, um oficial judeu que acabara de sair do colégio militar, e com quem me encontrei na tesouraria.

E na Pérsia os judeus não sofrem perseguição, aliás, como na Turquia.

Parece que aqui eles falam uma língua proveniente do aramaico, enquanto os judeus do Cáucaso russo falam algum dialeto tártaro.

Quando os ingleses tomaram Jerusalém, uma delegação de assírios veio falar comigo, trouxe dez libras de arroz e frutinhas de Oramar, e falou assim:

(Sim, mas antes disso, duas palavrinhas. Havia chá sobre a mesa, porque era preciso servir algo aos convidados recém-chegados.)

"Nosso povo e o seu povo novamente viverão juntos e próximos. É verdade que outrora destruímos o templo de Salomão, mas depois disso o reerguemos."

Eles falavam assim, considerando a si mesmos descendentes dos assírios, e a mim, judeu.

Em essência, eles se enganaram: eu não sou completamente judeu, e eles não são descendentes dos assírios.

Por sangue eles são semitas: arameus.

---

[60] Na Rússia, termo depreciativo para "judeu". (N. do E.)

Mas na conversa havia aquela típica sensação de continuidade da tradição — um traço distintivo dos povos locais.

A cidade estava inquieta. Soldados bêbados andavam por aí, à noite atiravam para o ar, levavam no sangue o embrião dos pogroms.

Uma vez, à noite, começava a amanhecer, veio correndo na minha direção um persa que estava sendo perseguido por dois soldados com espingardas — eles estavam bêbados.

Eu mesmo tive que sacar o revólver e acompanhar o persa até sua casa.

Aconteciam casos estranhos. Uma vez, de manhã, vieram até nós — Task ainda estava nas negociações em Mossul — umas pessoas descalças, vestindo roupas muito sujas, dois ou três deles com espingardas.

"Quem são vocês?" "Somos os presos do calabouço." "Então quem soltou vocês?" "Nós mesmos." E os guardas diziam: "Os detentos decidiram vir falar com o senhor, como íamos segurá-los?". Entre os detidos havia alguns condenados a trabalhos forçados.

Eles tinham motivo para reclamar. O calabouço era sujo, tão sujo que no inverno os detentos quebravam o vidro das janelas, e sem o vidro fazia frio. Não havia banho nem roupa de baixo. As pessoas ficavam detidas sem inquérito por muito tempo, meses.

No dia seguinte fomos conferir a lista de presos. Descobriu-se que qualquer um que quisesse dava ordem de prisão: o juiz de instrução, a contraespionagem, os chefes de unidade, o comandante, o comitê do exército.

E talvez seja possível dizer que, depois de dar voz de prisão, as pessoas se esqueciam. Não por crueldade, mas por desorganização e uma relação descuidada com as pessoas.

Os curdos ficavam em uma parte separada. Eram mantidos presos no porão. Ele era chamado de porão curdo. Era um cômodo mal iluminado e cinzento, com um cheiro forte. Nele ficavam os curdos, acusados principalmente de espionagem.

Alguns curdos tinham filhos e, evidentemente, não tinham onde deixá-los, então eles ficavam junto com os pais naquele buraco.

Acima de tudo me surpreendia por que os detentos não tinham ido embora.

Tenho certeza que não passava pela cabeça da escolta atirar.

Mas eles não iam embora. Evidentemente, ainda restava algum sentimento de direito.

* * *

No exército persa, o resultado das eleições para a Assembleia Constituinte foi mais ou menos o seguinte. A lista dos SRs recebeu dois terços dos votos; os bolcheviques, um terço; os mencheviques e kadetes receberam algumas dezenas cada.

A quantidade insignificante de votos recebida pelos kadetes era explicada pelo fato de que, em destacamentos pequenos, com uma ou duas centenas de pessoas, todos se conheciam, e se um oficial votasse nos kadetes, seria possível dizer que os oficiais eram kadetes, e isso, naquela época, não era seguro.

* * *

Pois bem, estou descrevendo só desgraça e mais desgraça. E cansei disso.

Será que na época não havia no nosso exército, entre centenas de milhares de pessoas, nada de bom, de belo?

Havia. Mas a situação de nosso exército, a ausência de qualquer ilusão, o instinto de autoproteção, o profundo declínio do espírito, a sabotagem generalizada como meio de acabar com a guerra — tudo isso realçava não o melhor, mas o pior das pessoas.

A culpa, claro, não é do povo russo, ou o povo não é culpado em primeiro lugar.

Acho que qualquer exército, posto naquelas condições e naquele momento, teria se comportado da mesma forma.

Nomeamos comissários especiais para o cais. Pessoas para cuidar do embarque. Essas pessoas não debandavam, apesar de também ser muito difícil para elas.

A unidade médica trabalhava bem.

Em todas as unidades havia gente fazendo algo que considerava ser para o bem de todos.

Mas o exército, sem o apoio do instinto de autopreservação do povo, estava doente, e pessoas doentes raramente se revelam melhores do que são.

O que se pode ressaltar é a boa relação dos soldados uns com os outros — eles não eram lobos uns para os outros.

Mas o principal é que as pessoas esperavam em filas, ainda que mal, e resistiam, quando de fato não eram apoiadas por ninguém.

Também havia paciência na estrada, uma paciência enorme, que suporta tudo em nome da palavra "casa".

Mas eu divaguei.

Mandei destruir todo o vinho da cidade. O direito formal, que me interessava muito pouco, eu tinha, porque no ano anterior nossas autoridades haviam proibido a fabricação de vinho...

O vinho foi destruído por uma comissão especial de persas e integrantes do nosso comitê.

Quando destruíram o vinho na principal adega, de um tal Djaparidze, a água da vala ficou rosa e uma imensa multidão assistia compenetrada o fluxo escarlate que corria por baixo da parede da grande casa feia e cinza.

A destruição do vinho não aconteceu sem discórdia.
Ali havia um forte cheiro de vinho e dinheiro.
A bebedeira diminuiu, mas não foi eliminada. Traziam vinho da margem esquerda do rio.
Enquanto isso, a fome crescia no país.
Já estava ficando comum ver gente morrendo na rua.
As pessoas se engalfinhavam por restos descartados da cozinha do estado-maior.
Na hora do almoço, crianças famintas reuniam-se no nosso pátio.
Certa manhã, eu levantei e abri a porta para a rua e algo mole caiu para o lado. Me inclinei para olhar... Haviam deixado um bebê morto na minha porta.
Acho que era uma reclamação.
As mulheres da delegação vinham pedir coisas para o cônsul. Mas o que ele podia fazer? Ele, o cônsul de algum país desconhecido, quase o país dos antílopes azuis.
Condenado a olhar, eu olhava os persas dando esmola para seus mendigos: duas passas ou uma amendoazinha.
A missão americana fazia mais — de fato, só ela alimentava a população.
Frequentemente chegavam caravanas de camelos carregadas de prata para falar com o doutor Shedd, um velho grisalho, chefe da missão.
Não sei até que ponto nós, russos, éramos culpados pela fome.
Muito provavelmente, éramos culpados de, com a guerra, ter criado uma onda de refugiados e de ter atrapalhado o cultivo dos campos, tanto pela expulsão dos habitantes quanto, o principal, por termos interferido no sistema de irrigação.
Todos os campos aqui só dão safra com irrigação artificial.

Os campos são divididos em seções com pequenos tubos, e depois inundam cada seção.

Para o uso da água se observa uma fila rigorosa, estabelecida e rigidamente regulada pelos costumes locais.

Sob a influência de proprietários de terra isolados, que agiam em interesse próprio, e por vezes achando que faziam justiça, nossas tropas interferiram nessa distribuição.

Como resultado, uma parte dos campos ficava sem água.

Além disso, parece que o ano teve uma péssima colheita.

De nossa parte, confiscávamos cevada — o trigo nós trazíamos da Rússia — e não fazíamos nada para abastecer a população.

Os ingleses teriam agido de outra forma, eles teriam conseguido pão e alimentado os famintos.

E no entanto os persas achavam que nós éramos melhores do que os ingleses.

"Vocês saqueiam, os ingleses sugam."

Naquela época começaram a aparecer no território de nosso exército algumas localidades que não reconheciam nosso conselho do exército nem minha autoridade, cuja origem para mim mesmo não era muito clara.

Tabriz separou-se e tentou criar seu próprio congresso do exército. Depois Choi se separou e declarou sua existência autônoma, mas logo mudou de ideia.

Pelo menos recebi de lá um telegrama sobre pogroms.

Tinha-se em vista conduzir a retirada da seguinte forma: parte dos exércitos devia ir a pé para Julfa, e parte sair de Solojbulak, por exemplo, pela margem direita do lago, de Úrmia até Tabriz. As unidades que saíssem antes deviam parar em lugares combinados e vigiar a estrada, deixando passar os de trás.

Dessa forma, tencionavam proteger toda a estrada até, o que, Petrovsk?

Esse movimento se chama "andar em levas".
Claro, nada deu certo.
Já os primeiros regimentos enviados tentaram ir para o mais longe possível da Pérsia.
Muitos queriam ir para a província de Stavropol.
Uma divisão atravessou de forma relativamente bem-sucedida — me esqueci do número dela. Ela andava em ordem de marcha, com os vagões no meio, e atravessou sem perder um só homem.

Pessoas isoladas, que estavam saindo por conta da ordem para a desmobilização de todos os que tivessem até trinta anos, tentavam ir o mais longe possível, claro. E roubavam nossos vagões. Nossos vagões tinham freios especiais, mas foram levados para perto de Rostov.

Na linha Sharafkhânekh-Sufian ficaram só quatro vagões.

Rumo a Julfa se deslocavam também unidades acho que do 4º Corpo do Exército do Cáucaso.

Tomavam os vagões que estavam nos trazendo provisões.

O estado-maior ainda funcionava, mas de forma incerta. Mas também, o que era certo?

Inesperadamente para nós, a mulher de Stepanians chegou a Úrmia com o filho. Trouxe jornais. Era russa, uma típica *kursístka*.[61] Ela trouxe consigo uma atmosfera bastante banal de bolchevismo otimista. Mas mesmo assim ela não transmitia isso de forma muito convincente.

Eu não via o principal: entusiasmo revolucionário. Talvez eu estivesse enganado, talvez esteja enganado agora; o tempo todo via a queda, a diminuição da energia.

---

[61] No período pré-revolucionário, mulheres que frequentavam cursos superiores. (N. da E.)

A revolução não caminhava para a ladeira, mas ladeira abaixo.

E como essa queda tomava forma era quase indiferente.

Mas se na época nos perguntassem: "Vocês estão a favor de quem, Kaliedín, Kornílov ou dos bolcheviques?", eu e Task escolheríamos os bolcheviques.

Aliás, em uma comédia o arlequim ouve a pergunta: "Você prefere ser enforcado ou esquartejado?", e responde: "Prefiro sopa".

Task ainda não tinha chegado. Uma vez recebemos um rádio de Ern, no qual estavam as condições turcas para o armistício.[62] Ern pedia a sanção de Vadbolski. Responderam a ele: "Assine!".

Task chegou. Chegou a cavalo, parece. A derrocada do exército se manifestou nos automóveis: não haviam mandado um carro para ele.

De Sheikhin-Gerusin, para onde os turcos o levaram, ele seguiu a pé pela linha telegráfica, cujos postes haviam sido cortados para servir de lenha, e só quatro filas de arame se prolongavam no pó.

Os turcos viram que não mandamos ninguém para nos representar. Já nem fingíamos que éramos um exército.

Vou transmitir fragmentos do relato de Task.

Passar por negociações de paz falando a partir do lado impotente é um negócio difícil.

Quando estavam indo falar com os turcos, eles se encontraram numa passagem.

Para os turcos, paz é felicidade. Eles beijavam os nossos e sorriam de alegria.

Esfarrapados e magros, os soldados turcos olhavam para eles sorrindo...

---

[62] Nikolai Frantsiévitch Ern (1879-1972), major-general do exército russo no Cáucaso e na Pérsia. (N. da E.)

Iam pelo famoso desfiladeiro de Rawandiz, o caminho previsto para uma ofensiva a Mossul.

É um desfiladeiro profundo e com bordas regulares. Em um lugar, bem no limite da parede das montanhas, cai o leito de uma cachoeira. A água, rebentando na pedra, voava para o alto em um gêiser, com nuvens de espuma.

No caminho passaram por Ardebil, uma cidade circular com um muro alto. Na cidade há apenas uma rua, a praça no meio.

Foram para a Mesopotâmia. Começaram a encontrar manadas de cavalos descarnados e com as espinhas quebradas. O automóvel tinha que manobrar entre os cadáveres de cavalos.

Entraram em Mossul. Os alemães, na época senhores nossos e dos turcos, receberam os parlamentares secamente e ali mesmo propuseram assinar um acordo de armistício que estipulava, entre outras condições, a imediata retirada da Pérsia.

Claro, devíamos nos retirar da Pérsia e sabíamos que íamos embora, mas não queríamos fazer isso por ordem alemã.

Eu, infelizmente, não me lembro de todas as condições alemãs.

Seria possível reconstituir algo pelos jornais de Tíflis; o arquivo de nosso estado-maior se perdeu, acho.

É possível saber todos os pormenores pelos jornais alemães ou por Efrem Task.

O representante dos turcos, e um representante muito amável, era Halim Paxá.

A fama de Halim Paxá no Oriente é célebre. É aquele mesmo Halim Paxá que, durante a retirada de Erzurum, enterrou quatrocentos bebês armênios.

Acho que em turco isso se chama "bater a porta".

E era com essa pessoa, muito amável na aparência, que era preciso negociar.

Os turcos estavam alegres com a paz. Halim Paxá falava com amargura que já havia dez anos que precisavam lutar.

A propósito, Task teve uma audiência com ele.

Um médico judeu estava sentado no chão e cantava, tocando uma espécie de cítara.

Halim Paxá acompanhava nos momentos mais cheios de *pathos*, estalando os dedos e servindo ao cantor um cálice de vodca.

O cantor beijava a mão do senhor.

Halim Paxá falava extasiado sobre anular as dívidas: "Isso é muito bom, gosto disso; nós também não queremos pagar".

Na cidade havia prisioneiros russos assustados, e que se arrastavam ao ver um soldado alemão.

Os nossos tentavam falar com eles. Alguns dos prisioneiros eram favoráveis aos monarquistas, outros, republicanos tímidos...

Quando os parlamentares estavam voltando para casa, as mulheres raptadas da Armênia abriram passagem até eles, agarraram os cavalos pelas patas e caudas e gritaram: "Nos levem com vocês, matem-nos". Eles foram embora em silêncio...

Os nossos tiveram que experimentar Brest antes de Brest.[63]

Falei para Task que estava indo embora. Ele não discutiu.

Os assírios ficaram muito tristes, para mim mesmo foi

---

[63] Ao assinar este tratado com a Turquia, os russos concordaram em se retirar da Pérsia. O tratado de Brest (ou Brest-Litovski) — no qual a Rússia abriu mão dos territórios da Finlândia, Estônia, Letônia, Lituânia, Polônia, Bielorrússia e Ucrânia — foi assinado depois, em março de 1918. (N. da E.)

difícil ir embora; mas me parecia que ainda era possível fazer algo em Piter, e, de outro modo, eu teria que ficar para sempre, porque eu não queria ir embora com o exército. O fim já estava próximo.

E era o fim de dezembro.

* * *

Em mil setecentos e alguma coisa, acho que durante o império de Catarina I — para elas isso não importa —, ratazanas malhadas das estepes da Ásia Central, reunidas em bandos, turbas, nuvens, migraram para a Europa.

Elas se moviam em uma massa densa, uniforme. Aves de rapina vindas de todo o mundo voavam sobre elas: milhares morreram, morreram milhões — centenas de milhões seguiam em frente.

Elas chegaram ao Volga, se jogaram e atravessaram a nado. O rio as levava. Todo o Volga, até Astrakhan, estava coalhado de cadáveres; mas elas atravessaram a nado e chegaram à Europa.

Elas ocuparam tudo, dispersando-se e tornando-se invisíveis.

Eu, junto com um pequeno bando, subi numa barca em Guelendjik.

Um soldado cansado, o comandante, me reconheceu e começou a contar o que o regimento tinha acabado de passar.

Depois de ocupar um lugar na barcaça, os soldados queriam jogar para fora uma caixa com munição, dizendo que ela atrapalhava e que, de qualquer forma, não seria necessária. Foram dissuadidos com dificuldade.

A barcaça de ferro se encheu. As pessoas, deitadas, quase caladas, esperavam a lancha.

A lancha chegou, nos engataram e puxaram.

Eu estava sentado no convés.

Saí de Guelendjik. O motor batia.

Acenderam um lampião, seu reflexo oscilava na água.

Chegamos a Sharafkhânekh. Ali já estavam reunidos, vindos de todos os cais do lago, um monte de gente que ia para a Rússia.

No caminho havia quatro vagões, tão lotados que as molas se dobraram e ficaram penduradas.

Subi sem olhar. Era um vagão de passageiros, mas estava em farrapos.

Até a partida do trem ainda havia um longo e indefinido período de tempo.

Começaram a falar comigo. Soldados do destacamento de reconhecimento de um mesmo regimento. Eu conhecia aqueles homens, eles eram famosos pela ousadia na busca de carneiros.

Esse destacamento era composto por criminosos anistiados; eu sabia que eles haviam tirado do fogo um camarada gravemente ferido.

Falávamos em voz baixa sobre os curdos, e pela última vez escutei as palavras: "o curdo é inimigo".

Estava amanhecendo. Pombas pesadas brincavam no teto do vagão, cada vez mais passageiros escalavam para lá.

Ficou claro. Escutava-se a voz do chefe do embarque: "Camaradas, vocês estão indo rumo à morte certa, não podem sobrelotar o vagão desse jeito: desçam, camaradas!".

E nós éramos surdos como mordovinos.

Por fim trouxeram uma locomotiva a vapor e nos arrastaram.

Viajamos até Sufian, apertados e aguentando com submissão.

Houve uma baldeação em Sufian. O posto de alimentação da União dos Zemstvos ainda estava funcionando.

Haviam composto o trem com plataformas de bagagem. Os vagões de freio já tinham sido roubados havia muito tempo.

Nos movemos, e os vagões começaram a bater cada vez mais e mais alto, avançando uns sobre os outros, sempre acelerando, se trombando, como se tentássemos saltar uns por cima dos outros.

Estávamos todos sentados e voltados para nossas sacolas.

Os postes que marcavam as verstas passavam rápido e faziam rimar a estrada. A locomotiva a vapor assobiava desconcertada.

Nessa descida, na terrível descida para Julfa, os acidentes eram muito frequentes. Quando um trem saltava de uma curva, os vagões que se empilhavam uns sobre os outros formavam uma montanha de dez *sájens* de altura.

Chegamos a Julfa.

Aqui desembocava uma onda que saía do 4º Corpo e se juntava com a nossa. Uma nuvem de gente esperava pelo trem.

O trem chegou. Não dilaceramos uns aos outros com os dentes, não. Nos imprensamos em blocos nos vagões.

A agitação nervosa que acompanha todas as mudanças como essa deixava-nos todos resistentes.

Perto de Alexandropol, ora o túnel, ora o arame cortava os que viajavam no teto.

Ali nossa onda confluiu com os que vinham de Sarikamish.

Uma ratazana que cruzou a Ásia inteira não tem muito a dizer. Ela não sabe nem se ainda é a mesma ratazana que saiu de casa.

Em Alexandropol, muitos soldados subiam nos vagões vazios que iam para Sarikamish ou Erzurum para, depois de fazer neles o caminho até o front, irem até a Rússia.

A estação estava inteira. As linhas de ferro dos trilhos hipnotizavam, a estação já não chamava atenção.

Encontrei soldados que me conheciam, fiquei com eles no trem.

Cheguei a Tíflis, ou, mais precisamente, a Naftlug (um posto de transmissão). Não nos deixaram descer em Tíflis, com medo de um pogrom. Fui a pé para a cidade.

Tíflis passava por dias febris. Rapidamente as fronteiras estavam sendo expostas, e ela agora era uma cidade sem cercas.

A invasão turca era um fato futuro, o perigo das nossas tropas era um fato presente.

As pessoas estavam agitadas.

Por um lado, comissões médicas especiais liberavam sem exceção todos os soldados russos da guarnição; por outro lado, os jornais, que, claro, nem alcançavam o front, pediam aos soldados que esperassem no front a chegada das tropas nacionais.

E o front ia ficando cada vez mais descoberto de soldados, como o jardim Tavrítcheski fica sem folhas em um dia de vento no outono.

O nacionalismo — armênio, georgiano, muçulmano e até mesmo um ucraniano ocasional por aqui — florescia em todas as ruas com as cores exuberantes dos vistosos chapéus e calças, e nos jornais, com linhas chauvinistas.

Só não se via o nacionalismo da Grande Rússia, ele se manifestava na forma de uma sabotagem exasperada.

Lembro de uma cozinheira russa na rua; ela olhava alguma tropa ou, mais precisamente, para um destacamento de uniformes multicoloridos que andava pela rua, e dizia:

"Como é, se escoraram nos russos, agora tentem sozinhos."

A formação do governo da Transcaucásia, como eu tinha visto já no front, reforçava muito a vontade dos soldados de ir para casa, dava a eles novos motivos.

Já o governo foi formado não por felicidade, mas por desespero.

Ao se dirigir aos bolcheviques, os locais tentavam copiar os procedimentos deles.

Quando no congresso do front revelou-se que os bolcheviques tinham mais da metade dos votos, o congresso rachou e a metade menor foi reconhecida pelo governo da Transcaucásia como a autoridade legítima.

Mas é claro que uma conferência no front de um exército que estava apenas passando correndo por ali não tinha autoridade alguma.

Com a organização das tropas nacionais, a questão ficou da seguinte maneira.

A cidade estava atulhada de oficiais.

Nem em Kíev, durante o governo de Skoropadski, vi uma quantidade tão grande de dragonas prateadas.

Só com dificuldade se formavam quadros entre os soldados. A questão entre os georgianos estava especialmente difícil.

Das tropas georgianas, os únicos plenamente capazes de lutar eram as unidades da Guarda Vermelha, organizada a partir dos quadros do partido menchevique.

Em todo caso, as tropas armênias — na verdade, comandos formados às pressas — também perderam a fortaleza de Erzurum espantosamente rápido.

O caso se complicou porque entre os armênios e georgianos existiam muitos pontos de disputa.

Fazer uma delimitação territorial entre eles era quase impossível.

Ao mesmo tempo, a partir de um ótimo material, no sentido militar, formaram-se unidades de muçulmanos perigosas para todos.

Olhávamos para eles com desaprovação, mas não podíamos fazer nada.

O Cáucaso estava se autodeterminando.

O espetáculo Rússia havia terminado, todos se apressavam para pegar seus gorros e casacos.

A estrada militar da Geórgia estava ocupada por inguches e ossetas que capturavam automóveis, e estavam formando uma coleção com eles.

Os circassianos desceram das montanhas e atacaram os cossacos de Terek, que já estavam há cem anos na terra deles.

Grozni estava sitiada.

Das montanhas de Derbent desciam pessoas para Petrovsk.

Os tártaros tinham os olhos na ferrovia de Baku, que ainda era protegida por unidades muçulmanas regulares.

Em Elizavetpol[64] e em outros lugares onde isso era possível, os tártaros assassinavam os armênios. Os armênios assassinavam os tártaros.

Alguém assassinava os imigrantes russos na estepe de Mugan.

O centro russo em Tíflis, um centrinho pequeno e decadente, queria mandar vagões com armas para Mugan.

Mas os ucranianos, que tinham seus destacamentos em Tíflis, declararam que 75% dos colonos de Mugan eram ucranianos, e que o envio de armas a eles da parte dos russos era um fato da política de russificação forçada, e detiveram os vagões depois de confiscá-los.

Os imigrantes de Mugan foram facilmente assassinados, e dessa forma agora era impossível estabelecer sua nacionalidade, mesmo por um plebiscito.

A relação com os trens russos que passavam era a seguinte. Primeiro, não tocavam neles.

---

[64] Atualmente a cidade de Ganja, no Azerbaijão. (N. da E.)

Às vezes os muçulmanos paravam o trem e exigiam a entrega dos armênios. Nesse terreno às vezes aconteciam batalhas.

Depois, boatos vindos da Pérsia, os tiros vindo dos nossos vagões e nossa evidente fraqueza instigaram os apetites, e já tinha início a destruição dos trens russos. Mas primeiro vou terminar de falar sobre como nossas tropas saíram da Pérsia.

Em dezembro ou no fim de novembro eu estava em Kíev, nas tropas do hetmã,[65] o que terminou no roubo de meu carro blindado e de um caminhão com armas para o Exército Vermelho. Mas sobre isso e sobre os estranhos tiroteios na rua Kreschatik, e sobre muitas outras coisas estranhas, falarei depois em algum momento.

Em suma, ali em Kíev encontrei Task. Ele estava em um apartamento sem calefação e mal falava: tinha uma dor de garganta extremamente forte.

Ele odiava com igual força os seguidores de Petliúra[66] e os do hetmã. Era estranho ver uma pessoa tão cheia de energia fora de ação.

Ele me disse o seguinte.

Haviam deslocado o estado-maior para a linha da ferrovia.

Quando nossas tropas estavam saindo de Úrmia, os cossacos persas nos atacaram. Parte dos moradores participou

---

[65] Pavlo Skoropadski (1873-1945), aristocrata e líder militar ucraniano. Em abril de 1918, com o apoio da Alemanha e do Exército Branco, foi proclamado "hetmã" (líder) após um golpe de estado na breve República Popular da Ucrânia (1917-1921). Foi tirado do poder em novembro do mesmo ano pelas tropas do nacionalista Símon Peltliúra. (N. da E.)

[66] Símon Petliúra (1879-1926), líder nacionalista ucraniano. Foi ministro da Guerra da República Popular da Ucrânia (1917-1921) entre 1917 e janeiro de 1918, depois do que formou um exército para combater os bolcheviques, os brancos e os intervencionistas alemães. (N. da E.)

da batalha. Os assírios lutaram do nosso lado. Aga-Petros pôs canhões no monte Hebreu e destruiu parte da cidade. Os cossacos persas foram assassinados, depois morreu Stolder — o comandante deles — e sua filha; o genro de Stolder se matou com um tiro.

Nas montanhas, nossas tropas, já democratizadas com eleições de chefia e com regimentos em farrapos, estavam cercadas pelos curdos. Perto dos Portões de Voltchi queimavam vagões. Com a luz deles se via que os que atacavam tiravam a espingarda de algum de nossos soldados mortos e lutavam por ela entre si.

Quando o sol nasceu, toda a localidade em volta se revelou coberta de cadáveres.

Não havia nada com o que acender fogueiras, queimavam roupas de baixo e tapetes, encharcando-os com petróleo.

Algumas palavras sobre a roupa de baixo. Em certa época pedimos, quase que com lágrimas nos olhos, que o intendente do corpo conseguisse roupas de baixo para o exército. Era uma necessidade urgente. Responderam-nos com um "não". Foi tudo abandonado.

Depois, quando chegamos aos depósitos, descobrimos que havia roupa de baixo. Perguntamos: "O que é isso?". "É a reserva inviolável."

Era uma reserva inviolável de estagnação.

Ela também estava sendo queimada.

Havia farinha e óleo. Arrancaram o ferro do teto das casas e naquelas chapas cozinhavam panquecas.

Não havia vagões — tinham derrubado os vagões-cisterna das plataformas.

Não havia locomotivas. Task foi pessoalmente buscá-las em Alexandropol, depois de pegar duas companhias de soldados. Lá, deram umas oito ou dez para ele.

Era necessário voltar. Os soldados diziam: "Não queremos". "Como não querem? Os camaradas estão esperando." "Não queremos." Os maquinistas disseram que tentariam ir mesmo sem proteção.

As locomotivas começaram a apitar, os soldados se postaram em uma formação soturna. As locomotivas começaram a se mover, de repente alguém gritou: "Suba", e então, várias vozes: "Suba!... Suba!", ao que toda a multidão correu para as locomotivas que se moviam lentamente.

As locomotivas foram entregues.

Nesse momento aconteceu um novo infortúnio. Vários vagões com dinamite foram jogados no rio Arax, e depois alguém jogou no mesmo lugar uma bomba para aturdir os peixes. Houve uma explosão terrível.

A explosão matou várias centenas de pessoas, e foi por acaso que não tenham morrido muito mais: as margens altas e íngremes do rio abafaram a maior parte do golpe.

Alguns dias depois, Task foi fazer o reconhecimento do caminho num vagão engatado a uma locomotiva a vapor.

Os curdos provocaram um descarrilamento. Eles faziam isso com muita frequência, ainda que tomássemos reféns das cidades vizinhas.

O compartimento de Task foi esmagado, e ele mesmo sofreu uma lesão. Ele recobrou a consciência e foi levado para a estação, mas revelou-se que havia perdido a capacidade de falar.

A tropa seguiu sem ele.

Ele não se decidiu a ir sob a égide da Cruz Vermelha, mas contratou um guia para que o levasse dando a volta pela Armênia montanhosa.

Nas montanhas já se esperava um ataque dos curdos. Os armênios, sob chefia dos suboficiais que haviam voltado do front, mantinham o posto avançado regular. Eles receberam os nossos de forma muito desconfiada e os levaram para o povoado sob escolta.

O povoado era composto por *sáclias*[67] meio enterradas na parede de uma montanha. Os nossos se instalaram para pernoitar em uma dessas *sáclias*. Ali mesmo havia cordeiros se aquecendo; uma mulher dava à luz em um canto.

Depois de uma série de tormentos, tendo percorrido em torno de trezentas verstas de montanhas, os nossos saíram de novo seguindo o trilho da ferrovia; em linha reta, haviam feito menos de trinta verstas.

Ali eles foram interceptados por tártaros, mas o chefe do destacamento, um professor escolar, mandou-os seguir em frente, e eles novamente foram para as posições armênias.

Assim passou e assim terminou a *anábase* ou, mais corretamente, a *catábase* russa: a retirada de algumas dezenas de milhares de pessoas que iam pelos caminhos do Curdistão assim como os colegas de Xenofonte, e ainda por cima também viajavam com uma chefia eleita.

Quer tenham os curdos descendido ou não dos carducos de Xenofonte, seus costumes continuam os mesmos.

Mas o espírito dos guerreiros que abrem caminho de volta à sua terra muda. Talvez tudo se explique pelo fato de que os guerreiros de Xenofonte eram profissionais, enquanto os nossos o eram por infelicidade.

Mais uma história, bem pequena.

Umas três semanas atrás encontrei no vagão do trem que ia de Petrogrado para Moscou um soldado do exército persa.

Ele me contou mais um detalhe sobre a explosão.

Depois da explosão, os soldados, rodeados por inimigos, esperando o efetivo móvel, se dedicaram a juntar as partes e com elas formar os corpos despedaçados de seus camaradas.

---

[67] Casas dos montanheses do Cáucaso. (N. da T.)

Passaram muito tempo juntando.

Claro, misturaram muito as partes dos corpos. Um oficial chegou perto de uma longa fileira de cadáveres reconstituídos.

O defunto da ponta foi reunido das partes que sobraram.

Tinha o tronco de uma pessoa grande. Foi posta nele uma cabeça pequena, e sobre o peito havia dois braços pequenos, desiguais, ambos esquerdos.

O oficial passou bastante tempo olhando, depois sentou-se na terra e começou a gargalhar... gargalhar... gargalhar...

Em Tíflis — volto ao meu caminho — foi cometido um crime.

Mandaram um trem blindado para algum lugar a fim de desarmar os soldados, e mataram alguns milhares com metralhadoras.

O trem blindado seguia pela linha, como se estivesse de alguma forma autodeterminado, e foi acusado de muitos assassinatos.

Eu me meti num vagão e fui para Baku.

Toda a estação estava literalmente reduzida a cacos.

Era evidente que tinha sido atacada com obstinação e por muito tempo.

Não havia água na estação.

Encontrávamos resquícios de acidentes com bastante frequência.

Agora me lembro de outra estrada: a rota da caravana pela passagem de Kuschin para Dilman.

Esse caminho ia pela terra do *khan* curdo, Simko...

Fui para lá à noite, de automóvel. A estrada estava coberta por ossos, de ambos os lados.

Dois ou três esqueletos ainda tinham alguns pedaços de carne ensanguentada.

Olhos de lobos brilhavam à luz de postes muito próximos da terra. Havia três pares em fileira. Um par estava mais alto, outro mais baixo. Os lobos estavam satisfeitos.

Na volta, meu automóvel quebrou perto de Dilman, junto àquela rocha onde há um baixo-relevo que representa uns cavaleiros, evidentemente da época dos selêucidas.

Por teimosia, fui a pé. Já estava enluarado. As caravanas não andavam à noite, por medo de roubos.

Passei por toda a cidade escutando o rio, ora acima dele, ora indo pela água.

Andava lembrando das ilustrações de dezenas de livros infantis que retratavam a rota das caravanas.

E, na verdade, nesse caminho só se viam ossos de cavalo e camelo.

Assim é que havia sido marcado o caminho das nossas tropas.

Os vagões virados de alguma forma mediam o caminho.

Os oficiais que viajavam já estavam sem dragonas.

A partir de Baku, fui no teto. Estava frio e agitado, ainda que eu estivesse preso à saída de ar.

Perto da estação de Khassaviúrt nos disseram que todas as bombas hidráulicas tinham sido destruídas.

Jogávamos água na locomotiva a vapor com caldeirõezinhos.

O chefe da estação estava cansado, abandonado na estepe, aturdido por todas essas correntes de pessoas que andavam por conta própria.

Ele nos disse: "Acabou de passar um trem em direção a Tchervônnaia (posso estar enganado quanto ao nome). Se quiserem ir, vão; mas eu não aconselho".

Nós fomos, claro. Consegui entrar no vagão. Andamos umas vinte verstas. Nas janelas se via uma tempestade de neve. Estava escuro nos vagões.

De repente, um golpe.

Arcas, bolsas, tudo voou, mas não para o chão — todo

o chão estava coberto por um mosaico de gente —, e sim sobre as cabeças das pessoas.

O trem parou.

Quase todos no vagão ficaram sentados tranquilamente, com medo de perder o lugar.

Saí do vagão, perguntei: "O que houve?". Disseram que era um acidente.

Acabou que à nossa frente ia outro trem.

Faltara algo para ele, lenha, parece. O maquinista tinha abandonado a composição e ido para a estação.

O condutor esquecera de pôr uma lamparina.

Engavetamos nos vagões de trás.

Diante de nossa locomotiva havia um monte de tábuas e rodas salientes.

Escutava-se o relincho lastimoso dos cavalos, alguém gemia.

Todos correram para a locomotiva: "A locomotiva está inteira?".

Da locomotiva saía vapor, ela apitava.

O segundo pensamento: limpar o caminho e ir, seguir em frente.

Diante de nós, víamos destruídos uns cinco vagões de eixo duplo.

Um vagão enorme, americano, com armação de ferro, não estava destruído, apenas empinado. Via-se luz saindo dele.

Perguntamos: "Estão vivos?". "Estão todos vivos, só um esmigalhou o crânio."

Era preciso limpar a estrada.

Mas todas as pessoas, os indivíduos — quem ia comandá-los?

Ficamos de pé olhando.

O condutor nos salvou. Ele começou a dar ordens.

Com uns cossacos que estavam indo no trem da frente

conseguimos cordas, e começamos a amontoar os vagões ao lado. Limpando a trilha, só cuidávamos de uma das duas — a do caminho para casa.

Poucos trabalhavam, mas redobrado. Os corpos das rodas foram ajeitados num tranco.

Balançando-o, pusemos de lado um vagão que estava empinado. Tiramos feridos de baixo dos escombros.

Nessa hora a locomotiva se aproximou do trem da frente, e ele pôs-se em movimento.

Tentamos o nosso. Ele choramingou, mas começou a se mexer.

Um apito. Andamos pelos vagões. Pessoas imóveis sentadas na escuridão. "Estamos indo?" "Estamos indo."

De manhã estávamos perto da estação Tchervônnaia.

Já começavam a aparecer as vilas cossacas.

Via-se pão branco na plataforma.

Em volta, colunas encaracoladas de fumaça subiam como árvores frondosas.

Os *aúles*[68] queimavam, as estações de trem queimavam.

Cossacos grisalhos com espingardas Berdan nos ombros andavam pelos vagões e pediam munição e espingardas.

Os jovens ainda não tinham chegado, as estações estavam praticamente desarmadas.

É verdade, há pouco tempo os cossacos haviam saqueado algum *aúl* e levado o gado de lá, mas agora eles tinham sido roubados.

Estavam convocando os caçadores para ficar na defesa. Ofereciam 25 rublos por dia.

Duas ou três pessoas ficaram.

Alguns dias antes de nós, quando passou a artilharia das montanhas, os tchetchenos estavam fazendo pressão.

---

[68] Vilas fortificadas, habitação típica do Cáucaso. (N. da T.)

A população pedia de joelhos para que a bateria se detivesse e expulsasse o inimigo com fogo. Mas ela estava com pressa.

Nós também passamos reto. Quase ninguém tinha armas.

Seguimos viajando. Dias esfumaçados, à noite colunas de fogo rodeavam nossa estrada. A Rússia estava queimando.

Petrovsk,[69] Derbent, depois mais vilarejos.

A Rússia estava queimando. Nós fugíamos.

Perto de Rostov, em Tikhoriétskaia, nosso grupo se dividiu: uns foram para Tsaritsin,[70] contornando o Don, outros foram reto.

Viajamos em silêncio pela terra das tropas do Don. Nos apertávamos, ficávamos na estação. Os kadetes examinavam os soldados. Vendiam um jornal no qual foram publicados recibos de milhões de marcos dos alemães, com as assinaturas de Zinóviev, Górki e Lênin.

Passamos. Em Kozlov escutamos tiros. Alguém atirava em alguém. Não nos afastamos do trem. Estávamos fugindo.

Um chefe de estação, que fora muito espancado, não queria nos dar uma locomotiva. Achamos o zelador e a levamos. Um maquinista do público se ofereceu. Ele ficava reclamando que não conhecia o relevo do caminho.

Partimos — ele nos levou. O deus dos fugitivos é grande.

Entramos em Moscou. Era Moscou aquilo?

Uma montanha de neve. Frio. Silêncio. Buracos negros em rachaduras, a varíola miúda dos vestígios de bala nas paredes.

---

[69] Atual Makhatchkala, capital do Daguestão. (N. da E.)

[70] Atual Volgograd, capital administrativa do distrito de mesmo nome, no Cáucaso russo. (N. da E.)

Me apressei em ir para Petersburgo.
Era janeiro. Desci do trem, passei por uma estação conhecida.
Diante da estação erguiam-se montanhas de neve, gelo.
O ambiente era calmo, ameaçador, abafado.
Do destino ninguém foge; cheguei em Petersburgo.
Estou terminando de escrever. Hoje é 19 de agosto de 1919.
Ontem, no ataque a Kronstadt, os ingleses afundaram o cruzador *Memória de Azov*.
Nada está terminado ainda.

Segunda parte
ESCRIVANINHA

Estou começando a escrever no dia 20 de maio de 1922, em Raivola (Finlândia).[71]

Claro, não lamento ter beijado, bebido e visto o sol; lamento ter sido conveniente e ter desejado dar uma direção às coisas, mas tudo seguiu seu curso. Lamento ter lutado na Galícia, ter me metido com blindados em Petersburgo, ter lutado no Dniepr. Não pude mudar nada. E agora, sentado à janela e olhando a primavera — que passa por mim sem perguntar que clima apresentar amanhã, que não precisa de minha permissão, talvez porque eu não seja daqui —, acho que também devia ter deixado que a revolução passasse por mim.

Quando você cai como uma pedra, não precisa pensar; quando pensa, não precisa cair. Eu confundi os dois ofícios.

Os motivos que me moviam eram externos a mim.

Os motivos que moviam os outros eram externos a eles.

Sou só uma pedra que cai.

Uma pedra que cai e ao mesmo tempo pode acender uma lanterna para iluminar o caminho.

Em meados de janeiro de 1918 cheguei a Petersburgo, vindo do norte da Pérsia. O que fiz na Pérsia está escrito no livro *Revolução e front*.

---

[71] Atual Róschino, cidade pertencente ao território russo desde 1948. (N. da E.)

Minha primeira impressão: as pessoas se jogando em cima do pão branco que eu trouxe comigo.

Depois, a impressão de que a cidade, de alguma forma, ensurdecera.

Como depois de uma explosão, quando tudo se acabou, quando está tudo destruído.

Como uma pessoa que teve as entranhas arrancadas por uma explosão, mas que ainda fala.

Imagine uma sociedade feita de pessoas assim.

Ficam sentados, conversando. O que mais podiam fazer, gritar?

Foi essa a impressão que Petersburgo me passou em 1918.

A Assembleia Constituinte fora dissolvida.

Não havia front. No geral, estava tudo escancarado.

E não havia nenhum tipo de cotidiano, só restos.

Eu não tinha visto outubro, não tinha visto a explosão, se é que houvera alguma explosão.

Caí direto no buraco.

E então veio falar comigo um enviado de Grigori Semiônov.[72]

Eu já tinha visto Grigori Semiônov antes, em Smolni.

Era um homem pequeno, de túnica militar e calças largas, mas que de alguma forma não cabiam nele, com a testa bastante curva, óculos sobre o nariz pequeno, e de baixa estatura. Ele fala como um soprano e com sensatez. Convence com seu soprano. Tem o lábio superior curto.

---

[72] Grigori Ivánovitch Semiônov (1891-1937), militante SR e líder de um "grupo de combate" supostamente responsável pelo assassinato do bolchevique V. Volodarski, entre outras ações terroristas. Em 1922, Semiônov escreveu um panfleto relatando estas atividades, o que serviu de evidência para o julgamento de vários de seus colegas, entre eles, Chklóvski. (N. da E.)

Uma pessoa obtusa e apta para a política. Não sabe falar bem. Por exemplo, ele te vê com uma mulher e pergunta: "É essa a sua mulher amada?". E de forma apagada, como um funcionário de escritório diria: "Papel pronto para envio". Não sei se dá para entender. Se não der, então vá falar com Semiônov; ele não vai te provocar náusea.

E assim, alguém veio falar comigo e disse:

"Monte um destacamento de blindados para nós, fomos destruídos em mil pedaços, agora estamos recolhendo os ossos."

De fato, estavam destruídos.

As unidades não tinham ido numa manifestação pela Assembleia Constituinte.

Foi só um destacamento pequeno de quinze pessoas com um cartaz: "O destacamento dos escutadores saúda a Assembleia Constituinte".

Enquanto isso, já fazia muitos meses que se arrastava rumo a Petersburgo uma divisão blindada com uns dez carros.

Ela se arrastava astutamente, um passo atrás do outro, com uma ideia: estar em Piter para a convocação da Assembleia Constituinte.

Eu não tinha trabalhado nessa divisão. Na nossa divisão existia a possibilidade de conseguir carros. Mas não havia gente, não havia ninguém para convocar.

E de certa forma aconteceu que os carros que as pessoas estavam esperando não vieram. Falaram um pouco, brigaram um pouco e não se decidiram a mandar a ordem.

Um cartaz foi pendurado sobre a rua: "Viva a Assembleia Constituinte", umas pessoas saíram com esse cartaz, chegaram até a esquina da rua Kírotchnaia com a Litiêini.

Ali começaram a atirar nelas, mas elas não atiraram de volta, saíram correndo e largaram o cartaz.

Com as tábuas do cartaz os zeladores depois fizeram cabos de vassoura.

Tudo isso aconteceu sem mim, e estou escrevendo sobre isso com as palavras de outras pessoas.

Mas os cabos de vassoura eu mesmo vi, exatamente esses do cartaz.

Ao chegar em Piter ingressei numa comissão cujo nome não lembro. Ela devia cuidar da segurança das antiguidades e ficava alojada no Palácio de Inverno.

Era ali mesmo onde Lunatchárski recebia as pessoas.

Fui enviado, parece, ao palácio de Nikolai Mikháilovitch, que estava sob os cuidados do camarada Lozimir, um jovem ruivo de paletó.

O pelotão de plantão recebera armas de Damasco, havia miniaturas persas espalhadas pelo chão. Em um canto, encontrei um ícone que representava o tsar Paulo como o arcanjo Miguel. O trabalho era de Borovikovski,[73] parece.

Estava embrulhado num jornal e amarrado com barbante.

Mas não havia tanto roubo, e sim o desejo habitual que uma tropa tem de, ao ocupar uma cidade inimiga, usar os bens abandonados à sua forma: tapar uma janela quebrada com um bom tapete e alimentar o fogo com uma cadeira.

Muita gente andava pelo Palácio de Inverno. Às vezes ele se esvaziava por completo. Isso significava que naquele momento as coisas iam mal para os bolcheviques. A *intelligentsia* estava sabotando, vendendo jornais na rua, picando gelo.

Procurando trabalho.

Uma época estavam todos fazendo chocolate.

Primeiro eles fritavam tudo o que podiam fritar com o óleo de cacau vendido nas fábricas, mas depois aprenderam a fazer chocolate. Vendiam tortas. Abriam cafés. Isso os que eram mais ricos, e tudo isso mais tarde, na primavera.

---

[73] Vladímir Lukítch Borovikovski (1757-1825), pintor famoso por seus retratos da nobreza russa. (N. da E.)

Mas o principal: era horrível.

Pois bem, alguém chegou para mim e disse: "Estamos nos preparando para fazer uma rebelião, temos as forças, consiga uma divisão blindada para nós".

Me apresentaram ao chefe anterior da divisão blindada que tinha vindo para Piter.

Os soldados da minha divisão me adoravam; a estreiteza do meu horizonte político, meu desejo constante de que tudo ficasse bem logo, minha tática em vez de estratégia — tudo isso fazia com que eu fosse entendido pelos soldados.

Eu tinha sido instrutor na escola de blindados, ficava com os soldados das sete da manhã às quatro da tarde e tínhamos uma relação de amizade. Entreguei minha demissão a Lunatchárski de forma muito solene, o que provavelmente o surpreendeu, e comecei a formar a divisão de blindados. Em essência, a tarefa de tomar carros blindados era possível. Para isso era necessário ter seus próprios homens nos carros — melhor que seja um em cada carro, mas, em todo caso, ter uma pessoa que possa ajudar no reabastecimento dos carros, prepará-los. Depois, era necessário ir e tomar os carros.

Os carros blindados foram tomados mais de uma vez.

Eles foram tomados na revolução de fevereiro. Os bolcheviques os tomaram entre 3 e 5 de julho e, ainda nesta época, nossos motoristas os arrancaram dos bolcheviques num Austin de treino com blindagem de lata. Trabalhavam com o susto.

Os bolcheviques os tomaram de volta na época de outubro, quando todos estavam confusos e neutros.

As divisões de comando "de direita" deviam tomar os blindados antes da revolta dos kadetes, mas os kadetes, que agiam independentemente, os interceptaram.

Sob o comando de Feldenkreuz, nosso destacamento da escola de motoristas foi para o Manejo Mikháilovski em um caminhão, e se atrasou em meia hora.

Assim, a empreitada era tecnicamente viável.

Fui ver meus antigos motoristas, eles estavam em toda parte onde havia carros: no Manejo Mikháilovski, na pista de patinação da avenida Kamennoostróvski, nas oficinas de blindados. Posteriormente os bolcheviques ficaram deslocando os carros várias vezes de um lugar para outro; uma hora os centralizaram na Fortaleza de Pedro e Paulo, por exemplo, mas nossos homens cuidavam de seus carros, e, se fossem expulsos, mandávamos outros.

O fato é que entre os motoristas havia bem poucos bolcheviques, quase nenhum, de forma que os primeiros comissários nas unidades de blindados ou eram nomeados de fora ou vinham ora dos serralheiros, ora dos faxineiros.

O motorista é um trabalhador, mas um trabalhador especial — um trabalhador solitário. Não é gente de manada: o controle de um carro potente e, principalmente, blindado, deixa uma pessoa impulsiva. Os quarenta e sessenta cavalos de força contidos no carro deixam a pessoa aventureira. Os motoristas são herdeiros da cavalaria. Além disso, dos meus motoristas vários amavam intensamente a Rússia e nada mais do que a Rússia. Dessa forma, eu sempre tinha meu pessoal de confiança nas unidades de blindados.

O "cercamento das garagens" prosseguiu: ou seja, alugávamos apartamentos em volta da garagem para ter a possibilidade de, após nos reunirmos em pequenos grupos, entrar e sair da garagem sem que ninguém percebesse.

O que pensávamos em fazer depois?

Queríamos atirar. Quebrar vidros. Queríamos lutar.

Eu não sabia fazer chocolate.

E os motoristas, além disso, não gostavam do tipo de comissário que já começava a se formar; dirigiam para eles e os odiavam.

Eles queriam atirar.

A coisa ia pior nas outras unidades da organização. O velho exército já não existia.

Durante minha estadia na comissão do Palácio de Inverno, eu tinha que percorrer os regimentos para recolher o que sobrara dos museus.

A maior parte dos regimentos havia se desfeito, e os objetos tinham sido roubados. Alguma organização, da qual eu só conhecia Filonenko, mandava seus homens.

Eram os regimentos de Volinski, Preobrajenski e mais algum outro do qual esqueci, e, separadamente, o de Semiônov; alguém que eu não conhecia vinha recrutando pessoas para ele, e com tanta habilidade que o regimento só foi desarmado quando passou para o lado de Iudiénitch.

A organização à qual eu pertencia não se considerava partidária; isso era sublinhado o tempo todo. Antes de mais nada, era um resto do comitê de defesa da Assembleia Constituinte, e por isso as pessoas estavam nele por mandato das unidades, e não dos partidos. Semiônov em particular sublinhava o não partidarismo da organização.

O recrutamento para os regimentos estava tendo bastante sucesso.

Quando os bolcheviques exigiram que esses regimentos entregassem as armas, estes recusaram.

Os bolcheviques vieram à noite.

Os regimentos não ficavam juntos, mas espalhados, um batalhão aqui, outro acolá. Nem todos passavam a noite no regimento, muitos iam dormir em casa, era mais tranquilo. Parece que as unidades bolcheviques abordaram as de Volinski.

O guarda soltou um grito de "às armas", mas não houve resistência armada em seguida.

Eram mesmo bolcheviques essas unidades que desarmaram as de Volinski?

Isso lembra um exemplo de um exercício de latim: "Não eram gansos aquelas aves que salvaram Roma?".

Mas talvez essas unidades fossem não bolcheviques. Pelo menos o blindado enviado contra Volinski tinha motoristas que eram absolutamente não bolcheviques. As unidades de Volinski e Preobrajenski se dispersaram. Antes de sair, os de Volinski arrebentaram o quartel. O resto do velho exército foi liquidado.

Deram início à criação do Exército Vermelho e, ao mesmo tempo, ao desarmamento da Guarda Vermelha. Nossa organização decidiu infiltrar homens na Guarda Vermelha; decidiram mandar gente de dois tipos: os fortes e astutos, que deviam cair nas boas graças da chefia e gozar de autoridade entre os camaradas, e os chorões, que deviam desmoralizar as unidades com suas queixas.

Fomos muito espertos ao conceber isso.

Mas parece que não havia ninguém para enviar.

Conseguimos ocupar principalmente posições do estado-maior.

Assim sabíamos o que estava sendo feito no Exército Vermelho, mas talvez não pudéssemos fazer mais nada. É verdade que tínhamos uma unidade de artilharia. Aliás, eu não sabia quem eram os nossos contatos, estava ocupado com os blindados. Estávamos esperando uma manifestação, ela foi marcada repetidas vezes, lembro de um dos prazos: 1º de maio de 1918. Depois mais um prazo: haveria uma suposta greve organizada por uma assembleia de representantes.

A greve desandou.

Nos reuníamos nos apartamentos nas noites marcadas para a manifestação, bebíamos chá, olhávamos para nossos revólveres e enviávamos os ordenanças para a garagem.

Acho que seria mais fácil para uma mulher dar à luz pela metade e depois não terminar do que era para nós fazer isso.

É terrivelmente difícil manter as pessoas numa tensão como essa, elas se corrompem, apodrecem.

Os prazos iam passando.

Acho que nessa época a organização quase não tinha forças, os militantes eram umas vinte pessoas. Havia unidades que deviam aderir, mas todos sabíamos — exceto naqueles momentos em que não queríamos saber — que isso era terrivelmente incerto.

O trabalho conspiratório é desagradável, obscuro, subterrâneo: as pessoas se encontram no subsolo e, em meio à escuridão, não sabem com quem estão se encontrando.

É preciso notar que não estávamos ligados ao grupo de Sávinkov.[74]

Naquela época, esbarrávamos ora com diferentes organizações anônimas "que reconheciam a Assembleia Constituinte", ora com comandantes de unidades isoladas que diziam que seu pessoal iria contra os bolcheviques. Assim, nos encontramos com uma divisão de instaladores de minas que estava na oposição "da marinha" aos bolcheviques.

Essas pessoas estavam ligadas entre si por uma organização naval, e se comunicavam conosco, parece, pelos operários das fábricas em frente das quais eles estavam atracados. Claro, eles podiam se manifestar tanto quanto os blindados, mas os bolcheviques haviam conseguido desarmá-los. No desarmamento revelou-se que o destacamento enviado pelos bolcheviques não podia retirar o fecho dos canhões, não conseguia: eles começaram a bater na culatra da arma com marretas. Ou seja, não eram especialistas; os bolche-

---

[74] Boris Víktorovitch Sávinkov (1879-1925), militante SR e líder do "grupo de combate" do partido. Sávinkov foi integrante do Governo Provisório e, com a tomada do poder pelos bolcheviques, passou a organizar rebeliões armadas em várias cidades de província. (N. da E.)

viques não haviam encontrado marinheiros que fossem confiáveis o suficiente para mandar. Eles também estavam muito fracos, mas o navio estava inclinado para o lado deles.

Os bolcheviques eram fortes porque seu objetivo era preciso e simples.

Ainda quase não existia Exército Vermelho, mas os hábitos do novo exército já estavam se formando.

Era a época imediatamente seguinte ao período em que já não havia disciplina nenhuma no exército. Recrutaram contratados.

Parece que nesse período as unidades eram alistadas diretamente no soviete das redondezas.

No geral, era uma época de autoridade localizada e terror localizado.

As pessoas eram mortas no local.

Nas unidades do Lado Petrogrado, um menino do Exército Vermelho roubou as botas de um colega.

Foi pego e condenado ao fuzilamento.

Ele não acreditou. Se preocupou, chorou, mas não muito. Mais por decoro. Pensava que o estavam assustando e queria agradar.

Levaram-no para o jardim do liceu e o mataram a tiros.

Depois puseram o corpo dele sentado num coche, puseram um soldado do Exército Vermelho para acompanhá-lo, como se ele estivesse bêbado, e mandaram para o necrotério do hospital de Pedro e Paulo.

As pessoas que faziam esse tipo de coisa sem a menor animosidade eram terríveis e oportunas para a Rússia.

Eles davam prosseguimento à série de julgamentos sumários, eram os mesmos que jogavam os ladrões no canal Fontanka.

Um soldado me contou sobre um linchamento.

— Nessa hora o morto até fala — disse ele.

— Como assim, o morto fala?

— Quer dizer que a pessoa que vai morrer logo mais fala.

Vocês veem como era algo sem volta.

Nessa época me chamaram na Tcheká[75] porque Filonenko havia passado na minha casa.

De Filonenko não gosto agora e não gostava na época, mas lembro que, no front, eu dormia no automóvel com a cabeça apoiada em seu ombro. Esse homem nervoso, desagradável e não confiável morava em Petersburgo com outro sobrenome ou com alguns outros sobrenomes.

Haviam-no rastreado e estavam em seus calcanhares.

Ele veio me visitar, comeu, tomou um café e, no dia seguinte, tinha uns oitos tchekistas nos arredores da minha casa.

Eu os cumprimentava ao passar por eles. Eles respondiam.

Me chamaram na Tcheká, quem me interrogou foi Otto.

Perguntaram se eu conhecia Filonenko. Respondi que conhecia, e admiti que ele às vezes vinha à minha casa.

Me perguntaram por quê. Respondi que para tirar dúvidas sobre os signos do zodíaco. Por estranho que pareça, era verdade.

Filonenko era um apaixonado pela astrologia.

O investigador me propôs fazer um depoimento sobre mim mesmo.

Contei a ele sobre a Pérsia. Ele escutou, o soldado da escolta escutou e até outro detido que havia sido trazido para um interrogatório escutou.

Me deixaram ir. Sou um contador de histórias profissional.

---

[75] Acrônimo de *Trezvitcháinaia Komíssia* (Comissão Extraordinária), a primeira polícia secreta criada pelos bolcheviques. (N. da E.)

Prenderam meu pai e também logo o soltaram. Parece que o mantiveram preso por dois meses.

Enquanto isso, a situação mudou. No começo, a revolução estava maravilhosamente confiante em si mesma. Depois veio o golpe do tratado de paz de Brest.

Mais de uma vez esperei por um milagre. Pois os bolcheviques têm fé no milagre.

Eles fazem milagres, mas os milagres saem mal.

Você lembra como no conto de fadas o diabo reforja um velho, transformando-o num moço: primeiro ele queima o homem, depois o recupera rejuvenescido.

Depois, o aluno ensinado pelo diabo tenta executar o milagre: ele consegue queimar, mas não consegue fazer renascer.

Quando os bolcheviques abriram o front e não assinaram o tratado de paz, eles passaram muito tempo acreditando no milagre, mas o queimado não ressuscitou.

E os alemães entraram pelo front aberto.

Antes de assinar o tratado de paz de Brest, os bolcheviques se comunicaram por telégrafo com todos os grandes sovietes, perguntando se deviam aceitar o acordo de paz.

Todos disseram para não assinar. O de Vladivostok estava especialmente decidido. Ficou parecendo ironia.

O tratado de paz foi assinado.

É evidente que estavam perguntando por curiosidade.

O milagre não havia acontecido, e disso eles já sabiam.

É interessante notar que num comício na Casa do Povo, quando os alemães já estavam atacando a Rússia desarmada, Zinóviev implorou aos remanescentes de vários regimentos não desarmados do velho exército que estes interviessem "pela pátria", sem nem acrescentar "socialista".

Eles eram ingênuos, os bolcheviques; superestimaram a força do velho, acreditavam na "velha guarda". Eles achavam que as pessoas amavam a "mãe Rússia".

Mas ela não existia.

E agora, no momento em que eles fazem concessões e multiplicam o número de comerciantes, a única coisa que mudou foi o objeto de sua fé, mas eles continuam acreditando no milagre.

E se hoje você anda na avenida Niévski, nas ruas da maravilhosa Petrogrado atual, de céu azul, nas ruas de Petrogrado onde a grama é tão verde, quando você vê essas pessoas, pessoas novas, que foram chamadas para realizar o milagre, você também verá que elas só conseguiram abrir um café.

Só restou na esquina da rua Grebiêtskaia com a Puchkárskaia uma coluna de bonde cravada de balas.

Se você não acredita que houve uma revolução, vá e ponha a mão na ferida. Ela é larga, o poste foi atingido por um projétil de três polegadas.

E ainda assim, mesmo se de toda a Rússia só sobrarem as fronteiras, se ela se tornar apenas um conceito espacial, se da Rússia não sobrar nada, ainda assim eu sei: não há culpa, não há culpados.

Eu também sou culpado por não conseguir deixar a vida passar por mim como o clima, e sou culpado porque acreditei muito pouco no milagre — entre nós, há gente que queria terminar a revolução no segundo dia.

Não acreditávamos em milagre.

Agora já não há milagres, e a fé não os faz nascer.

E, como um círculo fechado, tudo voltou ao seu lugar.

Mas os "lugares" não existiam mais!

Meus camaradas motoristas queriam lutar contra os alemães em Petersburgo, na avenida Niévski.

A situação havia mudado.

O Soviete dos Comissários do Povo foi transferido para Moscou. Considerava-se que o centro de gravidade do nosso trabalho deveria ser transferido para lá ou para a região do Volga.

Mas eu não podia ir para o Volga, já que minha organização não era móvel.

Nessa época eu ainda estava ligado aos blindados.

No trabalho me aconteceu de encontrar com um oficial, não sei por onde ele anda agora.

Ele tinha olhos maravilhosos, meio lavados.

Estava terrivelmente ferido: não tinha um pedaço do crânio, as pernas e os braços cobertos de feridas que tinham cicatrizado mal.

Numa batalha (de 1916, parece), ele de alguma forma teve que perseguir um trem blindado com um veículo blindado de canhão, o que não era correto, já que um trem blindado "no geral e no todo", como dizem os bolcheviques, é mais forte que um automóvel. E o trem blindado fugiu, o que também não está certo.

Na perseguição, o automóvel entrou na plataforma da estação, mas ali foi alvejado pelo fogo da bateria; então, o motorista quebrou as portas amplas e pesadas do restaurante da estação com o carro, passou pelas mesinhas, quebrou a segunda porta, desceu pelas escadas e saiu pela praça, depois de metralhar um destacamento de cavalaria.

Ele tinha formação militar mas entendia de muita coisa, e inclusive avaliava objetos de arte magnificamente, ou seja, sabia se eram bons.

Eu me aproximei dele: era uma pessoa muito boa e honesta.

Em um dos alojamentos que ele vigiava apareceu uma carcaça de canhão Garford blindado, abandonada como ferro-velho. Então pegamos partes de blindados quebrados em várias garagens e montamos o nosso.

Os motoristas até surrupiaram do inimigo um canhão de três polegadas com ferrolho, duas metralhadoras, munição e cartucheiras. Isso é muito difícil, pois a munição é pesada, é preciso carregá-la debaixo do paletó ou do casaco de pele, duas cápsulas por vez, e cuidar para que elas não batam uma contra a outra e não tilintem.

Dessa forma, me trouxeram um ferrolho. Veio um motorista baixinho. Tirou do bolso o garfo (não sei o nome técnico disso) que remove a cápsula do cano do canhão depois do tiro, deu-a para mim e perguntou: "Viktor, isso é um ferrolho?". "Não", eu disse. "Certo, e isso?", ele encolheu a barriga e tirou do cinto um objeto enorme e pesado. Era um ferrolho. Como ele conseguiu colocar ali eu não entendi.

Montamos o blindado e até andamos com ele pelo pátio, mas não o liberamos para sair, ainda que, com a experiência de nosso destacamento, tomar qualquer garagem era algo absolutamente garantido.

Montávamos o carro abertamente, em plena luz do dia, e por isso, claro, não fomos pegos.

Ou seja, eu não podia ir embora.

Nessa época aconteceu a queda. Uma organização dessas não pode existir por anos, e com o tempo, claro, vai decaindo.

E nós éramos tão descuidados que até fazíamos reuniões de toda a organização, com discursos, debates.

A "seção do Exército Vermelho" da nossa organização foi detida na rua Nikoláievskaia. Encontraram documentos falsificados numa otomana.

Nessa época, Semiônov já havia partido para o Volga.

Lepper foi preso, e encontraram na caderneta de anotações dele todos os endereços e sobrenomes, escritos em um código que foi decifrado pela Tcheká em duas horas.

Meu irmão foi preso no serviço (no Exército Vermelho).

Eu fugi e me instalei na divisa da cidade, não em um quarto mas no canto de um quarto.

No comissariado me entregaram um passaporte com o formulário de uma unidade.

Naquela época, uma corrente mais para a direita havia

aparecido na organização; nos aproximamos de Nikolai Semiônov; em particular, V. Ignátiev desempenhou um papel importante.

A organização estava se dissolvendo: uns foram embora para Arkhángelsk via Vôlogda, outros foram para o Volga.

Eu propus tomar a prisão, mas disseram que isso era impossível.

Eu morava em Tchôrnaia Riétchka, no apartamento de um jardineiro.

Era a época da fome. Eu mesmo estava comendo muito mal, mas não tinha tempo para pensar nisso.

A família do jardineiro se alimentava de folhas de tília e vegetais. Num pequeno quarto isolado desse mesmo apartamento vivia uma velha professora. Eu só soube da existência dela quando vieram levar o corpo. Ela havia morrido de fome.

Nessa época, muitos morriam de fome. Mas não se deve achar que isso é algo que acontece de repente.

Uma pessoa consegue encontrar muitas nuances para sua situação.

Eu lembro de, na Pérsia, ter me espantado com o fato de que os curdos, privados de suas casas, viviam junto aos muros da cidade, e escolhiam os lugares onde houvesse ao menos uma pequena cavidade, mesmo que fosse um quarto de *archin*.

É evidente que eles achavam que era mais quente.

E, passando fome, a pessoa vive assim: sempre agitada, pensando no que é mais gostoso, uma folha de verdura cozida ou uma folha de tília; até se preocupa com essas questões, e assim, imersa nessas nuances, morre.

Nessa época em Piter havia uma onda de cólera, mas mesmo assim não se comia gente.

De fato, falavam de algum carteiro que tinha devorado a esposa, mas não sei se era verdade.

Estava tudo quieto, ensolarado e faminto, muito faminto.

De manhã tomávamos café de centeio. Vendiam açúcar na rua, o pedaço custava 75 copeques.

Era possível beber um copo de café com leite ou com açúcar: para os dois o dinheiro não dava.

Na rua vendiam biscoitos de centeio. Tomávamos caldo de aveia. Cozinhávamos a aveia em um pote, depois passávamos pelo moedor de carne — "pela maquininha", como se dizia na época — várias vezes (era um trabalho difícil), e depois passávamos na peneira e aquilo virava um caldo de farinha de aveia. Quando cozinhava, era preciso cuidar dela, senão subia, como o leite.

Antes de moer a aveia era preciso catar os "pretinhos" — não sei o que eram; pelo visto, grãos de alguma erva daninha.

Para isso, espalhava-se a aveia sobre a mesa, e toda a família catava a sujeira dela. Assim passava-se o dia inteiro em volta da aveia.

Da casca da batata faziam um biscoito muito sem gosto, fino como o *lavash* persa. Pão, distribuíam $1/8$ por dia, às vezes $1/4$. Outras vezes, davam arenque.

Davam uns arenques cujas extremidades, nas palavras da declaração oficial, era preciso cortar, cabeça e cauda — elas já estavam podres.

Já não definíamos prazos: em algum lugar no leste os tchecos avançavam, a insurreição de Iaroslavl ressoava;[76] onde estávamos, tudo estava quieto.

---

[76] Iaroslavl foi uma das cidades que se rebelou sob a influência do grupo de Sávinkov; a ameaça tcheca à qual o autor se refere consistia numa brigada de desertores do exército austríaco que, após lutar pelo lado russo na Primeira Guerra Mundial, voltou-se contra os bolcheviques. (N. da E.)

Eu ainda não me desprendera dos meus amigos.

Sim, para nós era fácil ficarmos juntos, pois nos dividimos em cinco ou seis companhias de umas cinco ou dez pessoas cada, ligadas pela velha amizade e afinidade. Não havia atividades.

Lembro que uma vez me pediram para conseguir um automóvel coberto, para uma expropriação, evidentemente. Semiônov pediu.

Falei sobre isso com um motorista.

Ele foi para uma garagem vizinha, desconhecida, escolheu um carro, ligou, entrou nele e foi embora.

Mas a expropriação não foi efetuada.

Estranho o destino desse motorista. Ele morava em um apartamento cuja dona era uma mulher velha, completamente murcha. Ela cuidava dele e o alimentava com *kompot*.[77] Como resultado, ele se casou com ela.

Um casamento com uma mulher velha é o destino de muitos aventureiros, vi dezenas de exemplos.

Eu sempre ficava triste por eles. Até sabíamos disso e nos avisávamos uns aos outros: "Não tome o *kompot*".

Havia nisso algum cansaço ou uma sede de tranquilidade.

Em geral, o aventureirismo termina em apodrecimento.

Lembro que, depois da minha chegada da Pérsia, encontrei-me com um de meus alunos.

"O que você tem feito?"

"Saques, senhor instrutor. Não quer me indicar um apartamento? Dou 10%!"

Uma proposta rigorosamente comercial.

Depois, ele foi fuzilado.

Era um motorista bom como só ele.

---

[77] Bebida não alcoólica popular no leste da Europa, preparada a partir de frutos e açúcar. (N. da E.)

Quase todos estavam dispostos a algo parecido, como uma requisição de álcool, ou seja, um semirroubo. As leis tinham sido abolidas e tudo estava sendo revisto.

Claro, nem todos se deixavam levar por isso.

Eu conhecia motoristas que ficaram com seus carros, não pegavam nada além de querosene para os carros, e amavam profundamente a Rússia, não dormiam à noite pensando nela.

Esses homens normalmente eram casados com mulheres jovens e tinham filhos.

A corrupção, claro, não acontecia só entre os motoristas.

Passei na casa de meu amigo K.

Ele me contou: "Sabe, um grupo de conhecidos veio falar comigo agora. Pediram um pé de cabra. Falei: 'Grande?'. Mostraram com as mãos: 'Não, desse tamanho'. 'Se vocês precisam de uma alavanca, então digam: uma alavanca. Para quê?' 'Para quebrar um armário!'".

E então uns quebravam armários, outros iam para o leste para se juntar a Wrangel e Deníkin,[78] uns terceiros eram fuzilados e uns quartos odiavam os bolcheviques com um ódio salgado e por isso não apodreceram.

Bastante gente se juntou aos bolcheviques.

Estou falando da multidão revolucionária, das pessoas que no geral cumprem ordens, e não das que ordenam.

Eu estava em Tchôrnaia Riétchka e escrevia um trabalho sobre o tema "A conexão entre os procedimentos de composição de enredo e os procedimentos gerais de estilo".[79] Es-

---

[78] Piótr Nikoláievitch Wrangel (1878-1928) e Anton Ivánovitch Deníkin (1872-1947), líderes militares do Movimento Branco do sul da Rússia, então ativo na Ucrânia e na região do Cáucaso. (N. da E.)

[79] Este ensaio veio a integrar o livro *Sobre a teoria da prosa*, publicado em 1925. (N. da E.)

crevia numa pequena mesinha redonda. Os livros de referência ficavam nos meus joelhos.

Mandaram me buscar e me disseram para ir a Sarátov, me deram uma passagem.

Ficar em Piter, só se fosse para morrer. Estavam me procurando. Fui embora.

Deixei para trás K. e a pessoa que antes chefiava a divisão. K. não foi preso, e depois, quando descobriram um blindado com ele, conseguiu escapar a salvo para o sul.

Ele dizia que era necessário obter a nacionalização das minas na bacia do Don. Mas mesmo assim a condição de oficial o levou para o Exército Branco.

Não sei como o receberam no exército voluntário de Deníkin.

Fui embora.

Os motoristas se dispersaram. Posteriormente os perdi de vista.

Os camaradas presos foram fuzilados. Meu irmão foi fuzilado. Ele não era da direita. Ele amava a revolução mil vezes mais do que três quartos dos "comandantes vermelhos".

Ele apenas não acreditava que os bolcheviques ressuscitariam a Rússia destruída pelo fogo. Deixou dois filhos. O exército voluntário era para ele inaceitável, algo que tentava devolver a Rússia ao passado.

Por que ele lutava?

Eu não falei o mais importante.

Tínhamos heróis.

E eu e você somos pessoas. É sobre isso então que estou escrevendo, sobre que tipo de pessoas éramos.

Mataram meu irmão depois do assassinato de Uritski.[80]

---

[80] Moissiêi Solomónovitch Uritski (1873-1918), presidente da Tcheká em Petrogrado, liderou a perseguição aos oposicionistas dos bolchevi-

Foi fuzilado no campo de treinamento de Okhta.
Foi fuzilado por soldados de seu próprio regimento.
Quem me contou isso foi o oficial que o matou.
Posteriormente, eram só os especialistas que matavam.
O regimento fazia plantão.
Meu irmão parecia calmo exteriormente. Morreu com bravura.
O nome dele era Nikolai, tinha 27 anos.
No fuzilamento, o mais terrível era que tiravam as botas e a jaqueta do morto. Quer dizer, obrigavam a pessoa a tirar antes da morte.
Dia 20 de maio de 1922.
Continuo a escrever.
Fazia muito tempo que eu não escrevia tanto, é como se estivesse me preparando para morrer. Tristeza e um sol vermelho. Fim de tarde.
Cheguei a Moscou. O ponto de apoio era na rua Siromiatniki. Logo foi descoberto.
Em Moscou, vi Lídia Konoplióva,[81] uma loira com bochechas rosadas. O sotaque era de Vólogda. Na época ela já estava indo para a esquerda. A propósito, ela disse que na aldeia onde era professora de província, os camponeses reconheceriam o governo dos bolcheviques.
Sobre o assassinato de Volodarski não sei nada, ele foi organizado separadamente por Semiônov. Só fiquei sabendo

ques. Seu assassinato por Leonid Kanneguisser, ligado ao grupo de Sávinkov, deu início à primeira onda do "Terror Vermelho". (N. da E.)

[81] Lídia Vassílievna Konoplióva (1891-1937), militante SR de direita, suposta organizadora da tentativa de assassinato de Vladímir Lênin realizada em 30 de agosto de 1918 por Fanni Kaplan. Foi testemunha de acusação no julgamento público dos SRs, depois do que aliou-se aos bolcheviques e galgou uma carreira no partido. (N. da E.)

quem matou Volodarski em março de 1922 pelo depoimento de Semiônov.[82]

Fui para Sarátov. Com um documento falsificado. Muita gente caiu por causa de documentos desse tipo.

A organização em Sarátov era partidária, ligada aos SRs. Ela se dedicava principalmente ao reenvio de pessoas para Samara.[83]

Mas era evidente que havia planos de uma insurreição local.

Fui parar em Sarátov e me enrolei em alguns pontos de apoio extremamente complicados, que mudavam com o dia da semana.

Isso não os impediu de serem descobertos com a ajuda de agentes provocadores.

Morava bastante gente em Sarátov.

A organização militar era administrada por um homem meio doido cujo nome esqueci, sei que depois ele foi para Samara e acabou esfaqueado por soldados durante uma revolta.

Vivíamos de forma conspiratória, mas muito ingênua, quase todos no mesmo quarto.

Não tive que morar no porão, já tinha muita gente aglomerada ali.

Me acomodaram em um manicômio perto de Sarátov, a umas sete verstas da cidade.

---

[82] Em junho de 1922 foi organizado um dos primeiros "julgamentos públicos" soviéticos, em que vários membros do partido SR foram condenados à morte. Semiônov, tendo granjeado o perdão dos bolcheviques, assumiu a autoria das tentativas de assassinato ocorridas em 1918 e testemunhou contra seus colegas de partido, incluindo Chklóvski. (N. da E.)

[83] Em junho de 1918, foi organizado em Samara o Comitê dos Membros da Assembleia Constituinte (Komuch), um governo provisório antibolchevique, presidido por Vladímir Kazimírovitch Volski (1877-1937) e composto majoritariamente por SRs contrários à dispersão da Assembleia Constituinte. (N. da E.)

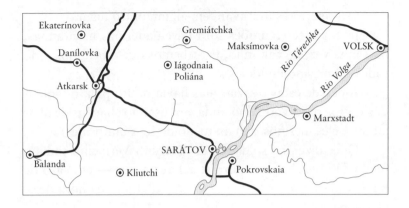

Era um lugar tranquilo, rodeado por um jardim grande e sem cerca, iluminado por lanternas.

Morei lá por bastante tempo.

Às vezes, não lembro por que, eu dormia em um monte de feno bem perto de Sarátov.

O feno faz cócegas quando você dorme, e imediatamente te dá uma aparência nada urbana.

À noite você acorda e olha, escala um pouco rumo ao céu preto e estrelado e pensa sobre o absurdo da vida.

Um absurdo seguido de outro absurdo parece algo muito bem fundamentado, mas não num campo sob as estrelas.

Quando eu estava lá, estavam mandando os prisioneiros austríacos de volta para o país deles. Muitos não queriam ir. Já estavam acostumados às mulheres estrangeiras. As mulheres choravam.

Ao redor havia revoltas nas aldeias, ou seja, não estavam entregando os grãos; depois vinham os soldados do Exército Vermelho em caminhões.

Cada aldeia se revoltava isoladamente; o comitê em Sarátov também estava isolado.

O quarto ficava em um porão.

Os superiores moravam em algum outro lugar.

Íamos fazer reuniões fora da cidade, nas montanhas, mas uma vez, no caminho, percebemos que estávamos indo todos no mesmo bonde.

A cidade estava vazia, mas havia muito pão, os soldados do Exército Vermelho andavam usando chapéus de abas largas e eles mesmos tinham medo de seus uniformes.

Quer dizer, os soldados do Exército Vermelho tinham medo de seus chapéus, porque achavam que — em caso de um ataque vindo de Samara — atrapalhariam na hora de se esconder.

O Volga estava vazio. Do barranco via-se a areia e faixas de água. Na margem, as lojinhas vazias das feiras.

Em Sarátov eu me sentia sem importância; logo me mandaram para Atkarsk.

Atkarsk era uma cidade pequena, toda de um andar; dois edifícios de pedra — a antiga Duma municipal e o ginásio.

A cidade se divide em duas partes, das quais uma se chama Lavoura — lá é onde os habitantes lavram.

Dessa forma, era apenas meia cidade.

Em frente ao edifício do soviete — o antigo colégio — havia canhões, que eram usados para atirar para o lado da Lavoura quando havia "revoltas camponesas".

As ruas não eram pavimentadas.

As casinhas eram cobertas com ripas. O pão custava cinquenta copeques a libra. Reconheciam os petersburguenses pelo fato de eles comerem pão na rua.

No bazar, todas as bancas estavam fechadas. Algumas camponesas vendiam pequenas "peras bergamotas". Uma pessoa aleatória dava um panorama sobre "Grichka e companhia".

No meio da cidade havia um denso jardim, passeava-se nele à noite.

No meio do jardim, um pavilhãozinho, e dentro dele um

refeitório soviético: podia-se almoçar ali, mas sem garfo e faca, com as mãos.

Serviam carne e até cerveja. O garçom não tomava um banho desde o começo da guerra imperialista.

No lado da lavoura havia montes de trigo.

A comida na cidade era farta, mas repugnante, o óleo de colza era uma tortura.

E toda a cidade estava vestida da mesma cor — azulzinho com listrinhas brancas, era o que eles recebiam.

No geral, tudo tinha sido requisitado, das colherinhas de chá à mesa.

Tudo estava terrivelmente nu. E, provavelmente, sempre tinha sido daquele jeito. Só que antes vivia-se com mais fartura.

Fiquei para morar ali, ou seja, me deram um quarto na frente do soviete, na casa de um sapateiro.

O sapateiro antes trabalhava com os dois filhos e tinha uma banca na feira, mas foi detido como representante da burguesia e preso. Quando a coisa ficou ridícula, o soltaram, só proibiram que ele fizesse trabalhos particulares.

E então ele vivia quietinho.

E graças a minhas conexões recebi a função de agente de uso de propriedades militares "impróprias para sua designação", ou seja, que não podiam ser usadas para seu objetivo direto.

Eram botas velhas, calças, sucata de metal e todo tipo de tranqueira.

Eu devia receber essas tranqueiras, separá-las e remeter para Sarátov. Mas propus organizar uma oficina de consertos em Atkarsk.

Me deram uns celeiros de trigo, cheios até o teto de botas velhas e vários trapos.

Peguei meu anfitrião e o filho, contratei mais algumas pessoas e começamos a trabalhar.

Por estranho que pareça, o trabalho me interessava.

Eu morava com os sapateiros, separado deles por um tabique com frestinhas, dormia num sofá de madeira e à noite os percevejos me atacavam tanto que eu ficava banhado em sangue.

Mas de alguma forma eu não notava. Foi o dono da casa que prestou atenção nisso e me mandou dormir no balcão, em vez do sofá.

Eu já me considerava sapateiro.

Às vezes me chamavam na Tcheká local, que quase todo dia conferia todos os recém-chegados.

Perguntavam todos os pontos: quem é você, a que se dedicou antes da guerra, na época da guerra, de fevereiro a outubro e assim por diante.

Meu passaporte dizia que eu era um operador de máquina; me perguntavam sobre minha especialidade, por exemplo o nome das partes de um torno.

Na época eu sabia. Eu agia com muita convicção.

É bom se perder. Esquecer seu sobrenome, escapar dos seus hábitos. Inventar alguma pessoa e se considerar essa pessoa. Se não fosse minha escrivaninha, meu trabalho, eu nunca teria voltado a ser Viktor Chklóvski. Estava escrevendo o livro O *enredo enquanto fenômeno de estilo*.[84] Eu tinha levado os livros necessários para as citações em pedacinhos separados, descosturando-os para soltar as folhas.

Tinha que escrever no parapeito da janela.

Examinando meu passaporte — falsificado —, na coluna de situação conjugal encontrei um carimbo preto com uma

---

[84] O livro *Rôzanov: o enredo enquanto fenômeno de estilo*, lançado em 1921, foi elaborado a partir do ensaio "O tema, as imagens e o enredo de Rôzanov", cuja publicação no jornal *A Vida da Arte* fora interrompida no mesmo ano. Em 1925 o ensaio foi incluído em *Sobre a teoria da prosa* sob o título "A literatura para além do 'enredo'". (N. da E.)

assinatura dizendo que fulano de tal havia morrido no hospital da rua Obúkhovskaia. Boa conversa a que podia ter acontecido entre a Tcheká e eu: "Você é fulano de tal?". "Sou." "E por que você já morreu?"

Na cidade chegaram os *bipudniks*: eram empregados e trabalhadores a quem o soviete havia permitido pegar dois *puds* de farinha cada; existia uma permissão dessas.

Eles preencheram todos os distritos.

Depois cancelou-se a permissão.

Uma pessoa se matou. Ela não conseguia mais viver sem farinha.

Veio falar comigo um oficial que fugira de Iaroslavl com a esposa. Tanto ele quanto a mulher estavam feridos e escondiam seus ferimentos.

Depois da rebelião, ao chegar em Moscou, ele havia morado perto da catedral em uns arbustos.

Ele comia muito pão e era muito pálido.

Iaroslavl estava se defendendo desesperadamente, dizia ele.

Eu ia almoçar no jardim da cidade, onde distribuíam o almoço conforme as credenciais.

Não havia garfos, comíamos com as mãos. Tinha carne no almoço.

Lá havia um colegial da escola Lentovskaia, com o qual fiz amizade. Ele reclamava que em seu colégio havia poucos socialistas.

Ele tinha dezessete anos e havia participado de uma expedição punitiva.

Agora ele estava com uns contratempos.

Perto da cidade de Balanda,[85] ele tinha fuzilado treze pessoas a mais, e se irritaram com ele.

---

[85] Atual Kalíninsk, centro administrativo do distrito de mesmo nome, na região de Sarátov. (N. da E.)

Ele decidiu procurar outro lugar.

Os batedores da outra margem do Volga foram transferidos para a nossa, e uma vez, por acaso, tomaram Volsk, de onde estavam fugindo os soldados do Exército Vermelho.

Um destacamento também fugiu de Atkarsk, assustado por uma tempestade.

Fugiram para um barranco, depois de agarrar suas coisas.

Os batedores, no entanto, não conseguiam atacar Sarátov, porque estavam em umas quinze pessoas.

Do outro lado, os cossacos do Don atacavam, mas eles estavam mal armados, e os recém-chegados do Volga diziam que os brancos frequentemente enchiam os cartuchos vazios com chumbinho, como o que usavam para praticar tiro ao alvo. Foi o que me disseram os soldados do Exército Vermelho.

Tudo estava muito instável.

Sobre os cossacos, diziam que eles batiam matracas para imitar tiros.

Alguns blindados participavam das batalhas e pacificações, mas eu não consegui achar um contato entre eles.

Não havia alunos meus ali.

Em Atkarsk fiquei sabendo do atentado contra Lênin e do assassinato de Uritski.

Em Sarátov, logo em seguida houve um revés. Todos foram presos.

Cheguei e soube disso por acaso; mesmo assim, decidi passar num apartamento onde eu sabia que conseguiria um passaporte.

Calculei que o meu tinha sido invadido.

Cheguei. Estava vazio. A criada abriu para mim.

Um grande porco-espinho andava pelo chão, batendo suas patas pesadas. Tinham levado o dono. Não sei se ele chegou a ver de novo seu porco-espinho.

Repeti a busca, achei o passaporte, saltei no bonde e na mesma hora fui embora para Atkarsk no trem de petróleo.

Lá, juntei meus livros, os que eu estava usando para escrever o artigo sobre "A conexão entre os procedimentos de composição de enredo e os procedimentos gerais de estilo" (esse artigo é como a história de Kipling sobre a baleia: "Não se esqueça dos suspensórios, por favor, os suspensórios!"),[86] e mandei por correio para Petersburgo.

Já eu, parti para Moscou.

Estava com uma roupa absurda. Capa de chuva, camisa de marinheiro e um gorro do Exército Vermelho.

Meus camaradas diziam que eu estava pedindo para ser preso.

Viajei num vagão de carga com marinheiros de Baku e refugiados que carregavam dez sacos de torradas. Era toda a vida deles.

Cheguei a Moscou, a informação sobre a queda da nossa organização foi confirmada, decidi ir para a Ucrânia.

Em Moscou roubaram meu dinheiro e documentos no momento em que eu estava comprando tinta para cabelo.

Fui para a casa de um amigo (que não era envolvido com política) e lá tingi o cabelo, ficou lilás. Rimos muito. Tive que raspar. Não podia passar a noite na casa dele.

Fui encontrar outro amigo, este me levou para o arquivo, trancou e disse:

"Se à noite fizerem uma busca, farfalhe e diga que você é um papel."

Dei uma pequena palestra em Moscou sobre o tema "O enredo na poesia".

---

[86] Referência à história infantil "Como a baleia arranjou a sua garganta", do livro *Histórias assim* (1902) de Rudyard Kipling, em que um marinheiro é engolido por uma baleia e só consegue escapar graças a seus suspensórios. (N. da E.)

Em Moscou me encontrei novamente com Lídia Konoplióva, a loira de bochechas rosadas: ela estava chateada, dizia que a política do partido não estava certa, o povo não estava do nosso lado. E também me encontrei com uma mulher velha, que ficava me dizendo: "E o que estamos fazendo? Não sai nada!". No dia seguinte, as duas foram presas.

A organização de Sarátov caiu por conta de provocadores. Semiônov foi preso em Moscou, em um café perto do portão Pokrovski. No momento da detenção ele se defendeu com tiros. Para todo lado que ia levava uma grande Mauser na cintura. Levaram-no para a prisão, e no pátio ele sacou uma segunda Mauser, pequena, atirou e feriu o provocador.

Foi julgado e absolvido pela anistia.

Fui para a Ucrânia.

Muita gente estava indo. Em Kursk todos serviam: você falava com uma velha qualquer andando pela rua, e ela servia no comissariado em algum lugar. Em Kursk confundi o endereço do esconderijo e assustei algumas pessoas.

De Kursk ou Oriol o trem mudou o rumo para Lviv, chegamos até Jelobovka, lá descemos todos do trem e fomos a pé para a Ucrânia.

Andávamos abertamente, ia muita gente, todos com trouxas atravessadas sobre os ombros.

Uns soldados vinham ao nosso encontro, pararam a mim e um pequeno judeu com um capote extraordinariamente longo.

"Venham conosco!"

Fomos, mas não para o lado da estação, e sim do campo.

Paramos em uma depressão. Estava calmo, o vento não soprava.

Eu estava usando uma jaqueta de couro com um furinho na barriga: tinha levado um tiro durante um ataque na guerra.

Eu vivia tateando esse furinho com o dedo.

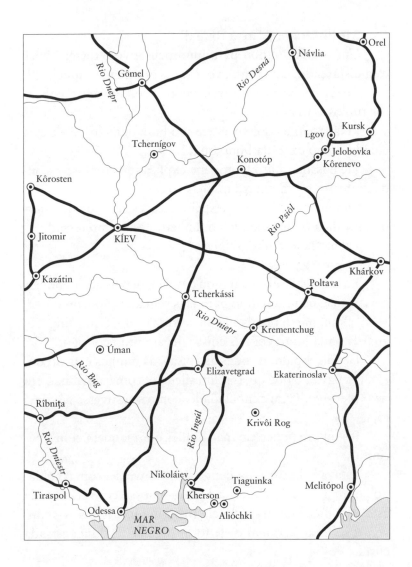

A jaqueta de couro estava gasta. Tinha deitado com ela embaixo de tudo quanto é automóvel.

Sobre ela havia uma jaqueta curta feita com um velho capote de soldado, e mais um suéter.

Me disseram: "Tire a roupa!".

Um soldado olhou para mim pensativo e disse: "Você está disfarçado, camarada, você está carregando dinheiro!".

Tirei o dinheiro e mostrei, eu tinha comigo uns quinhentos rublos tsaristas.

"Não, não é isso, você tem um bom dinheiro, e ele está colado ou no cano da bota, ou..."

Ele passou muito tempo me explicando como se esconde dinheiro, e examinava minhas coisas.

Olhou para mim com respeito e disse: "De qualquer forma, me diga onde escondeu o dinheiro, estou interessado".

Falei: "Não tenho dinheiro".

"Certo, vista-se."

Eu me vesti e ele examinou o judeu, depois abriu minhas coisas, mas ficou olhando para elas sem atenção e disse:

"Bom, não há nada nas suas coisas, eu sei que ninguém guarda nada junto com as coisas, levam tudo consigo."

Depois espalhou todas as coisas, as minhas e as do outro, e separou o que queria. Em silêncio, com calma, não era nem ofensivo. Com simplicidade, como se estivesse em uma loja.

Pegou um pouco do meu dinheiro e a jaqueta com o furinho.

Estava calmo ali, na depressão. Conversei com o soldado sobre a Terceira Internacional — nossa conversa ainda estava começando quando ele tirou minhas botas —, conversei sobre a Ucrânia, e ele foi nos guiar por uma estrada curta.

Andamos, encontramos outro soldado, mas nosso guia disse a ele: "Foram examinados", e nos indicou o campo: "Vão para aqueles álamos".

Chovia, sob nossos pés havia um campo lavrado, passei muito tempo caminhando, perdi meu companheiro de viagem, ao longe umas pessoas aravam a terra, eu me surpreendi ao vê-las.

Hoje eu sei que é preciso lavrar a terra mesmo entre dois fronts, mesmo sob balas, e que com aqueles que se alvoroçam é que não é preciso se surpreender.

Cheguei a uma barreira de arame, atrás dela havia um soldado alemão.

Como foi difícil me aproximar dele!

Juntei todas as palavras que sabia em alemão e falei para o guarda. Ele me deixou passar e fui parar em uma aldeiazinha toda entulhada de coisas e refugiados, Kôrenevo.

Ali havia muito pãozinho amarelo, linguiça vermelha e cubos azulados de açúcar.

Nos sentamos ao samovar em um casebre; junto de um oficial que havia fugido da Rússia descalço, eu bebia chá com açúcar e comia pãezinhos.

Eu mesmo já conheço todas as analogias com o prato de lentilhas, não precisam lembrar!

Cheguei a Khárkov, fiquei um pouco na casa de parentes.

Em Khárkov vi meu irmão mais velho, doutor Ievguêni Chklóvski.

Um ano depois ele foi assassinado.

Ele estava no comando de um trem de feridos; atacaram o trem e começaram a matar os feridos.

Ele se pôs a explicar que não podiam fazer aquilo. Antes da revolução ele tinha conseguido parar uma revolta de coléricos na cidade de Ôstrov. Ali foi impossível. Eles o espancaram, despiram, trancaram num vagão vazio e levaram embora.

O enfermeiro deu um casaco para ele.

Ele foi transferido para Khárkov, e dali enviou um bilhete para os parentes.

Passaram muito tempo procurando por ele nos trilhos. Encontraram, imploraram até conseguir botá-lo em um hospital militar, onde ele morreu por conta da surra, plenamente consciente. Ele mesmo mediu o próprio pulso quando este estava parando.

Ele chorou muito antes da morte.

Foi morto pelos brancos ou pelos vermelhos.

Não lembro, realmente não lembro. Foi assassinado injustamente.

Morreu aos 35 anos. Fora exilado na juventude, e fugiu. Formou-se em uma faculdade de arquitetura em Paris.

Ao voltar para a Rússia, virou médico. Era um cirurgião de sucesso. Trabalhava na clínica Otto.

Uma vez, passando pela estação de trem, decidi ir para Kíev por uns dias. Saí rumo à estação sem avisar ninguém.

Kíev estava cheia de gente. A burguesia e a *intelligentsia* da Rússia estavam passando o inverno ali.

Em nenhum outro lugar vi tamanha quantidade de oficiais como ali.

Na rua Kreschatik, o tempo todo apareciam Vladímirs e Jorges.[87]

A cidade zumbia, havia muitos restaurantes.

Vi um mendigo tirar da bolsa um pedaço de pão e oferecê-lo ao cavalo de um cocheiro.

O cavalo recusou.

Era a época em que toda a burguesia russa estava reunida na Ucrânia, quando a Ucrânia foi ocupada por alemães, mas os alemães ainda não haviam conseguido sugá-la por inteiro.

Nas ruas esvoaçavam bandeiras de três cores. Era o quartel-general dos destacamentos voluntários de Kirpi-

---

[87] Referência às medalhas de São Vladímir e São Jorge, concedidas por bravura. (N. da E.)

tchev e do conde Keller,⁸⁸ e ainda algo com o nome de "Nossa pátria".

Mas em uma rua estava pendurada uma bandeira nunca antes vista. Parece que era amarela e preta, e na janela havia os retratos de Nicolau e Alexandra Fiódorovna; era a embaixada do exército de Astrakhan.

Quase não se viam as tropas do hetmã, ainda que uma vez por dia passassem destacamentos de oficiais russos para a troca de guarda em seu palácio. Eles tinham seu próprio uniforme, com um pequeno penacho e dragonas estreitas.

Os alemães ficavam em seus postos, usando botas enormes com solas grossas de madeira feitas especialmente para a guarda.

Enquanto eu ia para lá e para cá, começou o inverno.

Era uma cidade russa, não se viam ucranianos em lugar nenhum.

Publicavam-se jornais russos; deles, me lembro do *Pensamento de Kíev*,⁸⁹ algo na linha de *O Dia*, e de *Bicho Danado*.

Claro, o *Pensamento de Kíev* já saía antes, mas não era mais a época dele, e sim do *Bicho Danado*, de Piotr Pilski e Iliá Vassilievski "Ne-Bukva".

Acho que eles ainda publicam o *Bicho Danado* (também conhecido como *Mãe do Kuzmá*) em algum lugar.⁹⁰

---

⁸⁸ Aliados do governo de Skoropadski: Lev Nikoláievitch Kirpitchev (1878-1928), major-general do exército russo, foi o comandante do esquadrão de civis voluntários; Fiódor Artúrovitch Keller (1857-1918), comandante do exército russo, foi um dos principais líderes do movimento branco. (N. da E.)

⁸⁹ *Kíevskaia Misl* (1906-1918), diário político e literário de posicionamento liberal e com grande circulação nas províncias. (N. da E.)

⁹⁰ *Tchertova Peretchinitsa* (literalmente, *Pimenteiro do Diabo*, uma expressão popular de maldizer), revista satírica fundada em Kíev, em 1918,

Havia um bar — o "Jimmy Zarolho", parece — e nele ficavam Agnivtsev e Lev Nikulin,[91] que depois se transformou em chefe da seção política da frota báltica, e agora é membro da missão afegã.

Ali me encontrei com alguns membros do partido SR que na época estavam ligados à União do Renascimento da Rússia,[92] cujo líder era Stankiévitch.

Os alemães estavam perdendo forças. Tinham sido derrotados pelos aliados, sentia-se isso.

Ou seja, o poder de Skoropadski também estava às vésperas da morte, e por isso mesmo era necessário empreender algo.

Os homens de Petliúra já estavam deixando a Ucrânia.

Mas a União do Renascimento, e toda a Kíev russa em geral — com exceção dos bolcheviques, claro —, estavam atadas à vontade dos aliados.

Em Kíev, a vontade dos aliados se personificava no nome de um cônsul, que, parece, ficava em Odessa; seu sobrenome era Hénaud.

Hénaud não queria que houvesse mudança na posição política da Ucrânia.

---

pelos colaboradores das famosas *Satirikon* (1908-1914) e *Novi Satirikon* (1917-1918); "Mostrar a mãe do Kuzmá" é uma expressão idiomática de ameaça. (N. da E.)

[91] Nikolai Iákovlevitch Agnivtsev (1888-1932), poeta e dramaturgo, autor de livros infantis e fundador do referido bar, onde havia apresentações no estilo cabaré; Lev Veniamínovitch Nikulin (1891-1967), escritor e correspondente de guerra. (N. da E.)

[92] Coalizão antibolchevique formada em abril de 1918 e com base em Sarátov, formada por SRs de direita e por liberais apoiadores da Assembleia Constituinte. Vladímir Benedíktovitch Stankiévitch (1884-1968), advogado e político lituano, foi integrante do Governo Provisório. (N. da E.)

Na Alemanha já estava acontecendo uma revolução, os alemães estavam formando sovietes — de direita, é verdade —, e estavam se preparando para se retirar.

Trens com toucinho e açúcar já deixavam a Ucrânia a caminho da Alemanha. Eram levados automóveis do exército russo, Packards maravilhosos.

A retirada dos alemães não tinha caráter de fuga.

Na Ucrânia havia as seguintes forças: em Kíev, Skoropadski, apoiado pelos destacamentos de oficiais — os próprios oficiais não sabiam por que o apoiavam, mas era o que Hénaud tinha ordenado.

Nos arredores de Kíev havia Petliúra, com um exército inteiro.

Em Kíev havia alemães, que tinham recebido dos franceses a ordem de apoiar Skoropadski.

Pelo menos era o que parecia, vendo de fora.

Em Kíev também havia a Duma municipal e, em torno dela, um grupo de socialistas russos ligado aos trabalhadores locais.

Eles queriam realizar uma revolução democrática, mas Hénaud não permitia.

E ao longe, "pisando em vocês todos", os famélicos bolcheviques.

Naquela ocasião, me pediram para ingressar na divisão de blindados. Primeiro fui para a fortaleza, para o destacamento de Skoropadski.

Lá me perguntavam, como alguém recém-chegado da Rússia, se os bolcheviques se defenderiam, e um aspirante a oficial estava muito interessado em saber se os cavalos dos bolcheviques tinham ou não ferraduras.

Uma vez saí da fortaleza pela ponte, e estava rindo, não lembro de quê.

Um *khokhol* que passava parou, olhou para mim e, com sincera admiração, disse: "Olha só que *jid* safado, enrolou alguém e agora está rindo". Na voz dele havia só admiração, sem o menor antissemitismo.

Eu não passei diretamente para o lado de Skoropadski, mas escolhi a 4ª Divisão de Carros Blindados.

O destacamento era russo. Os motoristas também, mas tinham uma inclinação mais bolchevique. O ar estrangeiro favorece o bolchevismo.

Ao redor só se escutava russo.

Me receberam bem e me puseram no conserto de carros.

Na mesma época, entraram na divisão alguns oficiais com o mesmo objetivo que o meu.

Os homens de Petliúra já rodeavam a cidade. Escutavam-se tiros de canhão, e à noite via-se o fogo dos tiros.

Era inverno, em todas as ladeiras havia crianças deslizando em pequenos trenós.

Em Kíev, encontrei conhecidos. Alguns estavam nervosos, outros já estavam acostumados a tudo. Contavam a respeito do terror em golpes anteriores.

Os piores de todos eram os ucranianos: eles geralmente fuzilavam os bolcheviques como russos e os russos como bolcheviques.

Uma artista conhecida (Davídova[93]) me disse que fuzilaram no jardim da casa (os ucranianos fuzilavam no jardim) o marido e dois irmãos de uma amiga sua, que morava com ela.

Ela foi reivindicar os cadáveres dos seus parentes, mas foi proibida de enterrá-los.

Ela levou os cadáveres consigo para o apartamento de Davídova, pôs no sofá e assim passou três dias com eles.

Os homens de Petliúra estavam chegando. Os oficiais lu-

---

[93] Natália Mikháilova Davídova (1875-1933), pintora vanguardista e colecionadora de arte folclórica russa. Foi presa pela Tcheká em 1920 e depois emigrou para a França. (N. da E.)

tavam contra eles sem saber por que, os alemães tinham recebido ordens de impedir a luta.

E Kíev tinha as janelas quebradas. Era mais comum encontrar compensado do que vidro nas janelas.

Depois disso, Kíev foi tomada mais umas dez vezes por todo tipo de gente.

E enquanto isso os cafés funcionavam, um teatro exibiu uma apresentação de Armand Duclos, que era adivinho e vidente.

Eu estive na apresentação.

Ele adivinhava os sobrenomes escritos em um papel, que era entregue a uma assistente. Mas todos estavam mais interessados em suas previsões. Lembro das perguntas. Eram todas do mesmo tipo.

"Minha mobília em Petersburgo está inteira?" — perguntavam muitos.

"Estou vendo, sim, estou vendo sua mobília", dizia Duclos a cada um deles, enquanto andava pelo palco, cambaleando, de olhos cerrados, "ela está inteira."

Uma vez perguntaram: "Os bolcheviques virão para Kíev?".

Duclos prometeu que não.

Depois eu o encontrei em Petersburgo — foi muito engraçado! —, ele estava servindo como vidente no departamento de cultura e instrução de uma unidade do Exército Vermelho, e recebia ração do exército.

Dessa vez não fui a suas apresentações e não sei o que lhe perguntavam. Mas sei que sopra o vento do leste, sopra o vento do oeste, e o vento rodopia em seu círculo.

E naquele estranho cotidiano, forte como uma corrente de transmissão Gall de lâminas múltiplas, demorado como uma fila, o mais estranho era que o interesse por um pãozinho fosse igual ao interesse pela vida, que tudo o que restara na alma parecesse equivalente, que tudo fosse equivalente.

Assim como a temperatura da água com gelo não pode estar acima de 0° C, os soldados da divisão de blindados eram bolcheviques, e desprezavam a si mesmos por servirem ao hetmã.

E eu não conseguia explicar para eles o que era a Assembleia Constituinte.

Eu tinha um amigo, não vou esconder o que ele era: judeu. Era artista por formação — ou seja, não tinha formação.

Havia morado em Helsinki com marinheiros, era desertor do serviço do tsar, mas eu também lamento muito por ter combatido por Lloyd George em junho.

Pois bem, esse artista se tornou bolchevique na província de Perm e coletava impostos.

E dizia: "Se for contar o que fazíamos, era pior do que a inquisição"; e, quando os camponeses pegavam algum dos ajudantes dele, cobriam-no com tábuas e rolavam um barril de ferro com querosene sobre as tábuas até ele morrer.

Vão me dizer que isso não tem nenhuma relação com o resto. Mas não me importa. Por acaso eu sou obrigado a ficar carregando isso tudo na alma?

Vou mostrar para vocês algo que tem relação com o resto.

Já no último suspiro do poder do *pan* Skoropadski, quando ele mesmo estava refugiado em Berlim, seu palácio vazio ainda era protegido.

A propósito, sobre Skoropadski.

Skoropadski foi eleito hetmã.

Ele morava em Kíev na época, mas em um apartamento comum, com uma entrada comum.

Uma pessoa subiu a escada procurando alguém e tocou no apartamento de Skoropadski por engano. A arrumadeira abriu.

A pessoa perguntou:

"Aqui mora o fulano de tal?"

A arrumadeira respondeu tranquilamente:
"Não, aqui mora o tsar."
E fechou a porta.
E isso também não significa nada.

Pois bem, nos últimos dias de Skoropadski (ele já não estava lá, tinha fugido para Berlim, mas continuava sendo protegido), os brancos — parece que foi a contraespionagem de Kirpitchevski — pegaram um ucraniano de sobrenome Ivanov (um estudante); os próprios oficiais de Kirpitchevski eram estudantes.

Capturaram-no, interrogaram-no e passaram muito tempo açoitando o rapaz com as varetas das espingardas, até ele morrer.

Não tomamos uma decisão a favor da revolução, tínhamos medo da desunião entre russos e russos. Havia muitos SRs em Kíev, mas o partido estava desmaiado e fortemente insatisfeito com sua ligação com a União do Renascimento.

Essa ligação estava chegando aos seus últimos dias.

Já na 4ª Divisão de Carros Blindados os soldados me consideravam bolchevique, ainda que eu tivesse dito diretamente o que eu era.

Tiravam os blindados de nós e os enviavam para o front, que no começo estava longe, em Kôrosten, mas que logo veio parar nos arredores da cidade e depois até dentro da cidade, no bairro de Podol.

Eu ia açucarando os carros do hetmã.

Isso se faz assim: joga-se açúcar granulado ou em pedaços no tanque de gasolina, onde, ao se dissolver, ele cai junto com a gasolina no injetor (uma abertura de calibre fino, pela qual o combustível passa para a câmara misturadora).

Em consequência do frio da vaporização, o açúcar congela e tapa a abertura.

É possível limpar o injetor com um jato de ar usando uma bomba de pneu. Mas ele vai entupir de novo.

Mas os carros mesmo assim saíam, e logo foram postos fora do nosso círculo de trabalho e mandados para os quartéis de Lukiánovka.

As pessoas estavam muito bem alimentadas e recebiam vodca para beber.

Ao redor da cidade, à noite, o brilho dos tiroteios cintilava.

A União do Renascimento tinha sua unidade na rua Kreschatik, mas ela não recrutava e, no geral, se comportava de forma bastante insegura.

Os oficiais e os estudantes foram mobilizados.

Na universidade, estavam atirando e matando estudantes por algum motivo.

Os hetmanistas souberam da traição de Grigoriev,[94] mas mesmo assim acreditavam em algo, em geral no desembarque dos franceses.

Novamente, prazos. Por fim, uma decisão: a Duma municipal se reuniria e nós a apoiaríamos.

À noite eu reuni o comando e, apesar do brilho dos canhões em volta da cidade, vieram umas quinze pessoas comigo. O resto disse que estava de plantão.

Não havia blindados, eles tinham ficado no quartel-general de Lukiánovka.

Peguei um caminhão, pus metralhadoras nele. Buntchujni (um sargento-ajudante) quis avisar o quartel-general, eu cortei o fio.

Fui para a Kreschatik, onde devia haver uma unidade militar da União do Renascimento. Ninguém. Mas soube que os voluntários já estavam chegando, queriam nos prender.

---

[94] Nikolai Aleksándrovitch Grigoriev (1885-1919), líder miliar ucraniano que trocou de lado diversas vezes durante a Guerra Civil. No episódio mencionado, Grigoriev deixou de apoiar Skoropadski para juntar-se a grupos de guerrilha. (N. da E.)

Fui para o quartel onde estavam nossas unidades: um camarada letão estava lá. Os homens dele estavam prontos, mas ele não sabia o que fazer. Nesse mesmo momento os nossos ocuparam os quartéis de Lukiánovka e prenderam o estado-maior.

Mas nós não sabíamos disso.

O negócio é que a Duma não havia se reunido, não havia decidido. E nosso estado-maior se dispersou sem nos avisar. Procurei por eles em todos os apartamentos. Não havia ninguém em lugar nenhum. Dispensei as pessoas e fui para a fábrica Greter na rua Borschegovka. Lá, os operários estavam sentados, queriam ir para a cidade mas estavam discutindo a respeito dos slogans. E assim não foram, apesar de já terem preparado a orquestra.

De tarde, Petliúra entrou na cidade.

Chefiavam o trabalho da organização em Kíev: um homem muito à direita, com uma aparência ditatorial e botas de cano alto, um homem muito velho e um ucraniano que depois se tornou bolchevique.

Os petliurovistas em formação entraram na cidade.

Eles tinham artilharia. Os soldados falavam russo entre si. O povo os recebeu com multidões, e comentava em alto e bom som: "Olha o que os hetmanistas diziam, que eram bandos de criminosos; que bandos o quê, é um exército de verdade". Falava-se isso em russo e por lealdade.

Coitados, tinham tanta vontade de se entusiasmar.

Quando eu estava atravessando o gelo saindo da Rússia rumo à Finlândia, encontrei uma dama numa cabana de pescador; seguimos adiante juntos; quando chegamos à margem e os finlandeses nos prenderam, ela passou o tempo todo elogiando a Finlândia, da qual tinha visto uns dez *sájens*.

Mas existe uma desgraça ainda pior, a que acontece quando se passa muito tempo torturando uma pessoa, até que ela fique "abalada", ou seja, até que tenha "ficado louca" — era assim que chamavam o abalo provocado pela tortura do cavalete —, e enquanto a pessoa está sendo torturada e ao redor há apenas uma floresta dura e fria, as mãos do carrasco ou do ajudante, ainda que igualmente duras, são cálidas e humanas.

E com a bochecha a pessoa acaricia as mãos quentes que a estavam segurando para torturá-la.

Esse é meu pesadelo.

Os petliurovistas entraram na cidade. Revelou-se que na cidade havia muitos ucranianos; eu já os tinha encontrado antes entre os escriturários dos regimentos.

Não estou caçoando dos ucranianos, ainda que nós, gente de cultura russa, sejamos do fundo da alma hostis a todo tipo de *mova*.[95] Como ríamos da língua ucraniana! Umas cem vezes escutei: "*Samoper poper na mordopisniu*", que significa: "O automóvel foi para a fotografia".

Não amamos o que não é nosso. O "*grae, grae, voropae*" de Turguêniev também não foi criado por amor.

Mas Petliúra era como um herói nacional — um herói dos escriturários, e nossa chancelaria também o aprovava. Os ucranianos entraram, ocuparam a cidade, e parece que não saquearam, mas começaram a enfeitar a cidade, penduraram brasões ingleses e franceses e esperaram intensamente pelos embaixadores dos aliados. Mas os soldados desarmaram os voluntários e tomaram seus capacetes blindados franceses.

Puseram esses voluntários no Museu Pedagógico; então, alguém jogou uma bomba. Só que lá havia dinamite, houve

---

[95] Em ucraniano no original: "língua", termo que passou a ser usado a partir do século XX para referir-se ao idioma ucraniano em contraposição ao russo; "*grae, grae, voropae*" é uma referência a uma fala de Pigássov, personagem de Turguêniev em *Rúdin*, em que este parodia a linguagem dos poemas ucranianos. (N. da E.)

uma explosão terrível, muita gente morreu e os vidros das casas voaram.

Passei vários dias na unidade.

Tínhamos oficiais novos, entre eles Buntchujni, que se revelou ucraniano.

Eles me diziam que tinham muito medo dos bolcheviques. Mas, na verdade, as próprias tropas deles eram bolcheviques.

As tropas fluíam como água, buscando um leito político para si, e o declive as conduzia a Moscou. Enquanto isso, ia acontecendo a ucranização.

Naqueles dias, todas as letras ъ de Kíev morreram.

Mandaram mudar as placas para o ucraniano.

Nem todos conheciam a língua, e os ucranianos das nossas unidades, enviados de fora, falavam sobre coisas técnicas em russo, acrescentando de quando em quando um "*dobre*"[96] ou algo mais ucraniano.

De novo acabou virando um "grae, grae, voropae".

Esse fermento está azedo!

Ordenaram que em um dia todas as placas fossem refeitas em ucraniano.

Isso era simples de fazer. Só era preciso trocar a letra ъ para ь e a letra и para i.

Eles trabalharam sem parar, havia escadas por toda parte.

Trocaram. Na época do exército voluntário puseram as letras ъ de volta.

Sim, esqueci de escrever sobre como vivíamos. Eu morava no banheiro de um advogado, e quando já se tornava impossível viver ali, me mudei para um apartamento que antes era um esconderijo, e que agora era usado como ponto de apoio, só que cobravam uns cinco rublos pelo pernoite. Mas

---

[96] Em ucraniano no original: "bom", "de acordo". (N. da T.)

dava para dormir. Quase ninguém tinha dinheiro, e eu recebia um soldo da unidade. Quase ninguém tinha uma segunda camisa.

E, com espanto, todos se perguntavam de onde surgiam os piolhos, e ainda tão grandes.

A companhia era muito boa: lembro de um homem de barba ruiva, ex-ministro da Bielorrússia, não sei qual era o sobrenome dele, nós os chamávamos de Bielorrússia. Era uma pessoa muito boa.

A União do Renascimento aborreceu a todos terrivelmente. O partido via sua organização militar com profunda desconfiança, e a organização militar via o partido da mesma forma.

Muita gente que tinha algum tipo de contato ingressou na *varta*, a polícia; era uma batalha, já que os saqueadores andavam por aí em destacamentos com metralhadoras, e ofereciam resistência.

Tentei trabalhar em um jornal, mas Piotr Pilski[97] pegou minha primeira resenha para corrigir, eu fiquei ofendido e não permiti a publicação.

Na redação fiquei sabendo do sequestro da conferência de Ufa por Koltchák.[98]

Quem me comunicou isso foi uma mulher rechonchuda, esposa do editor, que acrescentou: "Sim, sim, dissolveram, é disso que a gente precisa, melhor para os bolcheviques".

---

[97] Piotr Môssievitch Pilski (1879-1941), jornalista e crítico literário letão. Foi editor do periódico liberal *Segodnia* (*Hoje*), com base em Riga e muito popular entre a comunidade emigrada. (N. da E.)

[98] Aleksandr Vassílievtch Koltchák (1874-1920), comandante da Marinha Imperial Russa e líder do governo antibolchevique estabelecido em Omsk, na Sibéria, composto majoritariamente por monarquistas. Em setembro de 1918, Koltchák convocou uma conferência em Ufa com os representantes do governo de Samara, composto por SRs favoráveis à manutenção da Assembleia Constituinte, e ali prendeu a todos. (N. da E.)

Caí desmaiado no chão. Como se tivesse sido derrubado. Foi o primeiro e único desmaio na minha vida. Eu não sabia que o destino da Assembleia Constituinte me preocupava tanto.

Naquela época o partido estava se inclinando fortemente para a esquerda. Você andava pela Kreschatik, encontrava um camarada: "Quais são as novidades?". E ele respondia: "Resolvi reconhecer o poder soviético". Assim, alegre.

A possibilidade de que a guerra civil na Rússia fosse interrompida apareceu mais de uma vez, mais de duas. Claro, pode-se pôr a culpa nos bolcheviques. Mas eles não foram inventados, e sim descobertos.

Em uma de nossas reuniões, a unidade de direita dizia: "Vamos ao trabalho cultural", e passar para o trabalho cultural, na gíria do partido, significa o mesmo que, na linguagem do exército: "Pare e acenda um cigarro".

Estava acabado, era um beco sem saída — ou seja, era preciso fazer algo, e você fazia algo sem conexão causal, ou, para usar nossa terminologia filológica: de outra série semântica.

Então eu fiz um discurso. Minha questão era obscura, sou uma pessoa bronca; eu também estou em outra série semântica, como um samovar usado para bater pregos.

Eu disse: "Vamos reconhecer esse três vezes amaldiçoado poder soviético! Como no julgamento de Salomão, não vamos exigir metade da criança, daremos a criança a outro, mas que ela fique viva!".

Gritaram para mim: "Ela vai morrer, vão matá-la!".

Mas o que eu podia fazer? Eu só conseguia ver uma rodada adiante do jogo.

O partido rejeitava sua organização militar. Herman propôs a ela (a organização) mudar o nome para União de Defesa da Assembleia Constituinte, reuniu algumas pessoas e foi para Odessa.

Outros se preparavam para ir ao Don lutar com Krasnov.⁹⁹

Mas eu estava me preparando para ir à Rússia, para minha querida e ameaçadora Petersburgo.

E o público já não aguentava mais.

O Dardanelos estava desprotegido, esperava-se pelos franceses, acreditava-se nos aliados.

Na verdade, já não se acreditava — mas a pessoa que tem uma propriedade precisa acreditar em algo.

Diziam que os franceses já haviam desembarcado em Odessa e isolado parte da cidade com cadeiras, e que essas cadeiras, que limitavam o território da nova colônia francesa, nem os gatos ousavam ultrapassar.

Contaram que os franceses tinham um raio roxo, com o qual podiam cegar todos os bolcheviques, e Boris Mirski escreveu sobre esse raio no folhetim satírico *A beldade enferma*. A beldade era o velho mundo, que era preciso curar com o raio violeta.

Nunca se teve tanto medo dos bolcheviques como naquela época. Da Rússia vazia e negra soprava uma corrente de ar negra.

Diziam que os ingleses, pessoas que não estavam enfermas diziam isso, que os ingleses já haviam desembarcado em Baku com um bando de macacos adestrados em todas as regras da formação militar. Diziam que não era possível convencer esses macacos com propaganda, que eles iam para o ataque sem medo, que eles venceriam os bolcheviques.

Mostravam a altura desses macacos com a mão a um *archin* do chão. Falavam que quando um desses macacos foi

---

⁹⁹ Piótr Nikoláievitch Krasnov (1869-1947), líder militar cossaco e monarquista, à época liderava a resistência aos bolcheviques na região do Don. (N. da E.)

morto, depois da tomada de Baku, enterraram-no com a orquestra de música militar escocesa, e os holandeses choraram.

Isso porque os instrutores das legiões de macacos eram holandeses.

Da Rússia soprava um vento negro, a mancha negra da Rússia crescia, "a beldade enferma" delirava.

As pessoas começavam a partir para Constantinopla.

Onde vou contar esse fato, se não aqui?

Quando cheguei da Rússia, passei na casa de um fabricante, era da indústria do tabaco, o que se chama de um industrial.

Esse homem tinha uma mobília em Petersburgo, e me pediram para dizer a ele que a mobília fora perdida.

Passei na casa dele. Sobre a mesa havia geleia, biscoitos, torta, pães, bombons, chocolate, crianças sentadas à mesa, roupa limpa, esposa, e ninguém havia levado um tiro.

Também estava sentado um escritor humorístico russo famoso.

O humorista disse: "Na Rússia não haverá ordem enquanto não houver em cada casa, em cada pátio e apartamento, um bolchevique morto".

O fabricante de tabaco estava tranquilo. Seu dinheiro estava em moeda estrangeira. Ele disse: "E você sabe quanto recebia uma trabalhadora na minha fábrica em Vilna?". O escritor não sabia. O fabricante disse: "Cinco copeques por dia! Sabe de uma coisa, não me surpreendo que tenham se rebelado" (ou talvez ele tenha dito: "Não me surpreendo de estarem insatisfeitas", não me lembro palavra por palavra).

Essa pessoa não estava enferma.

E assim, os alemães vendiam coisinhas miúdas nas ruas, mas levavam da Ucrânia o toucinho, o pão, nossos automóveis, que eu reconhecia pelo rosto: Packards e Locomobiles.

Os trens dos alemães eram protegidos por sentinelas que usavam longos casacos de pele com gola de carneiro.

Isso me lembrou que, quando os alemães estavam se retirando "daquela guerra", eles não se esqueciam de varrer o chão de seus escritórios antes de ir embora.

Fui convidado a visitar uma dama, ela ficara sabendo que eu ia partir. A dama vivia em um quarto com tapetes e mobília antiga de mogno; ela e os móveis me pareceram bonitos. Ela estava indo para Constantinopla, o marido vivia em Petersburgo.

Ela me pediu que levasse dinheiro para a Rússia, uns 7 mil, parece — na época era um bom dinheiro.

É difícil não estar bem arrumado.

Durante "aquela guerra" eu era jovem e amava carros, mas, quando você anda pela avenida Niévski e é primavera, e as mulheres já estão enfeitadas com roupas leves e bonitas de primavera, quando é primavera e há mulheres e mais mulheres, é difícil andar sujo pela rua.

Em Kíev também era difícil andar com correntes de automóvel nos ombros entre pessoas arrumadas: eu adoro meias de seda. Já em minha querida e terrível Petersburgo não era difícil. Lá, quando você carregava um grande saco preto, mesmo que fosse de lenha, você só se orgulhava por ser forte. Mas agora em Petersburgo também há meias de seda.

Essa mulher me deixou perplexo. Peguei o dinheiro dela, furei uma colher grossa e o cabo de uma faca e pus as notas de mil rublos ali.

Agora a questão era como ir. Fiquei alguns dias em Kíev, passei o ano-novo no edifício vazio e escuro da Duma Municipal, comi linguiça mas não bebi vodca.

Na rua encontrei um prisioneiro que vinha da Alemanha, peguei dele o paletó e os documentos (consistiam em uma folhinha), entreguei a ele meu paletó e decidi que daquele jeito eu podia ir.

Fui me despedir de uma artista, e depois de me examinar ela disse:

"Está bem, mas não olhe ninguém nos olhos, pelos olhos eles vão te reconhecer."

E assim eu entrei nas tropas famintas e sujas dos prisioneiros de guerra.

Os que vinham da Áustria vestiam várias sobras militares sem coerência alguma, os que vinham da Alemanha vestiam jaquetas de uniforme com uma faixa amarela na manga e às vezes faixas nas calças também.

Os prisioneiros que vinham da Alemanha estavam ainda mais desnutridos que os da Áustria.

Tentei passar a noite no barracão.

Era estranho ver que alguns prisioneiros urinavam direto na tarimba.

Ao redor você escutava conversas nascidas de um cotidiano infinitamente miserável. Escutava conversas sobre casas de prostituição.

Falavam com muita seriedade que Tereschenko havia construído em Kíev um bordel para os prisioneiros, onde trabalhavam enfermeiras com aventais brancos. E que primeiro elas davam banho nos recém-chegados.

E não eram conversas cínicas, apenas sonhos de um bordel bom e limpo. Procuravam essa casa por toda Kíev, acreditavam nela e perguntavam o endereço uns aos outros.

É preciso dizer que as palavras menos cínicas sobre mulheres que escutei no exército foram: "Sem mulher, por melhor que seja a boia, sempre falta alguma coisa".

Outro fragmento do folclore dos prisioneiros é a história de como um prisioneiro indo para a Rússia encontrou sua esposa indo com um prisioneiro húngaro para o país dele.

O soldado primeiro tira o relógio de ouro do húngaro — uma imagem claramente épica —, depois tira a roupa dele, os trajes elegantes, depois tira a arca e por fim o mata.

Mas leva a esposa para a Rússia, dizendo aos companheiros de viagem: "Vou descobrir o que ela vendeu, e para quem, e depois vou matá-la!".

Essa história foi composta fora da Rússia, ou seja, era uma lenda, o que era perceptível porque todos os preços do gado vendido pela mulher estavam nos padrões de antes da guerra.

Partimos.

Eu estava vestido em uniformidade com todos os prisioneiros de guerra, a diferença estava apenas no suéter de lã sob a jaqueta e nas botas de couro nos pés.

Passamos muito tempo viajando pela Ucrânia. Os alemães nos tiravam das locomotivas a vapor, ficávamos calados; nunca vi pessoas tão abatidas como os prisioneiros.

Dormíamos nos vagões, de manhã descobríamos que algumas pessoas tinham morrido congeladas. Os vagões de carga não tinham aquecedor, e em vez da chaminé havia um buraco no teto e também buracos no chão. Fizemos pequenos trempes de tijolos, cobrimos com tampões partidos. Acendemos com bagaço. Na estrada nos davam uma comida rala, mas não havia tigelas.

Com espanto, vi que alguns prisioneiros, por não terem um caldeirãozinho, tiravam o sapato com sola de madeira e estendiam para o distribuidor como se fosse uma tigela.

Chegamos à fronteira, ali nos disseram que era preciso andar umas quinze verstas até o trem russo.

Andávamos batendo os sapatos de madeira, passamos numa cabana, nos deram um pouco de comida e perguntaram se já tinham passado todos; muitos tinham parentes entre os prisioneiros, ou que "talvez estivessem entre os prisioneiros".

Se eu fosse parar numa ilha deserta, não viraria Robinson Crusoe, e sim um macaco; foi o que minha mulher falou a meu respeito: nunca escutei uma definição mais fiel. Não foi muito difícil para mim.

Tenho a capacidade de fluir, de mudar, até de me transformar em gelo ou vapor, consigo caber em qualquer sapato. Fui junto com os outros.

Entreguei para meu vizinho o cobertor de lã no qual eu estava enrolado.

Chegamos. Rússia.

Havia um trem parado — era um blindado, nele uma inscrição vermelha: "Morte aos burgueses"; as letras se projetavam, escalando o ar; o blindado, arranhado e meio vazio, chegaria sem falta a Kíev.

O trem estava parado. Subimos. Fazia frio. Junto conosco iam inválidos com sacos: naquela época permitiam que os inválidos levassem provisões, para eles era uma espécie de renda. Os inválidos iam subindo e se arrastando no vagão de carga de três pernas, apoiavam a barriga na borda e se jogavam para dentro dele. Estavam bem vestidos. Os inválidos com sacos e os prisioneiros iam para a Rússia pelos trilhos negros. Entre esse e muitos outros grupos a Rússia colocava sinais de adição, e o resultado da conta eram os bolcheviques. Vamos em frente.

Davam uma *vobla*[100] para cada, sem pão. Roíamos. O toucinho e a saciedade tinham ficado para trás.

Os prisioneiros não conversavam, não perguntavam. Quando chegarmos, vamos saber.

Na composição do trem havia vagões de caixões com uma inscrição negra escrita com piche, feita com pressa:

DEVOLVER CAIXÕES

Se você morresse, te levavam até Kursk e enterravam na "floresta queimada". E os caixões voltavam. Embalagem retornável.

[100] Carpa, geralmente defumada ou secada ao sol. (N. da T.)

Chegamos a alguma estação, vimos um trem de passageiros. Estava lotado de gente espremida. Escalavam pela janela, mas era perigoso, podiam tirar suas botas quando você estivesse escalando para dentro.

Viajei primeiro nos para-choques; havia gente aos montes no teto; a Rússia fluía lentamente, como cola de sapateiro, rumo a algum lugar.

Fui girando como um parafuso para dentro, fui rodando para dentro do vagão e entrei. Fiquei sentado me coçando.

Tinha um homem sentado na minha frente. Fez perguntas. Respondi. Ele disse: "Como é que você se degradou tanto? Outros podem, mas você é uma vergonha".

Fiquei calado.

"Eu sei quem você é!", ele disse.

"Quem?"

"Você é um serralheiro de Petersburgo, talvez do lado Víborg."

Falei para ele com sincero êxtase:

"Como você adivinhou?"

"É minha especialidade, sou da Tcheká de Kursk."

E, de fato, tinha o casaco de pele e o relógio de ouro. Mas ele não sentiu aversão a mim, e ficou me consolando.

Segui em frente.

Mais uma vez um trem de prisioneiros. Isso já foi depois de Kursk. Algum soldado de cima urinou no meu saco, e dentro dele havia açúcar, umas vinte libras. Muitos prisioneiros levavam açúcar.

À noite chegamos a Moscou, a cidade estava escura, queimavam livros na estação, em volta havia placas com letras douradas. Andamos pela cidade à noite. Dava medo, estava completamente vazia.

Chegamos a alguma travessa e passamos a noite em tarimbas.

Na parede havia um cartaz que mostrava uma pessoa

com piolhos na gola e sob as axilas. Olhei para ele com muita atenção.

De manhã me entregaram documentos com o nome Iossif Vilentchik, calças de verão, uma espécie de casaco de marinheiro e um par de cuecas, uma colherzinha de açúcar e uma *kérenka* amarela que valia uns 20 rublos.

Fui encontrar um camarada filólogo. Ele se alegrou por mim e me deu um lugar para dormir; ele não tinha medo de piolhos, apesar de ainda não ter tido tifo.

Pegou depois, e no tempo em que esteve doente esqueceu do próprio sobrenome.

Nos sentamos, ficamos conversando, acendemos a lareira com a parte de cima dos armários, a caixa que ficava embaixo de uma coleção de borboletas e as cornijas das janelas.

Fui encontrar Krilenko,[101] entreguei a ele a carta de sua irmã de Kíev (eu a havia conhecido em Kíev).

Disse a ele que não havia vencedores, mas era preciso fazer as pazes.

Ele concordou, mas disse que eles eram os vencedores. E disse que em breve não haveria estado de emergência. Eu me encontrei com a mãe de Krilenko, ela morava num jardim na região de Ostojenko.

Voltei para o quartel e fui para Petersburgo com o trem de prisioneiros. Estávamos indo.

No vagão tirei o gorro. Minha cabeça chama muita atenção, já era careca na época, com uma testa muito saliente.

Tirei o gorro e deitei no catre de cima. Entraram mais umas pessoas no vagão, que não eram prisioneiros. Brigamos com eles. Tenho uma voz alta.

---

[101] Nikolai Vassílievitch Krilenko (1885-1938), ex-comandante do Exército Vermelho. Foi o organizador e presidente dos Tribunais Revolucionários, órgão que existiu entre 1918 e 1923, responsável por julgar e sentenciar os investigados pela Tcheká. (N. da E.)

Desci, sentei no banco. Era um vagão de terceira classe, não um vagão de carga adaptado, e era bem mais iluminado.

E de repente um homem com colarinho branco, sentado à minha frente, se dirigiu a mim:

"Eu te conheço, você é o Chklóvski!"

Olhei, notei no peito dele um pedacinho de tecido azul escuro. Era o sinal que os tchekistas usavam quando estavam em volta do meu apartamento. Reconheci também o rosto do homem. Ele costumava ficar na esquina.

Mesmo agora, enquanto escrevo, estou rouco de preocupação. E da fitinha azul me lembro bem, ainda que não tenha escutado de mais ninguém a respeito do uniforme dos tchekistas.

Respondi: "Sou Vilentchik, venho do campo de prisioneiros. Não conheço você. Está vendo esses camaradas? Passei três anos com eles nos campos de prisioneiros".

Os prisioneiros não entenderam de que se tratava, eles achavam que a questão se referia ao direito de viagem, alguém lá em cima disse distraidamente:

"É dos nossos, deixe."

O vagão era de madeira, iluminado, o ar me parecia escasso ali dentro.

Falei para o agente:

"Bom, agora que nos conhecemos, vamos beber chá juntos, eu tenho açúcar!"

Escalei para a parte de cima, peguei o saco e coloquei no chão, peguei a chaleira e fui buscar água fervente no compartimento seguinte, e, sem pensar em nada, atravessei todo o vagão até chegar à plataforma.

Na plataforma deixei a chaleira no chão, pus o pé no estribo, saltei para fora e saí correndo, meus pés batendo dolorosamente nos dormentes.

Se eu tivesse saltado numa conversão, o trem teria me despedaçado.

E então vi o farol traseiro do trem.
Estava nevando de leve. O capote tinha ficado no vagão.
Fui para um lado dos trilhos. Ali havia uma nevasca, não se via nada. Fui para o outro lado. Uma rodovia.
Fui andando pela rodovia. Estava perto de Klin.
Fui andando e cheguei à aldeia. Bati numa porta. Me deixaram entrar. Disse que havia perdido o trem, que eu fazia trabalhos civis na Áustria e queria comprar uma peliça curta e leve de uma boa pele de ovelha. Venderam por 250 rublos.

Adquiri botas de feltro e em troca dei um suéter que na mesma hora foi mandado para o forno, para assar bem. Eu tinha muitos piolhos.

Depois tomei chá. O chá era feito de seiva de bétula, não tinha gosto nem cheiro, só a cor. Pode-se ferver essa seiva por um ano e ela não enfraquece.

Paguei um cavalo e na manhã seguinte me levaram para a estação vizinha, rumo a Moscou.

Ali subi num trem suburbano, fui até Petrovski-Razumovski e cheguei em Moscou numa locomotiva a vapor.

Em Moscou estava Górki, que eu conhecia da *Vida Nova* e da *Crônica*.[102]

Fui encontrar Aleksei Maksímovitch, ele escreveu uma carta para Iákov Svierdlóv.[103] Svierdlóv não me fez esperar na antessala. Me recebeu num cômodo grande com um tapete de verdade no chão.

Iákov Svierdlóv era um homem jovem, vestia uma jaqueta de lã e calças de couro.

---

[102] Maksim Górki editou o periódico *Liétopis* (*Crônica*) entre 1915 e 1917 e o *Nóvaia Jizn* (*Vida Nova*) entre 1917 e 1919. (N. da E.)

[103] Iákov Mikháilovitch Svierdlóv (1885-1919), líder bolchevique, à época presidente do Comitê Executivo Central de Toda a Rússia (VTsIK). (N. da E.)

Isso foi na época da dissolução da conferência de Ufa e do surgimento do grupo de Volski.[104] Svierdlóv me recebeu sem desconfiança, eu disse a ele que não era branco, ele não fez perguntas e me deu uma carta escrita num formulário oficial do Comitê Executivo Central. Na carta ele pedia para suspender o processo de Chklóvski.

Naquela época, ainda antes da minha tentativa de sair de Moscou, eu tinha encontrado com Larissa Reisner; ela me recebeu bem e me pediu que a ajudasse a tirar Fiódor Raskólnikov de Revel.[105] Fui apresentado a algum membro do Conselho de Guerra Revolucionário.

Eu estava na inércia, tinha uma boa relação com os bolcheviques e concordei em atacar Revel com blindados para tentar tomar a prisão.

Essa tomada não aconteceu porque os marinheiros que deviam ir comigo (sob o comando de A. A. Gritsái) se dispersaram cada um para um canto — a maioria foi para Iamburg[106] atrás de carne de porco. Alguns estavam com tifo.

Os ingleses simplesmente trocaram Fiódor Raskólnikov por algo.

Enquanto isso fui com Reisner para Piter, com algum mandado fantástico assinado por ela.

Ela era então comissária do estado-maior da marinha.

Simultaneamente ao meu processo, Górki conseguiu do

---

[104] Após o sequestro da conferência de Ufa, Vladímir Volski, líder do governo de Samara, aliou-se aos bolcheviques, o que suspendeu temporariamente a perseguição aos SRs. (N. da E.)

[105] Atual Tallinn, capital da Estônia, onde Fiódor Fiódorovitch Raskólnikov (1892-1939), comandante da frota vermelha no mar Cáspio, estava mantido como prisioneiro dos ingleses. Larissa Mikháilovna Reisner (1895-1926), sua esposa, foi militante bolchevique, jornalista e correspondente internacional. (N. da E.)

[106] Atual Kingisepp, cidade do óblast de Leningrado. (N. da E.)

Comitê Central a promessa de soltar os antigos grão-duques; ele acreditava que o terror já havia acabado e que os grão--duques trabalhariam com ele na comissão de antiquários.

Mas ele foi enganado. Na noite em que eu estava indo para Moscou, os grão-duques foram fuzilados pela Tcheká de Petersburgo. No momento do fuzilamento, o grão-duque Nikolai Mikháilovitch estava segurando um gatinho.

Cheguei a Petersburgo, fui ver Elena Stássova[107] no prédio do Instituto Smolni; ela estava servindo na Tcheká e o meu caso estava com ela; fui vê-la no seu gabinete e entreguei o bilhete. Stássova era uma loira magra, com um semblante bem típico da *intelligentsia*. Tinha uma boa aparência. Ela me disse que ia me prender e que o bilhete de Iákov Svierdlóv não podia ser considerado uma ordem, já que a Tcheká era autônoma. Me parece que falou algo assim:

"Svierdlóv e eu somos ambos membros do partido, ele não pode me dar ordens."

Eu disse que não tinha medo dela, e pedi que ela não me intimidasse. Stássova me explicou de forma muito gentil e prática que não estava me intimidando, só ia me prender. Mas não prendeu, me deixou sair sem perguntar meu endereço e com o conselho de não passar na sala dela, mas fazer uma ligação telefônica. Saí com as costas molhadas. Liguei para ela um dia depois, ela me disse que o processo havia sido suspenso. Sempre com uma voz muito satisfeita.

Ou seja, a Tcheká queria me prender em 1922 pelo que eu tinha feito em 1918, sem prestar atenção ao fato de que aquele processo fora suspenso pela anistia do processo de Sarátov e ao fato de que eu mesmo havia me apresentado a Stás-

---

[107] Elena Dmítrievna Stássova (1873-1966), membro da velha guarda bolchevique, à época secretária do Comitê Central, sucedendo a Moissiêi Uritski. (N. da E.)

sova. Dar testemunho dos meus antigos camaradas eu não consigo. Não é essa a minha especialidade.

No começo de 1919 eu estava em Piter. Era uma época primeva e ameaçadora. O trenó foi inventado bem na minha frente.

No começo as pessoas apenas arrastavam os sacos e objetos atrás de si pela calçada, depois passaram a amarrar um pedaço de madeira aos sacos. Até o fim do inverno estava inventado o trenó.

Era pior com a moradia. A cidade não tinha sido feita para aquele novo cotidiano. Não era possível construir novas casas. Não sabíamos fazer iglus.

No começo usávamos a mobília para acender os fogões de modelo antigo, depois simplesmente paramos de acendê-los. As pessoas se mudaram para a cozinha. Os objetos começaram a ser divididos em duas categorias: inflamáveis e não inflamáveis. Já no período entre 1920 e 1922 foi criado um novo tipo de moradia.

Era um pequeno quarto com aquecedor, antes chamado de "temporário", feito com canos de ferro; na articulação dos canos penduravam-se latas para conter o vazamento de alcatrão.

Cozinhava-se nesse "temporário".

No período de transição a vida era péssima.

As pessoas dormiam de sobretudo, se cobriam com tapetes; morria principalmente quem morava em casas com aquecimento central.

Os apartamentos congelavam.

Dentro de casa, quase todos usavam sobretudo; fechavam a parte de baixo do sobretudo com uma corda para conter o calor.

Ainda não se sabia que para viver é preciso consumir manteiga. Só comíamos batata e pão, comíamos pão com avidez. Sem gordura, as feridas não cicatrizam, a gente arranha a mão e ela apodrece, o trapo amarrado à ferida apodrece também.

Nos feríamos com machados implacáveis. Tínhamos pouco interesse por mulheres. Estávamos impotentes, e as mulheres não menstruavam.

Os romances começaram mais tarde. Tudo era nu e às claras como um relógio aberto; as mulheres ficavam com os homens porque estavam morando no mesmo apartamento. Meninas com tranças grossas se entregavam às cinco e meia da tarde porque o bonde parava às seis.

Tudo tinha seu tempo.

Um amigo meu, uma pessoa sobre a qual na universidade se dizia que tinha todos os sinais de genialidade, morava em seu antigo quarto no meio de quatro cadeiras cobertas com lona e tapetes. Ele se encafurnava, aquecia-se com a própria respiração e ia vivendo. Também instalou eletricidade lá. Ali ele escreveu um trabalho sobre o parentesco da língua malaia com o japonês. Em termos de convicção política, ele era comunista.

Os encanamentos rebentaram, os vasos sanitários congelaram. É terrível quando a pessoa não tem para onde sair. Um amigo meu, outro, não o que estava debaixo dos tapetes, dizia que tinha inveja dos cachorros porque eles não têm vergonha.

Estava frio, acendia-se o fogo com livros. Nos escondíamos do frio extremo na escura Casa dos Literatos; comíamos restos dos pratos dos outros.

Uma vez fez um frio terrível. Um frio extremo, parecia que nunca havia feito tanto frio, era como um dilúvio.

As pessoas morriam congeladas. Sucumbiam.

Mas depois soprou um vento morno e úmido, e nas casas, congeladas de ponta a ponta, as paredes ficaram prateadas por causa desse ar morno. Toda a cidade estava prateada; antes, a única coisa prateada era a Coluna de Alexandre.

Como manchas ocasionais, nas casas se destacavam as paredes escuras dos quartos, dos poucos quartos em que havia aquecimento.

Na minha casa fazia sete graus. Vinha gente se aquecer e dormia no chão em volta do fogão. Antes disso, eu tinha derrubado um último barracão solitário. Uns motoristas me chamaram para a demolição. Eles também puseram esquis de ferro na base do meu trenó. Viviam de querosene roubado.

E então começou o degelo. Saí. Um cálido vento oeste.

Vi um amigo que vinha ao meu encontro embrulhado num capuz, vestindo uma manta e mais algo, com um trenó atrás de si e, no trenó, meada dentro de meada, estava a menina dele.

Eu o parei e disse: "Boris, já está quente" — ele mesmo não conseguia sentir.

Eu ia me aquecer e comer na casa de Grjebin.[108] Quando estava lá, a Editora do Estado reenviou para Grjebin uma carta de Merejkovski[109] na qual ele pedia que o governo revolucionário (soviético) o apoiasse (Merejkovski), uma pessoa que sempre havia sido a favor da revolução, e comprasse as obras reunidas dele. As obras reunidas já tinham sido vendidas para Grjebin. Iuri Ánnenkov e Mikhail Slonimski leram essa carta junto comigo. Eu sou capaz de vender o mesmo manuscrito para duas editoras, mas não escreveria uma carta como aquela.

As pessoas morriam, os cadáveres eram carregados em trenós improvisados.

---

[108] Zinovi Issáievitch Grjebin (1877-1929) foi um ilustrador e editor russo de renome durante a Era de Prata. Após a revolução, foi um dos idealizadores da editora Literatura Mundial, junto com Górki. (N. da E.)

[109] Dmitri Serguêievitch Merejkovski (1866-1941), um dos fundadores do simbolismo na Rússia. Foi apoiador do Governo Provisório e crítico dos bolcheviques, exilando-se após a derrota do movimento branco. (N. da E.)

Agora já começavam a jogar os cadáveres em apartamentos vazios. Faltava dinheiro para os enterros.

Uma vez fui visitar velhos amigos. Estavam morando numa casa de uma rua aristocrática; primeiro se aqueciam com os móveis, depois com o assoalho, depois passavam para o apartamento seguinte. Era um sistema itinerante.

Além deles, não tinha mais ninguém no prédio.

Em Moscou havia menos fome, mas fazia mais frio e as pessoas viviam mais apertadas.

Em uma casa de Moscou morava uma unidade militar; foram concedidos dois andares para ela, mas ela não utilizava os dois. Primeiro ela se instalou no de baixo, queimou o andar inteiro, depois se mudou para o de cima, furou um buraco no chão para o apartamento de baixo, bloqueou este apartamento, e usava o buraco como banheiro.

Essa empreitada funcionou por um ano.

Era menos pela sujeira do que pelo uso das coisas por um novo ponto de vista, e também por fraqueza.

Sem ferraduras nos pés, sem travas, é difícil deslizar por uma terra maldita e extenuada.

Um barulho ressoa nos seus ouvidos, você apaga pela tensão e cai de joelhos. Mas a cabeça fica pensando por conta própria sobre "A conexão entre os procedimentos de composição de enredo e os procedimentos gerais de estilo". "Por favor, não se esqueça dos suspensórios." Naquela época eu estava terminando o artigo. E Boris estava terminando o dele. Óssip Brik terminou o trabalho sobre repetições, e em 1919 publicamos pela IMO o livro *Poética*[110] em quinze lâminas impressas com 40 mil caracteres cada.

---

[110] *Poetika*, livro seminal da OPOIAZ, o círculo dos formalistas russos. A coletânea inclui os aludidos "Como é feito o *Capote* de Gógol" de Boris Eikhenbaum (1886-1959) e "Repetições de linguagem" de Óssip Brik (1888-1945). Os outros autores presentes são Lev Iakubinski (1892-1945)

Fazíamos reuniões. Uma vez nos reunimos num quarto que estava inundado. Nos sentamos nos encostos das cadeiras. Fazíamos reuniões no escuro. Serguei Bondi dava uma batida na antessala escura e ia entrando com duas caixas de tília amarradas por uma corda. A corda suspensa no ombro.

Acendemos um fósforo. O rosto dele (barbado e jovem) parecia o de Cristo tirado da cruz.

Trabalhamos de 1917 até 1922, criamos uma escola científica e rolamos pedra montanha acima.

Minha esposa (eu me casei em 1919 ou 1920; adotei o sobrenome da minha mulher, Kordi, no casamento, mas não mantive a decisão e assino Chklóvski) morava no Lado Petersburgo.

Era muito longe.

Decidimos nos mudar para o centro de Piter.

Um jovem comunista nos convidou para o apartamento dele.

Ele morava na rua Známienskaia.[111] Era filho de um advogado que possuía minas perto de Rostov-sobre-o-Don.

O pai havia morrido depois do golpe de outubro. O tio havia se matado com um tiro. Deixou um bilhete: "Malditos bolcheviques".

Naquele momento ele vivia em completa solidão. Era um menino bom e honesto. Eu gostava da escrivaninha de mogno do quarto dele.

Fazíamos as tarefas domésticas juntos, comíamos pão, quando havia, comíamos carne de cavalo. Vendíamos nossas coisas. Eu era capaz de vender minhas coisas com mais faci-

---

e Ievguêni Polivanov (1891-1938). A editora IMO (acrônimo de *Isskustvo Molodikh*, Arte da Juventude) existiu entre 1918 e 1919 e foi idealizada por Maiakóvski. (N. da E.)

[111] Atual rua da Revolta (Vosstánia Úlitsa), renomeada em 1923 em homenagem à Revolução de Fevereiro. (N. da E.)

lidade do que ele. Tinha menos pena. Quando estava frio, eu andava pelo apartamento dele quebrando os móveis com um machado. Ele ficava aflito.

Iudiénitch tinha começado a atacar.[112] Mobilizaram os comunistas para o front.

Os basquires fugiam, e o comunista jogava bomba neles.

Ele foi ferido no ombro durante um ataque.

Puseram-no no hospital militar, a ferida não cicatrizava por insuficiência de gordura.

Por fim, cicatrizou um pouco.

Ele foi para o front de novo, mas dessa vez o front estava nos arredores de Petersburgo. Em algum lugar perto de Liémbolovo.

Os verdes estavam atacando.[113] Depois ele foi transferido para ainda mais perto de Petersburgo. Ele estava no estado-maior. Pegou tifo. Ficou de cama no alojamento, pingava água do teto, entre os doentes havia loucos, eles se enfiavam embaixo da cama e deliravam.

O coração do menino já estava parando.

O coração estava parando e era preciso dar uma injeção de cânfora. Não havia cânfora.

Uma auxiliar ou enfermeira estava andando pelo hospital. O menino era bonito, fazia o belo tipo tenista de peito largo. Ela aplicou uma injeção de cânfora nele, a última, a última das ampolas do hospital. Ele se restabeleceu.

A Finlândia estava se sublevando. Era preciso fazer um último esforço.

---

[112] Nikolai Nikoláievitch Iudiénitch (1862-1933), comandante do exército russo no Cáucaso e um dos líderes do movimento branco com base em Omsk. Em 1919, durante a Guerra Civil, liderou a ofensiva do Exército Branco contra Petrogrado. (N. da E.)

[113] Os exércitos verdes eram compostos majoritariamente por camponeses e cossacos, e se opunham aos brancos e aos vermelhos. (N. da E.)

"Camaradas, vamos fazer um último esforço!", gritava Trótski.

O comunista foi para o front. Nevava. Neve e abetos ou pinheiros. Uma vez ele estava cavalgando por aquela neve junto com um camarada, cavalgava, cavalgava.

Depois parou, desceu do cavalo, sentou numa pedra. Na narrativa épica, sentar numa pedra representa desespero (ver A. Viessielóvski, tomo 3).[114] Ele se sentou numa pedra de verdade e começou a chorar. Estava cavalgando com um camarada. O camarada saltou no cavalo e correu até o apartamento para pegar cocaína.

Era preciso fazer um último esforço. Levaram o comunista e mandaram-no para o front contra a Polônia.

No começo estavam avançando. Depois ficaram isolados. Ele foi aprisionado. Jogou fora seus papéis de tchekista. Ele era tchekista.

Acharam o documento, mas o cartão com a foto estava tão estragado que o comunista não foi reconhecido.

Batiam nos prisioneiros, e decidiram fuzilá-los de manhã. À noite, os judeus bundistas que vigiavam os prisioneiros os soltaram. Eles fugiram e foram aprisionados por outra unidade.

Ali também batiam neles, mas não os fuzilaram.

Foram aprisionados, passaram um ano em várias cadeias. E, durante aquele ano, nenhum soldado revelou que ele era tchekista.

Preciso escrever isso.

Ao passar por ele, tiravam uma lata de conserva de trás das costas e diziam: "Pegue, camarada".

Os soldados e oficiais também o alimentavam. Os polo-

---

[114] Referência a Aleksandr Nikoláievitch Viessielóvski (1838-1906), historiador da literatura especializado no período do Renascimento. (N. da E.)

neses batiam muito neles, principalmente nas panturrilhas; dizem que os golpes nas panturrilhas não deixam marcas.

Estava frio, os dedos dele congelaram. Amputaram os dedos.

Uma enfermeira vermelha que estava presa foi estuprada, alguns oficiais poloneses a contaminaram com sífilis. Ela passou a dormir com todos eles.

Ela os contaminou, depois se envenenou com morfina. Deixou um bilhete: "Me prostituí para contaminá-los".

Mas eu sou um teórico da arte, sou uma pedra que cai olhando para baixo, eu sei o que é motivação!

Não acredito no bilhete.

E se eu acreditar, então me diga, para que eu preciso que os oficiais poloneses se contaminem?

Passavam muito tempo batendo no rapaz. Depois os bolcheviques trocaram-no por um padre católico polonês.

Naquela época, nós em Petersburgo já o dávamos por morto.

Ele chegou. Foi me encontrar usando um gorro de ponta fina e com um ordenança taciturno atrás de si.

Havia ficado corcunda. Olhava de um jeito terrível. Ele tinha cruzado a Rússia inteira, que agora estava sob a Nova Política Econômica.

À noite ele dormiu no meu sofá.

À noite, eu sempre sonho que uma bomba está explodindo nas minhas mãos.

Uma vez aconteceu um caso desses comigo.

Às vezes, à noite, eu sonho que o chão está caindo, que o mundo está desmoronando, eu corro para a janela e vejo que o último fragmento da lua flutua no céu vazio.

Eu digo para minha mulher: "Liússia, não se preocupe, vista-se, o mundo está acabando".

O comunista dormia muito mal, ele gritava e chorava e delirava no sonho.

Eu tinha muita pena dele.

Ele morava numa cidadezinha pequena perto de São Petersburgo, tinha pouco dinheiro, mas na cidade era possível conseguir vodca em troca de pão, e as alunas do ginasial se prostituíam.

Acho que dormir à noite ao lado dele devia ser terrível.

Alguns dias antes da minha fuga da Rússia recebi uma carta do comunista. Ele estava na prisão.

O departamento principal havia brigado com a Tcheká da província. O comunista pegou um agente da Tcheká seguindo-o, e o espancou no meio da rua.

Prenderam-no, e na acusação contra ele constavam dezesseis itens, entre os quais a acusação de que, ao sair do campo de prisioneiros (nu), ele havia pego uma camisa e uma túnica militar sem permissão.

Era só isso sobre o comunista. Agora ele já foi solto.

Eu estava passando fome naquela época, e por causa da fome entrei na escola automobilística da rua Semiônovskaia como instrutor.

A escola estava em tal estado que transportávamos os produtos com as próprias mãos. Não havia nenhum automóvel. As salas de aula não eram aquecidas. O cotidiano do destacamento se concentrava em torno do balcão de distribuição. Davam pão, uma libra por dia, arenque, uns gramas de centeio, um pedaço de açúcar.

Você chegava em casa e era terrível olhar para aquelas porções minúsculas. Pareciam zombaria. Uma vez deram carne de vaca. Que gosto surpreendente tinha! Parecia a primeira vez que dormi com uma mulher. Algo totalmente novo. Também distribuíam batata congelada, e às vezes doce de fruta da cooperativa do Comissariado de Educação. Davam as batatas em *puds*, elas eram tão moles que se podia esmagá-las com as mãos. Era preciso lavar a batata congelada numa pia de água corrente, mexendo-a de preferência com um bastão. As batatas também ficavam limpas ao esfregar umas nas outras. Depois fazia-se *forchmák*[115] com ela, mas era preciso pôr muita pimenta. Também distribuíam carne de cavalo, uma vez deram muita: "Pode pegar o quanto quiser!". Ela era quase aquosa. Pegamos.

Cozinhamos a carne de cavalo em óleo de baleia, quer dizer, chamavam aquilo de óleo de baleia, parece que era espermacete (?); um produto bom para cremes, mas gelava nos dentes.

Com a carne de cavalo fazíamos estrogonofe com farinha de centeio. Uma vez conseguimos muito pão e chamamos convidados, alimentamos todos com carne de cavalo e pão à vontade, sem pedir cartão de racionamento e com dois caramelos para cada.

Os convidados caíram numa disposição benevolente e só lamentavam terem vindo sem as esposas.

Naquela época já havia saído o livro *Poética*, num papel extraordinariamente fino, mais fino que papel higiênico. Não achamos outro.

A edição foi cedida para o Comissariado de Educação, mas nós recebemos vencimentos.

Naquela época as livrarias ainda não tinham sido fechadas, mas os livros eram distribuídos pelo Comissariado de Educação. Foi assim por quase três anos.

Os livros eram impressos numa quantidade enorme de exemplares, em geral não menos que 10 mil e com bastante frequência até 20 mil; o Comissariado de Educação publicava quase com exclusividade, pegava-os e mandava para a Agência Central de Impressão.

A Agência Central de Impressão distribuía para as Agências Locais de Impressão, e assim por diante.

---

[115] Na Ucrânia, prato típico da cozinha judaica, feito com arenque curado e servido frio. (N. da E.)

Como resultado não havia livros na Rússia. Mandavam, por exemplo, novecentos exemplares de uma carta celeste para a cidade de Gomel. Onde iam pôr? Ficavam lá, parados.

Em Sarátov, nosso livro era distribuído nas salas de leitura do Exército Vermelho. Uma enorme quantidade de edições foi perdida nos depósitos. Simplesmente encalharam. Toda a literatura de propaganda virou papel de cigarro, sobretudo perto do fim. Havia cidades, Jitomir, por exemplo, nas quais por três anos ninguém viu nenhum livro novo.

E publicar, publicavam livros ao acaso — de novo, com exceção dos livros de propaganda.

É assombroso ver como o Estado é mais burro do que os indivíduos! O editor sempre achará um leitor, e o leitor sempre achará um livro. E um manuscrito em particular achará um editor. Mas se a isso acrescentarmos a Editora do Estado e um centro de distribuição, o resultado então será montanhas de livros, um Mont Blanc de livros do gênero de *250 dias no quartel do tsar*, de Lemke[116] — livros enviados para instituições de caridade, literatura abandonada.

Que histórias incríveis você acabava ouvindo! Estavam coletando leite. A ordem era levar o leite em tal dia para tal lugar. Não havia recipientes. Derramavam na terra. Isso aconteceu perto de Tviér. Foi o que me contou o presidente de uma comissão de taxação cobrada em espécie (um comunista). Por fim, encontraram recipientes: barris de arenque. Jogaram o leite neles e levaram, ao chegarem lá, tiveram que jogar fora. Eles mesmos ficaram enjoados só de olhar. A mesma coisa com os ovos. E pensar que por dois ou três anos Petersburgo só comeu batata congelada.

Era necessário encaixar a vida inteira numa fórmula e

---

[116] Mikhail Konstantínovitch Lemke (1872-1923), historiador especializado nos inícios do movimento revolucionário russo. O livro citado foi publicado em 1920 pela Editora do Estado (Gossizdat). (N. da E.)

regulá-la; a fórmula era trazida já pronta de antemão. E nós comíamos batata podre.

Em 1915, servi na Escola de Aviação do Instituto Politécnico; uma vez nos chegou um papel.

O papel tinha aparência absolutamente séria, impresso para circular por todas as escolas e todas as companhias. Nele estava escrito: "Cuidar firmemente para que os mecânicos de aviação saibam diferenciar o cano de gasolina do cano de óleo no motor Gnome".

Essa ordem era como se despachassem uma circular para todos os povoados dizendo que não confundissem vacas com cavalos. Porém, no fim revelou-se que não era uma brincadeira.

Algumas palavras sobre o motor giratório Gnome.

O Gnome é um motor incomum, paradoxal. Nele, a cambota fica parada e os cilindros giram, com as hélices fixas presas a eles.

Não quero explicar agora para vocês todos os detalhes dessa máquina, só direi que, nele, tanto o cano de óleo quanto o de gasolina passam pela cambota.

Esse motor é lubrificado, ou, mais precisamente, era lubrificado (agora quase ninguém voa com ele, exceto talvez pelos tipos Monosoupape ou Gnome-Rhône) com óleo de rícino. Usa-se muito óleo nele. O impulso da força centrífuga até faz o óleo passar pelas válvulas e chegar às cabeças dos cilindros.

Se você se aproximar desse motor quando ele estiver funcionando, arrisca ficar salpicado de óleo.

E o motor tem um cheiro doce, o cheiro de tempero do óleo de rícino queimado.

Assim, o consumo de óleo desse motor se aproxima da metade do consumo de gasolina. Não me lembro exatamente.

Nossos mecânicos confundiram os canos.

Então, o óleo passava pela cambota para a cavidade do

motor, e de lá pelas válvulas de pistão para a câmera de compressão. A gasolina, como lubrificante, passava da cambota para as bielas pelo cano do óleo, e de lá para a parede de cilindros pelo pino do pistão. E, vejam só, os motores funcionavam. Eles funcionavam com lubrificação de gasolina. Eles funcionavam porque eram calibrados de forma aproximada, sem nenhuma economia, "jogue mais", e a gasolina mesmo assim caía no lugar certo e explodia. Dessa forma eles funcionavam por uns cinco minutos.

Depois o aço do motor adquiria uma cor de água poluída, o pistão engasgava e a máquina parava para sempre.

Chamaram mecânicos franceses para olhar. Não sei se eles desmaiaram ou começaram a chorar.

Então despacharam a circular.

Os bolcheviques entraram numa Rússia já doente, mas eles não eram neutros; não, eles eram bacilos especialmente organizados, mas de outro mundo e de outra dimensão. (É como organizar um Estado de peixes e pássaros com base num sistema de dupla contabilidade.)

Mas o mecanismo que caiu nas mãos dos bolcheviques, e nas mãos do qual eles viriam a cair, era tão imperfeito que podia funcionar até ao contrário.

Com lubrificante no lugar do combustível.

Os bolcheviques se mantinham, se mantêm e se manterão graças à imperfeição do mecanismo que eles governam.

Aliás, sou injusto com eles. Tão injusto quanto um surdo que acha que os dançarinos são loucos. Os bolcheviques tinham sua própria música.

Toda essa digressão foi construída sobre um procedimento que na minha *Poética* se chama contenção.

O professor Tikhvinski,[117] pouco antes de ser preso,

---

[117] Mikhail Mikháilovitch Tikhvinski (1868-1921), químico e mili-

contou a seguinte história: "Quando tomamos Grozni, telegrafamos imediatamente para que extraíssem petróleo de tais e tais fontes e não extraíssem de tais e tais fontes. Não prestaram atenção no nosso telegrama. Encheram os reservatórios de petróleo com alto teor de parafina e levaram para Petersburgo. Ali era mais frio, ele ficou sólido e não saía dos reservatórios. Antes eles só eram usados nas estradas da região Transcáspia. Agora estamos com os reservatórios cheios, não podemos mandar os vagões vazios de volta, o abastecimento foi interrompido. O petróleo tem que ser quase que arrancado dos reservatórios, e depois não se sabe o que fazer com ele".

Tínhamos que escutar histórias como essa todos os dias. Só no caso dos automóveis, se eu contasse o que faziam...

Perguntarão, e como a Rússia permitia isso?

Existe uma história itinerante, que no norte da África os bôeres contam sobre os cafres, e no sul da Rússia os judeus contam sobre os ucranianos.

Um homem compra sacos de farinha de um nativo.

Diz para ele: "Você não sabe escrever, então para cada saco que eu pegar vou dar para você uma moeda nova de vinte copeques, e depois no fim eu pagarei para você um rublo e 25 copeques por cada moeda de vinte copeques". O nativo traz dez sacos e recebe dez moedas de vinte, mas ele fica com pena de entregá-las, são novinhas, ele rouba duas e dá só oito. O vendedor ganha dois rublos e dez copeques com isso.

A Rússia roubou de si mesma muitas moedas de vinte copeques. Um pouquinho de cada vagão do trem. Arruinou as fábricas, mas recebeu delas correias de transmissão para fazer botas.

tante SR. Foi um dos 96 fuzilados por envolvimento no "Caso Tagantsev", uma das primeiras execuções em massa envolvendo a comunidade científica soviética. (N. da E.)

E enquanto isso, enquanto nem tudo está terminado, ela rouba aos poucos. Nenhum vagão saído de Revel conseguia chegar inteiro em Petersburgo. Vive-se assim.

Eu mesmo não consigo juntar nem conectar tudo de estranho que vi na Rússia.

Será que é bom perturbar meu coração e contar o que aconteceu?

E julgar sem convocar testemunhas. Só posso falar por mim, e mesmo assim nem tudo.

Eu escrevo, mas a margem não se afasta de mim; na floresta de palavras criadas por mim, não consigo me perder como um lobo na floresta dos pensamentos. As margens não somem, o que está ao redor é a vida, e não um oceano verbal, e seus limites não estão à vista. O pensamento corre e corre pelo chão e mesmo assim não consegue levantar voo, como um aeroplano mal construído.

A nevasca da inspiração não quer fazer girar meus pensamentos, o deus do xamã não os levanta da terra. Passo a língua nos lábios, estão sem saliva.

E tudo isso porque eu não consigo me esquecer do julgamento, desse julgamento que começará amanhã em Moscou.

A vida corre em pedaços fragmentados que pertencem a diferentes sistemas.

É apenas nossa roupa, e não o corpo, que une os vários instantes da vida.

A consciência ilumina uma faixa de segmentos unidos entre si apenas pela luz, como um holofote ilumina um pedaço de nuvem, o mar, um pedaço da margem, a floresta, sem levar em conta as fronteiras etnográficas.

Mas a insensatez é sistemática, na hora do sonho tudo é coerente.

E perante a consciência coerente dos comunistas eu me posto agora com os fragmentos da minha vida.

Mas em sua insensatez, a minha vida também tem uma coerência, eu só não conheço seu nome.

E vocês, amigos desses últimos anos, nós nos criamos juntos, entre as ruas que cheiram a mar de uma Petersburgo simples e comovente criamos nossos trabalhos, que, pelo visto, não são necessários a ninguém.

Vou continuar a fazer um corte longitudinal da minha vida.

Já na primavera peguei icterícia, parece que por causa de uma intoxicação por gordura estragada do refeitório (pago) da companhia de transportes.

Fiquei completamente verde-amarelado, brilhante como um canário. Até os olhos ficaram amarelos.

Não tinha vontade de sair do lugar, de pensar, de me mexer. Precisava conseguir lenha e carregar essa lenha.

Estava frio, minha irmã me deu lenha e também pão de centeio com sementes de linhaça.

Me surpreendi com a escuridão no quarto dela. Ela não tinha iluminação.

Naquele quarto sombrio, sob a luz de velas de gasolina — aquele cilindro metálico com um pavio de amianto, uma espécie de grande isqueiro —, as crianças estavam sentadas, quietas, esperando.

Duas meninas: Gália e Marina.

Alguns dias depois minha irmã morreu inesperadamente. Eu fiquei apavorado.

Minha irmã Ievguênia era a pessoa mais próxima de mim, éramos muito parecidos de rosto e eu conseguia adivinhar os pensamentos dela.

O que a diferenciava de mim era um pessimismo condescendente e sem esperanças.

Ela morreu com 27 anos de idade.

Tinha uma boa voz, havia estudado, queria cantar.

Não é preciso chorar, é preciso amar os vivos!

Como é difícil pensar que há pessoas que morreram e que você não conseguiu falar nem uma palavra carinhosa para elas.

E que essas pessoas morreram sozinhas.

Não é preciso chorar.

O inverno de 1919 me mudou muito.

No fim do inverno todos ficamos assustados e decidimos fugir de Petersburgo.

Ao morrer, minha irmã delirava, ela achava que eu estava indo embora e levava comigo os filhos do meu irmão assassinado.

Foi terrível, minha tia morreu de fome.

Minha mulher e sua irmã decidiram ir para o sul; eu devia alcançá-las em Kherson.

Com dificuldade consegui uma viagem a trabalho. Kíev acabara de ser ocupada pelos vermelhos.

Minha mulher foi embora. Acho que era 1º de maio.

Depois disso, não a vi por um ano; Deníkin começou a ofensiva e isolou o sul. Era primavera. Havia disenteria na cidade.

Eu estava no hospital militar, um sifilítico morria num canto.

O hospital militar era bom, nele comecei a escrever o primeiro livrinho de minhas memórias: *Revolução e front*.

Era primavera. Eu caminhava pela margem do rio. Como fazia todo ano.

No verão continuei a escrever, no dia de Pentecostes escrevi numa datcha em Lakhta.

Os vidros tremiam por causa do intenso tiroteio. Kronstadt estava coberta de fumaça e trocava tiros com o forte de Krásnaia Gorka. A escrivaninha tremia.

Mamãe cozinhava pasteizinhos. Moía trigo no moedor de carne, não havia farinha. As crianças estavam felizes de estarem na datcha, por causa da grama.

Isso não é nada mal, é a inércia da vida que se permite ser vivida, e o hábito de repetir os dias cura as feridas.

Ainda no outono, na Literatura Mundial,[118] na Niévski, foi aberto um estúdio para tradutores.

Muito rapidamente ele se transformou num estúdio de literatura.

Ali davam palestras Nikolai Gumilióv, Mikhail Lozinski, Ievguêni Zamiátin, Andrei Levinson, Korniéi Tchukovski, Vladímir Kazimírovitch Chiliéiko; convidaram também Boris Eikhenbaum e eu.

Eu tinha alunos jovens, muito bons. Estudávamos teoria do romance. Junto com meus alunos eu escrevia meu livro sobre o *Dom Quixote* e sobre Sterne.[119] Nunca trabalhei tanto como naquele ano. Discuti com Aleksandra Veskler sobre o significado do personagem tipificado no romance.

É tão agradável passar de um trabalho a outro, de um romance a outro, e ver como eles mesmos manifestam a teoria.

Da Niévski logo fomos transferidos para a avenida Litiêini, para a Casa Muruzi.

O estúdio já tinha se separado da Literatura Mundial.

Era um apartamento opulento, em estilo oriental, com escadas de mármore, tudo junto parecia muito uma casa de banhos. Acendiam o aquecedor com panfletos mencheviques que tinham sobrado de algum clube.

No outono, Iudiénitch atacou.

---

[118] Editora fundada por iniciativa de Górki e com o apoio do Comissariado de Educação (NARKOMPROS). Funcionou entre 1919 e 1924 na Casa dos Pesquisadores, em São Petersburgo. (N. da E.)

[119] Estes textos apareceram no jornal *A Vida da Arte*, em 1920. No ano seguinte, foram publicados pela OPOIAZ como volumes avulsos, e em 1925 foram transformados nos capítulos "O romance paródico" e "Como é feito o *Dom Quixote*" de *Sobre a teoria da prosa*. (N. da E.)

Da Fortaleza de Pedro e Paulo eles atiraram em Striélna.
A fortaleza parecia um navio em meio à fumaça.
Nas ruas construíam fortificações com lenha e sacos de areia.
De dentro parecia que não havia força para resistir, mas de fora, pelo que leio agora, parecia que não havia força para atacar.
Naquela época os desertores andavam de bonde pela cidade.
E os tiroteios, os tiroteios pairavam no ar como nuvens no céu.
Na guerra civil, dois vazios atacavam um ao outro.
Não havia Exército Branco nem Vermelho.
Isso não é brincadeira. Eu vi a guerra.
Os brancos ficavam como fumaça em volta da cidade. A cidade parecia estar deitada, dormindo.
O regimento de Semiônovski realizou a traição que estava preparando havia três anos.
E um soldado, camarada meu, veio me encontrar e disse: "Escute, Chklóvski, dizem que os finlandeses também vão nos atacar. Não, eu não aceito que o terceiro Pargolovo nos conquiste, vou entrar para os fuzileiros."
A cidade sitiada se alimentava só de repolho: mas a seta do manômetro lentamente cruzou o zero, o vento passou a soprar para longe de Petersburgo e os brancos se dispersaram.
Começou outro inverno.
Eu vivia dos pregos que comprava em Piter e levava para a aldeia, para trocar por pão.
Em uma das viagens, encontrei um soldado da artilharia no vagão. Conversamos. Com seu canhão de três polegadas, ele já tinha sido feito prisioneiro muitas vezes, ora pelos brancos, ora pelos vermelhos. Ele mesmo dizia: "Só sei de uma coisa: meu negócio é acertar o alvo".
Naquele inverno trabalhei no estúdio e no jornal *A Vi-*

da da Arte, para o qual Maria Fiódorovna Andrêieva havia me convidado.[120] O salário era pouco, mas às vezes davam meias longas de mulher. Mas como preencher o inverno, nessas memórias, da mesma forma como ele foi preenchido na vida?

Nessa parte decidi falar sobre Aleksei Maksímovitch Piechkóv: Maksim Górki.

Esse homem alto, com cabelo cortado à escovinha, um pouco curvado, de olhos azuis, de constituição muito forte, eu o conheci ainda em 1915, na *Crônica*.

Antes de qualquer palavra sobre Górki, é necessário escrever também que Aleksei Maksímovitch salvou minha vida várias vezes. Ele se responsabilizou por mim diante de Svierdlóv, me deu dinheiro quando eu já me preparava para morrer, e minha vida em Piter nos últimos tempos se deu em instituições criadas por ele.

Escrevo tudo isso não como características pessoais dele, mas diretamente como fatos de minha biografia.

Eu frequentava muito a casa de Górki.

Sou uma pessoa espirituosa, gosto de rir das brincadeiras dos outros, e na casa de Górki ria-se muito.

Lá havia um tom peculiar e convencionado no modo de se relacionar com a vida. Uma forma irônica de não reconhecê-la.

Um tom parecido ao da conversa com a madrasta na casa do protagonista de *Adolescência*, de Tolstói.

Na *Vida Nova*, Górki tem um artigo sobre um oficial francês que, em meio à batalha, ao ver que seu destacamento diminuiu, começa a gritar: "Mortos, levantem!".

---

[120] *Jizn Isskusstva*, jornal dirigido por Górki entre 1918 e 1922, e no qual foram publicados textos fundamentais de teóricos da OPOIAZ. Maria Fiódorovna Andrêieva (1868-1953), atriz e agitadora cultural, era então esposa de Górki. (N. da E.)

Ele era francês, acreditava em palavras bonitas. E os mortos — porque na batalha muitos soldados assustados se deitam na terra e depois não conseguem levantar sob as balas —, os mortos se levantaram.

Os franceses têm uma fé esplêndida no heroísmo, e nenhum medo dele. Já nós, morríamos praguejando. Como nós, os franceses também têm medo do ridículo, mas nós temos um medo especial do grandioso vestido de ridículo.

E por isso morremos rindo.

A vida de Górki foi uma vida longa. Dos escritores russos de seu tempo ele era talvez o único capaz de trazer para a Rússia a elegância dos heróis de Dumas, e em suas primeiras obras os mortos se levantavam.

O bolchevismo de Górki é um bolchevismo irônico e sem fé no ser humano. Eu não entendo o bolchevismo como a simples filiação a um partido político. Górki nunca foi do partido.

Não se pode levar os mortos ao ataque, mas é possível fazer pilhas com eles, e entre elas pavimentar um caminho, jogar uma areiazinha.

Eu saí um pouco do caminho, mas tudo o que organiza uma pessoa está fora dela mesma. Ela é um lugar onde as forças se cruzam.

É possível organizar um povo. Os bolcheviques acreditavam que o material não era importante, que o importante era a forma; estavam dispostos a perder o dia de hoje, a perder as biografias e ganhar a aposta da história.

Eles queriam organizar tudo de maneira que o sol nascesse no horário determinado e o clima fosse decidido no escritório.

A anarquia da vida, seu subconsciente, que a árvore sabe melhor como deve crescer — isso eles não compreendiam.

A projeção do mundo no papel não é um erro casual dos bolcheviques.

No começo eles acreditavam que a fórmula coincidia com a vida, que a vida era constituída pela "iniciativa das massas", mas seguindo uma fórmula.

Como rinocerontes e mamutes mortos, essas palavras — são muitas! — agora jazem na Rússia: "iniciativa das massas", "poder local", e o ictiossauro "paz sem anexação e contribuição"; e as crianças riem desses monstros mortos mas ainda não apodrecidos.

Górki era um bolchevique sincero.

"Literatura Mundial." O escritor russo não deve escrever o que quiser, ele deve traduzir os clássicos, todos os clássicos, é preciso que todos traduzam e todos leiam. Todos lerão tudo e saberão tudo, tudo.

Não é preciso haver centenas de editoras, é preciso haver só uma: a de Grjebin. E o catálogo dessa editora deve prever os próximos cem anos, um catálogo de cem folhas impresso em inglês, francês, indochinês e sânscrito.

E sob a supervisão do próprio S. Oldenburg e de Aleksandr Benois,[121] todos os literatos e todos os escritores vão memorizar esquemas, cada um em sua especialidade, e prateleiras de livros nascerão, e todos lerão todas as prateleiras e saberão tudo.

Aqui não é necessário nem heroísmo nem fé no ser humano.

Que os mortos não se levantem, tudo será arranjado para eles.

Górki e Lênin não se encontraram por acaso.

Mas Górki era o Noé da *intelligentsia* russa.

---

[121] Referência a Serguêi Fiódorovitch Oldenburg (1863-1934), decano de indologia da Academia Russa de Ciências, e Aleksandr Nikoláievitch Benois (1870-1960), pintor e crítico de arte, um dos fundadores da celebrada revista *Mir Isskustva* (*O Mundo da Arte*). (N. da E.)

Na época do dilúvio, nós nos salvamos nas arcas da Literatura Mundial, Editora Grjebin e Casa das Artes.

Não nos salvamos para a contrarrevolução, mas para que na Rússia não desaparecessem as pessoas alfabetizadas.

Os bolcheviques aceitaram esses campos de concentração para a *intelligentsia*. Não os desfizeram.

Sem isso, a *intelligentsia* teria se degenerado e se precarizado completamente. Os bolcheviques então receberiam os que não morreram — os canalhas, sua propriedade em todos os sentidos.

Dessa forma, Górki não era ideologicamente correto, mas era proveitoso na prática.

Ele sabia como agrupar as pessoas enérgicas — e como separar os levitas. O último desses grupos, formado logo antes de ele partir, foi o "Irmãos Serapião". Ele tem jeito com pessoas.

Górki não acredita na humanidade de forma alguma.

Ele não ama todas as pessoas, e sim as que escrevem bem ou que trabalham bem...

Não, eu não consigo escrever nem dormir.

Da janela vê-se a noite branca e a aurora sobre as sementeiras.

Os sininhos dos cavalos soltos na floresta ressoam pela noite.

To-lo-nen... To-lo-nen.

Tolonen é o sobrenome do meu vizinho finlandês.

Não, eu nem escrevo, nem bebo muito.

Da janela vê-se a noite branca e a aurora sobre as sementeiras.

E no céu de Petersburgo vela a deusa das citações, a agulha do edifício do Almirantado.

E da janela da Casa das Artes minha mulher vê os álamos verdes e a aurora sobre a cúpula da catedral de Kazan.

E aqui, Tolonen...

Não posso ser feliz.

Não será tão logo que eu me sentarei à mesa de pedra do meu quarto, em um círculo de amigos, para beber chá com açúcar num copo sem pires, e não será tão logo que eu verei os círculos deixados na mesa pelos copos.

E não será tão logo que Boris Eikhenbaum e Iuri Tiniánov virão me encontrar e começarão a falar sobre a natureza das "figuras rítmico-sintáticas".

O quarto navega sozinho, como *A balsa da Medusa*,[122] e nós procuramos a *dominante* da arte, e agora alguém leva adiante seu pensamento, sacudindo a cabeça de modo estranho.

Liússia então diz que "ele está mastigando a embocadura"; isso porque é esse o movimento da cabeça e da boca que faz um cavalo selado ao se mover.

Ah, os círculos deixados na mesa de pedra pelos copos!

E a fumaça das chaminés de nossos aquecedores temporários! Nossos quartos eram cheios da fumaça da pátria.

Querido ano de 1921, de Liússia!

Dormíamos sob um cobertor e uma pele de tigre. Compramos a pele em uma loja soviética, ele era foragido de algum apartamento. Cortamos a cabeça dele.

E Vsiévolod Ivanov comprou um urso branco e fez para si um casaco de pele de lã azul-escura: 25 libras, quase teve que bordar com a agulha do edifício do Almirantado.

Dormíamos sob o tigre.

Liússia levantava e acendia o aquecedor com documentos do Banco Central. Da longa chaminé, como das narinas de um fumante, subiam finas cobras de fumaça.

A gente se levantava, entrava nas botas de feltro e subia a escada para tapar os buraquinhos.

---

[122] Referência a *Le Radeau de la Méduse*, quadro do pintor francês Théodore Géricault (1791-1824). (N. da E.)

Todo dia. Não tirávamos a escada do quarto.

E não conseguíamos resposta do estufeiro. Ele era a pessoa mais requisitada da cidade. A cidade estava se calafetando. Todos tinham decidido viver. Ainda não tínhamos conseguido montar um aquecedor para Slonimski.

Ele estava fazendo a corte a um estufeiro que o chamava de Micha — o prédio todo chamava Slonimski de Micha. E o elogiava, porque ele (Slonimski) conseguia beber muito sem ficar bêbado.

Mas não havia aquecedor. Akhmátova tinha uma lareira de mármore no apartamento.

Eu ficava de joelhos diante do aquecedor e abria as achas de lenha com um machado.

É bom viver e farejar a estrada da vida com o focinho.

O último pedaço de açúcar é doce. Embrulhado em seu próprio papelzinho.

O amor é bom.

E atrás das paredes estão o abismo, os automóveis e a nevasca de inverno.

E nós flutuamos em nossa balsa.

E era como a última faísca nas cinzas, não, não nas cinzas, como uma brasa escura de carvão.

E aqui é To-lo-nen. Em uma palavra: a Finlândia.

Toda a terra foi lavrada, e quase toda com bons resultados.

Vistos; paz: cercas, fronteiras, datchas russas ao lado, e bolcheviques — os bolcheviques isso, os bolcheviques aquilo —; os jornais estavam cheios de bolcheviques.

Eles foram espremidos da Rússia para cá.

E assim, vemos que Górki é feito de incredulidade, devoção e, para cimentar, ironia.

Na vida, a ironia, assim como a eloquência na história da literatura, consegue unir tudo.

Ela substitui a tragédia.

Mas, na obra de Górki, nada disso está na terra, e sim numa posição elevada, ainda que nem por isso esteja inflado.

É como um jogo de cartas entre oficiais sentados no fundo do cesto de um balão de observação a 1.600 metros do solo.

Mas Górki é um escritor muito grande. Todos esses estrangeiros — Rollands, Barbusses, até o colapsável Anatole France com sua ironia de vendedor de livros usados — não têm ideia do contemporâneo grandioso que eles podiam ter tido.

Basicamente, em sua estatura Górki é muito grande, um escritor que quase ninguém ignora e com uma grande cultura literária.

Sobre os Kogans e Mikhailovskis — isso já é matéria para um artigo.

Um homem casado pensa algo na frente da esposa, mas depois muda de ideia e não diz nada a ela.

Depois ele fica surpreso por ela não saber o que é caro a ele.

Mas sobre o mais evidente ele não fala.

Agora estou morando em Raivola (Finlândia).

Veranistas costumavam vir para cá, agora descobriram que é preciso viver seriamente. O resultado foi ruim e desastroso.

Não tenho nada para ler, leio revistas velhas dos últimos vinte anos.

É estranho, eles substituíram a história da literatura russa pela história do liberalismo russo.

Mas Pipin[123] relacionou a história da literatura à história da etnografia.

---

[123] Aqui e no parágrafo seguinte são mencionados críticos literários russos de diversas escolas, cujas abordagens Chklóvski considera extrínsecas à obra de arte. (N. da E.)

E eles viveram, os Bielínskis, Dobroliúbovs, Záitsevs, Mikhailovskis, Skabitchévskis, Ovsianiko-Kulikovskis, Nestores Kotliarievskis, Kogans, Fritchs.

E eles sobreviveram à literatura russa.

Eles são como pessoas que vieram ver uma flor e, para ficarem mais confortáveis, sentaram-se em cima dela.

Foi sem que eles percebessem que Púchkin e Tolstói puderam adentrar a literatura russa, mas, se eles tivessem percebido, não os teriam deixado passar.

Não é à toa que A. F. Koni diz que Púchkin nos é caro por ter previsto o tribunal do júri.

Na Rússia não existia o culto ao mestre artesão. A Rússia, como uma ama de leite pesada, gorda, pôs Górki para dormir.

Só em suas últimas obras, especialmente no livro sobre Tolstói, é que Górki conseguiu escrever para alguém que não fosse Mikhailovski.

Tolstói era um mestre-artesão e um homem ressentido em relação às mulheres. Pela primeira vez foi mostrado um Tolstói que não devia de forma alguma ser santo.

E malditos sejam os livrinhos biográficos de Pavliénkov,[124] todos aqueles santinhos com auréolas idênticas.

Todos são bons, todos são virtuosos.

Malditas sejam essas mediocridades, essas sociedades anônimas dedicadas ao nivelamento das pessoas.

Acho que nós devoramos um escritor muito importante na Casa dos Pesquisadores.[125] É esse o heroísmo russo: deitar na vala para que as armas pesadas possam passar por ela.

---

[124] A série de perfis biográficos *Vidas de pessoas notáveis* (*Jizn zametchátielnikh liudiêi*) foi publicada entre 1890 e 1924 em grandes tiragens pela editora Pavliénkov. Por iniciativa de Górki, a série foi renovada em 1933 e existe até os dias de hoje. (N. da E.)

[125] A Casa dos Pesquisadores (*Dom Utchiónikh*) foi inaugurada em

Mas a psicologia de Górki não é a psicologia do mestre artesão, não é a psicologia do sapateiro, não é a psicologia do fabricante de barris.

Ele não vive do que e com o que sabe fazer. Ele vive de forma desnorteada.

E as pessoas em volta dele também!

Vamos voltar para o ano de 1920.

Estávamos no inverno. Fazia frio. Minha esposa estava longe. Não havia esposas. Vivíamos em celibato. Fazia frio. O frio preenchia os dias. Usávamos pedaços de tecido para costurar pantufas. Queimávamos querosene em garrafas seladas com trapos. Isso no lugar de lâmpadas. O resultado era uma luz meio preta.

Trabalhávamos.

Vivíamos com o último fiapo. Nos sobrecarregavam cada vez mais, e nós vestíamos tudo, como se fossem roupas, e a vida era sempre igual, não víamos nada nela, assim como pelas pegadas de uma pessoa é impossível adivinhar o que ela carrega.

Só se vê que as pegadas ficam ora mais fundas, ora mais rasas.

Eu trabalhava no estúdio da Literatura Mundial, dava palestras sobre o *Dom Quixote*. Havia cinco ou seis alunos, as alunas usavam luvas pretas para que não ficassem visíveis as rachaduras nas mãos causadas pelo frio.

Eu não tinha piolhos, os piolhos são atraídos pelo tédio.

Na primavera travei um duelo com alguém.

Os judeus têm um sangue fatigante, de feira. O sangue do imitador Iliá Ehrenburg.

janeiro de 1920 em Petrogrado, por iniciativa de Górki, e serviu de modelo a instituições semelhantes em várias cidades da União Soviética. Em 1919 a Casa dos Pesquisadores abrigou a editora Literatura Mundial. (N. da E.)

Os judeus perderam sua identidade e agora procuram por ela.

Enquanto isso, fazem caretas. Ademais, é forte a burguesia judaica com mais de trinta anos.

A burguesia é muito forte em geral.

Sei de uma casa na qual comiam carne com molho e vestiam meias de seda durante todo o período da revolução.

O que aconteceu com eles foi terrível, o pai foi mandado para Vôlogda para cavar trincheiras, foi preso, e então foi colocado para cavar sepulturas. Ele cavava. Mas conseguia fugir para algum lugar e ganhar dinheiro.

Em casa era quentinho perto do aquecedor.

Era um aquecedor comum, redondo, botavam lenha dentro e ele ficava quente.

Mas não era só um aquecedor, era um resquício da estrutura burguesa. Era uma preciosidade.

Em Piter, durante a NEP, tinha muitas placas penduradas nas janelas das lojas. Nelas havia maçãs, e sobre elas a inscrição "maçãs", sobre o açúcar a inscrição "açúcar".

Muitas, muitas placas (isso em 1921). Mas uma delas era a maior de todas:

PÃO BRANCO MODELO 1914

O forno era um modelo de 1914.

Eu ia ver esse forno com um artista. Ele estava pintando meu retrato; nele, estou de casaco de pele e suéter.

Uma jovem estava sentada no sofá. O sofá era grande, revestido de veludo verde. Parecido com um banco de trem.

Esqueci dos judeus.

Agora, só não ache que estou brincando.

Ali mesmo estava sentado um judeu, jovem, ex-rico, também modelo 1914 e, o principal, decorado de modo a parecer um oficial da guarda. Ele era noivo da jovem.

A jovem era produto do regime burguês e, por isso, maravilhosa.

Só é possível criar essa cultura quando se possuem muitas meias de seda e várias pessoas talentosas ao redor.

E a jovem era talentosa.

Ela entendia tudo e não queria fazer nada.

Tudo isso era bem mais complicado.

Do lado de fora fazia tanto frio que os cílios gelavam, as narinas gelavam. O frio entrava pela roupa, como água.

Não havia luz em lugar nenhum. Passávamos muitas horas no escuro. Era impossível viver. Já tínhamos concordado em morrer. Mas não deu tempo. A primavera estava chegando.

Grudei nesse homem.

Primeiro, queria ir até o apartamento dele e matá-lo.

Porque eu odeio a burguesia. Talvez eu tenha inveja, por ser um pequeno-burguês.

Se eu presenciar uma revolução de novo, vou fazer picadinho deles.

É errado que tenhamos sofrido tanto em vão e que nada tenha mudado.

Continuam existindo ricos e pobres.

Mas não sou capaz de matar, por isso desafiei aquele homem para um duelo.

Eu também sou meio judeu e um imitador.

Eu o desafiei. Eu tinha dois padrinhos, um deles comunista.

Fui falar com um camarada que era motorista. Disse: "Me dê um automóvel coberto e sem requisição escrita". Ele montou um automóvel à noite com peças quebradas. Um carro médico, da marca Jeffery.

Fomos umas sete da manhã para o outro lado do parque Sosnovka, onde ficam os tocos de árvore.

Uma das minhas alunas foi conosco, usando um regalo; ela era médica.

Duelamos a quinze passos; eu acertei os documentos no bolso dele (ele estava bem de lado), e ele errou completamente.

Fui para o automóvel. O motorista falou para mim: "Que desejo estranho, Viktor Boríssovitch. Nós podíamos ter atropelado ele com o automóvel".

Fui para casa, dormi de tarde, à noite dei uma palestra no estúdio.

A primavera tinha chegado. Os brancos estavam deixando a Ucrânia.

Fui procurar minha mulher.

Por que escrevi sobre isso?

Não gosto de animais numa vala.

Isso é de um conto de fadas que fala sobre vários animais que caíram numa vala. Lá havia um urso, uma raposa, um lobo, um carneiro, talvez. Eles não comeram uns aos outros porque estavam dentro da vala.

Quando, ao invés de policiais, era a fome quem se postava nos cruzamentos das ruas, a *intelligentsia* declarou a paz geral.

Futuristas e acadêmicos, kadetes e mencheviques, talentosos e sem talento sentavam-se lado a lado nos estúdios, na Literatura Mundial, e faziam fila na Casa dos Escritores.[126]

Ali houve uma grande quebra.

Eu sempre tentei viver sem mudar a cadência da vida, eu não queria viver na vala. Não fiz as pazes com ninguém. Eu amava, odiava. Tudo isso sem ter pão.

Para mim essa história ainda desempenhou um outro papel.

---

[126] Organização de assistência mútua entre escritores. Existiu entre 1918 e 1922 na rua Bassiêinaia, em Petrogrado. (N. da E.)

Era até esperado que alguém me matasse.

Por isso eu me sentava na cozinha, onde era mais quente, e escrevia. A mesa da cozinha da minha mãe estava sempre bem limpa. Quando você escreve numa mesa de cozinha, o armarinho atrapalha. É preciso se sentar como uma dama, com as pernas para o lado.

Escrevi muitíssimo naquela época, escrevia página atrás de página, folha atrás de folha.

Na época do duelo terminei meu livro fundamental, *O enredo enquanto fenômeno de estilo*. Tive que publicá-lo em partes. Foi escrito em fragmentos. Mas vocês não vão encontrar os lugares das junções.

Eu escrevia e comia carne de coelho.

Na primavera trouxeram para Petersburgo vários trens com coelhos abatidos.

Vendia-se coelho por toda parte, levava-se coelho pelas ruas, cozinhava-se coelho nos apartamentos.

Depois, usávamos gorros de pele de coelho.

Distribuíam coelhos na Casa dos Escritores. Fazíamos fila. Davam um coelho e meio para cada. Ficávamos na fila para pegar coelhos. E este gato se passava por lebre e ficava dias na fila.

O coelho era grande, não era brincadeira.

Aleksandr Blok ficava naquela fila.

Muito provavelmente não serei capaz de demonstrar nas minhas anotações quanto pesava o coelho, e o que era uma ração de pão. Ele era grande como uma questão muito importante.

Nesse meio-tempo houve uma entente.

Eu tinha que ir para a Ucrânia.

Vendi os direitos de todos os meus livros para Grjebin. Depois não entreguei os manuscritos. Deu uns 40 mil.

Depois, passei a tentar arranjar uma viagem a trabalho.

O regime soviético ensinou a todos a ter o maior dos cinismos em relação a documentos.

Quem vivesse segundo as regras seria sabotado.

Vivíamos como tínhamos de viver, mas com uma motivação soviética.

Nos blindávamos de documentos, trens inteiros andavam à base de papéis falsificados.

E eram todos trabalhadores, *intelligentsia* e comunistas profissionais.

Arranjei uma viagem para o restabelecimento das relações com a Ucrânia. Foi difícil conseguir. Todos queriam ir. Mas não pediram para ver meus documentos fora de Moscou.

Antes da saída vi Semiônov, ele tinha vindo fazer agitação por uma guinada à esquerda. Nos encontramos como conhecidos superficiais, o passado já tinha morrido. Ele me mostrou com orgulho o saco de torradas que os trabalhadores da fábrica Aleksandróvski tinham lhe dado.

Ele dizia que estava indo para a Alemanha para não ter que encontrar os velhos camaradas no trabalho.

Já eu, fui para a Ucrânia.

Até Moscou, tudo em ordem.

De Moscou a Khárkov também, tudo bem.

Em Khárkov, por meio de conhecidos, consegui um papelzinho que dava o direito de ir num vagão da Editora Estatal Ucraniana.

Fui para a estação. O trem estava em algum lugar na via. A via estava suja.

Achei o vagão com dificuldade, nele havia vários pacotes de jornal e dois cabineiros, ambos colegiais.

Um era o condutor, o outro era amigo dele.

Os meninos eram uns amores, viajavam principalmente em troca de farinha.

O trem fez barulho. As pessoas batiam no vagão. Escalavam a abertura, enfiavam dinheiro nas mãos dos cabineiros.

Chegavam com credenciais.

O trem se encheu de gente e ficou parecendo uma linguiça vermelha. De repente, sem o toque sonoro e sem se aproximar da estação, ele começou a se mover e partiu.

Eu estava sem bilhete.

Mas a questão não era o bilhete.

Andávamos, parávamos, descíamos, andávamos de novo.

Nos primeiros dias percorremos onze verstas. Passamos mais tempo sentados ao lado do trem, na grama.

No vagão havia um judeu barrigudo.

Em uma parada enfadonha, ele me chamou e de repente pediu que eu vestisse seu cinto com dinheiro.

Para mim dava no mesmo.

Sigo minha estrela e não sei se ela está no céu ou se é uma lamparina no campo. E no campo está ventando.

Não sei se é necessário tirar cintos de dinheiro dos judeus velhos. Mas ele estava cochichando e suando de medo. O cinto apareceu em mim. Nele havia *kérenkas*. O cinto era imenso, como uma boia salva-vidas de cortiça.

Foi inesperado, mas eu aturei. Ficou desconfortável deitar de lado.

Num canto escuro, um ucraniano de cabelos negros flertava com uma senhorita muito branca.

Eles falavam ucraniano ardentemente e com gosto.

E o trem ia se arrastando.

Para ele, que importava?

Os cabineiros colegiais perguntavam a todos quanto custava cada coisa em cada lugar.

Revelou-se que em Nikoláiev e perto de Kherson a farinha era bem mais barata.

Disseram algo do tipo para eles, e eles subitamente começaram a cantar: "Mar glorioso, sagrado Baikal".[127] Acho que era essa.

Era algo que, em geral, não era nada adequado, mas havia alegria na interpretação.

E o trem ia se arrastando.

Mas a Ucrânia é longa.

Uns marinheiros viajavam conosco. Eles tinham grandes cestas com "becas". Na língua dos marinheiros, isso quer dizer roupas. Quando chegou o destacamento de barreira, os marinheiros pegaram suas cestas trançadas com as roupas e correram para a escuridão. As cestas eram brancas, trançadas, e rapidamente se afastaram e sumiram. Ou seja, em meio aos arbustos.

Um povo forte.

Perto de alguma estação na estepe, o trem ficou três dias parado. Talvez quatro.

Os poloneses estavam avançando, vindo de Kíev.

Atravessamos pontes explodidas. Consertadas com madeira. Seriam explodidas de novo. Corriam histórias sobre Makhnó.[128]

Uma vez, três pessoas entraram no vagão.

Um, de calças vermelhas, tagarelava e exigia os nossos documentos. Dizia que era oficial do regimento da guarda e membro da Tcheká local.

E, de fato, estava usando um quepe mole de oficial. Os outros dois sentaram-se imediatamente nas portas abertas do vagão de carga com as pernas balançando sobre um aterro. Eles tinham Mausers. O trem estava andando.

---

[127] Canção folclórica russa baseada no poema *Slávnoie more*, de Dmitri Davidov (1811-1888). (N. da E.)

[128] Niéstor Ivánovitch Makhnó (1888-1934), líder do Exército Insurgente, um movimento anarco-comunista ativo no sul da Ucrânia durante a Guerra Civil, e hostil a brancos e vermelhos. (N. da E.)

Eu também estava sentado nas portas.

O vento soprava no meu rosto.

Meu vizinho começou a falar baixinho comigo:

"Por que você mostrou os documentos para aquele tagarela? Eu sou o chefe. Ele não tem o direito de pedir."

Falei: "Como eu ia saber? Para mim, tanto faz".

"Vocês todos são sempre assim."

Começamos a conversar.

A Ucrânia marchava silenciosamente ao nosso lado nos dormentes.

"Na região vizinha", disse o vizinho, dando o nome da região, "pegaram um bandido. Eu estava indo para lá, ele tinha muito dinheiro, devia estar escondido, mas aqueles idiotas o pegaram e fuzilaram. Perdemos o dinheiro."

Falei:

"E como você ia descobrir onde está o dinheiro?" Ou seja, estava perguntando sobre a tortura. Meu coração doía.

"Existem maneiras", respondeu educadamente o vizinho, sem desmentir a pergunta.

Ficamos calados por um tempo. Ele me perguntou com tristeza:

"Conhece Górki?"

"Conheço", falei.

"Diga, por que ele não veio para o nosso lado imediatamente?"

"Vocês torturam", falei, "a terra está arrasada. Por acaso vocês não entendem que é difícil apoiar vocês?"

Era uma conversa verdadeira, não foi inventada.

Tenho uma boa memória.

Se minha memória fosse pior, eu dormiria melhor à noite.

O homem que falava comigo tinha cara de suboficial ou guarda montado, e precisava de Górki.

Antes de partir, em Petersburgo, eu tinha dado uma palestra no salão branco da Casa das Artes, diante de um espelho, sobre "O *Tristram Shandy* de Sterne e a teoria do romance". A sala estava cheia e animada com a abordagem formalista.

Os olhos dos meus amigos brilhavam de alegria. Eu me sentia numa massa elástica de compreensão. Eu me olhava no espelho, satisfeito.

Eu e o guarda montado, pois estávamos naquele mar ucraniano onde o trem andava um passo por vez, como um novilho, nós éramos ambos citadinos.

Decidi saltar do trem e mudar para outro mais rápido.

No trem que ia para Nikoláiev, eu e o judeu nos sentamos em montes altos de carvão.

Na mesma altura que nós, no tênder ou no teto da locomotiva, havia uma metralhadora. Uma Colt. Seguíamos em frente.

Viajamos de noite. Pela manhã estávamos encardidos como diabos.

Nosso trem nos alcançou. Voltamos para ele.

Atravessei para Kherson, trocando de trens e levando comigo uns doentes de tifo; havia dois, eles adoeceram na estrada e nos pediram para que não os obrigássemos a descer. Que os levássemos até suas casas.

Em Kherson as ruas eram silenciosas e largas.

Largas porque assim foram construídas, verdes porque tinham plantado árvores, e silenciosas porque o porto não estava funcionando.

Os guindastes ociosos estavam de pé, com as lonas infladas de suas velas. O vento afastara os fios do tecido e depois foi embora.

Os edifícios portuários estavam abandonados.

A cidade, que, ao que parece, havia passado por dezesseis governos, estava vazia.

Encontrei minha esposa em Alióchki. Ainda na infância

escutava falar de Alióchki como o canto mais remoto. Nunca imaginei que iria parar ali.

Uma cidade pequena depois do Dniepr. Tetos de palha.

Ainda havia bastante pão e toucinho. De açúcar não havia nada.

Passei meses deitado na rede. Ao que parecia, as roseiras silvestres já tinham florescido.

Chegou o 1º de maio. Tudo o que florescera já murchava.

Minha mulher estava muito doente.

O ano que passamos separados foi difícil para ela.

Sob o domínio dos brancos não havia trabalho. Ela tinha vivido sem um vestido quente sequer, vendendo as coisas. Agora trabalhava no teatro de Alióchki, mas por um valor descaradamente baixo. Pintava os cenários em sacos costurados.

Ela contava como tinha sido triste viver sob o domínio dos brancos em Kherson.

Eles enforcavam as pessoas nos postes das ruas principais.

Enforcavam e as deixavam lá.

As crianças passavam vindo da escola e se aglomeravam em volta do poste. Ficavam paradas.

Essa história não é exclusiva de Kherson. Pelo que se conta, faziam isso em Pskov também.

Acho que conheço os brancos. Em Nikoláiev os brancos fuzilaram os três irmãos Vonski por banditismo — um deles era médico; outro, um menchevique, era advogado. Os cadáveres ficaram jogados nas ruas por três dias. O quarto irmão, Vladímir Vonski, meu ajudante no 8º Exército, se juntou então aos insurgentes. Agora é bolchevique.

Era por romantismo que os brancos enforcavam as pessoas nos postes e as fuzilavam na rua.

Foi assim que eles enforcaram um menino, Poliakov, por

ter organizado uma rebelião armada. Ele tinha uns dezesseis, dezessete anos.

Antes de morrer o menino gritou: "Viva o poder soviético!".

Como os brancos eram românticos, publicaram no jornal que ele morrera como um herói.

Mas o enforcaram.

Poliakov se tornou um ídolo da juventude local, e em nome dele se criou a União da Juventude Comunista local.

Os brancos foram embora, organizaram um destacamento de adolescentes, bateram em retirada ainda no inverno, as barcaças congelaram no Dniepr. O inverno foi atroz, vinte graus negativos. Os feridos morriam. Os meninos debandaram. Os pais depois os trouxeram para a cidade disfarçados de mulher.

Quando os brancos foram embora, todos respiraram livremente. Mas depois dos brancos não vieram os vermelhos, e sim algum destacamento cuja cor não se sabia.

Ficaram, não saquearam porque os sindicatos administravam as cidades e havia algumas forças armadas.

Depois vieram os vermelhos. Sobre eles, os habitantes diziam que agora tinham tomado juízo em comparação com a primeira passagem.

Eu ficava deitado na rede, dormia o dia todo, comia. Não entendia nada.

Minha mulher estava doente.

Inesperadamente as coisas começaram a se mexer. Apareceram soldados na cidade. As pessoas começaram a fazer as malas. O barco a vapor parou de sair para Kherson. Rapidamente construíram um estrado para o gado.

Tocaram o gado pela cidade muito rápido, não se deve tocar o gado assim, ele se estraga. Obviamente, estavam fugindo.

Os hospitais militares começaram a se mexer. Entendi

que a fuga estava acontecendo. Fui para Kherson saber do que se tratava.

Em Kherson, uns amigos me disseram que Wrangel tinha rompido a linha de frente e estava avançando. As unidades vermelhas, paradas havia muito tempo em Perekop, tinham se dispersado. A linha fora rompida e eles estavam fugindo.

Rapidamente tomei um barco de volta. Perto do cais a coisa já estava fervendo.

Todos corriam para os barcos. Havia montanhas de objetos na margem. Algum comissário empunhando um revólver tomava o barco de outro comissário.

Minha mulher não conseguia andar. Levei-a até a margem com dificuldade. Procurei um barco pela aldeia, encontrei; saímos do pantanoso rio Tchaika ou, talvez, do Konka, e por entre juncas e arbustos fomos para Kherson.

À noite Alióchki foi ocupada por uma patrulha de circassianos.

Começou a *lesguinka*.[129] Os brancos são um povo dançante.

Nos aproximamos da margem de Kherson. Não nos deixavam chegar perto, até atiravam. Diziam: "Vocês vão desencadear pânico". Imploramos para o guarda.

O Dniepr corria, e ele tinha duas margens: a direita e a esquerda; na margem direita estavam os de direita, e na esquerda, os de esquerda.

Tudo isso do ponto de vista de quem segue a corrente.

A margem esquerda estava descoberta. Não havia nenhuma força além de um batalhão da Tcheká.

Mas os de direita não atacavam, para eles era vantajoso deixar o Dniepr em seu flanco.

---

[129] Dança folclórica do Cáucaso. (N. da E.)

Começaram a mobilizar os sindicatos. Ninguém ia. Começaram a mobilizar o partido. Parece que poucos foram.

Mas os canhões já estavam atirando. Amo o estrondo dos canhões na cidade e os estilhaços correndo pela calçada. É bom quando se têm canhões.

Parece que naquele dia nos reuniríamos e terminaríamos de lutar.

Minha mulher estava no hospital, seriamente doente. Eu ia vê-la.

Anunciaram uma mobilização partidária dos mencheviques e SRs de direita. A organização dos SRs em Kherson era legalizada.

Um pouco antes disso, houve eleições para o soviete em Kherson. Os mencheviques e SRs tinham levado quase metade.

Na primeira reunião do soviete, depois de escutar a saudação do batalhão local da Tcheká, os comunistas anunciaram que o soviete tinha decidido mandar uma saudação para Lênin, Trótski e o Exército Vermelho. Os mencheviques declararam que não saudariam Lênin e Trótski de jeito nenhum, mas sempre chamando a atenção para...

A seguir provavelmente vinha um... "até certo ponto"...

Em suma, eles concordaram em assinar a saudação.

Mas os comunistas são rapazes astutos. Na qualidade de ordem, eles incluíram o programa do Partido Comunista no soviete. Os mencheviques não votaram a favor dele. E então eles foram expulsos do soviete.

A mobilização foi promovida pelo comitê local e aconteceu sem entusiasmo. As cúpulas partidárias locais estavam a favor, entre elas estavam meus camaradas da primeira convocação do soviete de Petrogrado — Vsiévolod Venguerov, que havia trabalhado nas organizações profissionais locais, e o camarada Petcherski.

A mobilização dos mencheviques foi apoiada sobretudo pelos estudantes locais, aproximadamente quinze pessoas.
Além do comitê, os SRs conseguiram mobilizar também vários trabalhadores.
Não resisti e me inscrevi nos mencheviques. Justamente com eles, para estar com conhecidos.
Briguei muito pela mobilização na reunião. Reuniram-nos a todos e mandaram-nos em grandes telegas para o flanco direito na aldeia de Teguinka, a umas quarenta verstas de Kherson.
Isso foi muito difícil para mim. Eu tinha esperança de combater na cidade ou perto dela, para ter a possibilidade de ver minha mulher.
Mas, não pela primeira vez, subi no trem sem saber para onde ia. O camarada Mitkiévitch, um homem robusto e de visão estreita, mobilizou os SRs. Na guerra ele era oficial de minas. No grupo local de SRs, era um líder muito influente. O grupo era legalizado, mas apoiava a plataforma da maioria do partido.
Partimos.
Andamos por campos vazios. Ultrapassamos grandes telegas com judeus que fugiam dos brancos — dos futuros pogroms.
Os judeus iam rumo à colônia agrícola de Lvovo, onde estavam se juntando em tal quantidade que já nem batiam neles.
Eu mesmo não estive nessa colônia. Dizem que a agricultura lá é fraca. As casas estavam nuas, não havia horta. E os costumes eram particulares, típicos de Lvovo.
Por exemplo, eles iam negociar com os destacamentos em *tatchankas*, carruagens abertas como as de Makhnó.
E nessas *tatchankas*, como nas de Makhnó, havia metralhadoras.

Nos arredores de Lvovo há menos antissemitismo do que em outros lugares. O porquê eu não sei.

Entramos em Teguinka.

Um grande povoado com uma igreja, a igreja tem sinos, nos sinos fica um observador, e embaixo, um canhão de três polegadas.

As ruas são amplas, à noite o chefe da companhia passa por elas, e é possível fazer a curva com a troica sem diminuir a velocidade.

Não são bem ruas, são campos de pouso.

Há vários tipos de casas dos dois lados. Algumas de velhos crentes. O povo no geral é misturado, falam uma espécie de ucraniano, mas em geral a Novorossia,[130] a região mais ralé da Rússia, não tem língua própria nem canções nem ornamentos, embora as pessoas vivam "como alemães", com telhas nas casas.

Come-se carne todo dia.

Eu estava trabalhando com Thackeray. Levara um romance dele comigo.

Estávamos entediados. Toda a companhia era russa. A companhia de Petersburgo lembrava de Piter: "Lá passamos fome", diziam, "mas é interessante".

À noite gritavam: "Hora da prece", e cantavam: "Essa é nossa última batalha, a decisiva".

Vocês acham que eu escrevi essa linha? Eu a cantei.

Estive há pouco tempo nos arredores de Berlim e na volta fui parar numa greve. Não havia bondes nem cocheiros, eu não sabia a língua, então tive que atravessar todos os países do mundo para chegar à minha casa na Kleiststrasse; o povo vinha andando ao meu encontro, um povo denso, e tam-

---

[130] Região do Império Russo que compreendia o sul da Ucrânia, a Bessarábia e parte da Crimeia. (N. da E.)

bém vinham de bicicleta. E era só isso, um monte de gente, mas meu coração se elevou. Esse coração abatido, decepcionado. O coração que eu preciso segurar o tempo todo entre os dentes ferve ao encontrar a multidão.

É uma grande força.

Além da "Internacional", os soldados cantavam também "Variág" com a melodia de "Senhor, salve teu povo",[131] e eram compostos sobretudo de prisioneiros de guerra.

Eram pessoas absolutamente familiares.

Não eram comunistas, não eram bolcheviques, eram simples soldados russos. Nos receberam bem.

Eles se atormentavam muito por estarem na Ucrânia, onde claramente ninguém os queria. Aqui eles lutam contra todos.

Diziam: "Se não fosse pelo carvão dessa Ucrânia, a gente mandava ela pro quinto dos infernos, de pão a gente recebe o mesmo tanto que na Sibéria".

E então mais alguém discordava.

Os ucranianos, ou, mais precisamente, os colonos que viviam em Teguinka, esses tinham paciência conosco.

Nos alimentavam com carne, creme azedo, carne de porco. Se pudessem, nos dariam aos porcos como comida.

Nos pátios havia segadeiras quebradas. Mandávamos buscar cavalos de acordo com nossas atividades militares. O povoado estava sem roupas. Não havia nem sacos para o pão. Não havia em que carregar os grãos.

A cidade já estava preparada para a fome.

Uma noite, vieram os brancos. Os camponeses os trouxeram. Naquela noite os brancos nos atacaram. Nos estabe-

---

[131] *Spassí, Gôspodi, liúdi tvoiá*, tradicional hino ortodoxo russo. A canção "Variág", muito popular entre os marinheiros, relata o naufrágio do navio de mesmo nome durante a Guerra Russo-Japonesa (1904-1905). (N. da E.)

lecemos em meio às isbás. Houve um tiroteio. Os brancos fugiram para sua margem branca, à direita.

Durante a noite eles atiraram uns nos outros. Meu ofício era tranquilo, eu ficava mais de guarda perto da ponte. Conferia os documentos de todos.

Eu estava usando um gorro com as bordas levantadas — os camponeses os chamavam de "chapéu" —, uma roupa verde, de cortina de feltro com gola de marinheiro, e um sobretudo de linho feito de um bom tapete grosso, com uma fivela de mochila.

Em Petersburgo não se espantavam, mas os camponeses ficavam profundamente aflitos.

Eu não era nem um homem, nem uma senhorita.

Uma vez saí numa missão de reconhecimento.

Primeiro seguimos umas quinze verstas pela margem à esquerda.

O front estava muito vazio, havia umas três pessoas por versta.

Lá, vieram ao nosso encontro uns cavaleiros do Cáucaso usando burcas pretas. Inclinando-se teatralmente, falavam conosco montados nos cavalos, galopavam pela margem. Em volta das isbás escuras não havia ninguém.

O Dniepr calmo, os barcos não estavam prontos.

Subimos numa banheira qualquer, conseguimos remos que pareciam palitos.

Partimos, começamos a afundar, os barcos estavam furados, e nós tínhamos uma metralhadora. Alcançamos um banco de areia calmo — desembarcamos.

Andamos pelo junco de troncos cortados, mas o pé escorregava nas sandálias de madeira.

Andávamos e dávamos de encontro com vacas malhadas e de couro macio, agradável ao toque.

Chegamos a um riozinho, não sabíamos como atravessar. Sem problemas, mandamos uma missão de reconhecimento. A missão não voltava. Reunimos um grupo, fumamos, xingamos nosso líder.

Nosso suboficial puxou conversa comigo sobre o sentido das conexões em geral. Fumávamos. O tripé da metralhadora fincado na areia, como uma cadeira. Não havia posto avançado. A impressão era de que as pessoas não lutavam a sério, mas de repente pegavam e deixavam a guerra de lado.

O rio ficou rosado, fomos para a água morna, puxamos o barco pesado, navegamos de volta.

Atracamos. Por todo o caminho fomos tirando água com os gorros.

Tudo sem muita seriedade.

Andei muito pelo mundo e vi diferentes guerras, e sempre tive a impressão de estar dentro do buraco de uma rosquinha.

E nunca vi nada terrível. A vida não é densa.

E a guerra consiste numa grande incapacidade mútua.

Talvez isso só aconteça na Rússia. Eu estava terrivelmente entediado. Escrevi uma declaração dizendo que o serviço de infantaria eu não conhecia, mas sabia algo sobre blindados, e, no pior dos casos, sobre material explosivo. Precisavam de minadores, me chamaram para Kherson.

Esqueci de dizer por que eu era completamente desnecessário em Teguinka. Eu não tinha espingarda. No geral, faltavam espingardas.

Parti, me puseram numa telega e comigo alguns detentos. Dois.

Um era grande e pesado, chefe da milícia local. O outro, um desertor pequeno e calmo.

Eu estava armado com uma vareta, mas não estava sozinho. Na qualidade de escolta dos detentos ia comigo um pequeno soldadinho, um dos prisioneiros de guerra. Ele tinha uma espingarda, carregada inclusive.

As pernas dele estavam doendo, e ele não conseguia nem sentar na telega, nem andar ao lado. De alguma forma conseguiu se ajeitar de cócoras na parte de trás.

Um detento estava perturbado, tinha levado uma bela surra em Teguinka, fora condenado por especulação e quase o condenam também por traição. Para nós ele dizia que não era culpado.

Ele era alto, forte, e ao nosso redor havia apenas a estepe. Depois da estepe, o rio, e havia menos brancos e vermelhos na estepe do que mulheres esculpidas na pedra. Você não os encontrava nem se quisesse.

E a estepe já não estava nua, e sim coberta de brotos.

O pequeno guarda da escolta ficava convencendo o detento de que em Kherson o soltariam.

Mas para mim dava piscadelas de trás de sua metralhadora, como quem diz: "Vão fuzilá-lo". E ao nosso redor havia a estepe. Parecia que valia a pena para o detento atacar a mim e ao soldado da escolta inválido e fugir, mas ele ficava dizendo que não era culpado, e ficava sentado na telega como se estivesse amarrado.

E eu não o entendia, como não entendia a Rússia.

E assim o levamos para Kherson.

O outro era um rapazinho, se não foi fuzilado no segundo dia, provavelmente foi solto no terceiro.

Cheguei a Kherson.

Em Kherson os canhões atiravam tanto que acabaram se tornando parte do cotidiano.

Só na feira estavam nervosos e com medo.

Mas tudo bem, ela estava funcionando, o leite não ia azedar por causa dos canhões.

Morava-se e fazia-se comércio na cidade.

Nas paredes penduravam os nomes dos fuzilados. Quinze pessoas por dia. Racionadamente.

E os últimos cinco sobrenomes eram de judeus. Para mostrar que não havia antissemitismo.

Os canhões ficavam na cidade. Era muito aconchegante. Mas as mulheres do subúrbio de Zabalka não permitiam pôr uma bateria perto delas.

Elas tinham razão, claro. Passarão brancos e vermelhos e muitos outros que não têm cor, e vão atirar mais, e todos passarão, mas Zabalka ficará.

Comecei a formar um destacamento de explosão. Mitkiévitch devia chegar a qualquer dia.

Mandei reivindicações para os regimentos, peguei alguns meninos da Juventude Comunista.

A formação começou.

Achei um alojamento numa velha fortaleza. Estava procurando material explosivo entre os depósitos abandonados, mas descobri que a dinamite já havia sido levada. De forma muito precipitada. Fiquei surpreso por não terem levado também os canhões.

Havia muitos canhões. Navais, de longo alcance. Não sabiam atirar com eles, não havia tabelas e discos de celuloide. Atiravam nos aeroplanos com um canhão especial, mas não acertavam. Os aeroplanos vinham toda manhã. Eram brancos no céu azul. Voavam com precisão.

Faziam círculos. Depois, de repente, um bom estrondo. Como um tamborim. Uma bomba. Eu levantava. Isso significava que eram sete horas, era preciso aprontar o samovar. A ação continuava.

Com um certo ganido uivante, um aeroplano vermelho subia lentamente da cidade.

A custo subia para o céu. Os aeroplanos brancos iam embora.

Começava o tiroteio. Os brancos atiravam na antiga casa do governador. Lá ficava o Comissariado de Guerra e a bateria ao lado.

Os brancos atiravam com canhões de três polegadas. Quase sempre acertavam. A casa estava crivada de balas, mas continuavam trabalhando nela. Eu fui para o serviço.

Se era para lutar, que fosse assim. Numa guerra civil não vale a pena fingir que se está numa guerra de verdade, e é mais confortável lutar dentro da cidade.

Mitkiévitch organizava o destacamento de forma sólida e ousada.

Assim como eu, ele também estivera no Dniepr num posto de cinco pessoas. Ao redor havia camponeses inimigos. Os vermelhos (nesse caso, SRs) tinham ocupado uma casa senhorial e estavam fingindo que eram muitos. Por isso mantinham um dos seus perto da porta e não deixavam ninguém entrar.

Essas pessoas, com quem Mitkiévitch já havia passado pelo batismo de fogo, ele também as levou para Kherson.

Ele estava com saudade de agir, tinha desenvolvido um amor profundo e tenaz por seu destacamento. Assim como Robinson Crusoe teria amor por qualquer mulher branca que fosse jogada em sua ilha.

Quantas pessoas vi na minha vida — especialmente entre os judeus, virgens de poder nos tempos antigos — que eram apaixonadas pela tarefa que lhes foi confiada.

Na Rússia, se instalarmos num mesmo apartamento um homem e uma mulher com uma diferença de idade entre um e vinte anos, a aproximadamente dez graus negativos, eles se tornarão marido e mulher. Não conheço verdade mais triste.

Se dermos um homem a uma mulher que não tem marido, ela se apegará a ele.

No geral, a humanidade é feita para os substitutos. Mitkiévitch comia, bebia e dormia no destacamento. Eu também.

Chamei para o destacamento meus amigos mencheviques de Teguinka. Eram estudantes técnicos. Chegaram cansados, sombrios, assustados. No dia seguinte à minha partida, houve um ataque ao acampamento cossaco localizado na margem oposta do rio.

Avançaram com uma unidade minúscula. Os camponeses receberam os recém-chegados com uma pergunta severa: "Quando vocês vão terminar?"

De maneira geral, já era preciso trazer para a revolução russa as pessoas interessadas de fora.

Venguerov, que tinha um coração doente, muitas vezes ia se deitar e depois levantava de novo. Atravessavam as aldeias, escalavam por cima das cercas. Os brancos se retiravam lentamente. Naquela época os nossos estavam atacando Alióchki. O plano era o mais elementar. Dar com a testa na parede. Reuniram pessoas, a maioria marinheiros, fizeram-nos subir em dois barcos a vapor e levaram para Alióchki. Lá eles lutaram, se enfiaram na cidade. Os brancos se retiraram e atacaram do flanco. Eles estavam fugindo. Afundaram ao cruzar o braço do riozinho. Jogaram fora as botas e os casacos. À noite os remanescentes dos destacamentos voltaram molhados, quase nus. Tinham derrotado os nossos e os do acampamento cossaco. Mas nem todos voltaram. Venguerov subiu num barco, se afastou da margem com alguns soldados e uma enfermeira. Mas não chegou ao outro lado. O cadáver da enfermeira apareceu na nossa margem.

Demos Venguerov por morto. Procuramos por ele, mandamos batedores para a outra margem. Nada.

A mulher dele parecia petrificada.

Os estudantes chegaram tristes ao meu destacamento, estavam esgotados.

Um dia antes da partida, ordenaram ao batalhão em que eles estavam que atacasse de novo.

O batalhão já estava quase desfeito. De alguma maneira tinha desaparecido.

Ordenaram atacar. Puseram todos no barco a vapor *Khárkov*, de fundo chato. Como despedida, deram meia libra de açúcar para cada um. Parecia um enterro em tudo. Açúcar era raridade. Não era distribuído sem motivo. O *Khárkov* ia em silêncio. Eles estavam deitados. Calados.

Felizmente o barquinho a vapor encalhou, passou ali a quantidade de tempo necessária e voltou. E o ataque foi cancelado. Nos instalamos na fortaleza de forma bem limpinha. Tarimbas, esteiras. Um telefone. Mitkiévitch pressionava quem era da *intelligentsia*, e eu tinha pena deles, mas de resto não tenho culpa diante de ninguém, e por isso não ofendo nenhuma pessoa diante de outra.

Fui para Nikoláiev. Não tinha dinamite. Tive que fazer uma gambiarra. Como resultado, trouxe um vagão de *sekrit* — uma substância explosiva norueguesa —, foguetes e uma cortina de fumaça.

Nos pacotes de substância inflamável para a cortina de fumaça achamos pavios Bickford.

E assim demos início a uma empreitada de explosivos digna de Robinson Crusoe.

Aprendemos a jogar bombas. A obstruir túneis. A fazer rastilhos.

Os soldados ficaram mais espertos e se tornaram importantes. A dinamite e o automóvel mudam o caráter de uma pessoa.

À noite eu estudava frações com os soldados.

Surgiam fronts por toda a Rússia, os poloneses avançavam e meu coração doía, como dói agora.

E em meio a toda essa tristeza não compreendida por mim, entre os projéteis que caíam do céu, como uma vez caíram no Dniepr sobre uma multidão de banhistas, é muito bom dizer com tranquilidade:

"Quanto maior o numerador, maior o valor da fração, porque isso significa que há mais partes; quanto maior o denominador, menor o valor da fração, porque isso significa que as partes são menores."

Isso é indiscutível.

Não conheço nada mais indiscutível.

Sobre a mesa havia maçãs verdes azedas e cerejas silvestres miúdas. Os jardins ao redor tinham sido trancados, nacionalizados.

E não sabiam colher as frutas, só que os soldados as roubavam: as tropas sempre comem as frutas antes de amadurecerem. Se Adão fosse soldado, no paraíso ele teria comido a maçã ainda verde.

E assim eu ensinava aritmética. Fomos encarregados de explodir uma ponte de madeira que cruzava o estuário do Dniepr.

A ponte atrapalhava a passagem da bateria flutuante.

Não sei se é possível explodir pontes de madeira.

A ponte tinha um vão médio de estrutura muito elegante, feita de várias camadas de tábuas presas por pinos de carvalho.

Tiramos o assoalho da ponte.

Os soldados faziam um trabalho magnífico.

Um deles, grande, terrivelmente forte, tão grande que não se distinguiam os músculos, revelou trabalhar com pontes.

Ele arrancava os pinos como se estivesse tirando sementes.

Os estudantes trabalhavam, se esforçavam muito.

Os soldados não gostavam deles porque eram judeus. Em mim perdoavam o judaísmo.

Eu sou um homem estranho para os soldados.

As pessoas sentadas ao longo da ponte faziam o mesmo trabalho, mas repreendiam umas às outras.

Um dos nossos judeus era da Juventude Comunista. O sobrenome era algo como Brakhman.

Ele ingressara como voluntário. Aqui preciso compartilhar uma lembrança com vocês.

Numa rua da cidade de Solojbulak (no Curdistão), cidade que antes fora famosa por suas folhas, peles e pavões, eu certa vez vi um grupo de soldados.

Com alegria eles faziam voar a golpes de bota, botas pesadas, um gato persa com uma lata de querosene amarrada ao rabo.

O gato ora se fingia de morto e ficava deitado como um cadáver, ora, de repente, reunindo todas as forças, se jogava para o lado com um pulo, mas a lata o segurava, e então davam nele com a bota para que se espichasse e voasse no ar.

O dono, persa ou curdo, estava ao lado, e não sabia como tirar seu gato dos soldados.

No nosso destacamento, Brakhman era esse gato.

Ele foi parar na guerra com o objetivo de subir imediatamente até os cursos de treinamento para comandantes. Mas receberam-no com educação e disseram: "Sirva". E na diretiva escreveram: "Obrigá-lo a servir".

E tinham razão.

Brakhman tinha medo de bombas.

Obrigaram-no a jogar bombas. Ele aprendeu. Não viram isso com bons olhos. E ele era sujo, tinha piolhos, aumentava as feridas na virilha ao aplicar nelas folhas de tabaco.

Ele era um verdadeiro cartaz antissemita ambulante.

Como o atormentavam!

Estávamos nos preparando para explodir a ponte. Pusemos dinamite na viga. No meio estavam penduradas as bananas de dinamite. Explodimos.

Lembro do instante da terrível explosão. A ponte rachou, mas os destroços ficaram suspensos.
E de repente surgiu uma chama em um tronco da borda...
Em um minuto a ponte inteira estava em chamas.
Não queríamos isso, era só a viga do meio que nos atrapalhava.
Era uma ponte enorme, da altura de quase dez *sájens*, haviam passado muitos anos construindo-a, e ela queimou como um punhado de lascas de madeira.
Pobre Mitkiévitch!
A ponte queimava ostensivamente. Eu também tinha contribuído com a destruição da Rússia.
Toda Kherson se juntou na margem. Satisfeita. Pois na Rússia às vezes as pessoas se alegram assim: "Os bolcheviques não têm lenha, a Rússia vai congelar esse inverno". Uma nação arguta como uma barata, que acredita em sua tenacidade e pensa: "Os bolcheviques vão congelar, mas nós vamos chegar à primavera de alguma forma".
E a nação sabe que é grande. Enquanto isso, as chamas consumiam a ponte. Como se a levassem para o céu.
Perto da ponte, na água, havia soldados com mangueiras de incêndio. Não sei onde arranjaram. Jogavam água nela. Mergulhavam a todo instante. As roupas ardiam lentamente. O público na margem — a maioria mulheres — se alegrava: "Veja, veja como eles são. Que a Rússia queime". Tínhamos uma única preocupação: o perigo do canal ser bloqueado pelos destroços.
Mitkiévitch escalou para a ponte de um barco com mastros.
Tentava não deixar que os destroços que desmoronavam se emaranhassem em pilhas, de forma a fechar a passagem. Mas a ponte terminou de queimar em segurança.

Voltamos para casa carrancudos. Quanta madeira havia queimado!

E o ano era 1920, não 1917, já não era um ano incendiário.

Voltamos para Kherson.

Naquela noite, a senha para entrar na cidade era "dreadnought".

Vivíamos quietos, nos fossos da velha fortaleza.

Jogávamos bombas, às vezes explodíamos uns dois *puds* de *sekrit* de uma vez.

É bom quando explode. Você acende o pavio, se afasta correndo, deita e olha.

A terra se dilata diante dos seus olhos.

A bolha cresce numa fração de segundo, desprende-se do chão. Ergue-se uma coluna escura. Muito sólida. Firme. Grande. Depois amolece, desintegra-se em forma de árvore e cai na terra como uma chuva de granizo preto.

Belo como o relincho de um cavalo.

Nosso material explosivo era ruinzinho.

E era preciso ensinar as pessoas depressa.

A terra ao redor dos homens de Wrangel estava dilatada como uma bolha, uma bolha que já se afastava do solo.

De repente subiria para o céu!

Em todo caso, seria necessário explodir as pontes na retirada. Nos ordenaram preparar as pessoas em uma semana.

Trabalhávamos dia e noite.

Foi necessário aprender a trabalhar em condições nas quais é impossível trabalhar. Por exemplo, provocar explosões sem ter um pavio Bickford.

Nesses casos é possível provocar uma explosão usando o detonador (rastilho) de uma granada de mão e um barbante na cavilha do rastilho.

Deve-se puxar a cavilha para fora, o rastilho vai se acender e três segundos depois acontecerá a explosão.

Tínhamos granadas de mão do modelo alemão. Nelas, um disco flexível, preso pela cavilha, segura a mola do rastilho.

Você puxa a cavilha, segura o disco com a palma da mão, pressionando-o contra o corpo da granada, joga para o ar, a placa cai e o rastilho se acende. E explode.

Fizemos assim. Introduzimos um rastilho numa lata de um *pud* de *sekrit*, amarramos um barbante, nos escondemos atrás de um montinho e puxamos.

Esperamos três segundos.

Silêncio.

Puxamos mais, arrastamos o próprio rastilho em nossa direção.

E não houve explosão. Será que o rastilho estava estragado?

Segundo as regras, nesses casos não se deve ir até o local da explosão malsucedida. Parece que é preciso esperar meia hora. É muito sensato.

Mas o silêncio é de certa forma muito denso.

Levantamos e fomos em bando até o local da explosão (não ocorrida).

Estávamos indo e, de repente, Mitkiévitch se agachou no chão e disse: "Chklóvski, uma fumacinha!".

De fato, o rastilho estava soltando sua fumacinha silenciosa de três segundos. Isso significava que de repente ele tinha acendido.

Restavam dois segundos, talvez um.

Dei um salto rumo ao *sekrit*, arranquei o rastilho e joguei-o para o lado, ele explodiu no ar.

Eu me sentei no chão. Não sentia as minhas pernas. Os soldados se levantaram do chão. Não adiantava muito deitar, porque a cratera teria atingido a todos. Um deles se aproximou de mim e disse: "Um dia você certamente vai se explodir!".

Naquela noite, essa já era a convicção de todo o destacamento.

Muito provavelmente, aconteceu o seguinte. Não tínhamos arame para prender o rastilho na carga, para que ele não fosse puxado para fora junto com o barbante e a cavilha.

Ao invés, nós cercamos o rastilho com pedrinhas. Inicialmente, como se vê, uma delas impediu o disco de saltar para fora, mas depois ele se desprendeu de alguma forma. E aí o rastilho pegou fogo.

Minha mulher perguntava todo dia:

"Você não vai se explodir?"

Eu usava uma roupa verde feita com a cortina de uma janela.

Andava pelo parque de manhã cedo.

No parque havia um carvalho, sob o carvalho uma sepultura. Cada novo governo tirava de lá o corpo que o anterior tinha enterrado, e enterrava o seu próprio.

Se eu me explodisse, acho que me enterrariam ali.

Os soldados cuidariam disso, eles me adoravam.

A areia de Kherson era quente, queimava os pés, não havia botas: usávamos sandálias de madeira com cordões.

Roupa de monges mendicantes. Quando você anda com essas sandálias parece que alguém está puxando os seus pés a cada passo.

Mas mesmo assim usam.

Por toda Kherson se escutavam as batidas das sandálias.

Era assim que se andava por Kherson. Muito verde. Você passa na feira.

A feira ora fazia comércio, ora se agitava em pânico sob o tiroteio dos brancos.

Vendiam leite em cântaros de cerâmica. Um leite grosso, fervido. Eu me alimentava com esse leite e damascos, no começo na conta dos 40 mil de Grjebin, mas era difícil trocar dinheiro. Notas de 10 mil (eu tinha trazido o dinheiro em quatro notas) ninguém trocava. Ou trocavam por "khodi", pequenas notas de mil com inscrições chinesas, mas ninguém as aceitava. Paguei uns 2 mil para trocar a nota de 10 mil. Foi preciso vender coisas. Vendi meu sobretudo. Depois, as boas calças de couro feitas com o meu sofá de camurça. Todos os alunos do estúdio da Literatura Mundial a conheciam. A madeira do sofá eu queimei.

Me alimentava de damascos e leite. E na feira houve uma algazarra. Por que os judeus estavam comprando toucinho de porco? Pela lei deles, não deviam comprar toucinho de porco. Para os russos estava faltando. E a fé dos judeus era assim. Por que eles estavam transgredindo sua fé?

Eu estava levando o leite para casa. Ia pelo parque. Muito verde, uma sombra fria, um relvado — e então o Sol. Eu ia andando e pensando distraidamente nas minhas coisas.

Pensava na OPOIAZ. OPOIAZ significa: Associação para o Estudo da Teoria da Linguagem Poética.

Pensava em algo que para mim era claro como numeradores e denominadores. É só pensar que já se fica distraído. Eu explodi por distração. Aconteceu assim.

Estávamos com falta de rastilhos.

E precisávamos de rastilhos, muito. Tanto no caso de uma retirada quanto para detonar as bombas que os brancos atiravam sobre nós. Essas bombas às vezes nem explodiam.

Eu tinha trazido comigo de Nikoláiev uns cilindrinhos brancos alemães. Eles estavam guardados no depósito de pólvora, e eu achava que eram rastilhos. Mitkiévitch assegurava que não. E de fato, parecia haver um orifício para o pavio Bickford neles, mas era largo demais, dava para botar o mindinho ali, e era feito de uma forma que não tinha como apertar.

Pedi para prepararem um pavio Bickford de cortina de fumaça e fui para a borda de um barranco fazer um teste.

Era um dia bonito. A grama estava verde, o céu, azul.

Ao longe havia alguns cavalos e um menino. Velhas valas em volta — dentro delas havia aberturas, e o que havia nelas não se sabia; provavelmente, só escuridão.

Comecei a introduzir o pavio no cilindrinho, que parecia o estojo metálico de um aluno da escola básica, com a circunferência de uma moeda de três copeques e o comprimento de quatro *archins*. O pavio não se segurava na abertura: era muito fino.

Enrolei com um papel. Medi o suficiente para dois segundos.

Para não ficar entediado esperando.

Acendi um cigarro. Os pavios Bickford não eram acesos com fósforos, mas com cigarros. Tudo conforme o procedimento. Comecei a fumar, peguei o cilindrinho na mão e me inclinei em direção a ele com o cigarro. O que aconteceu no curso de um quarto de segundo eu não me lembro em detalhes.

Provavelmente acendi sem querer o papelzinho que envolvia o pavio Bickford.

O fogo se espalhou pelos lados dos meus braços, subiu, queimou, deu a volta, e o ar ficou repleto de explosões. O cilindro arrebentou nas minhas mãos. Mal tive tempo de lembrar, de passagem, do livro *O enredo enquanto fenômeno de estilo* — quem o escreveria agora?

Parecia que a explosão ainda fazia barulho, que as pedras ainda não tinham caído na terra. Mas eu estava no chão. E vi que no campo os cavalos galopavam, o menino corria. E a grama ao meu redor tinha pingos de sangue.

É surpreendente como o sangue fica vermelho sobre o verde.

Os braços e a roupa estavam todos em farrapos, com buracos, a camisa preta de sangue, e através das correias da sandália via-se que os pés estavam destroçados, os dedos retorcidos e virados para cima.

Fiquei deitado de barriga para baixo e gritei, o som estridente da explosão já tinha terminado, eu agarrei a grama com a mão direita.

Me pareceu que em um minuto os soldados chegaram correndo. Escutaram a explosão e disseram:

"Pronto, o Chklóvski se explodiu!"

Trouxeram a telega. Tudo muito rápido. Eles compravam batatas com essa telega. Eles eram mal alimentados, compravam batatas e as cozinhavam à noite.

Vieram correndo os do pelotão e Matviêiev, aquele grande; começaram a me levantar e pôr na telega. Eu já estava entendendo.

Veio o estudante Pik, absolutamente pasmo.

Me puseram na telega e enfiaram um chapéu de linho com abas moles sob a minha cabeça.

Mitkiévitch chegou, pálido como no incêndio da ponte. Se inclinou sobre mim, prendendo a respiração.

Nos meus ouvidos ainda soava um tinido. Todo o corpo tremia. Mas eu sei como é preciso se comportar, não tem problema que eu não saiba segurar a colher durante o almoço.

Eu disse para ele:

"Faça um relatório: o objeto que me foi dado para experiência se revelou um rastilho de potência muito grande. A explosão aconteceu antes da hora, provavelmente por causa da eliminação do invólucro superior do pavio Bickford. Usem esses rastilhos!"

Tudo foi feito como nas melhores casas, segundo o procedimento.

Existem procedimentos de como um ferido deve se comportar. Há até procedimentos sobre o que se deve dizer ao morrer.

Fui levado para o hospital.

Um aluno, soldado, estava sentado perto dos meus pés e os apalpava para ver se minha temperatura não estava baixando.

Chegamos ao hospital militar. Brigaram com os assistentes de enfermagem.

Tudo aconteceu como de costume. Deitado, eu ia entendendo tudo com tristeza. Me puseram sobre uma mesa. Me ensaboaram.

Meu corpo tremia. Isso eu ainda não tinha visto.

Ele se batia com um leve tremor. Não os braços, não as pernas, não: o corpo todo.

Uma mulher se aproximou, era a médica.

Uma conhecida de Petersburgo. Não nos víamos fazia uns oito anos. Começamos a distrair um ao outro conversando.

Nessa hora já tinham raspado meus pelos, era necessário para os curativos.

Falei com minha conhecida sobre o grande poeta russo Velimir Khliébnikov.

Fizeram um curativo na minha cintura, me puseram na cama.

No dia seguinte veio a irmã da minha mulher. Eu tinha mandado não incomodar ninguém até a manhã seguinte.

Ela olhou para mim. Tocou-me com o dedo. Se acalmou um pouco.

Foi dizer para Liússia que eu ainda tinha os braços e as pernas.

Que eu ia me explodir, disso todos já sabiam desde antes.

No geral é como se ao viver eu estivesse cumprindo alguma meta de produção.

Estava cruelmente ferido nas pernas, estilhaços haviam se alojado no peito.

A mão direita fora perfurada, os dedos despedaçados, havia estilhaços no peito.

Estava todo arranhado, como que por garras. Um pedaço de carne fora arrancado da coxa.

E os dedos do pé estavam esmigalhados.

Não era possível remover os estilhaços. Para tirá-los, seria preciso fazer cortes, e as cicatrizes repuxariam a perna.

Os estilhaços foram saindo sozinhos.

Eu estava andando, sentia algo frio. Algo arranhava a roupa. Eu parava e via um pequeno estilhaçozinho branco se projetando para fora da ferida.

Eu tirava. A ferida cicatrizava rapidamente.

Mas chega de falar sobre feridas.

Eu estava deitado e cheirava a carne passada. O clima estava quente.

Os soldados vinham me ver. Olhavam com carinho. Conversávamos.

Veio Mitkiévitch, disse que tinha escrito em seu relatório para o estado-maior:

"Teve um grande número de feridas cegas, em torno de dezoito."

Aprovei: o número estava correto.

Os soldados me traziam maçãs verdes e cerejas azedas.

Ficar deitado me dava calor. O braço esquerdo estava amarrado a uma pequena gradezinha de alumínio. Eu estava todo cozido.

Do lado direito puseram um ferido — um homem imenso, mas não inteiro; da bacia para baixo, faltava a perna direita.

Ele tinha o peito bonito, belos braços delgados.

Era um comunista local, Gorban. Fazia tempo que tinham amputado a perna dele, mas ele fora ferido de novo da seguinte maneira:

Estava viajando de canoa com um agrônomo por uma questão de regulamentação do solo.

Discutiu com ele, talvez tenham partido para a briga. O agrônomo atirou nele à queima-roupa. O tiro atravessou o queixo e feriu a língua.

Depois ele jogou Gorban na estrada. Atirou nele de cima.

Perfurou a bolsa escrotal, o peito e o braço, e foi embora.

Gorban ficou deitado na terra, sob o sol. Por muito tempo. Mugindo numa poça de sangue.

As carroças e os mujiques passavam por ele, não o recolhiam. E ele não conseguia falar nada. Os mujiques estavam cuidando de suas coisas.

À noite, policiais recolheram Gorban.

Ele não queria morrer de jeito nenhum. Gemia, se agitava, sufocava.

Um médico grisalho ficava com ele e borrifava cânfora nele a cada meia hora. Injetavam soro fisiológico em Gorban. Estava claro que todos queriam sinceramente que ele sobrevivesse.

Ele sobreviveu. O médico saía, depois olhava para ele com tanto amor que parecia que ele próprio tinha dado à luz aquele homem perneta.

Eu e ele estávamos deitados lado a lado e ficamos amigos.

No começo ele não conseguia falar; outros falavam por ele, e ele mugia afirmativamente.

Gorban era ferreiro de profissão. Havia sido condenado a trabalhos forçados antes da revolução, como SR. Bateram muito nele.

Em 1917 soltaram-no. Veio para Kherson. Na época dos alemães, ele capturou um agente provocador que estava dando uma volta na rua principal, e levou-o consigo. Mataram o provocador.

Mas os alemães capturaram Gorban e também o levaram para matar.

Ele abriu a jaqueta de couro e escapou de dentro dela.

A jaqueta ficou e ele fugiu nadando, de botas e calças.

Feriram-no na água, mas ele conseguiu escapar.

Vivia nas estepes. Não passava a noite em casa, e no mato ninguém o achava.

Depois ele lutou contra os alemães, contra os gregos (os gregos ocuparam Kherson uma época), contra os brancos.

Foi ferido na perna de novo. Não havia ninguém para fazer um curativo.

Nos destacamentos de Makhnó, por exemplo, os doentes de tifo iam sozinhos durante as retiradas.

Cortaram a perna de Gorban quase que com canivetes.

Quando se corta uma perna, é preciso cortar os músculos, puxar a carne com o punho e serrar o osso.

Senão depois o osso rasga o coto.

Se vocês não gostam dessa descrição, então não façam guerra; eu, por exemplo, ao ver os inválidos nas ruas de Berlim, fico com vergonha.

Gorban foi operado incorretamente, e quando o levaram a um médico de verdade foi necessário amputar a perna inteira.

Depois disso, para ir à batalha ele teve que se amarrar ao cavalo com cordas, e ao lado prenderam um bastão para ele se sustentar.

Ele ainda lutou muito.

Depois contou como, já em Nikoláiev, tomava estações "na unha". Isso significa: cada um pegava o que quisesse.

"Geralmente cada um conseguia pegar um limão, talvez um par de roupas de baixo, mas era interessante."

Contava como dava cabo de trens de fugitivos. Um trem foi completamente exterminado. Só deixou viva uma judia que pesava dez *puds*. E apenas por curiosidade. Depois começou a se dedicar à regulamentação da exploração do solo.

O plano dele era unir dez sítios em uma unidade econômica, campos lavrados e depósitos separados, mas máquinas e manutenção juntos.

Ele dava a impressão de entender do assunto.

Falava de si mesmo com um sorriso alegre:

"Agora sou um culaque... Só de grãos tenho tanto... venha me visitar, professor, temos damascos!"

Vinha muita gente ver Gorban, sentavam-se, conversavam com ele. Para me ver vinham os estudantes do destacamento, os soldados...

E eis o relato, composto de fragmentos mas totalmente verídico, sobre como Kherson se defendeu dos alemães. Absolutamente tudo o que escrevo neste livrinho é verdade. Não mudei os sobrenomes em lugar nenhum.

Os soldados foram embora do front. Viajavam nos trens, sobre os trens, sob os trens. Alguns ficaram nos trilhos.

Mas com a ajuda do deus russo — um deus grande e misericordioso —, muitos voltaram para casa. Com espingardas.

E o povo ainda tinha fé em si, a revolução continuava.

As pessoas vieram para Kherson. O porto não funcionava. Não havia o que fazer em Kherson. Foram para a Duma municipal.

Lá tinha gente alfabetizada — decidiram organizar "oficinas nacionais".

Em Kherson, nos arredores e dentro da própria cidade, havia muralhas fortificadas. Ninguém precisava dos soldados e ninguém precisava das muralhas. Por que não mandar os soldados destruir as muralhas?

Os soldados fizeram um trabalho ruim nas muralhas. Brigaram com a Duma. E a Duma se reuniu em segredo e decidiu chamar os alemães.

Isso se chama "consciência de classe".

Os alemães vieram numa pequena quantidade e ocuparam a cidade.

Os soldados amavam a Rússia, apesar de terem deixado o front; eles se reuniram e derrotaram os alemães. Depois foram se acertar com a Duma.

Os membros da Duma ficaram muito assustados, mas um deles encontrou uma solução: pegou numa poltrona uma almofada vermelha de veludo, pôs nela as chaves de um cofre e levou para os sitiantes.

"Nos rendemos — tomem a chave da cidade!"

Os soldados sempre ouviram falar de "chave da cidade".

Ficaram totalmente confusos. Pegaram a chave e deixaram os membros da Duma irem para casa.

E então apareceram ditadores, os ditadores eram fugitivos das galés, um deles era um pope romeno foragido. Muitos romenos foram evacuados para Kherson. Até o rei devia estar indo para lá.

Na quantidade de três, os ditadores andavam a cavalo pela calçada.

Então as tropas atacaram a cidade. Mas Kherson não reuniu um comício, não elegeu oficiais. Decidiram se defender "livremente". A revolução continuava.

Quando os alemães atacavam, alguém enviava automóveis pela cidade, buzinando, e meninos corriam e batiam nas portas, gritando: "Os alemães! Os alemães!".

Então todos pegavam as armas e corriam para as trincheiras para expulsar os alemães.

Primeiro, os austríacos atacaram. Ele se renderam assim que a oportunidade surgiu.

No geral, acho que é difícil lutar contra uma cidade sem líder.

Depois vieram os alemães. O regimento alemão era como um briquete. Ele não entendia que não se podia lutar contra pessoas livres.

Antes disso, os camponeses vieram das aldeias lutar contra os alemães.

Mas os camponeses não tinham fé, foram embora e disseram: "Vocês não estão bem estruturados". Eram proprietários, temiam por suas casas — eles tinham algo a perder. E o coração de um camponês não arde dessa forma. Os alemães estavam atacando.

Os moradores lutavam nos arredores da cidade, dentro da cidade, ao longo da cidade. Se trancaram na fortaleza. Os alemães tomaram também a fortaleza. A ordem foi estabelecida.

Os alemães já não permitiam que se cavalgasse nas calçadas.

Procuraram armas por todos os lados, até nas valas aterradas; quando achavam, queimavam a casa.

Foi aí que Gorban matou uma pessoa. Foi na época do hetmã Skoropadski.

Os franceses derrotaram os alemães. Foi o fim de Skoropadski. Foi o fim do período mais canalha da história da Ucrânia.

Mas agora, além dos alemães, havia também os franceses.

Eles também têm sua "consciência de classe". Decidiram ocupar a Ucrânia.

Como os franceses queriam gastar pouco com essa questão, a ocupação de Kherson foi confiada aos gregos.

No total, a Ucrânia teve, acho, uns vinte governos.

Mas em Kherson se falava sobre os gregos com o maior dos ódios.

"Um lixo de exército."

"A cavalaria deles monta burros."

E havia ainda ingleses e mais outros. Americanos, acho; mas esses tudo bem, deles se dizia: "São humanos".

Os gregos ocuparam a cidade e começaram a ficar com medo. Tinham tanto medo que expulsaram a população de quarteirões inteiros, e a atulharam em celeiros de grãos perto do Dniepr.

Depois de trancar as pessoas não tiveram tanto medo.

Uma vez os celeiros pegaram fogo e muita gente morreu queimada.

No local do incêndio ficaram vários pedacinhos de carne humana. Grigoriev começou a atacar. Pressionou tanto a cidade que o front foi para perto do posto dos correios.

Os partidários de Grigoriev ocuparam a cidade, pulando os muros dos pátios durante o ataque.

Os gregos foram embora, deixando os feridos no mesmo hospital militar em que eu estava.

De manhã, vieram umas pessoas de trenó para esse hospital, foram ver o médico.

O médico era um ucraniano grisalho, Gorbenko.

Era um grande médico, em Kherson havia muita gente curada por ele, e no hospital quase todos os funcionários eram ex-pacientes.

Os homens de Grigoriev vieram falar com o médico e diziam que agora mesmo exterminariam todos os gregos feridos, mas não precisava se preocupar, os trenós já estavam prontos, iam levar os cadáveres e jogar no poço da fortaleza. De fato, havia um poço na fortaleza. Com uma largura de dois, três *sájens* de diâmetro. Se você deita na borda e olha para dentro, as paredes convergem como trilhos numa estrada de ferro e, no final dele, não se vê o fundo, apenas escuridão.

Mas o doutor Gorbenko não entregou os gregos feridos para que os jogassem naquele poço, e eles viveram.

Esse homem tinha força de vontade, muito provavelmente porque era cirurgião. Ele defendeu uma pessoa diante de mim certa vez. Tinham trazido e posto ao meu lado um espião inimigo ferido. O espião fora ferido de morte por uma granada lançada nele no momento em que cruzava nosso front se arrastando.

Era um homem enorme de barba ruiva. Revelou-se que ele era um fugitivo dos marinheiros que se juntara aos brancos.

A agonia já estava começando. Ele arrancava o cobertor com as mãos o tempo todo e, sempre sufocando, dizia: "Ah, mamãe, mamãezinha querida! Ai, defendam-se, cristãos ortodoxos!".

Veio da Tcheká um marinheiro meio decotado, com um topete preto.

Os marinheiros andavam com o peito aberto, e esse parecia estar usando decote.

Pôs o pé numa cadeira e começou o interrogatório.

"E então, diga, vendeu muitos dos nossos?"

Parecia que aqueles homens já se conheciam.

O ruivo se agitava e gemia, tinham injetado cânfora nele, ele olhava fixamente para frente e os dedos estavam o tempo todo em movimento.

O de preto logo foi embora.

Mas soldados apareceram na porta.

"Entregue-o para nós!"

Queriam matá-lo.

A enfermeira, dirigindo-se a mim, já dava de ombros, desconcertada: "Você está vendo...", mas o doutor Gorbenko enxotou os soldados com se fossem galinhas.

"Isso é assunto meu, o médico aqui sou eu."

À noite o ruivo se acalmou e morreu. Levaram-no para a capela.

Os feridos sem gravidade de nossa enfermaria correram para vê-lo.

Remexeram no cadáver.

Os soldados vieram e me contaram que o "branco" era gordo, e o ... dele era enorme. Assim como antes de queimarem o cadáver de Raspútin na fornalha do Instituto Politécnico, despiram o corpo, mexeram no cadáver, mediram com um tijolo.

Um país terrível.

Terrível já antes dos bolcheviques.

Eu estava muito triste.

E os brancos faziam pressão.

Já em Kherson isso transparecia de alguma forma. Na nossa margem aconteciam rebeliões o tempo todo.

À noite foi dada a ordem de levar os doentes para Nikoláiev.

Gorban não queria ir.

Um camarada veio vê-lo, o presidente do soviete local, e disse: "É preciso ir, podem matar você, o campo está se rebelando nos arredores".

À noite nos levaram; os soldados foram embora muito a contragosto, eles acreditavam que Gorbenko os curaria. Nos puseram em telegas, levaram para a estação.

Na estação nos puseram em vagões, no chão.

De manhã, engataram uma locomotiva ao trem e nos puxaram.

E assim saí de Kherson sem ver minha mulher.

O sol queimava. Não havia ninguém nos acompanhando na viagem. Quem tinha ferimentos leves cuidava dos que não conseguiam andar. Não havia água.

Em algum lugar estavam atirando — alguma aldeia se rebelava.

Quando uma aldeia se rebela, toca um sino e as pessoas se agitam em todos os lados defendendo-se das tropas.

Um campo, pelo campo havia montes de feno, atrás do feno os soldados atacavam a aldeia.

E no dia seguinte a tomariam. Mas depois da aldeia havia outra aldeia, e em alguma hora ela também tocaria o sino.

O campo era largo, uma fileira de soldados ora atacava, ora descansava.

Não havia para onde correr. A fileira era rala, torta como dentes.

E um trem vermelho passou por ela. No chão do trem havia feridos do Exército Vermelho de Penza, Gorban delirava de calor, e eu olhava indiferente para o meu destino. Sou uma pedra que cai — um professor do Instituto de História da Arte, fundador da escola russa do método formal (ou morfológico). Ali eu era como uma agulha sem fio que passava através do tecido sem deixar vestígio.

Atiravam no trem, os fios do telégrafo ressoavam onde os postes não tinham sido cortados. Atiravam do trem.

Mas a viagem não foi interrompida, e à noite chegamos a Nikoláiev. Os trens de feridos passavam lentamente.

Esse foi o último tiroteio que eu vi, daqui para frente será tranquilo. Significa que eu posso me demorar nele.

Os brancos estavam atacando pela margem direita do Dniepr, e tentaram fazer o desembarque perto de Rostov.

Na região entre Nikoláiev e Kherson não havia forças vermelhas. Todas as instituições tinham sido suspensas e estavam evacuando.

Ficamos um pouquinho no hospital de Nikoláiev, depois nos puseram num trem de novo e nos levaram para algum lugar.

Pela estrada, os marinheiros feridos restabeleciam a justiça, e havia destacamentos de barreira. Eles vendiam seus uniformes e faziam barulho.

Ao meu lado estava deitado um comandante da artilharia vermelho, ferido nas pernas por uma bomba lançada de um aeroplano. Perto da cama dele havia botas amarelas feitas de couro de sela. Alguém as tinha costurado para ele, para consolá-lo. Nas paradas, ele vestia a bota em um pé, com um gemido, e no outro um chinelo.

E ia passear com as senhoritas. Ele as encontrava rapidamente.

Ao redor, os feridos estavam deitados, uns deliravam, outros gemiam.

O trem andou, andou, e por fim parou em Elizavetgrad.

Nos tiraram do trem e nos levaram para o hospital judeu.

O comandante da artilharia já estava deitado, as pernas dele tinham começado a gangrenar, alguém colocara as botas amarelas perto da cama.

Eu andava de muletas.

Nesse ponto é necessário esclarecer minha genealogia.

Viktor Chklóvski é filho do professor de matemática Boris Chklóvski, que ainda hoje dá aulas, e de Varvara Karlovna Chklóvskaia, nascida Bundel; o pai dela, Karl Bundel, até o fim de seus dias não pôs o pé numa igreja russa, nem mesmo quando se rezava a missa por seus filhos. Muitos de seus filhos morreram, e pela lei eles eram ortodoxos.

Minha avó pelo lado de mãe viveu com o marido por quarenta anos e não aprendeu a falar alemão. Eu também não falo, mas isso me dá muita tristeza, já que estou morando em Berlim.

Karl Bundel falava mal russo. Sabia bem o latim, mas mais do que tudo amava a caça.

Bem, Varvara Karlovna Bundel nasceu em Petersburgo, filha do jardineiro do Instituto Smolni, filho do pastor Karl Bundel, de Wenden, que se casou aos dezessete anos, sem a permissão dos pais, com a filha de um diácono de Tsárskoie Sieló, Anna Sevastiánovna Kamienográdskaia. O nome Kamienográdski tem origem num mestre artesão que lapidava pedras preciosas. O primo da minha mãe, Kamienográdski, foi diácono até o fim de seus dias, sob João de Kronstadt.[132]

---

[132] Ioánn Ilítch Siérguiev (1823-1908), diácono da catedral de San-

O meu pai, Boris Chklóvski, era puro judeu de sangue.
Os Chklóvski vêm de Úman, e foram atacados no massacre de Úman.
Depois, os que ficaram vivos foram embora para a cidade de Elizavetgrad, para onde o trem me levou com os feridos do Exército Vermelho.
Em Elizavetgrad vivera meu bisavô, que era muito rico.
Diz a lenda que, ao morrer, seus netos e bisnetos chegavam a cem.
Meu pai tinha em torno de quinze irmãos e irmãs.
Meu avô era pobre, trabalhava como guarda-caça para o próprio irmão.
Os filhos, ao chegarem aos quinze, dezesseis anos, eram mandados a algum lugar para buscar a sorte.
Quando a encontravam, os irmãos eram enviados para junto deles.
Para as meninas, pegavam algum dos meninos que brincavam na rua, mas de uma boa família judia, algum rapaz de dezesseis anos, e os casavam. Depois o criavam, faziam dele aprendiz de farmácia e depois farmacêutico. Não havia mais o que fazer.
A nova família terminava sendo amigável e, em sua maior parte, feliz.
Minha avó aprendeu a falar russo aos sessenta anos.
Ela amava falar que tinha vivido seus primeiros sessenta anos para os filhos, e que agora vivia para si.
Na família me contavam que quando meu pai, que também se casara muito cedo, aos dezoito anos, chegou a Elizavetgrad com a primeira mulher e um filho recém-nascido, vovó estava amamentando sua filha mais nova.

---

to André em Kronstadt e membro do sínodo da Igreja Ortodoxa Russa. (N. da E.)

Quando o neto chorava, vovó, para não acordar a jovem mãe, pegava e dava de mamar aos dois de uma vez.

Minha avó viajava para o exterior, ficava em Londres na casa de seu filho Isaak Chklóvski (Dioneo),[133] e lia para ele seu livro de memórias.

As memórias dela começavam com as histórias de suas babás e de seus pais sobre Gonta,[134] e terminavam com Makhnó.

O livro foi escrito em iídiche. Ela traduziu uns pedacinhos dele para mim.

Era escrito de forma tranquila. Ela não tinha perdido o amor pela Rússia.

Há uma passagem boa. Oficiais e cossacos vão à casa dela para saquear. Vovó esconde a mão com a aliança. O oficial diz: "Não se preocupe, aliança nós não pegamos". "Mas nós pegamos", o cossaco diz, e tira o anel da mão dela.

Há alguns dias, soube que minha avó morreu de pneumonia em Elizavetgrad, aos 86 anos. A carta chegou até mim na Finlândia, veio da Ucrânia pela Dinamarca.

Ela morreu em meio às ruínas da cidade.

Agora estão passando uma fome terrível em Elizavetgrad.

Li uma carta que ela escreveu alguns dias antes de sua morte.

Ela escrevia que estava difícil, mas ainda andava aprumada. Acredito que tenha morrido sem se desesperar.

---

[133] Dioneo: pseudônimo de Isaak Vladímirovitch Chklóvski (1864-1935), escritor, etnógrafo e publicista russo muito popular na década de 1890. (N. da E.)

[134] Ivan Gonta (1740-1768), um dos líderes da rebelião de cossacos conhecida como Kolivschina (1768), na qual realizou-se o massacre de judeus em Úman. (N. da E.)

Eu a vi pela última vez em 1920. Saí do hospital militar e fui morar com ela.

O apartamentinho tinha sido completamente saqueado. Dezenas de bandos passaram pela cidade, ocorreu um número excessivamente alto de pogroms. Vou registrar uma das formas. O pogrom silencioso.

Os pogromistas organizados chegam às bancas dos judeus na feira. Ficam na fila. Anunciam: "Todas as mercadorias pelo preço de antes da guerra". Alguns vão se alternando para pegar o dinheiro das vendas.

Depois de uma hora, ou meia, a banca foi toda vendida, e o dinheiro obtido é dado ao dono.

Com esse dinheiro, ele pode ir a outra banca e comprar um pãozinho.

Mas geralmente eram pogroms comuns.

Às vezes, na hora do pogrom, olhavam os passaportes e não mexiam com os convertidos ao cristianismo. Às vezes deixavam as alianças de casamento.

Levavam móveis, pianos. Levavam a arca da criada.

Matavam, de preferência levando as pessoas até a estação de trem.

Mas os judeus se escondiam, e isso, por algum motivo, era permitido.

Uma vez os trabalhadores da fábrica Elvarti puseram fim a um pogrom.

Várias vezes a cidade inteira lutou contra os bandos que atacavam perto da velha fortaleza.

Vovó disse aos seus netos que eles fossem e lutassem.

Mas os trabalhadores recebiam mal os judeus burgueses, não os permitiam lutar a seu lado.

Agora a cidade estava calma.

As lojas estavam fechadas. A feira comerciava, mas com medo.

Enquanto eu estava lá, proibiram a venda livre de pão,

sem terem ainda organizado a distribuição municipal. Era até estranho.

À noite vieram dois dos meus primos.

Estavam especulando com algo. Chegaram à noite numa telega.

Foram para a cidade, compraram couro de porco e banha, farinha, me carregaram com eles, levamos tudo para Khárkov juntos.

Nas estações saíam correndo, compravam sacos de maçã, cestas de tomate. Falavam não em iídiche, mas no jargão dos marinheiros. "Rangar" (que significava comer), "Passa!", "Toma!", "Mingau" etc. Estavam levando as provisões para Khárkov para "rangar", não para vender. Viajávamos nos tetos, fazendo baldeações.

Fui pernoitar num posto de propaganda, no chão. Mas um soldado da cavalaria me cedeu um lugar na mesa. Dormi. Lênin e Trótski olhavam para mim da parede. Sem mencionar as frases de Marx e do *Jornal Vermelho*.[135]

Os rapazes dormiram na rua, sobre as coisas.

Cheguei a Khárkov.

Da casa do meu tio, para a qual foram levados os tomates e eu, saiu minha mulher com um vestido de chita vermelha e sandálias de madeira. Ela deixou Kherson logo depois de mim, mas não foi parar no meu trem. Me procurou em Nikoláiev. Chegou a Khárkov. De lá ela queria voltar para Elizavetgrad.

Em Khárkov passei dois dias no Comissariado de Alimentação, consegui autorização para o transporte de dois *puds* de provisões para Piter.

Uma semana depois estávamos em Piter.

Os pântanos de turfa ao redor da cidade queimavam.

---

[135] *Krásnaia Gazeta*, diário oficial do Partido Comunista Soviético. Existiu entre 1918 e 1939. (N. da E.)

O sol aparecia entre a fumaça.

Discuti com Liússia. Ela dizia que estava nublado, e eu, que estava ensolarado.

Sou um otimista.

Chegamos quase nus, sem roupas de baixo.

Depois da Ucrânia, Piter me deu a impressão de uma cidade na qual há muitas coisas.

Em Petersburgo me instalei na casa de repouso na ilha Kámienni. Engordei dez libras. Eu me sentia tranquilo como nunca.

A luta ativa contra a Guarda Branca, no geral, já não entrava no programa da *intelligentsia* russa, mas ninguém se surpreendeu quando cheguei ferido de uma missão.

Talvez porque me amassem, talvez porque estivessem totalmente desiludidos com os brancos, mas ninguém me importunou com perguntas.

Os estilhaços saíam das feridas com facilidade. Fazia calor, mas as janelas do quarto se abriam para o Nievá.

Eu estava encantado de dormir com lençóis, almoçar com pratos.

A diferença entre Petersburgo e as províncias soviéticas é maior do que entre Petersburgo e Berlim.

Agora começa o relato de uma vida sem acontecimentos, o relato do cotidiano soviético.

Me instalei na Casa das Artes.[136]

Lá, não havia mais lugar. Eu só peguei minhas coisas, pus num carrinho de bebê e fui para a Casa das Artes; das coisas, o principal, claro, era a farinha, os grãos e as garra-

---

[136] *Dom Iskusstv* (DISK), projeto de residência artística criado por Górki em 1919. O projeto foi instalado na rua Moika, na mansão que servira de residência ao banqueiro Stiepán Pietróvitch Elissiêiev (1806-1879) e que é hoje conhecida como Casa Tchitchérina. (N. da E.)

fas com óleo de girassol. Me instalei na Casa das Artes sem permissão da administração.

Eu morava no fim de um longo corredor. Ele se chamava beco Piástovski, porque terminava na porta do poeta Piást.[137]

Piást usava calças quadriculadas — um xadrez miúdo, branco e preto —, estalava os dedos e recitava poemas.

Às vezes ele falava muito bem, mas no meio do discurso de repente parava e ficava calado por meio minuto.

Durante estes momentos de uma espécie de revés, o próprio Piást parecia estar ausente.

O outro nome desse corredor era "macaquinho no inverno".

Parecia uma jaulinha de macaco: as portas todas escuras, os canos dos fogareiros sobre a cabeça, tudo. E uma escada de ferro que subia.

Depois vinha a cozinha de Elissiêiev.

Toda de azulejos azuis e brancos, o fogão no meio.

A cozinha era limpa, mas tinha muitas baratas.

Um porquinho pequeno andava pelo chão de ladrilho, guinchando baixinho. Ele só se alimentava de baratas, mas não engordou e o vendemos.

Ao meu lado no macaquinho vivia Mikhail Slonimski.

Naquela época ele ainda não era um beletrista. Estava preparando algo chamado *Salões literários*. Tinha acabado de terminar uma biografia de Górki.

Quando ele tinha pão, comia com avidez.

Mais adiante vivia Aleksandr Grin,[138] sombrio e quieto

---

[137] Vladímir Aleksiêievitch Piást (1886-1940), poeta simbolista, conhecido por suas traduções das línguas espanhola e alemã e por ter sido o primeiro biógrafo de Aleksandr Blok. (N. da E.)

[138] Aleksandr Stiepánovitch Grin (1880-1932), escritor de novelas

como um trabalhador forçado no meio de sua pena. Grin estava escrevendo a novela *Velas escarlates*, boa e ingênua.

Eu ficava apertado numa cama estreita. Já passava um pouco de fome. Só podia comer mingau de trigo sarraceno. Todo dia. Vomitava com frequência.

Não tinha escrivaninha, e nessa questão sou americano. Exigi uma mesa. Aterrorizei a casa completamente.

Mas logo fui transferido para um quarto em cima.

Nele havia duas janelas para o canal Moika.

Não muito ao longe, viam-se a cúpula da catedral de Kazan e as copas verdes dos álamos.

Todas as coisas eram grandes naquele quarto.

No quarto vizinho havia um lavabo.

Ali comecei a viver melhor.

Ainda havia me sobrado açúcar da Ucrânia. Eu o comia como pão. Se você não esteve na Rússia entre 1917 e 1921, não conseguirá imaginar como o corpo e o cérebro — o órgão, não o intelecto — são dolorosamente capazes de pedir açúcar.

Eles pedem açúcar como o corpo pede uma mulher, usam de artimanhas. Como era difícil levar para casa alguns pedacinhos de açúcar branco! Ao fazer uma visita qualquer e ver casualmente um açucareiro com açúcar sobre a mesa, era difícil não pegar todo o açúcar e mastigá-lo.

Açúcar e manteiga. O pão não é tão atraente, ainda que eu tivesse vivido um ano com a cabeça pensando em pão.

Dizem que o açúcar e as gorduras são necessários para o funcionamento do cérebro.

Um dia escreverão poemas sobre a *vobla* soviética, assim como sobre o maná. Era a comida sagrada dos famintos.

Naquele outono eu fui escolhido como professor do Ins-

---

românticas com temas aventurescos. *Velas escarlates* (*Álie parussá*), sua obra mais famosa, foi publicada em 1923. (N. da E.)

tituto de História da Arte. Isso me deixou contente, amo o instituto. Tive que trabalhar a vida toda em várias coisas. Aos quinze anos eu não sabia ver as horas, até hoje tenho dificuldade de lembrar a ordem dos meses. De alguma forma isso não me entrou na cabeça. Mas trabalhei muito à minha maneira, li muitos romances e conheço meu ofício até o fim.

Eu ressuscitei Sterne na Rússia, soube lê-lo.

Quando meu amigo Eikhenbaum, indo de Petersburgo para Sarátov, perguntou a um camarada, um professor anglicista, sobre o *Tristram Shandy* de Sterne, para ler na viagem, o professor respondeu: "Largue, é um tédio terrível". Agora, para ele, Sterne é um escritor interessante. Fiz Sterne reviver porque entendi sua estrutura. Demonstrei sua ligação com Byron.

Em sua essência, o método formal é simples. Um retorno à artesania. O mais notável é que ele não nega o conteúdo ideológico da arte, mas considera o assim chamado conteúdo como um dos fenômenos da forma.

Assim, um pensamento se contrapõe a um pensamento como uma palavra se contrapõe a uma palavra, uma imagem a uma imagem.

A arte é fundamentalmente irônica e destrutiva. Ela revitaliza o mundo. A tarefa dela é a criação de disparidades. Ela as cria por meio do contraste.

Na arte, as novas formas são criadas através da canonização de formas baixas.

Púchkin tem origem na arte menor dos álbuns, o romance vem das histórias de terror no estilo dos nossos Pinkertons.[139] Nekrássov, do vaudeville. Blok, da romança cigana. Maiakóvski, da poesia humorística.

---

[139] Personagem principal de uma série de histórias de detetive similares aos *pulp* americanos e muito populares na Rússia do início do século XX. (N. da E.)

Tudo, o destino dos protagonistas, a época na qual a ação se desenrola, tudo é motivação das formas.

A motivação das formas muda mais rapidamente que as próprias formas.

Um exemplo de motivação.

Para os romances e poemas do começo do século XIX, o cânone consistia na destruição das convenções da moldura novelesca.

O *Tristram Shandy* de Sterne não está terminado; a *Viagem sentimental* de Sterne é interrompida no meio de uma cena erótica; nesta mesma *Viagem sentimental* foi inserida uma novela interrompida pela motivação da perda das folhas do manuscrito; essa mesma motivação existe em "Ivan Fiódorovitch Chponka e sua tia", de Gógol; o *Don Juan* de Byron, o *Ievguêni Oniéguin* de Púchkin e *O gato Murr* de Hoffmann também não estão terminados.

Outro exemplo: transposição temporal.

A transposição temporal está ligada ao assim chamado romantismo (um conceito inexistente).

A motivação usual é o relato.

Ou seja, do meio do romance a ação volta para trás por meio da leitura de um manuscrito encontrado, de um sonho ou das lembranças do protagonista (Tchítchikov, Lavrétski).[140]

O objetivo desse procedimento é o retardamento.

A motivação, como já falei, é um relato, um manuscrito, recordações, um erro do encadernador (em Immerman), a distração do autor (em Sterne, Púchkin), ou um gato que interfere trocando as páginas (em Hoffmann).

A questão da arte abstrata não existe: o que existe é a

---

[140] Personagens principais de *Almas mortas*, de Gógol, e *Ninho de fidalgos*, de Turguêniev. (N. da E.)

questão da arte motivada e da não motivada. A arte se desenvolve de acordo com suas possibilidades técnicas. A técnica do romance criou o "personagem tipificado". Hamlet foi criado pela técnica do palco.

Eu abomino Ivanov-Razumnik, Gornfeld, os Vassilievskis de todo tipo, e Bielínski, o assassino (frustrado) da literatura russa.[141]

Abomino toda a miudeza jornalística dos críticos contemporâneos. Se eu tivesse um cavalo, eu o montaria e passaria por cima deles. Mas posso pisoteá-los com as pernas de minha escrivaninha.

Abomino aqueles que quebram espadas afiadas. Eles destroem o que foi criado pelo artista.

Pense: Koni afirma que a importância de Púchkin está no fato de ele ter sido a favor do tribunal do júri!

A manteiga é absolutamente necessária ao ser humano. Minha sobrinha pequena, Marina, quando estava doente ficava pedindo manteiga, nem que fosse direto na língua.

Eu também queria manteiga e açúcar o tempo todo.

Se eu fosse poeta, escreveria um poema sobre a manteiga, depois o adaptaria para o címbalo.

Quanta avidez por gordura há na Bíblia e em Homero! Os escritores e cientistas de Petrogrado agora entendiam essa avidez.

Eu dava palestras no Instituto de História da Arte.

Os alunos trabalhavam muito bem. Estava frio. Parece que no instituto havia lenha, mas não tínhamos dinheiro para serrá-la. Ficávamos congelando. Congelavam os retratos

---

[141] Críticos literários russos de tendências diversas, cujas abordagens Chklóvski classificaria como extrínsecas à obra: Razumnik Vassiliévitch Ivanov-Razumnik (1878-1946); Arkadi Gueórguievitch Gornfeld (1867-1941); Vissarión Grigórievitch Bielínski (1811-1848). Mais à frente: Anatóli Fiódorovitch Koni (1844-1927). (N. da E.)

e as paredes de pedra da suntuosa casa de Zubov.[142] No escritório, as datilógrafas inchavam de frio e fome.

O vapor pairava acima de nós.

Estávamos analisando alguns romances. Eu falava cuidadosamente, e todos escutavam.

Também nos escutavam a neve e o Círculo Polar Ártico. Essa grandiosa cultura russa não morre e não se rende.

À minha frente sentava-se um aluno que vinha da classe operária. Era litógrafo.

A cada dia ele ia ficando mais transparente. Poucos dias antes ele apresentara um trabalho sobre Fielding. As orelhas dele estavam translúcidas, não eram rosadas, mas brancas. Ele apresentou o trabalho, depois tombou na rua. Apanharam-no e levaram-no para o hospital. Fome. Fui ver Kristi.

Ele não podia dar nada.

Seus camaradas, os alunos, conseguiram pão. Foram vê-lo.

Ele passou um tempo deitado no hospital, depois saiu de lá se arrastando. Vendeu seus livros, pagou as dívidas e voltou a frequentar o instituto.

Antes de ir para o instituto ele empurrava vagonetas com carvão e por isso tinha direito a duas libras de pão e cinco libras de carvão por dia. As olheiras pareciam marcadas a lápis. Acontecia o mesmo com quase todos em volta dele.

Não pense que os teóricos da arte não são necessários.

O ser humano não vive com o que come, mas com o que digere. A arte é necessária como fermento.

Em casa eu acendia o aquecedor com papel.

Imagine que cidade estranha.

Não distribuíam lenha. Quer dizer, distribuíam em al-

---

[142] Valentin Platónovitch Zubov (1884-1969), crítico e fundador do Instituto de História da Arte, que funcionou entre 1912 e 1931 e onde lecionaram eminentes teóricos da literatura e da música. (N. da E.)

gum lugar, mas era preciso esperar numa fila de mil pessoas e não se conseguia. Uma papelada era requerida de propósito para que a pessoa, esgotada, fosse embora. Mesmo assim faltava.

E entregavam só um feixe.

As mesas, cadeiras, cornijas, caixas de borboletas já haviam sido queimadas.

Um camarada meu queimou uma biblioteca. Mas isso dá um trabalho terrível. É preciso rasgar as páginas dos livros e acendê-las em bolinhas.

Ele quase morreu naquele inverno, mas o médico que veio vê-lo um dia, quando a família inteira estava doente, mandou que todos se instalassem em um quarto minúsculo.

Eles o aqueceram com o bafo e sobreviveram. Foi naquele quartinho que Boris Eikhenbaum escreveu o livro *O jovem Tolstói*.

Eu flutuava em meio àquele mar de gelo como uma boia salva-vidas.

A ausência de hábitos em relação à cultura me ajudava — não era difícil para mim ser um esquimó.

Eu ia ver os camaradas e os enchia de ânimo; eu consigo pensar em qualquer condição.

Voltemos à questão do aquecedor.

Eu morava no quarto de Elissiêiev. No canto havia um grande aquecedor, coberto de desenhos de tetrazes.

Naquela casa, antes, ficava o Banco Central. Você pedia a chave do banco, entrava nele e a cabeça começava a girar.

Quartos, quartos, quartos que davam para a avenida Niévski e para a Morskáia, quartos que davam para o canal Moika. Cofres abertos, todo o chão coberto de papéis, livros de contabilidade, pastas. Por quase um ano acendi o fogo com pastas.

A Casa das Artes tinha lenha, é verdade, mas era tão úmida que sem as pastas não havia como o fogo pegar.

E então você andava por quartos vazios, remexendo nos papéis.

Não sei por que a cabeça girava. Não sei por que dava náusea.

E à noite eu ficava sentado com as costas viradas para o aquecedor, na pequena mesinha redonda de Elissiêiev, cheia de mosaicos, e cantava.

Eu amo cantar enquanto trabalho. Por isso o poeta Óssip Mandelstam me apelidou de "sapateiro alegre".

Ao nosso redor já tinha se formado um cotidiano.

Na Casa dos Pesquisadores, ao apresentarmos os cartõezinhos verdes, nos deram um saco e uma tigela de madeira, arranjamos trenozinhos.

Nos adaptamos à vida, de maneira geral.

A maioria trabalhava simultaneamente em vários lugares, e recebia rações de todos. Nos repreendiam por essas rações. Eu mesmo nunca recebi duas rações, mas não é bom repreender as pessoas por ganharem seu pão. As pessoas têm filhos, e eles também querem comer.

Alguns, além disso, tinham também fome mental, e rendiam culto à comida.

Uma vez passei na casa de um autor bastante conhecido, ele não estava em casa. Falei com a mulher dele, de cabelos grisalhos e sobrancelhas pretas. Ela me disse: "Nesse mês comemos 25 libras de carne de porco".

Ela se tinha em alta conta por aquela carne de porco, isto é, por tê-la comido. Desprezava aqueles que não comiam carne de porco.

Na época, muita gente foi comida junto com esse porco.

Eu levava uma vida relativamente fácil, já que recebia um lote de lenha da Casa das Artes.

Não comia carne de porco e não pensava nela.

Nos salões inferiores da casa eram oferecidos concertos.

No quarto com cupidos no teto morava Akim Volinski.[143]

De sobretudo e gorro, ele lia os Pais da Igreja em grego. À noite, bebia chá na cozinha.

Eu cuidava da instalação das pessoas na casa. Tínhamos duas correntes: a aristocrática, que tentava reduzir a quantidade de residentes da Casa das Artes, e eu, que me metia pela casa, encontrava um apartamento e alojava as pessoas novas nele.

Apareceram pessoas novas.

Vladislav Khodassiévitch[144] com um casaco de pele surrado nos ombros e um curativo no pescoço.

Ele tem um brasão polonês como o de Adam Mickiewicz, a pele do rosto esticada como couro e álcool fórmico em vez de sangue.

Morava no apartamento nº 30; da janela dele se via todo o Nievá. O quarto era quase redondo, como dizem seus versos de xamã:

> *Iluminado desde cima,*
> *Sentado em meu quarto redondo,*
> *Vejo, no céu de gesso,*
> *As dezesseis velas do Sol.*
>
> *Ao redor — iluminadas também —,*
> *As cadeiras, a mesa, a cama.*

---

[143] Akim Lvóvitch Volinski (1863-1926), crítico literário influente nos anos 1890. Posteriormente especializou-se na crítica de arte, sobretudo do balé clássico. (N. da E.)

[144] Vladislav Felitsiánovitch Khodassiévitch (1886-1939), poeta e crítico literário, conhecido também por sua prosa memorialística e por uma erudita biografia do poeta Gavríla Derjávin (1743-1816). As estrofes citadas abrem o poema *Ballada*, publicado em 1921. (N. da E.)

Sentado, perplexo, não sei
Onde enfiar as minhas mãos.

Palmeiras brancas, congeladas
E mudas no vidro florescem.
O relógio e seu ruído metálico
Estão no bolso do meu colete.

Khodassiévitch, quando escreve, levanta um turbilhão seco e amargo.

Os micróbios não conseguem viver em seu sangue. Morrem sufocados.

Óssip Mandelstam[145] andava pela casa com a cabeça inclinada. Ele escreve seus poemas na presença das pessoas. Recita-os verso por verso, ao longo de vários dias. Os poemas nascem com dificuldade. Um verso por vez. E são todos tão carregados de nomes próprios e eslavismos que parecem uma piada. Tal como escrevia Kuzmá Prutkóv.[146] Esses versos foram escritos na fronteira com o ridículo:

Pegue, em júbilo, de minhas palmas
Um pouco de sol e um pouco de mel,
Como nos ordenaram as abelhas de Perséfone.

Não é possível soltar um barco desatracado,
Não é possível ouvir a sombra calçada de peles,

---

[145] Óssip Emílievitch Mandelstam (1891-1938), poeta e crítico, autor de uma das obras mais significativas do século XX. As estrofes citadas são as primeiras do poema sem título que começa com "Vozmí na rádost iz moíkh ladônei", escrito em 1920. (N. da E.)

[146] Pseudônimo utilizado por autores de versos cômicos e absurdos nos anos 1860. (N. da E.)

Não é possível conquistar o medo em uma vida
                                    [espessa.

A nós, só restam os beijos,
Felpudos como pequenas abelhas
Que morrem ao deixar a colmeia.

Óssip Mandelstam pastava pela casa como uma ovelha, vagava pelos quartos como Homero.

É um homem extremamente inteligente de se conversar. O falecido Khliébnikov o chamava de "mosca de mármore". Akhmátova diz que ele é o maior dos poetas.

Mandelstam tinha um amor histérico por doces. Mesmo em condições muito duras, sem botas, no frio, ele dava um jeito de continuar se mimando.

Seu desmazelo algo feminino e sua frivolidade de pássaro não eram desprovidos de método. Tinha os hábitos autênticos de um artista, e um artista chega a mentir para poder ficar livre e se dedicar à sua única ocupação; ele é como o macaco que, segundo os hindus, só não fala para que não o obriguem a trabalhar.

No primeiro piso, Nikolai Stiepánovitch Gumilióv andava sem curvar a cintura. Esse homem tinha força de vontade, ele hipnotizava a si mesmo. Os jovens se reuniam ao redor dele. Não amo sua escola, mas sei que, à sua maneira, ele era capaz de educar as pessoas. Ele proibia seus alunos de escrever sobre a primavera, dizendo que essa época do ano não existe. Imagine a montanha de porcaria que a poesia de massa carrega. Gumilióv organizava os poetas. Ele transformava poetas ruins em razoáveis. Tinha o *pathos* e a autoconfiança de um mestre-artesão. Entendia bem os poemas alheios, mesmo quando estes estavam muito longe de sua órbita.

Para mim, era uma pessoa alheia, e é difícil escrever sobre ele. Não era preciso matá-lo. Nem ninguém. Lembro dele contando dos poetas proletários em cujos estúdios ia declamar: "Eu os respeito, eles escrevem poemas, comem batatas e pegam o sal da mesa com vergonha, como nós fazemos com o açúcar".

A morte de Gumilióv foi serena.[147]

Um amigo condenado à morte estava na prisão. Nos correspondíamos. Isso foi há uns três ou quatro anos. O soldado da escolta levava as cartas no coldre. Meu amigo me escreveu:

"Estou reprimindo em mim a vontade de viver, eu me proibi de pensar na família. Só tenho medo de uma coisa" — evidentemente, essa era sua mania —, "tenho medo de que me digam: 'tire as botas'; eu uso botas altas com cadarços até o joelho (botas de motorista), tenho medo de me atrapalhar com os cadarços."

Cidadãos!

Cidadãos, parem de matar! As pessoas já não têm medo da morte! Elas já adquiriram o costume e as maneiras de informar uma esposa sobre a morte do marido.

E nada muda, só fica ainda mais difícil.

Blok teve uma morte mais dura que a de Gumilióv, ele morreu de desespero.

Em sua constituição, esse homem não era um esteta: o que havia na base de sua mestria era a revolta das romanças ciganas. Ele escrevia utilizando imagens banais.

A força de Blok reside no fato de ele estar ligado às mais simples formas de lirismo; não por acaso ele tirava das romanças as epígrafes de seus poemas.

Ele não era um imitador, mas sim um canonizador.

---

[147] Nikolai Stiepánovitch Gumilióv (1886-1921), poeta fundador da Guilda dos Poetas e líder do Movimento Acmeísta. Foi preso pela Tcheká em agosto de 1921, sob alegação de estar conectado ao "Caso Tagantsev", e executado no mesmo mês. (N. da E.)

Ele condenava a antiga cultura humana. Condenava o humanismo. O parlamento. O funcionário público e o intelectual. Condenava Cícero e aprovava Catilina. Ele aceitou a revolução.

Shylock foi tapeado. O senado veneziano propôs a ele uma libra da carne de Antonio sem derramar nenhum sangue. Mas é impossível cortar carne e fazer uma revolução sem derramar sangue.

Blok aceitou a revolução junto com o sangue derramado. Para alguém como ele, nascido nos prédios da Universidade de Petersburgo, isso era algo difícil.

Ao falar sobre aceitação da revolução, não me refiro a *Os doze*. *Os doze* é uma obra irônica, como há muito de irônico em Blok.

Tomo aqui o conceito de "ironia" não como "zombaria", mas como um procedimento: ou a percepção simultânea de dois fenômenos contraditórios, ou como a atribuição simultânea de um mesmo fenômeno a duas séries semânticas.

O que criou Blok não foi a poesia de Vladímir Solovióv, nem sua filosofia nem as alvoradas moscovitas de 1901 e 1902, sobre as quais Andrei Biéli escreve tão bem.

Blok, como Rôzanov, é a revolta. Em Rôzanov, a revolta do que considerávamos pequeno-burguês — o quarto dos fundos, os estábulos; e a revolta da "fumaça" contra o espírito, ele a assimilava como uma guarida sagrada. Isso o povo às vezes diz, que os animais não têm alma, apenas fumaça.

Em Blok há a revolta do lirismo puro. O tema banal e eterno do lirismo. Por suas imagens e fraseamentos, Blok é um poeta primitivo. O tema das romanças ciganas, que eram cantadas nas ruas, é a motivação a qual recorreram grandes poetas como Púchkin, Apollon Grigoriev, Fiét: as formas dessas romanças foram novamente canonizadas por Blok.

Isso ele ousou fazer — como Rôzanov, que introduziu

em sua obra o livro de contas e a inquietação pelos 35 mil recebidos de Suvórin —, introduzir a imagem banal em sua poesia.

Mas Blok não executou até o fim a questão da elevação da forma, de seu enaltecimento. Essa pedra, repudiada por tantos construtores, não era a sua pedra angular. Ele às vezes assimilava seu tema como algo já transformado e apropriado, mas, ao mesmo tempo, usava-o também como antes, ou seja, em seu sentido ordinário.

Foi a partir disso que ele construiu sua arte.

Da mesma forma, Leskov,[148] um artista genial, que experimentou a linguagem antes de Khliébnikov, não foi capaz de usá-la para além da motivação. Só no *skaz* cômico ele pôde introduzir sua nova linguagem. Mas o que fazer no país em que Bielínski repreendeu Turguêniev por ter colocado a palavra "verdura" fora do diálogo dos personagens, ou seja, na voz do autor?

Entre nós, não se entende a arte não figurativa.

Os doze é uma obra irônica. Ela não foi escrita no estilo da *tchástuchka*, mas sim no estilo *blatar*. No estilo das cançonetas das ruas, à maneira de Savoiárov.[149] O fim inesperado com a aparição de Cristo lança uma nova luz sobre toda a obra. O leitor entende o número "doze". Mas a obra permanece ambígua — e isso é premeditado.

O próprio Blok aceitou a revolução sem ambiguidade. Ele ficou encantado com o barulho do mundo antigo sendo esmagado.

---

[148] Nikolai Semiónovitch Leskov (1831-1895), autor de narrativas de estilo vívido que emulam a fala popular (técnica conhecida como *skaz*). (N. da E.)

[149] *Blatar*: jargão dos criminosos. Mikhail Nikoláievitch Savoiárov (1876-1941), ator de vaudeville muito popular por suas cançonetas em "estilo rude"; Blok foi seu amigo e admirador. (N. de E.)

O tempo passou. É difícil dizer em que o ano de 1921 se diferencia de 1919 ou 1918. Nos primeiros anos da revolução não havia cotidiano, ou melhor, a tempestade era o cotidiano. Não há uma pessoa sequer que não tenha tido um momento de fé na revolução. Por minutos se acreditava nos bolcheviques. Logo virão abaixo a Alemanha e a Inglaterra, e o arado lavrará as fronteiras que não são necessárias a ninguém! E o céu se recolherá como um pergaminho que se enrola.

Mas o peso dos hábitos mundanos puxava para o chão a pedra da vida que a revolução lançara.

O voo se transformava em queda.

Nós, muitos de nós, nos alegramos quando percebemos que se podia viver sem dinheiro na nova Rússia. Nos alegramos cedo demais.

Acreditávamos nos estúdios criados pelo Exército Vermelho. Alguns acreditaram mais cedo, outros mais tarde. Ainda em fevereiro de 1918, um escultor me disse:

"Eu costumo ir para o Palácio de Inverno, lá eles telefonam: Comuna de Pskov, camarada, faça uma ligação para o telefone da Comuna de Pskov! É ótimo. Bem estilo Mayne Reid."

Quando Iudiénitch se aproximava de Petersburgo, meu pai me disse:

"Vítia, seria preciso ir até os brancos e dizer a eles: 'Senhores, por que estão lutando contra nós? Somos pessoas iguais a vocês, só que nós mesmos trabalhamos, enquanto vocês querem contratar trabalhadores'."

Tudo isso era mais agourento para Blok. Mas a terra puxava a pedra, o voo se transformava em queda. E o sangue da revolução se transformou em cotidiano.

Blok dizia: "O assassinato pode se tornar o pior dos ofícios".

Blok aguentou a ruína de algo em que ele havia depositado sua alma.

Ele já tinha renunciado à velha cultura pré-revolucionária. Não foi criada uma nova.

Já se usava culote. E os novos oficiais andavam com chicotes, como os antigos. Katka[150] foi mandada para um campo de concentração. Depois tudo ficou como era antes.

Não deu certo.

Blok morreu de desespero.

Ele não sabia do que morrer.

Adoeceu de escorbuto, apesar de não viver pior do que os outros, adoeceu de angina, depois de mais alguma coisa e morreu de esgotamento.

Desde *Os doze* ele não escrevia.

Trabalhava na Literatura Mundial, escreveu algo muito ruim para uma espécie de seção de quadros históricos, *Ramsés*. Já estava sendo arrastado pelo cotidiano. Mas ele preferiu a morte ao desespero.

Antes de morrer ele delirava. Gabava-se de uma viagem ao exterior. Já tinha recebido a permissão. Não sei se a partida teria ajudado. Talvez a Rússia seja melhor à distância. Ele achava que já estavam levando a bagagem. Ele estava indo para o exterior.

Às vezes ele se sentava e inventava uma organização especial das estantes de sua biblioteca.

Sua biblioteca já tinha sido vendida.

Blok morreu.

Foi levado até o cemitério de Smolensk nos braços de amigos.

Havia pouca gente. Todos os que sobraram.

Os descrentes enterraram o que acreditava.

Eu estava voltando de bonde do cemitério. Me perguntaram quem tinha sido enterrado. "Blok", falei, "Aleksan-

---

[150] Heroína do poema *Os doze* (1918), de Blok. (N. da E.)

dr". "Heinrich Blok?", tornaram a perguntar. Mais de uma, muitas vezes me perguntaram isso naquele dia.

Heinrich Blok era um banqueiro.

A morte de Blok marcou um período da vida da *intelligentsia* russa. A perda da última fé.

Ficamos amargurados. Olhávamos como lobos para os nossos senhores. Não pegávamos comida da mão.

E, talvez, passamos a amar mais uns aos outros. A cuidar uns dos outros.

Fosse ou não fosse boa a nossa cultura, não havia outra!

Blok morreu. Foi enterrado em Smolensk, numa clareira. Nada foi dito diante de seu caixão.

No inverno seguinte, já havia cotidiano. No começo do inverno eu montei um aquecedor. Canos de vinte *archins*. Quando você acendia, ficava quente. Já não pegávamos papel do banco, era possível comprar lenha. Comprar um monte. Mas era caro. Normalmente comprávamos um saco de lenha. Parece que em um saco tinha quinze toras. Perdão se me engano. E a lenha geralmente estava seca. Lenha de bétula, se a casca estivesse muito branca, era melhor não comprar; era sinal de ser recém-cortada.

Comprávamos lenha toda semana. Eu levava para casa de trenó.

Mas naquela noite em que vieram me prender — era 4 de março de 1922 —, eu cheguei em casa com a lenha no trenó já tarde da noite. Me detive com ela na cidade.

Antes disso, eu tinha sonhado que o teto caía em cima de mim.

Vi da ponte Politsiêiskaia[151] que o meu quarto e o quarto ao lado — o banheiro de Elissiêiev (onde ele costumava

---

[151] Atual Zieliôni Most (Ponte Verde). (N. da E.)

andar numa bicicleta sem rodas), um aposento grande com quatro janelas — estavam iluminados.

Olhei para as janelas iluminadas por um tempo despropositado e não subi. Em vez disso, fui quietinho com a lenha para a casa de conhecidos. Desde então, eu nunca mais vi minha casa nem meus parentes.

Naquele inverno eu recebia uma ração acadêmica como escritor, ou seja, não tinha que passar fome. Havia pão, quando não vinham muitos convidados era suficiente, havia toucinho americano e até mostarda. Os finlandeses e tchecos mandavam alimentos. Dos tchecos recebemos uma vez dez libras de açúcar. Não sei como expressar meu êxtase! A cidade zumbia. Açúcar, açúcar, dez libras! Falávamos sobre isso uns com os outros. Quando tinha açúcar, eu comia às colheradas. O cérebro pede açúcar e gordura, e disso não há como dissuadi-lo com nada. Distribuíam galinha, mas mais arenque. Os arenques acompanharam toda minha vida soviética.

Assim, no meu quarto não fazia frio, apesar de muitas vezes ficar enfumaçado, e havia o que comer. Também era possível trabalhar. Naquela época eu trabalhava como editor. Na Rússia, ser editor é uma forma de esporte. Na minha época, praticá-lo não exigia dinheiro.

Comecei a editar assim.

Vladímir Maiakóvski me ajudou a editar o *Poética* com dinheiro tirado do Comissariado de Educação. Há uma história divertida sobre o meu livrinho *Rôzanov*. Eu estava trabalhando no *Vida da Arte*. Eu já tinha saído do corpo editorial da Literatura Mundial. Parece que nosso corpo editorial foi simplesmente dissolvido. Foi correto fazer isso. No jornal eu fazia coisas estranhas. Claro, não publicava artigos contrarrevolucionários nele (e não queria nem escrevê-los, nem publicá-los), mas publicava artigos acadêmicos. Os artigos por si sós eram bons, mas não num jornal sobre teatro. O lugar deles era numa revista especializada. Mas as revistas não estavam saindo. Alguns números específicos do *Vida da Arte* tornaram-se muito valiosos. Lembro de artigos muito bons de Boris Eikhenbaum sobre o trágico, artigos de Roman Jakobson, artigos de Iuri Ánnenkov e uma série de artigos meus sobre o *Dom Quixote*; o jornal me dava a possibilidade de trabalhar.

Depois da mudança de composição da redação, o jornal passou a tratar unicamente de teatro, mas a época heroica havia passado. Publiquei no jornal um artigo grande de uma página sobre Rôzanov.

Era uma palestra que eu tinha acabado de apresentar na OPOIAZ. A ideia era entender Rôzanov não como filósofo, mas como artista. Stolpner,[152] que por acaso acabara de chegar de Khárkov, assistiu à palestra. Stolpner é uma das pessoas mais inteligentes da Rússia, mas ele não é capaz de escrever, só de falar. Foi escolhido como professor da Universidade de Khárkov e recebeu um casaco de peles com gola de castor. Com esse casaco de peles, Stolpner veio para Petersburgo procurar livros. Vagou para a casa de um amigo, de outro, eles não estavam. A noite caía. Sem se preocupar e achando que agia de forma muito sensata, Stolpner entrou em um prédio desconhecido, subiu até um andar alto e se deitou para dormir com o casaco de peles. Estava escuro. À noite, a porta onde Stolpner dormia se abriu, saiu uma pessoa, pisou nele e perguntou:

"O que é isso?"

Stolpner disse a verdade, apesar da vontade de dormir: "Um professor da Universidade de Khárkov". O outro acendeu um isqueiro, conferiu os documentos, deixou entrar no

---

[152] Boris Grigórievitch Stolpner (1871-1937), professor de filosofia da Universidade de Khárkov e principal tradutor dos filósofos alemães para o russo. (N. da E.)

apartamento o filósofo Stolpner, amigo de Rôzanov, e permitiu que ele dormisse num quarto sem aquecimento.

Nessa época, o *Vida da Arte* saía apenas aos folhetos. *Rôzanov* apareceu em pedacinhos pequenos. Pedi na tipografia que guardassem a composição. No jornal, a publicação de *Rôzanov* não foi até o fim, mas eu repaginei e imprimi um pequeno livrinho. Esse livrinho saiu num momento em que ainda era impossível publicar. Esgotou rápido, e eu vivi dele. Contei isso para caracterizar as editoras russas.

Eu não era exceção. Muitos editavam sem dinheiro. As tipografias tinham uma relação muito boa conosco.

Uma saudação aos tipógrafos. Nas composições fazia frio, e os tipos esfriavam a mão. Era esfumaçado. Os tipógrafos enrolavam as cabeças em lenços. Era tão frio que a haste da máquina de impressão congelava e não queria funcionar suavemente, mas saltava ao aplicar a tinta. Tinta... não havia tinta, imprimíamos quase com água. E a edição não saía ruim. As pessoas sabiam fazer o trabalho. Nas tipografias as pessoas amam os livros, e um bom chefe de composição não solta um livro mal paginado. As pessoas que sabem fazer seu trabalho sempre são boas pessoas.

Se Semiônov não fosse meio intelectual, se ele tivesse seu ofício, não teria virado delator. Mas ele tinha um vácuo de Torricelli na alma e as mãos desocupadas, não sabia fazer nada, ele lamentava não poder contar o que tinha armado na política.

Não, nem um motorista nem um serralheiro teriam feito isso.

Editei vários livros, a maioria de minha autoria, claro. Logo antes da fuga, publiquei a "melódica do verso",[153] de

---

[153] *Melódika russkogo lirítcheskogo stikhá* (*A melódica do verso lírico russo*), livro de Boris Eikhenbaum publicado em 1922 pela OPOIAZ. (N. da E.)

Eikhenbaum, em quinze lâminas impressas. Iónov[154] nos emprestou o papel. Parte da edição foi vendida por rublos de ouro para a Editora Estatal Ucraniana, e nós certamente íamos conseguir pagar pelo papel. Mas, infelizmente, Grigori Ivánovitch Semiônov, incapaz de trabalhar, impediu o trabalho de Viktor Chklóvski, que conhecia seu ofício.

Minha saudação aos tipógrafos e a todos os trabalhadores da Rússia!

Eu já vivia quase bem dos livros. De manhã aquecia chocolate quente no fogareiro, podia alimentar os que vinham me visitar. Claro, eu vivia pior do que como vive em Berlim uma pessoa que não é rica, mas o toucinho na Rússia é de alguma forma mais precioso, e o meu pão preto era de alguma forma mais claro que o pão alemão.

Darei meu depoimento. Declaro: vivi honestamente durante a revolução. Não afundei ninguém, não pisei em ninguém, não fiz as pazes com ninguém por fome. Trabalhei o tempo todo. E se eu tive minha cruz, sempre a carreguei debaixo do braço. Minha única culpa diante da revolução russa nesse período: eu rachava lenha no quarto. Por isso voavam pedacinhos de reboco para o andar de baixo. Eu ainda tinha força o bastante para rachar lenha para os amigos, instalar aquecedores e ajudar os jovens poetas a publicarem seus livros, dando a seguinte garantia na tipografia: "Fulano é uma boa pessoa".

Eu ficava terrivelmente cansado. À tarde, dormia no sofá sob o tigre. Às vezes era duro, porque não tinha tempo para trabalhar. Os livros eram escritos às pressas. Não havia tempo que eu pudesse dedicar seriamente a mim mesmo. Mais era dito do que escrito.

---

[154] Iliá Iónovitch Iónov (1887-1942), militante bolchevique, à época presidente da seção de Petrogrado da Editora do Estado (Gossizdat). (N. da E.)

A escrivaninha na Casa das Artes era boa. Com um tampo de mármore e pernas trançadas.
Mas eu não trabalhava nela, eu trabalhava no canto perto do aquecedor.
No fim do outono encontrei casualmente um conhecido assírio.
Vocês lembram das pequenas pessoas morenas que na Rússia ficavam sentadas nas esquinas com escovas de sapateiro? Eles costumavam conduzir macaquinhos adestrados pelos pátios. São antigos como as pedras da calçada: são assírios, assírios das montanhas.
Uma vez eu estava andando na rua e decidi polir minhas botas. Me aproximei de uma pessoa num canto, sentada numa cadeira baixinha vienense com as pernas serradas, e, sem olhar para ela, pus meu pé sobre a caixa.
Ainda não estava frio, mas eu usava um gorro branco de lebre, e o suor picava minha testa.
Uma bota já estava limpa.
— Chklóvski — disse o engraxate, quando tirei meu gorro. — Chklóvski — disse ele, e pôs a escova de sapateiro no chão.
Eu o reconheci: era Lazar Zervandov, um assírio que comandava uma bateria da cavalaria das tropas assírias no norte da Pérsia.
Olhei em volta.
Estava tudo calmo, só quatro cavalos pretos na ponte Anítchkov disparavam para lados diferentes.
Os assírios vivem na Mesopotâmia, no vilaiete de Van, na Turquia, na Pérsia, ao redor de Dilman e de Úrmia, e na Transcaucásia russa. Eles se dividem em maronitas e jacobitas — que vivem em torno do lugar onde havia a antiga Nínive, e agora é a cidade de Mossul (de onde vem a palavra "musselina") —, assírios das montanhas, que os persas chamam incorretamente de "djelu" (na verdade, "djelu" é o no-

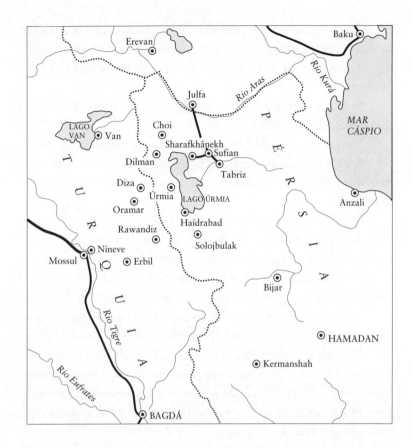

me de apenas uma das tribos assírias das montanhas), e assírios persas.

Em termos de religião, os assírios das montanhas são nestorianos, ou seja, não reconhecem Jesus como deus; os maronitas e jacobitas se converteram ao catolicismo, e os de Úrmia, ao cristianismo antigo. Mas as almas heréticas dos assírios eram caçadas por missões de todas as denominações: anglicanos, batistas americanos, católicos franceses, ortodoxos, protestantes alemães e outros.

Nas montanhas assírias não havia missões. Lá, os assírios vivem em aldeias governadas por padres, e várias aldeias juntas formam uma tribo, um clã, governada por um *malik*, um príncipe, e todos os *maliks* obedecem ao patriarca Mar Shimun.

O direito ao título de patriarca pertence a uma só tribo, que descende de Simão, irmão do Senhor.

Em janeiro de 1918 os soldados russos foram para casa.

A casa dos assírios era a Pérsia. Alguns eram da Turquia, mas mesmo assim ficavam na Pérsia porque em casa seriam massacrados pelos curdos.

Os assírios formaram seu exército.

Ainda durante o reinado do tsar, dois batalhões de assírios foram recrutados. Parte dos assírios não foi para os batalhões, mas ficou nos destacamentos de guerrilha sob o comando de uma pessoa que entendia do assunto: Aga-Petros.

Uma vez tirei esse mesmo Aga-Petros das mãos de uns soldados do 3º Regimento de Fronteira que o teriam matado.

Meu amigo Aga-Petros! Será que ainda nos veremos aqui, no Oriente? Porque o Oriente, que antes começava em Verjbolóvo,[155] agora sai de Pskov, e vai ininterruptamente pela Índia até Bornéu, Sumatra, Java, chegando ao ornitorrinco na Austrália.

Só que os colonos ingleses puseram o ornitorrinco num vidro com álcool e transformaram a Austrália em Ocidente.

Não, nunca mais verei Aga-Petros, uma vez que morrerei na avenida Niévski, em frente à catedral de Kazan.

Foi o que escrevi em Petersburgo; agora, o lugar da suposta morte mudou: vou morrer num caixão voador do metrô de Berlim.

Aga-Petros era um homem corpulento, tinha um peito incomum, como que deliberadamente convexo, e sobre ele uma recém-polida cruz de ouro de São Jorge de primeiro grau.

---

[155] Atual Virbalis, na Lituânia. (N. da E.)

Aga-Petros tinha sido engraxate em Nova York, e possivelmente conduzira um macaquinho adestrado por Buenos Aires.

Em todo caso, ele fora condenado a trabalhos forçados na Filadélfia.

Mais tarde, sua casa passou a ser nas montanhas, como bandoleiro; foi vice-governador para os turcos e roubou intensamente a região; depois se tornou um figurão na Pérsia. Irritou-se com algo e prendeu o governador de Úrmia; mandou-o para o porão e só soltou após receber uma condecoração do xá.

Ele era o dragomano não oficial da nossa embaixada, e comandava um destacamento de guerrilha.

Os soldados russos tinham ido para casa, dispersados como água derramada na terra. Deixaram muitas armas.

Os assírios se armaram. Os armênios formaram brigadas nacionais.

Começaram a tirar as armas do persas.

Então antigas contas foram ajustadas.

Na primeira retirada dos russos da Pérsia (em 1914), a população persa local exterminou os assírios restantes porque eles tinham ficado do lado dos russos.

Os assírios se refugiaram na missão americana com o doutor Shedd. Na época, os persas botaram vidro moído e limalha de ferro na farinha com a qual assavam pão para a missão de refugiados. E morreram todos, como peixes num lago pequeno quando é lançada uma bomba.

O destacamento de guerrilha de Aga-Petros fez aumentar ainda mais a hostilidade dos persas contra os assírios, uma vez que nós não os alimentávamos, e eles, sendo a maioria gente de fora, não tinham seu próprio pão.

Ou seja, eles roubavam.

Os membros do destacamento andavam pela feira usando calças de retalhos de chita, botas de couro e uma bomba no cinto largo, e as mulheres persas apontavam para eles e diziam às crianças: "Lá vai a morte".

Eu, se estivesse na Pérsia naquela época, me meteria nessa briga do lado dos assírios.

Não sei por quê.

Talvez porque eu esteja acostumado a ver os canhões turcos ao lado da Coluna da Glória em frente à catedral Izmáilovski?[156]

Os turcos talvez me matassem, e não por engano, mas por convicção.

Durante a retirada dos russos houve uma desavença, os assírios atacaram os persas.

Aga-Petros (lembrei do sobrenome dele: Elov) posicionou os canhões no monte Hebreu (que agora fica fora da cidade de Úrmia) e destruiu a cidade.

No geral, os assírios entendem a importância de tomar a altura de comando.

Do lado dos persas combatiam os cossacos persas, que outrora tinham sido ensinados por instrutores russos (lembrem-se de Liakhov) e que eram o sustentáculo da contrarrevolução persa.

Nessas batalhas eles não agiam como representantes de um partido (o do xá), mas como representantes da nação.

Quem dirigia os persas era o coronel Stolder, um homem muito influente na corte persa; os armênios e assírios eram comandados pelo coronel Kondrátiev e pelos oficiais e suboficiais russos que tinham ficado a serviço das novas tropas nacionais.

Muitos deles estão agora na Mesopotâmia. Foram respingados pelo mundo como gotas de sangue na grama.

---

[156] *Pámiatnik Slavy* ou *Kolonna Slavy*, monumento aos soldados que morreram na Guerra Russo-Turca (1877-1878), situado em São Petersburgo. (N. da E.)

Os persas acabaram derrotados. Stolder e a filha foram aprisionados e depois assassinados.

Teve início o desarmamento dos persas.

As artilharias agiram e mandaram quarenta, cinquenta projéteis para cada aldeia.

As aldeias na Pérsia são feitas de argila.

Foram confiscadas quase 30 mil espingardas.

Na época, o curdo Simko disse:

"Mar Shimun, venha até mim: eu também quero entregar as armas."

O curdo Simko estava na passagem de Kuschin, entre Úrmia e Dilman.

Os curdos nunca tiveram um Estado, vivem em clãs e tribos.

Os clãs se unem em tribos sob o comando dos *khans*.

Simko não era *khan* de nascimento.

Ele subiu até o trono de *khan* de Kuschin por meio da inteligência e da astúcia, passou a perna no então grão-duque Nikolai Nikoláievitch, que queria atrair para o seu lado parte dos curdos, e recebeu dele espingardas e até metralhadoras, subindo ainda mais.

Simko nos enganava o tempo todo, e por causa dele perdemos o feno em Diza Gueverskaia. Ele prometeu dar camelos e não deu. Ele já não tinha medo de nós. Dizia que quarenta curdos eram o bastante para expulsar um regimento russo.

Aga-Petros sempre recomendava atacar a tribo de Simko no inverno, porque se no inverno os tirássemos de casa e expulsássemos para as montanhas, a tribo toda morreria.

Simko escreveu para Mar Shimun: "Venha pegar as armas".

Mar Shimun levou consigo trezentos cavaleiros nos melhores cavalos, tirados dos persas, levou o irmão, subiu no seu fáeton e foi ver Simko.

A caravana adentrou o pátio de Simko, Mar Shimun e o irmão entraram na casa.

Os curdos subiram no telhado. Eles levavam espingardas nas mãos.

Os assírios perguntaram: "Por que vocês estão subindo no telhado?", e eles responderam: "Temos medo de vocês". "E as espingardas, para que são?" Os curdos ficaram em silêncio, não disseram para quê.

Saiu o irmão de Mar Shimun.

Ele disse, praguejando: "Não precisávamos ter vindo ver esse cachorro, não vai sair nada de bom, vamos para casa quem quiser ficar vivo".

Mas não podiam ir para casa e abandonar o patriarca.

Os assírios ficaram.

Tudo isso não sou eu que conto, é Lazar — engraxate em um canto da rua Karavanna, comandante da bateria montada, integrante do comitê do exército e bolchevique convicto.

Depois ele veio à minha casa tomar um chá.

Veio tranquilo. Estávamos numa reunião da OPOIAZ. Zervandov tirou o capote pesado, sentou-se à mesa. Bebeu chá. Não quis creme porque tinha acabado de jejuar. Então, voltando-se para um camarada meu, disse: "Veja onde eu fui encontrar Chklóvski!". Para ele, eu em Petersburgo era algo exótico.

Lazar seguiu contando:

"Saiu o próprio Mar Shimun, apressado, praguejando."

O oficial instrutor Vassíliev deu o comando: "Para os cavalos!", enquanto os curdos no teto soltavam uma saraivada, como sinos, e mais uma saraivada, e depois vieram as metralhadoras.

Os cavalos empinaram, as pessoas começaram a gritar, e tudo se misturou.

Puseram-se a galopar, quem pôde se salvou, mas a maioria ficou lá.

Lazar ficou para trás, ele tinha um cavalo alto, que se assustou, e foi o último a sair galopando.

Viu o patriarca sair correndo, a pé, com lama quase até os joelhos.

Mar Shimun corria pela lama sem espingarda.

Atravessando o peito, perto do ombro, havia um ferimento: sangue.

Um ferimento pequeno, era possível curar.

"Lazar", disse o patriarca enquanto pegava o cavalo pelo arreio, "Lazar, esses idiotas me abandonaram."

Lazar quis pegar o patriarca com o cavalo, mas viu a cabeça de Mar Shimun se tingir de sangue e ele cair de costas.

Os curdos no teto iam castigando, castigando.

Saraivada atrás de saraivada, todos ao mesmo tempo, como sinos.

Lazar tocou o cavalo adiante, restos da caravana passaram de sabre por entre os curdos, e perto da sebe mataram o cavalo de Lazar, e ele mesmo foi ferido.

E um outro, que fica sentado na esquina da avenida Niévski com a Morskáia, na frente da Casa das Artes, e vende graxa de sapato, esse também foi embora, saiu gravemente ferido.

Eles correram para a aldeia assíria vizinha, disseram: "Mataram o patriarca".

No começo, as pessoas não acreditaram, mas depois viram os ferimentos.

Correram para Úrmia, reuniram tropas de 15 mil, se apressaram, mas de Úrmia até a passagem de Kuschin era longe, a estrada subia as montanhas, e da passagem até o povoado de Simko era ainda mais longe, e tudo pelas montanhas.

Chegaram à noite.
Procuraram o cadáver.
Acharam o corpo do patriarca.
Estava sem roupa, mas não desfigurado; os curdos não o haviam degolado, ou seja, não o reconheceram.
Eles atiravam e atiravam do teto.
Pela manhã, os assírios mataram o povoado inteiro.
Mas Simko fugiu.
Deixou espalhado dinheiro pelo pátio, ouro.
Os soldados correram para pegar o ouro, e o *khan* saiu por uma passagem secreta.

Mar Shimun tinha uma estatura abaixo da média, usava o fez enrolado num turbante, batina e uma antiga cruz árabe no peito, que ele dizia ser do século IV.

Tinha as bochechas coradas por inteiro... escuras, espessas, e olhos de criança, dentes brancos, e uma cabeça branca, grisalha. Tinha 22 anos.

No combate, ele ia pessoalmente para o ataque com uma espingarda nas mãos, e só se lamentava de que as espingardas francesas Lebel de três tiros, com as quais armamos os assírios, não tinham tala de saída, e na luta de baioneta queimavam a mão.

Seu coração era simples.

Na nossa retirada ele nos pediu armas (demos a ele umas quarenta armas) e a patente de alferes para todos os *maliks*, ou o direito de conceder a patente de alferes; para si, pediu um automóvel.

É uma pena que não demos.

As dragonas de alferes ficariam bem entre as multidões de pessoas com gorros de feltro, calças largas, costuradas de retalhos de chita colorida e amarradas com cordões abaixo dos joelhos, nessa tropa corajosa e ingênua, sob o comando de Mar Shimun, descendente de Simão, irmão de Cristo — as dragonas de alferes ficariam bem.

Não é Lazar quem está dizendo isso.

Os assírios ficaram sem Mar Shimun.

A neve nas passagens fica profunda: vai até o nariz dos camelos.

Mas a neve tinha derretido.

Os turcos atravessaram as passagens e se aproximaram de Úrmia.

O coronel Kondrátiev, com a cavalaria assíria e armênia, ultrapassou os turcos e aprisionou dois batalhões.

A situação parecia estar melhorando. Lazar se queixava de Aga-Petros para mim: "Você vai à casa de um persa e lá já tem um guarda de Aga-Petros, ele levou muito ouro de Úrmia".

E se queixava mais:

"Aga-Petros pensava mais no ouro; ocupou os terrenos do front e disse que tinha 3 mil homens, quando tinha só trezentos, e os turcos abriram passagem."

Certa vez, uma bateria montada parou nas montanhas.

Os homens foram de manhã para o riozinho tomar banho. Na outra margem viram mulas e fardos.

Esses homens também estavam indo tomar banho.

Eram turcos.

Os homens no rio se assustaram uns com os outros.

Se os assírios tivessem visto os turcos passando pelo desfiladeiro à noite, debaixo deles, podiam tê-los esmagado com pedras!

Os turcos tinham aberto passagem.

A artilharia assíria estava sem munição.

Nós havíamos tentado desmontar nossos depósitos de artilharia e levá-la de volta para a Rússia, mas a abandonamos pela estrada por não precisarmos mais, naquele caso.

Até sobrou alguma coisa, mas eles usaram tudo num êxtase de artilharia, durante o bombardeio das aldeias persas.

Recuar para a Rússia era impossível: o caminho estava interrompido e os turcos já se dirigiam a Tíflis.

Decidiram ir ao encontro dos ingleses em Bagdá.

Todos os assírios e armênios se levantaram, os armênios sob o comando de Stepanians — um armênio russo, estudante em Petersburgo, que depois virou tenente, e que tinha sido presidente do comitê do exército.

Na Pérsia, ele se tornou selvagem rapidamente e na medida certa, revelando-se um líder nato.

Ia com ele a esposa, uma russa, estudante de medicina. Saíram de Úrmia no total 250 mil homens, com mulheres e crianças. Na frente ia um destacamento russo; atrás iam os assírios, antes a serviço dos russos; nos flancos, pelas montanhas, iam voluntários assírios aseritas (das montanhas).

No meio andava todo o povo, com mulheres e crianças.

Não havia estradas, e era preciso andar em paralelo ao front turco ou, melhor dizendo, junto das montanhas turcas e curdas.

Ao redor havia turcos, curdos, persas, um mar de muçulmanos, encapelado e de ondas curtas, tiros vindos de trás das pedras e batalhas nos desfiladeiros entre os penhascos — nos quais riozinhos ligeiros correm pelas pedras, e pedras caem dos penhascos —, e penhascos e mais penhascos, penhascos persas como poderosas ondas de pedra, como a ondulação pedregosa de um mar encoberto.

E depois o Oriente, o Oriente que vai de Pskov até o ornitorrinco, do arquipélago de Nova Zembla até a velha África, o Oriente do leste, o Oriente do sul, o Oriente do oeste.

Era na época em que os tchecos marchavam rumo ao Volga, vindos do leste.

Ao encontro deles vinham os russos, do oeste ao leste, e foi na época em que os montanheses do Cáucaso desceram das montanhas e se mataram com os cossacos de Terek e de Kuban.

Foi também quando os negros senegaleses, depois de lutarem na Alemanha, navegaram da França para a África.

E, provavelmente, cantavam.

Navegavam e cantavam, cantavam e pensavam, mas o que pensavam não sei, porque não sou negro. Esperem um pouco, e eles mesmos dirão.

Por todo o Oriente, do Irtich até o Eufrates, espancava-se e matava-se.

Os assírios iam em frente. Porque eles são um grande povo.

Tinham saído dos desfiladeiros e iam pelas montanhas.

Não havia água. Por doze dias comeram neve.

Os cavalos tombavam.

Então tiraram os cavalos dos homens velhos e os deram aos novos. Não era preciso proteger as pessoas, e sim o povo.

Depois abandonaram as mulheres velhas.

Depois começaram a abandonar as crianças.

Em um mês a excursão alcançou o território inglês de Bagdá.

E nesse dia o povo consistia em 203 mil pessoas.

Os ingleses disseram ao povo: "Parem aqui perto da nossa fronteira, levantem acampamento, descansem e lavem-se por três dias".

Ficaram no meio de uma aldeia persa.

O dia foi tranquilo.

Na noite seguinte os turcos atacaram, e os persas começaram a disparar de seus tetos contra o acampamento.

O destacamento inglês enviado ao encontro do povo viu pela primeira vez tiros que vinham da direita, da esquerda e detrás, e então os gritos das mulheres e das crianças.

Quando o acampamento se tumultuou, os soldados ingleses saltaram sobre os cavalos sem sela e quiseram sair a galope.

O próprio coronel Kondrátiev mandou que montassem as metralhadoras e abatessem os fugitivos como se fossem inimigos.

Os ingleses pararam.

Disseram a eles: "Se vocês vieram ajudar, ajudem, ou nós mataremos vocês, porque andamos um mês por uma estrada que era intransponível, como todos sabem, já que não há estradas para caravanas entre Úrmia e Hamadan, e percorremos esse caminho com mulheres. Por isso, se vocês não nos ajudarem, mataremos vocês com a metralhadora, porque passamos doze dias comendo neve".

Os ingleses desceram dos cavalos e se puseram em formação.

Houve batalha.

Os persas foram expulsos das aldeias, os turcos foram cercados e encurralados num vale, e nesse vale atiraram neles com as metralhadoras, descarregaram rajadas de espingarda.

Dali não saiu ninguém.

Mas o general turco foi feito prisioneiro.

Disseram a ele: "Por que você mandou pegar nossas crianças e jogá-las na terra?".

"Por que não temos mais casas?"

"Agora vamos fuzilar você."

Os ingleses disseram: "Não é permitido matar um prisioneiro".

Os assírios responderam: "Ele é nosso prisioneiro".

O general não disse nada.

Mataram-no, mas não cortaram as orelhas nem decapitaram o morto, porque entre os assírios havia gente do serviço russo e Lazar era bolchevique.

Os assírios levantaram acampamento, partiram e chegaram ao território inglês.

Ali ficaram sabendo que vinha ao encontro deles outro destacamento de assírios, vindo da América.

Há muitos assírios na América, eles até têm dois jornais lá.

Ao saber dos combates desde Oramar até Úrmia, eles puseram suas escovas de sapateiro no chão e fecharam suas lojas, deixaram suas tarefas, usaram seu ouro para comprar espingardas dos americanos e vieram lutar por sua pátria.

Se os assírios vivessem no Volga e estivessem passando fome, eles teriam partido e chegado até a Índia.

Porque os assírios são um grande povo.

Estavam esperando esse outro destacamento.

Tinham decidido que iriam com eles viver entre os ingleses em Nínive, na região da antiga Assíria, perto de Mossul, de onde vem a palavra "musselina".

Dizem que lá há cobras que saltam, e que podem perfurar uma pessoa de ponta a ponta.

Há macacos na floresta de coníferas, e homens selvagens, e o calor é tanto que as roupas nunca secam de suor.

Nos porões das casas, com portas de pedra que giram em pinos de pedra, nos porões das casas, cobertas de terra, há caixas com pedras preciosas.

E por isso os ingleses fazem escavações lá.

Lazar não chegou a ver as escavações.

Foram à sua casa e o prenderam por ser bolchevique.

Antes da partida dos russos, ele havia estado no soviete do exército como bolchevique.

Prenderam também vários oficiais e soldados russos.

Ficaram pensando, para que eles comeram neve e foram até os ingleses?

Lazar tinha uma boa jaqueta com dragonas largas de suboficial, mais largas que o habitual.

Os ingleses acharam que ele era general.

Levaram-no para um quarto separado.

Ele escreveu um bilhete pedindo colheres e pratos para todos os presos.

Deram.

Também deram para ele doze tomans.

Os presos não diziam nada, apenas riam.

No quinto dia veio um oficial russo a serviço dos ingleses para olhar o general. Ele olhou e disse: "Você não é general, é um suboficial".

E Lazar respondeu: "Por que eu não seria um general na prisão, se me chamam assim?".

Puseram-no primeiro na solitária, depois mandaram para Anzali, de Anzali o soltaram e mandaram ir para a Rússia.

Foi para Baku.

Os brancos estavam em Baku, estavam reunindo um exército nacional e mandaram todos para lutar contra os bolcheviques.

Reuniram um destacamento assírio, mas os assírios puseram as espingardas no chão.

Eles não queriam lutar.

Então os mandaram para a ilha Lenkoran.

A ilha Lenkoran fica em frente a Baku.

Ela é arenosa, e o mar em volta é salgado.

Antes disso, mantinham ali prisioneiros turcos.

Lazar tinha uma esposa.

Não sei se disse que ele era súdito russo, apesar de sua casa em Úrmia ficar ao lado da missão francesa.

Era uma boa casa com uma longa entrada de paredes cinzentas, um pátio interno coberto por videiras e janelas coloridas, com grades, que davam para o pátio.

E com um pavão no teto.

O pavão tinha uma cauda bonita.

E as noites na Pérsia são bonitas.

Sobre o lago de Úrmia voavam flamingos.

Lazar era súdito russo. Quando a guerra começou, ele serviu na artilharia.

Mandaram-no para a Polônia. E ao voltar da Polônia, quando todos os exércitos estavam procurando tradutores, mandaram-no para o front do Cáucaso.

Lazar não viu a família por quatro anos.

Havia deixado a mulher grávida.

A família dele estava não se sabe onde, ele achava que com um parente em Erevan, a casa em Úrmia estava abandonada, e ele mesmo estava preso na ilha Lenkoran.

O mar ao redor era salgado.

Os bolcheviques chegaram por mar, pelo Volga. Chegaram torpedeiros de Piter, trazendo Fiódor Raskólnikov, pupilo de S. A. Venguerov,[157] e com ele Larissa Reisner. Nossa vida foi bem sacudida. Com ele ainda estava o poeta Kolbássiev;[158] ele agora mora na Casa das Artes. Tiraram Lazar da ilha.

Ele foi para Erevan.

Foi falar com seu parente, perguntou: "Onde está minha mulher?".

O parente respondeu: "Discuti com sua mulher e não sei onde ela está, acho que deixou a cidade".

Lazar resolveu ir para a América.

Ele foi ao bazar comprar linguiça para a viagem.

A linguiça lá não era cara.

No bazar havia um menino pequeno.

---

[157] Semion Afanássievitch Venguerov (1855-1920), historiador da literatura e acadêmico. (N. da E.)

[158] Serguei Adámovitch Kolbássiev (1899-1938), poeta e militante bolchevique, à época comandante da canhoneira *Známia Sotsializma* (*Estandarte do Socialismo*). (N. da E.)

Um bom menino, parecido com ele.
Lazar perguntou ao menino: "Você é filho de quem?".
Ele respondeu: "Semion".
"Ou seja, não é meu."
Mas o irmão dele se chamava Semion.
"E sua mãe, quem é?" "Elena."
A mulher de Lazar se chamava Elena.
"Onde ela está?"
"Está ali na fila da carne."
"Mostre."
O menino levou e mostrou.
Lazar parou.
Não era ela.
De repente, a mulher começou a chorar:
"Lazar, sou eu."
E saiu correndo.
Lazar ficou parado no meio da feira, não entendia nada.
Elena correu para casa.
Semion estava dormindo.
Ela pegou Semion pela orelha.
"Levante, Semion. Veja que felicidade! Lazar chegou."
Semion pegou todo o dinheiro que havia em casa e deu para Elena.
Havia 200 mil.
Os dois correram até Lazar.
O terceiro irmão não correu.
Ele tinha um fáeton.
Enquanto Lazar combatia, ele trabalhou e comprou um fáeton.
Correu para atrelar o fáeton.
Lazar estava parado, não entendia nada.
Viu que vinham correndo para encontrá-lo Semion, a mulher e o menino.

O menino era filho dele, só que tinha crescido com os filhos de Semion e se acostumara a se considerar filho de Semion.

Porque quatro anos é muito tempo, e Úrmia, Polônia e Bagdá ficam muito longe.

O irmão e a mulher correram até Lazar, e atrás vinha o fáeton do terceiro irmão, que usava um quepe de estudante.

Os assírios são um povo vagante.
O título de Mar Shimun era "Patriarca do Oriente e da Índia".

De fato, desde o século VII, algo assim, os assírios se dispersaram por todo o mundo.

Eles estiveram no Japão, na Índia, na costa do Malabar, no Turquestão, na fronteira com a China.

O alfabeto deles serviu de base para todos os alfabetos mongóis e para o coreano.

Há túmulos assírios perto de Tobolsk.

Os assírios não passaram pelo mundo em vão.

Agora eles andam por todo o mundo com escovinhas de engraxate.

Lazar não tinha o que fazer. Mudou com a família para Armavir; lá ele se juntou a uma companhia de assírios, e foi com ela para Moscou e depois para Petersburgo.

Há assírios vivendo em Petersburgo.

Ali vive Lazar, vive o intérprete de Mar Shimun, vive Khocha-Aleksandr, em Petersburgo vive até um assírio da família de Mar Shimun, só que esse não limpa botas, mas fica sentado na cama lendo livros.

Lazar ficava na esquina da avenida Niévski com a rua Karavanna.

Faz frio em Petersburgo.
O vento sopra pela avenida Niévski.
E sopra pela Karavanna.

E sopra o vento do leste, sopra o vento do oeste, e o vento rodopia em seu círculo.

Aqui está o manuscrito do próprio Lazar Zervandov; meu, nele, só a colocação dos sinais de pontuação e a correção das declinações. O resultado ficou parecendo comigo.

MANUSCRITO DE
LAZAR ZERVANDOV

Depois da retirada dos russos da Pérsia foi novamente formado um destacamento assírio; no comando desse destacamento estavam instrutores russos e assírios, sob a liderança do coronel Kondrátiev.

O destacamento foi formado em 29 de janeiro de 1918, na cidade de Úrmia.

Organizou-se um comício na presença do patriarca Mar Shimun e do governador persa, Etrattumai.

No comício, os persas propuseram aos assírios que entregassem as armas.

Os assírios se recusaram.

Em 4 de fevereiro, no bazar de Úrmia, dezesseis assírios das montanhas foram mortos e completamente despidos.

Depois houve um ataque ao posto dos correios, o tenente Ivanov foi morto.

Em 8 de fevereiro de 1918 ergueram-se todos os persas de Úrmia e cercaram o quartel de Aga-Petros. A batalha durou a noite inteira; de manhã Petros mandou um informe para Mar Shimun.

Mar Shimun respondeu: "Não devemos lutar contra os persas".

Ao meio-dia foi cercado o quartel do corpo no

qual ficava o chefe do destacamento, o coronel Kuzmin.

O coronel Kuzmin mandou um informe para Mar Shimun e pediu ajuda para salvar os instrutores russos que estavam no quartel.

Os persas cercavam e gritavam: "Ja Ali! Ja Ali". Naquele momento, por ordem do chefe da brigada de artilharia, o coronel Sokolov, foram postos para fora quatro canhões no monte Charbat, à distância de três verstas de Úrmia, e dois canhões de campanha sobre o portão Degalin.

Abriram fogo sobre a multidão de persas.

Mas os persas, apesar disso, irromperam no muro do quartel.

O camarada Lazar Zervandov e alguns assírios de Kars correram para lá, pegaram metralhadoras e bombas de mão e começaram a atirar nos persas e curdos.

As baterias continuaram com o fogo.

Os persas começaram a se dispersar pelas ruas, mas, para onde quer que corressem, lá haveria um pelotão de assírios, e os persas foram abatidos até o último homem. Por toda noite houve roubos na cidade de Úrmia, quebraram portas, levaram todos os bens e tapetes persas. O patriarca Mar Shimun sempre mandava mensagens para Aga-Petros e para o coronel Kuzmin e dizia que não deviam lutar, era melhor render-se porque estávamos em terra estrangeira, persa, e que não tínhamos ido até lá para lutar com eles, mas para nos salvar da brutalidade dos curdos das montanhas.

Houve batalha.

Em 12 de fevereiro, às dez horas da manhã, o restante de persas e curdos buscou abrigo na missão americana, onde se encontrava o doutor Shedd, o cônsul americano.

O cônsul americano, o cônsul russo Nikitin e vários padres assírios começaram a andar pela cidade e a apaziguar os assírios.

Ao meio-dia, o coronel Vassíliev (um assírio de Kars) e o subtenente Stepanians (um armênio do Dashnaktsutiun) terminaram a batalha com os cossacos persas que eram chefiados pelo coronel Stolder.

Ele foi capturado.

Os assírios não o consideravam um prisioneiro, mas sim um oficial russo, e mandaram-no para o cais Giulimkhan. Armênios os encontraram na estrada, e mataram Stolder, a mulher e o filho.

Em 16 de fevereiro o patriarca assírio saiu de Úrmia e dirigiu-se a Dilman. Alguns instrutores o acompanharam.

Chegaram a Dilman em 18 de fevereiro. A distância de Úrmia até Dilman é de 83 verstas.

Os persas de Dilman já sabiam que os persas e os curdos de Úrmia tinham sido derrotados. O patriarca foi chamado para uma reunião com Simko na cidade de Kenisher.

Ficou decidido que Simko — supostamente — firmaria a paz com os assírios.

Nessa reunião vieram também Mar Shimun, o irmão do patriarca, Aga-David, e 250 assírios escolhidos sob o comando do coronel Kondrátiev. Na hora da reunião, os curdos ocuparam todos os telhados e lugares oportunos.

Aga-David saiu e falou: "Não vale a pena conversar com esse cachorro", pegou dois assírios e saiu, e a cavalaria restante ficou toda parada esperando Mar Shimun.

Uns vinte minutos depois saiu o patriarca, e o coronel Kondrátiev deu o comando: "Para os cavalos!".

Não tivemos tempo de montar, de repente um barulho ressoou nos telhados, e uma saraivada, como sinos.

Os assírios se atrapalharam: uns subiram no cavalo, outros ficaram debaixo do cavalo, outros pararam completamente.

Saímos correndo.

No local foram mortos o tenente Zaitsev, o instrutor Sagul Matviéiev e Skobin Tumazov.

O restante fugiu pelas ruas.

O próprio patriarca correu em meio à poeira, e o sangue descia por suas costas.

Ele foi deixado para trás por Ziga Levkóiev, Nikodím Levkóiev, Slivo Issáiev, Lazar Zervandov, Ivan Djibáiev, Iakov Abramov, o príncipe Lázariev. Não tiveram tempo de pegar o patriarca, a segunda bala o atingiu na testa e ele caiu no chão.

E os curdos soltavam saraivadas e mais saraivadas sobre os fugitivos. Nos limites da cidade ficaram apenas: Ziga Levkóiev, sem cavalo, ferido na perna esquerda, Lazar Zervandov, ferido na cabeça e na perna esquerda, Slivo Issáiev, ferido no flanco esquerdo. Os pobres camaradas escaparam derrotados e feridos, e assim o patriarca Mar Shimun ficou na lama.

Isso foi às cinco horas da tarde.

Os curdos e os persas tentaram de tudo para achar o corpo do patriarca.

Porque Simko recebeu do governador de Tabriz um papel oficial dizendo que se ele mandasse a cabeça de Mar Shimun, devolveria vinte vezes o peso em ouro.

Os feridos chegaram ao povoado mais próximo, Kostrobat, e comunicaram que todos tinham morrido, o patriarca e com ele todos os assírios. Não acreditaram.

Após alguns minutos chegou o coronel Kondrátiev, ferido, e disse que todos tinham morrido.

Reuniram as tropas e iniciaram uma batalha contra Simko. Às nove horas da noite, a cidade de Kenisher estava cercada por todos os lados.

À meia-noite se lançaram ao ataque, e o corpo de Mar Shimun foi recuperado.

Simko, com sua corja, escapuliu para Chiri Kaleh.

Uns vinte dias depois apareceram na região de Salmas destacamentos turcos avançados, compostos de três batalhões.

Os assírios entraram em combate e infligiram uma derrota completa aos turcos.

Em 25 de março de 1918, os turcos atacaram novamente, a batalha continuou por seis dias. Foram sitiados, e 250 soldados e dois oficiais foram feitos prisioneiros.

Depois disso, Aga-Petros chegou em Úrmia com seu destacamento e declarou ao coronel Kondrátiev que havia reunido 4 mil assírios.

Fizemos um ataque geral contra os turcos, para abrir caminho até a fronteira russa, mas revelou-se que Aga-Petros tinha quatrocentos homens, e mal armados: por isso ele não conseguiu cumprir suas tarefas.

Ele estava encarregado de ficar no flanco esquerdo e apoiar a ligação com os armênios, que estavam atacando pela estrada para Choi.

No flanco direito dos assírios, perto da estrada de Bash Kaleh, estava o coronel Kondrátiev. Adiante estava o destacamento regular de cavalaria assírio, em cujo comando encontravam-se os camaradas: Lazar Zervandov, Ziga Levkóiev, Nikodím Levkóiev, Ivan Djibáiev, Slivo Issáiev, Ivan Záiev e o príncipe Lázariev.

Ocupamos o desfiladeiro de Kotul e continuamos a avançar rumo à fronteira russa.

Uns oito dias depois, Aga-Petros recuou até Úrmia com seu destacamento; os turcos abriram passagem na retaguarda dos assírios.

Às cinco da manhã fomos tomar banho no riacho. Na outra margem do rio havia um bivaque. Pensamos que Aga-Petros tinha chegado para nos ajudar, e os turcos pensaram que eram as tropas deles...

Às cinco da tarde recebemos um papel do chefe do destacamento dizendo que os turcos tinham aberto passagem no setor de Aga-Petros e adentrado a região de Salmas.

E nós não podíamos recuar porque já era noite, e chovia sobre nós. Ao amanhecer começamos a nos afastar do desfiladeiro de Kotul, mas as alturas, dos dois lados da estrada, estavam ocupadas pelos turcos. Alguns diziam: "Não tem como recuar" (é preciso nos rendermos como prisioneiros). Outros, meus camaradas, diziam: "Por enquanto temos munição o suficiente, nossos cavalos são todos bons, de raça árabe, podemos fazer um ataque".

Assim, partirmos para cima de um posto militar turco e, de fato, se revelou que eles estavam sem munição. Abriram fogo com as metralhadoras mas logo pararam. Nos lançamos ao ataque, e cortamos 34 turcos. Pegamos uma metralhadora sem cartuchos e a fizemos em pedaços, e então começamos a bater em retirada.

Chegamos à cidade de Dilman, e não vimos nem assírios nem armênios, apenas os curdos e persas, todos roubando o povoado assírio e perseguindo os carneirinhos, e vimos os corpos dos assassinados pela estrada, e pensamos que todos os assírios estavam mortos.

Começamos a bater em retirada sem lutar, e diante de nós se via a poeira ao longe, até o céu. Pensávamos que o destacamento turco principal estava avançando.

Chegamos em Haitakhti, lá não achamos nem o comandante russo nem ninguém, só se viam crianças chorando pela estrada. Não podíamos pegá-las, porque eram muitas. Dava pena de ver.

Subimos na passagem de Kuschin, a estrada estava interrompida por bandoleiros curdos. Iniciamos um combate contra os curdos, e foi morto o suboficial Isaak Ivanov. Não conseguimos pegá-lo, deixamos no local.

Descemos da passagem de Kuschin, encontramos assírios em retirada e perguntamos: "Onde está Aga-Petros?". "Já tem três dias que ele está em Úrmia."

Chegamos a Úrmia, passamos quinze dias lá, e ao redor começaram as batalhas com as vanguardas dos turcos.

Em 15 de maio a cidade de Úrmia estava cercada de todos os lados.

Era visível que morreriam russos e assírios. Fizemos uma reunião geral na presença de oficiais russos.

Aga-Petros disse que era preciso se render aos turcos, porque ele tinha uma carta do comandante do 4º Exército Turco, Halil Paxá.

Mas os russos não queriam, diziam: "É melhor morrer", montaram uma flotilha de balsas e queriam cruzar o lago de Úrmia rumo a Sharafkhânekh.

Todos eles foram mortos pelos persas. Morreram oito coronéis, 32 oficiais e os soldados. Os turcos e curdos começaram a avançar. Os assírios todos lutaram até o último homem. A reserva de combate acabou, não havia munição.

Em 29 de maio os turcos estavam a cinco verstas de Úrmia.

Os assírios fizeram uma segunda reunião e decidiram: não podemos ir até a terra russa porque toda a Transcaucásia está ocupada pelos turcos, é melhor abrir passagem para o Oriente, talvez nos juntemos aos ingleses.

As tropas foram reunidas num instante, 4 mil homens da cavalaria sob o comando do coronel Kondrátiev, 6 mil da infantaria sob a chefia do coronel Kuzmin, e uma brigada de artilharia sob a chefia do coronel Sokolov.

A cinco verstas da cidade, perto do povoado de Diza, surgiu uma fileira de 24 canhões.

Os turcos estavam achando que os assírios iam se render naquele dia.

O coronel Sokolov ordenou abrir fogo com os 24 canhões.

Abriram fogo contínuo sobre as posições turcas.

Os turcos se instalaram na montanha.
Foram abatidos quatro canhões turcos.
Começamos uma ofensiva geral.
Todos os popes e bispos organizaram uma litania em campo, a coisa ia harmoniosamente, os turcos foram atacados e nós rompemos o front.
Do outro lado de Úrmia, os turcos entraram na cidade.
Na cidade sobraram apenas as missões americana e francesa, e alguns milhares de assírios.
Segundo os desertores, todos que ficaram foram mortos pelos curdos e turcos.
E nós nos retiramos pela estrada de Haidrabad.
Adiante ia a cavalaria e quatro canhões, e na retaguarda se encontravam os assírios súditos dos russos, e dos dois lados do povo vinham os armênios e os assírios das montanhas.
A cavalaria turca vinha no nosso encalço.
Tínhamos pela frente combates poderosos, enquanto atrás de nós tudo se partia... os povoados... as aldeias...
De Haidrabad a Solojbulak eram sessenta verstas.
Toda a estrada estava repleta de pacotes, carneiros e gente.
A estrada era estreita.
Os pacotes caíam. As pessoas largavam as crianças e se apressavam, dia e noite viajávamos, viajávamos, nenhum descanso, nada... e só se ouviam gritos e barulho, as pobres crianças choravam.
Não tinham pais e mães. Algumas crianças dormiam no meio da estrada, outras brincavam na grama na borda da estrada, sem medo das cobras, e lá havia um monte de cobras.

Continuamos na estrada para Rawandiz.

A umas vinte verstas de Rawandiz ficamos sabendo que lá se encontrava o estado-maior do 4º Exército de Mossul.

Viramos à esquerda em Seion Kaleh.

No décimo quinto dia depois de sairmos de Úrmia, encontramos os ingleses. Alguns de nós se alegraram, por termos nos salvado, outros choraram: não tinham mais filhos, nem parentes.

Os ingleses ordenaram descansar por três dias.

Três dias depois os assírios começaram a avançar.

Às quatro da tarde, em Seion Kaleh, os persas se rebelaram e começaram a atirar de seus tetos nas mulheres e crianças.

Os ingleses largaram suas mochilas e metralhadoras, montaram nos cavalos sem sela. Pelo visto, a coisa ia mal.

O coronel Kuzmin deu ordem para os ingleses dobrarem (pararem), nós pusemos as metralhadoras contra os ingleses e eles dobraram.

Junto com os ingleses atacamos a cidade de Seion Kaleh; os persas e curdos foram expulsos da cidade, enxotados para um desfiladeiro profundo, cercados por todos os lados, exterminados até o último homem, e a cidade foi queimada.

E novamente recuamos pela estrada árida, às vezes sem pão, às vezes sem água; por fim, chegamos a Bijar, no Curdistão. Foram 450 verstas.

Na estrada perdemos um oitavo do povo: uns morreram sem água, outros em combate. Entramos no vale Kermanshah. Lá não há nem onde morar, nada.

Só florestas férteis e densas.

Ali os animais vivem soltos.

Vimos um monte de jiboias e víboras, grossas como colunas, e macacos como pássaros, nas árvores.

Lá não achamos pão.

Água havia muita. Nos alimentamos de frutas doces e castanhas.

Chegamos à cidade de Kermanshah.

Lá não há o mesmo povo que há em Úrmia. Ali houve uma desavença entre os assírios e os instrutores.

Os assírios das montanhas e de Úrmia diziam que era preciso ir de Kermanshah a Hamadan; ao todo eram 220 verstas pelas montanhas.

Mas os instrutores russos iam pelo mapa e se mantiveram rumo ao leste dia e noite.

Os assírios russos de Kars foram com os oficiais russos, e o irmão do patriarca foi com eles.

Chegamos à cidade de Bagdá; lá novamente há outro mundo e outros povos.

Trocávamos de cavalo nas aldeias.

Aqui, o povo não se lava com água, mas com areia, como as galinhas.

Passamos no total oito dias em Bagdá, e decidimos voltar para Hamadan. Após andarmos seiscentas verstas, chegamos a Hamadan.

Foram presos como bolcheviques russos: o tenente Vassíliev, o subtenente Stepanians e o instrutor Lazar Zervandov.

Por ordem do comandante-chefe inglês, fomos libertados. Nossas armas eram muito boas, levaram tudo.

Lazar Zervandov

Isso foi o que Lazar escreveu para mim. Publiquei isso no meu livrinho *Epílogo*. Mikhail Zóschenko parodiou isso com muito sucesso.

Zóschenko é um "Serapião".

No meio do inverno, no andar debaixo, foi criado o Irmãos Serapião.[159] A origem deles é a seguinte. No estúdio da Casa das Artes lecionava Ievguêni Zamiátin. Ele dava aulas com simplicidade, mas sobre artesania, ensinava a escrever prosa.

Ele tinha muitos alunos, entre eles Nikolai Nikitin e Mikhail Zóschenko. Nikitin é baixo e louro, nós o chamávamos de "o homem com *pathos* de advogado". Isso em relação a assuntos domésticos. Ele está sob a influência de Zamiátin, escorado no seu ombro direito. Mas não escreve como ele, e sim de forma mais complexa. Zóschenko tem cabelos pretos e é quieto. É bonito. Na guerra ele foi envenenado com gás, tem um defeito grave no coração. Isso faz dele uma pessoa quieta. Não é uma pessoa autoconfiante, e nunca sabe como vai escrever daqui para frente. Começou a escrever bem, depois de entrar no estúdio dos Serapião. Seu livro *Contos de Nazar Ilitch, senhor Sinebriukhov* é muito bom.

Ali há frases inesperadas, que mudam todo o sentido do conto. Ele não está tão proximamente ligado a Leskov como parece. Ele consegue se virar sem Leskov, como fez, por exemplo, em *A fêmea do peixe*. Quando chegou o livro dele

---

[159] Grupo de jovens escritores formado em 1921 em torno das aulas de Ievguêni Zamiátin e Viktor Chklóvski no estúdio da Literatura Mundial. Faziam parte do grupo os escritores Mikhail Zóschenko (1894-1958), Veniámin Kaviérin (1902-1989), Vsiévolod Ivanov (1895-1963), Mikhail Slonimski (1897-1972), Lev Lunts (1901-1924), Vladímir Pozner (1905-1992), Nikolai Nikitin (1895-1963), Elizaveta Polonskaia (1890-1969), Iliá Grúzdiev (1892-1960), Nikolai Tíkhonov (1896-1979), Kontantin Fiédin (1892-1977), entre outros. (N. da E.)

na tipografia para a composição, os próprios tipógrafos decidiram usar um tipo largo.

"É um livro muito bom", eles diziam. "Assim as pessoas vão lê-lo."

Bem no centro dos Serapião está Mikhail Slonimski. Antes todos o respeitavam, ele era secretário na editora de Grjebin e escreveu *Salões literários*. Depois escreveu um conto ruim, "Avenida Niévski", e depois começou a escrever esquetes e dominou a técnica do absurdo. Escreve bem. Agora ninguém o respeita porque ele é um bom escritor. Rejuvenesceu e parece que tem 23 anos. Fica deitado na cama, às vezes trabalha doze horas num dia. Em meio à fumaça. Até receber a ração acadêmica, como Nikitin e Zóschenko, passou uma fome fabulosa. Sua especialidade é o enredo complicado sem motivação psicológica. Um andar abaixo, no "macaquinho", mora Lev Lunts. Tem vinte anos. Acabou de terminar a universidade, no departamento de letras romano-germânicas. É o Benjamin dos Serapião. Aliás, eles têm três Benjamins: Lev Lunts, Volódia Pozner, que agora está em Paris, e um Benjamin de verdade: Veniámin Kaviérin.

Lunts escreve sempre, e sempre diferente. Muitas vezes bem. Possui uma certa alegria selvagem de viver, como a dos meninos.

Quando ele terminou a universidade, os Serapião celebraram jogando-o para o alto. Todos. Até o então sombrio Vsiévolod Ivanov, que fazia um grito de guerra quirguiz. Quase o mataram quando o deixaram cair no chão. Então, à noite, veio vê-lo o professor Grekov. Ele passou o dedo pela coluna vertebral de Lunts e disse:

"Não é nada, não precisa amputar as pernas."

Por pouco não o despernam. Em duas semanas, Lunts já dançava, com uma bengala. Ele escreveu dois dramas, muitas comédias. E ele é denso, dá para tirar muita coisa dele. Lunts, Slonimski, Zilber e Elizaveta Polonskaia foram meus alunos. Só que eu não os ensinava a escrever; eu dizia para eles o que é a literatura. Zilber (Kaviérin) é um menino de uns vinte anos ou menos, de peito largo e bochechas rosadas, ainda que em casa ele e Tiniánov muitas vezes fiquem sem pão. Nesses casos, eles mastigam uma reserva emergencial de raízes secas.

É um rapaz robusto.

Começou a escrever comigo. Um escritor muito particular. Trabalha o enredo. Ele tem um conto chamado "Velas (e escudos)", no qual as pessoas jogam cartas e as cartas têm suas próprias ações. Kaviérin é um mecânico, um construtor de enredos. De todos os Serapião, é o único que não é sentimental. Zóschenko eu não sei, ele é muito quieto.

Como A. Veksler, Elizaveta Polonskaia usava luvas pretas, era o símbolo da ordem deles.

Ela escreve poemas. No mundo real ela é médica, uma pessoa calma e forte. É judia, mas não é imitadora. Um sangue autêntico, espesso. Escreve pouco. Ela tem bons poemas sobre a Rússia contemporânea, os tipógrafos gostaram. Elizaveta Polonskaia é a única Irmãos Serapião mulher. O nome do grupo é arbitrário. Os Serapião não se entusiasmam tanto por Hoffmann, nem Kaviérin; preferem Stevenson, Sterne e Conan Doyle.

Vsiévolod Ivanov ainda andava por Petersburgo. Andava isolado, usando uma peliça curta limpa, com as solas dos sapatos amarradas com cordinhas.

Ele chegou da Sibéria e foi falar com Górki. Górki não estava em Petersburgo. Os escritores proletários abrigaram Ivanov. Eles mesmos não tinham nada. Não eram escritores da corte. Deram a Ivanov o que podiam: um quarto. Não havia o que comer. Ao lado ficava um depósito de papel para reciclagem. Ivanov aquecia o quarto com papel, ficava uns 18 graus. Ele se esquentava e não tinha fome.

Górki chegou e instalou-o na Casa dos Pesquisadores,

mas não na distribuição de ração. Não dariam ração: o homem não tinha livros. Górki me apresentou Ivanov, e eu o encaminhei para os Serapião.

Vsiévolod é um homem alto, com barba ao redor das maçãs do rosto e no queixo, estrábico como um quirguiz, mas de *pince-nez*. Antes era tipógrafo. Os Serapião o receberam com muito carinho. Lembro que nos reunimos no quarto de Slonimski, estávamos acendendo o aquecedor com a parte traseira de uma mesa. Ivanov estava sentado na cama e começou a ler:

Na Sibéria não crescem palmeiras...

Todos se alegraram.

Ivanov agora escreve bastante, mas muita coisa é desigual. Não gosto de seu *Ventos coloridos*. Não por conta da ideologia, claro. O que tenho a ver com ideologia? Não gosto de nada que é escrito com seriedade demais. "Grama rendada", como disse Zóschenko. Uma obra afetada. Ao apresentar as coisas, o escritor não deve se realçar. Não é preciso ter ironia, e sim mãos livres. O conto "Criança" é muito bom. Ele começa como um conto de Bret Harte: pessoas grosseiras encontram uma criança e cuidam dela. Mas depois as coisas se desenrolam de forma inesperada. A criança precisa de leite. Roubam para ela uma quirguiz com um bebê, mas para que haja leite para a sua criança, matam o pequeno concorrente amarelo.

Ivanov é casado, há pouco tempo teve uma filha.

Entre os Serapião há o teórico Iliá Grúzdiev, aluno de Boris Eikhenbaum e Iuri Tiniánov.

Antes do fim do inverno chegou mais um poeta, Nikolai Tíkhonov. Da cavalaria do Exército Vermelho.

Ele tem 25 anos, parece que tem os cabelos cinzentos, mas na verdade é um louro grisalho. Olhos bem abertos, cinza ou azuis. Escreve bons poemas. Mora embaixo, no "macaquinho", com Vsiévolod Rojdiéstvienski. Tíkhonov conta boas histórias de cavalos. Por exemplo, sobre como os cavalos aprisionados dos alemães sabotaram e traíram.

Há também Konstantin Fiédin. Esse veio dos prisioneiros da Alemanha. Perdeu a revolução. Foi aprisionado. É um bom rapaz, só que um pouco tradicional.

Aí está, fiz os Serapião entrarem no meu livrinho. Eu morei com eles na mesma casa. E acho que o Departamento Político Central não vai ficar bravo com eles porque bebemos chá juntos. Os Serapião cresceram com dificuldade, se não fosse por Górki teriam se perdido. Aleksei Maksímovitch imediatamente os levou a sério. Eles acreditaram mais em si mesmos. Górki quase sempre entende os manuscritos dos outros, ele é bom com novos escritores.

A Rússia ainda não foi pisoteada, não levou uma surra. Nela, as pessoas crescem como aveia no *lápot*.[160]

A grande literatura russa e a grande ciência russa viverão.

Enquanto isso, toda sexta-feira à noite, os Serapião comem pão, fumam cigarros e depois brincam de cabra-cega. Senhor, como as pessoas são resistentes! E ninguém pode ver o que uma pessoa carrega ao olhar suas pegadas, vê-se apenas que a pegada fica às vezes mais rasa, às vezes mais funda.

Faltou proletariado, senão ainda teríamos alguns metalúrgicos.

Eu vi o amor pela máquina na Rússia, o amor pela verdadeira cultura material contemporânea.

No inverno de 1922 eu andava pela rua Zakhárievskaia. Na Zakhárievskaia ficava a Associação dos Transportadores de Tração Animal de Petrogrado. Agora ela já não existe mais, parece que foi liquidada por inteiro.

---

[160] Sandália camponesa feita de cascas de tília ou bétula. (N. da E.)

Um jovem com roupa de motorista se aproximou de mim: "Olá, senhor instrutor".

Ele disse seu sobrenome. Era aluno da escola de motoristas.

"Senhor instrutor", disse o aluno, andando ao meu lado, "o senhor não está no partido?" Na Rússia, por "partido" geralmente subentende-se o partido bolchevique.

"Não", falei, "estou no Instituto de História da Arte."

"Senhor instrutor", disse o aluno, andando ao meu lado — ele me conhecia apenas da escola —, "os carros estão estragando, as máquinas enferrujando, há peças fundidas prontas e abandonadas: eu sou do partido, não consigo olhar. Senhor instrutor, por que o senhor não está trabalhando conosco?"

Eu não sabia o que responder a ele.

As pessoas que continuam atrás das máquinas estão sempre certas. Essas pessoas brotam como sementes. Contam que na província de Sarátov nasceram grãos da semeadura do ano passado. A nova cultura russa também cresce assim.

Só nós pereceremos, a Rússia continuará.

Não é preciso gritar nem ter pressa.

Em 1913, no circo Ciniselli, aconteceu o seguinte incidente. Um acrobata inventou um número que consistia em pular do trapézio com um laço no pescoço. O pescoço dele era forte, o nó do laço ficava na nuca, e o próprio laço, evidentemente, passava debaixo do queixo, depois ele tirava a cabeça do laço, subia e acenava para o público do trapézio. O número se chamava "O homem do pescoço de ferro". Uma vez ele errou, e o laço foi parar na garganta. E o homem ficou suspenso, enforcado. Começou um pânico. Trouxeram uma escada. Não chegava. Começaram a subir mas esqueceram de levar uma faca. Um acrobata escalou até ele, mas não conseguia tirá-lo do laço. O público uivava, e o "homem do pescoço de ferro" lá, pendurado.

Enquanto isso, na plateia, em um dos camarotes altos, levantou um homem com jeito de comerciante, robusto, provavelmente bondoso, estendeu o braço para a frente e gritou, dirigindo-se ao pendurado:

"Desça, minha mulher está chorando!" Fato.

Em 1922, a primavera chegou cedo em Petersburgo. Nos últimos anos a primavera sempre começava cedo, mas o frio atrapalhava. Isso acontece porque confundimos qualquer degelo com a primavera.

Está frio, faltam forças. Quando sopra um vento mais quente, é como os pássaros da terra para Colombo.

"Primavera, primavera!", gritam os marinheiros no convés.

Eikhenbaum diz que a principal diferença da vida revolucionária para a comum é que agora todos sentem. A vida se tornou arte. A primavera é a vida. Acho que uma vaca faminta em meio a um campo de cereais não se alegraria tanto com a primavera como nós.

A primavera, isto é, o degelo — na verdade, estávamos apenas em março —, avançava.

David Vigodski, que morava no apartamento nº 56 da Casa das Artes, já tinha aberto sua janela para se aquecer.

E de fato, no tinteiro de sua escrivaninha, a tinta descongelara.

Foi nessa noite cálida que, com meu trenó, eu me afastei das janelas iluminadas do meu apartamento.

Passei a noite na casa de conhecidos, não disse nada a eles. De manhã, fui para a Editora Estatal pegar a permissão de lançamento do meu livrinho *Epílogo*.

Na editora ainda não sabiam de nada, mas chegou por acaso um conhecido lá e disse:

"Armaram uma emboscada para você."

Ainda morei em Piter por mais duas semanas. Só troquei de casaco. Não tinha um medo muito intenso da prisão.

Quem tinha necessidade de me prender? Minha prisão era uma questão casual. Foi inventada por Semiônov, um homem sem ofício.

Por causa dele precisei deixar minha mulher e meus camaradas.

O degelo impediu que eu fosse embora em meio ao gelo.

Depois começou a esfriar. O gelo estava enevoado. Fui para uma casinha de pescador. Depois me levaram para um centro de quarentena.

Não quero escrever sobre tudo isso.

Lembro de uma velha de 60, 70 anos que chegara à quarentena legalmente.

Ela se admirava com tudo. Via pão:

"Ah, pão!"

Idolatrava a manteiga e o aquecedor.

Dormi um dia inteiro na quarentena.

À noite eu gritava. Me parecia que uma bomba estava explodindo na minha mão.

Depois fui num vapor para Estetino. Gaivotas voavam atrás de nós.

Acho que estavam vigiando o vapor.

Suas asas se dobravam como lata.

Suas vozes pareciam motocicletas.

Está na hora de terminar o livro. É triste, plangente até, terminá-lo com uma velha que se aquecia no fogo alheio. A parte final dos dois livros precisa reunir os motivos de ambos. É por isso que vou escrever aqui sobre o doutor Shedd. O doutor Shedd era o cônsul americano em Úrmia.

O doutor Shedd andava por Úrmia num charabã. Todas as quatro rodas do charabã eram iguais. Sobre o charabã, em quatro bastões, fora fixado um teto com pequenas grinaldas. O charabã era simples e quadrado como uma caixinha de fósforos.

O charabã não tinha extravagâncias. Há vinte anos, em algum lugar na América, havia charabãs assim, provavelmente eram comuns.

O próprio doutor Shedd dirigia seu charabã, sentado no lado direito do banco dianteiro de encosto reto.

Atrás, de costas para ele, sentava ou sua mulher grisalha, ou a filha ruiva.

Tanto a mulher quanto a filha eram comuns.

O doutor Shedd tinha cabelos grisalhos, e vestia uma sobrecasaca preta.

Comum.

No charabã do doutor Shedd não havia nem metralhadora, nem bandeira.

O doutor Shedd morava perto de Úrmia, e a parede de argila da missão americana se estendia por várias verstas.

Não matavam atrás daquele muro, lá era a América. O charabã retangular andava por todo o norte da Pérsia e por todo o Curdistão.

Vi o doutor Shedd pela primeira vez numa reunião, quando estávamos exigindo trigo dos persas. Isso foi em 1917.

Os mulás, de turbante verde, cofiando as barbas vermelhas com suas belas mãos de unhas pintadas, falavam amigavelmente que não nos dariam o trigo.

O gordo comandante da administração do exército, general Karpov, com sua barriga suave, cheia de dobras sob as dobras suaves de uma túnica militar muito gasta, dizia amigavelmente aos persas que nós levaríamos o trigo. As unhas dele não eram pintadas, e sim roídas.

O cônsul russo Nikitin (ele seria morto depois, na retirada) se enervava e se agitava.

E então, entre nós, surgiu o doutor Shedd de sobrecasaca preta.

Postou-se entre nós como uma pequena coluna negra. O cabelo dele era fofo e limpo.

Eu estava sentado no canto, minha túnica estava muito gasta, eu estava sem peliça, de sobretudo impermeável e com as pontas das mangas puídas.

Tive vergonha por elas e as cobri com as mãos.

A peliça eu tinha perdido no pogrom.

Ali eu parecia um mastro postiço. Colocam esses mastros num navio depois da tempestade, prendendo-o ao que sobrou do verdadeiro mastro, que fora derrubado.

Eu era comissário do exército.

E toda a minha vida é feita de pedaços ligados apenas por meus hábitos.

O doutor Shedd disse:

"Senhores! Ontem no bazar encontrei perto da parede um menino de seis anos completamente morto."

Não só seria estranho se transpuséssemos Robinson Crusoe, com sua felpuda roupa de peles, da ilha desabitada para uma rua de Londres.

Também era estranho o doutor Shedd, que contava cadáveres no Oriente, onde não se contam os mortos.

Uma vez, na estrada para a passagem de Kuschin, vi uma caravana.

Os camelos andavam num passo espaçado.

Suas costas, sob altas selas de carga, pareciam costas de galgos.

Os sininhos tilintavam sob os focinhos dos camelos. Os cavalos andavam a trote, os relâmpagos de suas patas interrompendo as batidas largas das patas dos camelos que pisavam suavemente.

Os cavalos eram mais baixos que os camelos e, de lado, só se viam as patas dos camelos ao fundo.

Perguntei:

"O que estão levando?"

Eles disseram:

"Prata para o doutor Shedd."

Quase não havia escolta.

Ia prata para o doutor Shedd continuamente, e ninguém punha a mão nela porque tudo estava mudando, e as pessoas que procuravam refúgio atrás do muro de argila da missão americana estavam mudando também, mas o doutor Shedd dava comida para todos.

Ah, é amargo o pão alheio e íngreme a escada alheia. Amargas eram as filas da Casa dos Pesquisadores!

Para os amantes de epítetos sincréticos:

"É amarga a escada de mármore da Casa dos Pesquisadores."

E amargas eram as nove libras de açúcar tcheco. E amarga é a fumaça que sai da chaminé rachada do meu aquecedor. A fumaça da desilusão.

Mas o mais íngreme e amargo de tudo são as escadas de madeira de Berlim. Escrevo aqui em uma mesa de carteado.

Lembro-me da distribuição de rações em Úrmia, no portão Degalin.

Uma enorme multidão de curdos, quase nus, em farrapos e com passadeiras listradas jogadas sobre os ombros (como se sabe, uma forma de vestir-se muito comum no Oriente), corria para pegar o pão.

Ao lado do distribuidor ficava uma pessoa — ou duas, não lembro — com um chicotinho grosso, e habilmente refreava o ímpeto da multidão, com golpes sem pressa, mas pesados e ininterruptos.

Quando os russos se retiraram da Pérsia, os armênios e assírios foram abandonados ao arbítrio do destino...

Mas o destino não tem arbítrio. Por exemplo, se uma pessoa não é alimentada, ela só tem um destino: morrer.

Os russos se retiraram da Pérsia.

Os assírios se defenderam com o heroísmo de um lobo que morde o farol de um automóvel.

Quando os turcos os cercaram, eles romperam o cerco e correram com todo o povo para os ingleses, na terra de Bagdá.

Andaram pelas montanhas, caíram seus cavalos, caíram seus fardos, e eles abandonaram suas crianças.

Como se sabe, crianças abandonadas não são uma raridade em Bagdá.

Mas quem é que sabe?

Não sei quem coleta as notícias no Oriente.

Mas o destino não tem arbítrio: crianças abandonadas morrem.

Então o doutor Shedd subiu em seu charabã quadrado e foi no encalço do povo em fuga.

Porém, o que uma só pessoa pode fazer?

Os assírios andavam pelas montanhas.

Nessas montanhas não há estradas, e toda a terra é coberta por pedras, como se tivesse caído uma chuva de pedras.

Nessas pedras, depois de cem verstas o cavalo perde a ferradura.

Em 1918, um ano marcado pela fome, quando as pessoas morriam no inverno entre os papéis de parede cobertos por cristais de gelo, era com grande dificuldade que enterrávamos os cadáveres.

Só choramos os mortos na primavera.

A primavera chegou, como sempre: com os lilases e as noites brancas.

Só choramos os mortos na primavera porque no inverno fazia muito frio. Os assírios começaram a chorar seus filhos já em Níneve, quando o solo sob seus pés ficou plano e suave. Em Petersburgo, choramos amargamente na primavera. E ainda vamos chorar amargamente um dia, quando a Rússia degelar.

Houve uma briga entre os assírios das montanhas e os de Úrmia.

Até então, eles não se hostilizavam.

Assim como em 1918, um ano marcado pela fome, entre os papéis de parede grudados pelo gelo as pessoas às vezes dormiam juntas porque era mais quente. Estava tão frio que elas nem se odiavam.

Isso até a primavera.

Os assírios de Úrmia queriam voltar, se vingar pelos locais devastados e matar Simko, o assassino.

Ao abandonar as crianças, eles sabiam que Simko vinha atrás. Os montanheses já tinham o coração apaziguado, e estavam cansados demais para atravessar as montanhas uma terceira vez.

Em Nínive eles já estavam quase em casa.

Também não havia turcos.

Eles tinham que lutar apenas contra os curdos.

Para os assírios, passar pelos persas foi como passar uma faca na manteiga.

Os assírios de Úrmia andavam rápido.

Simko fugiu para Tabriz.

Os assírios cercaram Tabriz.

Tabriz é uma cidade grande; nela há muitas portas nas ruas de paredes de argila.

As cidades persas não são calculadas pela quantidade de habitantes, mas pelo número de portas. As portas são baixinhas, com fechaduras, e o que há atrás delas não se sabe. Os assírios iam saber, ainda que eles nunca fossem arrombar as portas por simples curiosidade.

Então o doutor Shedd subiu no lado direito do banco dianteiro de seu charabã.

Um charabã preto com rodas amarelas. O doutor Shedd, de sobrecasaca preta e cabelos grisalhos, passou por entre as tropas dos assírios na cidade de Tabriz.

O doutor Shedd saiu ao encontro daquelas tropas que tinham as pernas e o coração esfolados — não eram só as ferraduras dos cavalos que sumiam nas montanhas de pedra —, e tinha consigo 3.500 crianças que ele recolhera enquanto o povo estava fugindo.

O doutor Shedd entregou as crianças aos pais e pegou Simko pela mão, sentou-o ao lado de si no banco dianteiro do charabã quadrado e o levou para ser julgado pelos ingleses em Bagdá.

Ninguém barrou o caminho do doutor Shedd.

Não, eu não devia escrever isso. Aqueci meu coração. Ele está doendo.

Tenho pena da Rússia. Quem ensinará os russos a pôr os fardos listrados nos camelos, a amarrar com cordas de lã as longas serpentes de caravanas que andam pelos campos despovoados da região do Volga?

Doutor Shedd, sou uma pessoa do Oriente, porque ele antes começava em Verjbolóvo e agora sai de Pskov, o Oriente vai, como antes, da fronteira russa até os três oceanos.

Doutor Shedd! Amargas são as escadas do exílio. Doutor Shedd! Como uma ratazana malhada eu percorri a estrada de Oshnaviye até Petersburgo junto com os soldados em fuga; percorri a estrada de Jmerinka até Petersburgo em meio à multidão nua de prisioneiros que vinha da Alemanha.

Vinha conosco um vagão de caixões, e nos caixões tinha uma inscrição, feita com pressa: "Devolver caixões".

Agora eu vivo entre imigrantes e estou me tornando uma sombra em meio a sombras.

Amargo é o *schnitzel* em Berlim.

Vivi em Petersburgo de 1918 a 1922.

É em seu nome, e em nome do doutor Gorbenko, que não permitiu que o povo matasse os gregos feridos em Kherson, e em nome do motorista anônimo que me pediu para ir salvar as máquinas, que eu termino este livro.

GUERRA, REVOLUÇÃO
E LITERATURA UNIVERSAL[1]

Galin Tihanov

O histórico de publicação de *Viagem sentimental* na Rússia é um indicador da efervescência que Viktor Chklóvski conseguiu captar em suas memórias. Escrito e publicado em partes, entre junho de 1919 e janeiro de 1923, o livro foi iniciado na Rússia e finalizado no exílio. É uma obra sobre a guerra, a revolução, teoria literária e literatura universal. Sua primeira aparição em versão integral aconteceu em Berlim, em 1923; desde então, as várias edições russas omitiriam diversas passagens (consideradas incompatíveis com o dogma oficial), até que, em 2002, a edição alemã foi republicada em Moscou.

Em uma primeira leitura, *Viagem sentimental* é um livro sobre as revoluções de fevereiro e outubro de 1917 e sobre a subsequente guerra civil que engolfou a Rússia e seu império. O livro começa com passagens memoráveis a respeito da vida de Chklóvski antes das revoluções: o clima dominante nos primeiros parágrafos é de monotonia, enfado e opressão constante sob o tempo que passa tediosamente; esse início sugere de forma silente o cataclismo e o estranhamento que estão por vir, atenuando a insuportável sensação de aborrecimento. A técnica principal de Chklóvski em *Via-*

---

[1] Este texto de Galin Tihanov, professor de Literatura Comparada da Universidade de Londres, foi escrito especialmente para esta edição. A tradução é de Danilo Hora. (N. da E.)

gem sentimental é o "estranhamento": ele frequentemente embaralha cronologicamente os episódios narrados, deixa pendentes, sem resolução, entidades semânticas inteiras, ressuscita a tradição da astúcia e do paradoxo, com a finalidade de expor o leitor à guerra e às revoluções de forma não linear; por fim, ele abstém-se de tomar partidos, trabalhando além dos limites impostos por linhas políticas. Em uma passagem extraordinária sobre a morte de seu irmão Ievguêni, Chklóvski declara que ele "foi morto pelos brancos ou pelos vermelhos. Não lembro, realmente não lembro. Foi assassinado injustamente" (ver p. 222 desta edição). É raro encontrarmos um melhor exemplo de abstenção política em favor de um forte julgamento ético; apenas Kólia, o protagonista de *Uma noite com Claire*,[2] poderia competir com esta relutância em se comprometer politicamente, quando diz que juntou-se aos Brancos por mero acidente, e que poderia muito bem ter se juntado aos Vermelhos.

Embora o conceito de estranhamento possa ter diversas fontes em uma série de tradições críticas e filosóficas das quais Chklóvski pode ter tomado conhecimento (em geral, indiretamente), o fator de formação cuja contribuição foi crucial para o surgimento desse conceito é, sem dúvida, a Primeira Guerra Mundial. A guerra forneceu o solo propício onde uma visão de mundo materialista, focada na substância das coisas, pôde crescer e florescer em meio e a partir da cacofonia e do caos da aniquilação (e, em última instância, num protesto contra ela). Para Chklóvski, Ernst Jünger e muitos outros autores dessa geração, a possibilidade de um retorno à natureza imaculada das coisas parece ter sido o grande presente que o progresso da tecnologia, da indústria e dos

---

[2] Romance de Gaito Gazdánov (1903-1971), escritor russo emigrado, publicado na França em 1929. (N. do T.)

aparatos militares, tão evidente às vésperas da guerra e durante ela, poderia dar a uma Europa frustrada. O estranhamento é uma técnica criada para auxiliar nesse processo, ao equipar o público leitor com a necessária agudeza de percepção e de reconhecimento. Já é tempo de inserirmos — e com muito mais firmeza do que as poucas vezes em que isso foi feito no passado — o jovem Chklóvski em seu próprio contexto, o da Primeira Guerra Mundial, e de o enxergarmos como um autor que participa da grande constelação de brilhantes ensaístas europeus cujas obras e ideias estão enraizadas em suas experiências de guerra. Ao mesmo tempo, é preciso estarmos atentos ao papel que a Revolução de Outubro teve na evolução de Chklóvski. A revolução, sem dúvidas, veio acrescentar algo a suas experiências na guerra, aumentando e colocando em relevo seu grande dilema: o da inovação estética (ambígua e, por vezes, incerta) frente ao conservadorismo político e social que o levou, enquanto membro do partido Socialista Revolucionário, a rejeitar a Revolução de Outubro, mas também a ressaltar seu magnetismo, seu caráter completamente incomensurável, seu alcance e sua força purificadora. A Revolução de Outubro impôs uma nova dinâmica política que exigia atitudes diferentes, ainda que não cancelasse as tendências baseadas em sua experiência na guerra. Em outras palavras, nas memórias de Chklóvski a guerra e a revolução devem ser pensadas em conjunto, mas sem serem misturadas. Notavelmente, a essas duas camadas a obra de Chklóvski enlaça uma terceira: uma análise da identidade judaica e do antissemitismo durante a guerra (no Oriente, na Pérsia, Chklóvski percebe que a ausência de antissemitismo é um fator que o ajuda a se reconciliar com os habitantes locais e a aceitá-los). *Viagem sentimental* é, então, um livro que se equilibra entre uma autorreflexão intensa e uma entrega irrestrita ao destino — Chklóvski se refere à famosa "pedra que cai" de Espinosa com o intuito de, ironicamente, brincar com a ideia de que "quando você cai como uma pedra, não precisa pensar" (p. 189).

As memórias de Chklóvski, no entanto, não são apenas sobre a guerra e a revolução, mas também sobre literatura universal. Seu envolvimento no debate a respeito da literatura universal, então emergente na Rússia, foi direto e, como é frequente em se tratando de Chklóvski, marcado em igual medida pelo comprometimento e pela distanciação. Em 1919, ele participou do projeto Literatura Mundial[3] de Maksim Górki. O projeto de Górki, de publicação em larga escala, era, em seu cerne, de caráter educativo e paliativo. A ideia era estabelecer na Rússia pós-revolucionária um cânone novo e expandido da literatura universal, incluindo, pela primeira vez, não apenas obras ocidentais, mas também das literaturas da Ásia, do Oriente Médio e da América Latina. Essas obras precisavam ser traduzidas (em alguns casos, retraduzidas, para substituir más traduções anteriores), providas de introduções e aparatos adequados, e disponibilizadas em edições academicamente confiáveis porém baratas, ao alcance dos até então desprivilegiados: operários, camponeses, soldados — em suma, a classe dos oprimidos. O projeto concentrou-se em Petrogrado, e sua infraestrutura incluía uma casa editorial que, em seu ápice, empregou trezentos editores e tradutores (algo completamente impensável nos dias de hoje), com um estúdio de tradução onde jovens tradutores poderiam se familiarizar com teorias de tradução, teorias literárias e outros campos relacionados. Foi para esse estúdio que, em 1919, Górki recrutou Chklóvski para realizar palestras sobre teoria literária. É preciso lembrar que, à época, Petrogrado era uma cidade arrasada pela fome e pela guerra civil, à mercê da pobreza extrema e de uma insegurança total — em sua

---

[3] O termo russo *Vsiemírnaia Literatura* também pode ser traduzido como "Literatura Universal". (N. do A.)

Viagem sentimental, Chklóvski cita laconicamente a morte de sua tia, por fome (p. 264). É em meio a essa atmosfera que ele se lança ao projeto de Górki. É claro que o paradoxo central não era o fato de Górki estar disposto a retificar décadas de injustiça social; Chklóvski considerava este projeto um instrumento de transformação social radical, em que as classes até então oprimidas teriam acesso às grandes obras da literatura ocidental e não ocidental (logo no início, Górki estabeleceu um comitê editorial de literaturas orientais presidido pelo acadêmico Serguei Oldenburg, seu amigo de longa data e decano de indologia da Academia Russa de Ciências). A questão é que essa transformação social radical, que aparentemente facilitaria a mobilidade social para milhões de pessoas, seria alcançada através do mais conservador dos métodos: ao evocar um cânone seguro (ainda que aumentado) daquilo que, lembrando a definição de Matthew Arnold em *Cultura e anarquia*, é "o melhor de tudo o que já foi pensado e dito". O projeto radical de Górki ficava então amenizado pela noção humanista de que a literatura universal é um cânone de textos e uma ferramenta para inculcar nos homens as virtudes da civilidade e da erudição. Este entendimento de "literatura universal" pode ser datado do final do século XVIII e início do XIX, quando Wieland (não por acaso o autor do primeiro importante romance de formação),[4] 25 anos antes de Goethe, falava da literatura universal como um instrumento de autoaperfeiçoamento que ensina a nos comunicarmos melhor e nos fornece um conhecimento do mundo ao qual não teríamos acesso de outra forma.

O estúdio de tradução estabelecido em 1919 teve contribuições de alguns dos melhores escritores e tradutores da época: Ievguêni Zamiátin, Nikolai Gumilióv, Korniêi Tchu-

---

[4] Referência a Christoph Martin Wieland (1733-1813) e seu romance *História de Agaton* (1767). (N. do T.)

kovski (um dos maiores tradutores da língua inglesa, que já publicara traduções da poesia de Walt Whitman); dos formalistas russos, Boris Eikhenbaum também foi convidado a contribuir. Em suas memórias, Chklóvski conta que o estúdio rapidamente se tornou um "estúdio literário", onde eram discutidos manuscritos de obras de ficção, e que a crítica e a teoria literária faziam parte do programa. "Nunca trabalhei tanto como naquele ano" (p. 265). Chklóvski ensinava *Dom Quixote* e Laurence Sterne para um público jovem, e escrevia, em diálogo com seus alunos, os capítulos sobre Cervantes e Sterne que seriam incluídos em seu livro *Sobre a teoria da prosa* (1925; versão expandida de 1929).

Nessa conjuntura, é importante situarmos o comprometimento de Chklóvski com a ideia de literatura universal no contexto mais amplo dos nossos debates atuais sobre o assunto. Para compreendermos a "literatura universal" enquanto uma construção específica, devemos fazer a pergunta inevitável sobre seu lugar em relação à linguagem, o que gera consequências importantes no nosso modo de interpretar o legado disperso da teoria literária moderna (sem dúvida fundada por Chklóvski e pelos formalistas russos). À primeira vista, essa questão parece banal; no entanto, no que diz respeito ao modo como pensamos a literatura, não poderia existir questão mais fundamental que a da linguagem. Nesse ponto, é preciso confrontar o problema da tradução e reconhecer sua legitimidade, não apenas face aos debates atuais (entre os que advogam o papel benéfico da tradução e os que estimam a ideia de intraduzibilidade), mas buscando as próprias origens da teoria literária moderna e do trabalho que Chklóvski estava fazendo entre 1919 e 1920, capturado, em parte e de forma sucinta, em *Viagem sentimental*. Aqui, a minha controvérsia é a de que precisamos começar a entender o discurso anglo-saxão atual sobre a literatura universal, em que a legitimação da leitura e da análise literária em tradução tem um papel central, como um eco do debate que se inicia nos primeiros dias da teoria literária clássica, e como uma intervenção tardia nesse debate. Por "teoria literária clássica" eu entendo o paradigma que reside na suposição de que a literatura é um discurso único e específico, cuja distinção se cristaliza em torno da qualidade abstrata de "literariedade". Este modo de pensar a literatura tem início no período da Primeira Guerra Mundial com Chklóvski e seus colegas formalistas, e até os anos 1980 esteve longe de querer desaparecer — em *Viagem sentimental*, Chklóvski se enfurece com os que pensam a literatura como um meio de conduzir ideias políticas e valores cívicos, e não como um uso específico e autossuficiente da linguagem: "É estranho, eles substituíram a história da literatura russa pela história do liberalismo russo" (p. 273). Mas isso não desapareceu sem espalhar um legado que consiste em pesquisar, de várias formas, a questão da centralidade — ou não — da linguagem no nosso entendimento sobre a literatura. O debate atual sobre "literatura universal" é parte integral desse legado espalhado pela teoria literária clássica, reencenando o debate fundamental entre os que pensam a literatura dentro do horizonte da linguagem e os que a pensam para além dele. Insistir no ponto de que o discurso anglo-saxão atual sobre "literatura universal" é uma extensão desses debates anteriores sobre linguagem e literariedade, originados na teoria literária clássica, é importante ao menos porque, como muitos outros discursos de tendência liberal, ele também costuma silenciar a respeito de suas próprias premissas, tornando-as pouco discutidas e por vezes naturalizando-as.

Como bem se sabe, os formalistas russos concordavam que o que confere à literatura sua especificidade é a literariedade. Mas nós costumamos esquecer que eles discordavam sobre o que constitui essa literariedade. Roman Jakobson (que é mencionado em *Viagem sentimental*, mas mais ainda nas memórias seguintes: *Zoo, ou Cartas não sobre amor* e *Terceira fábrica*) acreditava que a literariedade está armazenada nos mecanismos complexos e intrincados da linguagem. Para ele, apenas a língua do original importa, uma vez que essa complexidade não pode ser apreendida em tradução. Não é por acaso que durante toda sua carreira acadêmica Jakobson analisou textos escritos em verso, tomando a língua original como base. Por outo lado, Chklóvski, Eikhenbaum e em alguma medida Tiniánov, acreditavam que os efeitos de literariedade são produzidos também (e, de certa forma, principalmente) em níveis acima e além da linguagem. Chklóvski, em particular, e em gritante oposição a Jakobson, escolheu analisar prosa, e não poesia, e escolheu fazê-lo em tradução. É precisamente este o trabalho que ele estava desenvolvendo no estúdio de tradução em Petrogrado, e o qual recorda em sua *Viagem sentimental*. Ao explicar os efeitos da literariedade, o que chamou a atenção de Chklóvski foi o nível da composição, e não o micronível da linguagem. Sua famosa distinção entre trama e enredo, por exemplo, funciona sem a menor perda de validade quando lemos um texto em tradução; não precisamos da língua do original para apreciar a transposição de material e sua reorganização através da retrospecção, do retardamento, etc. (técnicas que o próprio Chklóvski emprega amplamente em sua *Viagem sentimental*). Além disso, Chklóvski e Tiniánov provaram que, mesmo no nível do estilo, a língua do original não é o único veículo de literariedade. Os aspectos paródicos em *Dom Quixote*, por exemplo, podem ser captados e compreendidos mesmo em tradução, uma vez que tenhamos algum conhecimento do contexto da cultura cavaleiresca e de suas convenções. Assim, o debate interno dos formalistas russos sobre o que constitui a literariedade teve a consequência involuntária de oferecer, nos dias de hoje, munição e justificativas para aqueles que, como David Damrosch, acreditam na legitimidade da leitura e da análise literária em tradução. Logo, o atual discurso liberal sobre "literatura universal" reitera esta questão principal da teoria literária clássica: deve-se pensar a literatura dentro do horizonte da linguagem ou para além dele? Essa reiteração específica remodela a questão ao mesmo tempo em que mantém sua força teórica. Junto com Eikhenbaum, outro integrante do estúdio de tradução, Chklóvski (que era jubilosamente monolíngue e ensinava Sterne e Cervantes em tradução) encarava o enigma de fundação da teoria literária: como justificar a literariedade, tanto em relação às línguas individualmente quanto à linguagem em si mesma. Para que sua resposta fosse seminal em termos de *teoria*, ela deveria ser uma resposta que se dirigisse tanto à *singularidade* da linguagem (da língua do original) quanto à sua *multiplicidade* (as múltiplas linguagens em que um texto literário atinge seu público potencial em tradução). Não poderia existir uma reivindicação teórica se não pudesse ser demonstrado que a literariedade opera entre línguas, em um ato de estranhamento contínuo do original. O discurso liberal anglo-saxão sobre literatura universal, prioritário no trabalho de David Damrosch, desenvolveu-se no caminho traçado por Chklóvski, nunca se comprometendo explicitamente com seus escritos de Petrogrado entre 1919 e 1920, ao colocar em primeiro plano a legitimidade de se trabalhar com textos traduzidos. Damrosch confrontou implicitamente a tensão entre a singularidade e a multiplicidade da linguagem ao concluir que é mais importante o estudo da literatura nas línguas de sua socialização do que na língua de sua produção, sobretudo porque essa nova prioridade restringe e solapa o monopólio do nacionalismo metodológico nos estudos literários. (As línguas de criação e socialização podem coincidir, é claro, e as implicações daí resultantes, principalmente quando essa coincidência envolve uma língua global como a inglesa, é algo que vale a pena ser considerado.)

A *Viagem sentimental* de Chklóvski, é, pois, não apenas um monumento às revoluções de fevereiro e outubro e à subsequente guerra civil; é também um monumento a uma das fases mais seminais da teoria literária clássica, que ainda reverbera em nossos debates atuais sobre literatura universal. No entanto, não se deve presumir que Chklóvski aceitou sem reservas o projeto de Górki. Em uma passagem esplêndida de *Viagem sentimental*, Chklóvski se distancia ironicamente do que ele percebia com clareza como um projeto de escala grande demais, que visava revolucionar a cultura através das ferramentas mais conservadoras e seguras do cânone. Citarei integralmente a passagem em que ele se refere ao projeto de literatura universal de Górki e sua casa editorial (p. 269):

> "'Literatura Mundial.' O escritor russo não deve escrever o que quiser, ele deve traduzir os clássicos, todos os clássicos, é preciso que todos traduzam e todos leiam. Todos lerão tudo e saberão tudo, tudo.
>
> Não é preciso haver centenas de editoras, é preciso haver só uma: a de Grjebin. E o catálogo dessa editora deve prever os próximos cem anos, um catálogo de cem folhas impresso em inglês, francês, indochinês e sânscrito.
>
> E sob a supervisão do próprio S. Oldenburg e de Aleksandr Benois, todos os literatos e todos os escritores vão memorizar esquemas, cada um em sua especialidade, e prateleiras de livros nascerão, e todos lerão todas as prateleiras e saberão tudo.
>
> Aqui não é necessário nem heroísmo nem fé no ser humano. [...]
>
> Mas Górki era o Noé da intelligentsia russa."

Eis Chklóvski em seu melhor: passional e controlado, comprometido e ironicamente distanciado. Ele claramente se opõe ao projeto de Górki de literatura universal, uma vez que vê nisso um instrumento coercivo de imposição de um cânone não negociável ("os clássicos"); Chklóvski parece mesmo sugerir que o projeto de Górki é uma forma de censura e de desdém pela liberdade de expressão. Há também um nacionalismo dormente na acusação de Chklóvski de que o projeto de Górki implica que a literatura russa é provinciana em comparação ao cânone da literatura universal. A enumeração das línguas em que o ambicioso catálogo da casa editorial "Literatura Universal" seria impresso é, sem sombra de dúvida, apenas meio sério ("indochinês" é como Chklóvski se refere a uma língua oriental híbrida, não existente; "sânscrito" já era, à época, uma língua morta — dotada de um enorme capital cultural acumulado ao longo de séculos, contudo fora de uso). Logo, Chklóvski zomba abertamente do projeto de Górki, preferindo preservar sua autonomia como escritor e pensador. (Chklóvski vendeu os direitos de todos os seus livros futuros para a poderosa casa editorial de Grjebin, que ele também cita na lista de instituições que, com seu tamanho e ambição, ameaçam a competitividade; apesar de ter recebido o dinheiro, ele nunca entregou os manuscritos.)

Para o leitor de hoje, o encanto de *Viagem sentimental* reside em seu retrato singular, por vezes extravagante, da guerra e da revolução, memórias que serpeiam por cinco anos de história, da Rússia à Galícia, do norte do Irã à Rússia, e então à Ucrânia, de lá de volta à Rússia, de volta à Ucrânia, e então rumo à Rússia, Finlândia e Alemanha, captando atos de transformação profunda na efeméride do cotidiano; memórias que mostram seu jubiloso descaso por datas (ele não consegue se lembrar se casou-se em 1919 ou 1920, ver p. 252) e seu emprego jocoso de técnicas narrativas à maneira de Sterne. Mas esse livro maravilhoso é também um apreciável exemplo de envolvimento com a teoria literária através da ficção: uma tentativa precoce — e pioneira — de praticar teoria sem uma metalinguagem teórica. Essa tentativa ousada, que começa com *Viagem sentimental*, intensifica-se nas duas próximas memórias escritas por Chklóvski (*Zoo, ou Cartas não sobre amor* e *Terceira fábrica*); ela prenuncia o esforço próprio do pós-estruturalismo (visível principalmente na obra tardia de Roland Barthes) em amalgamar ficção e teoria e em iniciar uma jornada sem roteiro definido, de uma *jouissance* por vezes dolorosa. Paradoxal, irônica, difícil, em alguns momentos sobriamente pessimista, a grande conquista de Chklóvski em sua *Viagem sentimental* é a percepção de que é necessário confrontar e testar a linguagem da teoria literária (formalista) com a linguagem da ficção, encenando em uma só obra suas existências simbióticas. Através das primeiras memórias de Chklóvski, o formalismo russo atinge sua maturidade ao perceber que o "outro" mais significativo da teoria literária é a própria literatura.

É essa dupla relevância do texto de Chklóvski — como documento excêntrico de sua época e como intervenção em debates subsequentes sobre teoria literária e literatura universal — que prolonga sua vida até a nossa época, e que o ajuda a viajar, nesta bela edição, até novos leitores no Brasil e no mundo lusófono.

(2017)

SOBRE O AUTOR

Viktor Boríssovitch Chklóvski nasceu em 1893 em São Petersburgo, filho de um professor de matemática e de uma descendente de colonos alemães. Em 1912, Chklóvski ingressou na Faculdade de História e Filologia, mas não a concluiu; com a eclosão da guerra, juntou-se ao exército como voluntário e logo passou a servir como instrutor na divisão de carros blindados. Foi nesse período que formou a OPOIAZ (Associação para o Estudo da Teoria da Linguagem Poética), grupo pioneiro na análise formal da literatura, e escreveu e publicou textos seminais como "A arte como procedimento".

Chklóvski teve participação ativa na Revolução de Fevereiro e no recém-criado soviete de Petrogrado, e viajou ao front ucraniano e à Pérsia como comissário de guerra do Governo Provisório. Após a Revolução de Outubro, teve envolvimento na conspiração antibolchevique encabeçada pelos SRs (membros do Partido Socialista Revolucionário) e, com a descoberta do plano, refugiou-se em Sarátov, onde dedicou-se a artigos e ensaios que comporiam seu livro *Sobre a teoria da prosa* (publicado em 1925).

Em 1919, ao voltar à capital, casa-se com Vassílissa Kordi (apelidada Liússia), com quem teve dois filhos: Nikita, que viria a morrer no front durante a Segunda Guerra Mundial, e Varvara. Nessa época, Chklóvski lecionou no Instituto de História da Arte, em Petrogrado, e nos estúdios do projeto Literatura Mundial — onde ajudou a formar o grupo de jovens escritores conhecidos como Irmãos Serapião —, além de compilar suas reminiscências sobre a guerra e as revoluções que depois viriam a integrar o livro *Viagem sentimental* (1923), o primeiro de seus três livros de memórias (os outros são *Zoo, ou Cartas não sobre amor*, de 1923, e *Terceira fábrica*, de 1926).

Ao longo dos anos 1920, após um breve exílio em Berlim, Viktor Chklóvski se envolveu nos círculos futuristas, tornou-se um dos líderes do grupo que editava o periódico *LEF* (*Front de Esquerda da Arte*) e participou das discussões sobre vanguarda e formalismo que vinham se acirrando cada vez mais. Em 1930, logo após os escândalos que fizeram cair em desgraça escritores como Boris Pilniák e Ievguêni Zamiátin, Chklóvski publica o artigo "A respeito de um erro científico", em que se volta contra seu passado formalista. A partir de então segue publicando teoria e crítica literária, embora mais espaçadamente e com maior enfoque biográfico e memorialista, como em *Sobre Maiakóvski* (1940) e *Lev Tolstói* (1963). Trabalhou também como editor de filmes e roteirista para o Comitê Estatal de Cinematografia (GOSKINO), deixando um grande volume de escritos sobre cinema, reunidos postumamente, com destaque para um importante estudo sobre Serguei Eisenstein.

Em 1956 casa-se com Serafima Siuk, que era então sua datilógrafa, e com quem viveu até os últimos anos de vida. Em 1965, com a publicação de uma antologia dos críticos formalistas na França, organizada por Tzvetan Todorov, surge uma nova onda de interesse pela obra de Chklóvski, sobretudo no Ocidente. Chklóvski escreveu e publicou até o fim de seus dias, e seus últimos livros são frequentemente reavaliações de textos da juventude, como a versão de 1983 de *Sobre a teoria da prosa*, em que revisita o livro homônimo, já alçado à condição de clássico. Em 1984 morreu em Moscou, de causas naturais, aos 91 anos de idade.

SOBRE A TRADUTORA

Cecília Rosas é mestre e doutoranda em Literatura e Cultura Russa pela Faculdade de Filosofia, Letras e Ciências Humanas da Universidade de São Paulo, com dissertação de mestrado sobre Aleksandr Púchkin. Traduziu o conto "Di Grasso", de Isaac Bábel, para a revista *Fevereiro* (2011), e os volumes *Noites egípcias e outros contos* (Hedra, 2010) e *O conto maravilhoso do tsar Saltan* (Cosac Naify, 2013), de Púchkin, além de traduzir e organizar o volume *O ladrão honesto e outros contos*, de Dostoiévski (Hedra, 2013). Participou também como tradutora da *Nova antologia do conto russo (1792-1998)* e da *Antologia do pensamento crítico russo (1802-1901)*, ambas organizadas por Bruno Gomide para a Editora 34 (respectivamente em 2011 e 2013). Mais recentemente foram lançadas suas traduções dos livros *A margem esquerda*, segundo volume dos *Contos de Kolimá* de Varlam Chalámov (Editora 34, 2016), e *A guerra não tem rosto de mulher*, da Prêmio Nobel de Literatura Svetlana Aleksiévitch (Companhia das Letras, 2016).

NARRATIVAS DA REVOLUÇÃO
Direção de Bruno Barretto Gomide

Iuri Oliécha, *Inveja*, tradução, posfácio e notas de Boris Schnaiderman.

Nikolai Ogrrióv, *Diário de Kóstia Riábtsev*, tradução e notas de Lucas Simone, posfácio de Muireann Maguire.

Ievguêni Zamiátin, *Nós*, tradução e notas de Francisco de Araújo, posfácio de Cássio de Oliveira.

Boris Pilniák, *O ano nu*, tradução e notas de Lucas Simone, posfácio de Georges Nivat.

Viktor Chklóvski, *Viagem sentimental*, tradução e notas de Cecília Rosas, posfácio de Galin Tihanov.

Este livro foi composto em Sabon, pela Bracher & Malta, com CTP da New Print e impressão da Graphium em papel Pólen Soft 70 g/m² da Cia. Suzano de Papel e Celulose para a Editora 34, em março de 2018.